PONTO CEGO

PONTO
CEGO

REBECCA SCHERM

PONTO CEGO

Tradução: Alexandre Martins

ROCCO

Título Original
UNBECOMING
A Novel

Copyright © 2015 *by* Rebecca Scherm

Nenhuma parte desta obra pode ser reproduzida, ou transmitida por qualquer forma ou meio eletrônico ou mecânico, inclusive fotocópia, gravação ou sistema de armazenagem e recuperação de informação, sem a permissão escrita do editor.

Direitos para a língua portuguesa reservados
com exclusividade para o Brasil à
EDITORA ROCCO LTDA.
Rua Evaristo da Veiga, 65 – 11º andar
Passeio Corporate – Torre 1
20031-040 – Rio de Janeiro – RJ
Tel.: (21) 3525-2000 – Fax: (21) 3525-2001
rocco@rocco.com.br | www.rocco.com.br

Printed in Brazil/Impresso no Brasil

CIP-Brasil. Catalogação na publicação
Sindicato Nacional dos Editores de Livros, RJ.

S347p   Scherm, Rebecca
        Ponto cego / Rebecca Scherm; tradução de Alexandre Martins. – 1ª ed. – Rio de Janeiro: Rocco, 2020.

        Tradução de: Unbecoming
        ISBN 978-85-325-3167-4
        ISBN 978-85-8122-790-0 (e-book)

        1. Ficção americana. 2. História de suspense.
        I. Martins, Alexandre. II. Título.

19-61249   CDD-813
                                              CDU-82-3(73)

Leandra Felix da Cruz – Bibliotecária – CRB-7/6135

O texto deste livro obedece às normas do
Acordo Ortográfico da Língua Portuguesa.

Esta é uma obra de ficção. Nomes, personagens, lugares e incidentes são produtos da imaginação da autora, foram usados de forma fictícia, e qualquer semelhança com pessoas reais, vivas ou não, empresas, acontecimentos ou localidades é mera coincidência.

Para Jon, meu amor,
e
para Katie, minha cúmplice

I
Paris

1

A primeira mentira que Grace contou a Hanna foi seu nome. "*Bonjour, je m'appelle Julie*", ela disse. Só estava em Paris havia um mês, e seu francês ainda era novo e duro. Escolhera o nome Julie porque era doce e fácil na língua francesa — muito mais do que Grace. As melhores mentiras eram as mais simples e faziam mais sentido, na mente e na boca. Essas mentiras eram as mais fáceis de engolir.

Jacqueline, a chefe, levara Grace à sua mesa de trabalho, junto à de Hanna, e mostrara onde guardar suas ferramentas nos potes ao longo da junção central, o que poderia pegar emprestado e o que precisaria conseguir pessoalmente. Hanna esticara a mão para proteger um pote de cinzéis e pinças.

— Eu não divido estes — disse com um sorriso duro, como alguém obrigado a se desculpar.

Quando Grace se sentou no banco giratório alguns minutos depois, Hanna perguntou de onde era. Grace era evidentemente americana.

— Califórnia — ela respondeu, porque a maioria das pessoas já tinha ideias sobre a Califórnia. Não pediam explicações. Grace odiava mentir, não extraía prazer disso, e, portanto, sabia que não era patológico. Mas a Califórnia satisfazia as pessoas facilmente, mesmo em Paris. Garland, Tennessee, de onde Grace realmente vinha, era uma resposta perturbadora que apenas gerava novas perguntas. "Tennessee?", Hanna poderia ter começado. "Elvis? *Péquenauds?* Caipiras?" Quando Grace morou em Nova York todos os que perguntavam de onde ela era faziam a mesma pergunta depois de sua resposta: "Como é *lá*?"

Como se sua jornada desde um lugar tão pequeno e sem graça quanto Garland tivesse demandado uma trabalhosa transformação.

Como se ir de Garland a Nova York tivesse sido uma espécie de peregrinação ao primeiro mundo.

Grace já estava em Paris havia dois anos, e era Julie da Califórnia desde sua chegada. Sua vida era levada exclusivamente em francês, outro tipo de disfarce. Ela e Hanna raramente discutiam algo profundo do passado, e quando a conversa tomava um rumo indesejado, rapidamente mudavam de assunto. Uma diante da outra em suas mesas, elas se curvavam sobre suas antiguidades e conversavam sobre dobradiças quebradas e verniz lascado, não sobre tristeza ou preocupação, não sobre casa.

Os garotos receberiam a condicional no dia seguinte, libertados de Lacombe e mandados para suas famílias em Garland. Eram três horas da tarde em Paris, manhã no Tennessee. Riley e Alls estariam tomando o último café da manhã de ovos desidratados e bolinhos de salsicha, guardas de rostos inchados de pé atrás deles. Grace sempre os imaginara juntos, mas começara a imaginar a vida deles sem ela havia tanto tempo que com frequência se esquecia de quão pouco realmente sabia. Não sabia mais nada sobre a vida deles. Não falara com eles durante mais de três anos, antes de terem sido presos por roubar a Wynne House: três anos de supostos cafés da manhã com salsichas.

Ele não iria atrás dela, disse a si mesma. Tempo demais havia passado.

Grace com frequência se sentira como sendo duas pessoas, sempre antagônicas, mas quando os garotos foram para a prisão, uma das Grace detivera o relógio da vida. Que então voltara a tiquetaquear. Ela não tinha mais controle sobre Riley, o que iria fazer e para onde iria, e esses desconhecidos produziam nela um medo particular, informe. Deixara mentiras à solta em Garland, e agora não dava conta delas.

Riley e Alls tinham vinte anos quando foram sentenciados a oito anos cada, em Lacombe. O mínimo: era o primeiro crime deles, não estavam armados e, o mais importante para o juiz Meyer, "não eram criminosos típicos", e a família de Riley era uma família *boa*. Os Graham viviam em Garland havia sete gerações, e Alls se beneficiou da associação — assim como acontecera com Grace quando estivera ligada. Grace com frequência pensava que se apenas Alls tivesse sido acusado do crime, não teria se safado tão facilmente, e que se apenas Riley fosse acusado, provavelmente teria se safado de tudo. Greg também se confessara culpado, mas seus pais conseguiram para ele um acordo por delatar os amigos. Foi solto em um ano.

Grace também havia roubado a Wynne House, e não podia mais voltar para casa.

Ela se lembrava do momento — talvez tivesse durado minutos, ou talvez dias, não se recordava — depois de o juiz ter anunciado a pena de oito anos, mas antes que ela soubesse que poderiam receber condicional com apenas três. Oito anos pareceram um tempo enorme. Oito anos eram mais do que ela conhecia Riley. Oito anos pareciam um período longo o suficiente para que todos esquecessem.

Deu a última passada de camurça no fecho da gaiola e chamou Jacqueline. Apenas o domo filigranado demandara nove dias de limpeza. A trama de arame era tão fina que a distância poderia parecer fios de cabelo humano. No primeiro dia, ela segurara a mangueira do aspirador na mão esquerda e o secador de cabelos na direita, soprando poeira e sugando-a antes que pudesse pousar novamente. Depois passara mais de uma semana limpando os floreios com ferramentas odontológicas enroladas em algodão e pincéis mergulhados em álcool mineral. Naquela manhã, terminara de limpar séculos de guano de aves canoras do piso da gaiola. Não era mais uma gaiola de pássaros, mas um aviário dourado, *orientaliste*, final do século XIX, quase tão alto quanto Grace. Jacqueline o devolveria ao negociante que o comprara no mercado de pulgas, e ele o venderia por pelo menos cinco mil, quem sabe muito mais. Talvez recebesse fios elétricos e fosse transformado em um lustre. Talvez um colecionador de orquídeas o usasse para proteger seus melhores espécimes da proximidade humana.

Quando Jacqueline saiu de seu escritório apertado sob a escada, Grace se afastou do trabalho. Esperou enquanto a chefe pegava um par de luvas de algodão brancas da caixa junto às mesas. Jacqueline correu o indicador enluvado levemente sobre o arame. Virou suavemente a tranca da porta e se curvou mais perto para perceber o movimento. Esticou-se para ver o lado de baixo do domo.

— *Ça suffit* — disse.

Isso era o máximo de aprovação que Jacqueline dava. Ela mesma fazia pouca restauração, apenas as coisas mais básicas — colar um cabo de chifre em um abridor de cartas ou limpar uma peça maior de metal —, e apenas o que pudesse fazer estando ao telefone. Foi ruidosamente até o nicho escuro de Amaury, que estava curvado sobre um relógio aberto. Após décadas naquela exata posição, seus ombros tinham escorregado para a barriga. Jacqueline esticou a mão na direção do relógio, mas Amaury grunhiu e afastou-a. Ele estava havia mais tempo na Zanuso et Filles. Tinha até mesmo trabalhado com o Zanuso original, quando Jacqueline e as irmãs eram as *filles*. Jacqueline não tinha nem cabeça nem mãos para restauração de antiguidades, mas era a Zanuso mais velha. Grace supunha que isso fizesse dela e de Hanna as *filles*.

Hanna pigarreou, ansiando a atenção da chefe. Na semana anterior, ela iniciara um novo projeto, e queria mostrar seu progresso.

— *C'est parti* — disse Jacqueline, apertando o alto do nariz. — Sim, Hanna?

— Meu centro de mesa de contas é tcheco, entre 1750 e 1770 — ela disse, embora àquela altura todos já soubessem disso. — Terei descoberto a década até o fim da semana.

Hanna estava sentada diante do computador coletivo, clicando nas centenas de fotografias que tirara de seu projeto. O centro de mesa era do tamanho de uma mesa de carteado, dividido em quatro quadrantes, cada um contendo miniaturas de flora e fauna: flores de primavera, um pomar de pêssegos no verão, uma colheita de outono e arbustos cobertos de neve com ovelhas de lã branca e pastoras. O centro de mesa claramente fora um dia refinado, embora bobo; Grace o imaginava como um diorama que uma jovem condessa encomendara aos artistas do palácio. As árvores, as folhas feitas de seda cortada, eram tão detalhadas quanto um bonsai real.

— Os materiais são linho e pinheiro, vidro, mica, cobre, latão, aço, chumbo, estanho, alumínio, cera de abelha, laca, alvaiade, papel e gesso de Paris — Hanna continuou. — Eu o desmontei e numerei em 832 peças, cada uma correspondendo a este diagrama. É possível ver como as contas de vidro foram descoloridas por óleo, sem dúvida aplicado por alguém com conhecimento limitado do período.

Jacqueline revirou os olhos.

— Julie a ajudará com este. É um trabalho muito grande.

— Eu não quero ajuda alguma.

Jacqueline levou o dedo aos lábios.

— Até que apareça algo para fazer, ela a ajudará.

— Você terá de medir todos os velhos arames — disse Hanna a Grace. — Os novos serão de aço, o que não será historicamente correto, claro, mas meu objetivo principal é preservar a integridade da intenção do objeto.

— Que é ser um centro de mesa — Grace disse.

— Precisamente.

Hanna era polonesa, trinta e quatro anos, doze a mais que Grace, que ela tratava como uma irmãzinha inesperada e indesejada. Hanna era pequena e magra como um menino, com cabelos louros curtos, pele alva e olhos cinza-claros. Sua evidente androginia era tal que às vezes distraía parisienses mais velhos que queriam classificá-la como sendo de um sexo ou de outro antes de vender um sanduíche. "*Sans fromage*", Hanna dizia. "*Pardon?*", eles reagiam, ainda procurando pistas. "*Sans fromage, pas de fromage*", ela repetia, piscando, seu corpo tão empertigado e explícito quanto um parquímetro. Usava óculos de aros prateados e roupas apenas em tons de bege.

Quando Grace começara na Zanuso, esperara que seu início humilde tivesse efeito sobre a arrogância de Hanna, que fora evidente desde o princípio. Achou que talvez Hanna a ajudasse, por piedade ou alguma noção de altruísmo de irmã mais velha. Mas Hanna não tinha essas inclinações. Era uma das seis filhas de um verdureiro polonês, e não via a família havia mais de uma década. Grace entendeu que ninguém jamais ajudara Hanna a fazer porcaria alguma. A amizade de Grace e Hanna com frequência era um subproduto ranzinza de respeito profissional: Grace se saíra bem na Zanuso sem pedir ajuda, e *isso* Hanna notara. Grace invejava a total confiança de Hanna, suas avaliações rápidas e precisas. Grace lutava para calcular as possíveis reações a quase tudo que dizia antes de dizer, procurando risco e recompensa, e buracos ocultos nos quais pudesse tropeçar. Nunca conhecera uma mulher que se importasse tão pouco em ofender alguém.

Grace puxou seu banco até a mesa de Hanna, onde havia uma longa fila de arames arrumados por tamanho. Pegou uma régua na caneca de Hanna e a viu se encolher um pouco. Ela teria preferido que Grace usasse seus próprios instrumentos. Grace pegou o primeiro de cem arames, colocou-o junto à régua e registrou a medida na lista que Hanna fizera em uma folha de papel quadriculado. Dezenove centímetros. Devolveu o arame à fila, um pouco à esquerda para não medi-lo novamente por acidente, e pegou outro. Dezoito centímetros e setenta e cinco milímetros.

Grace conhecera Riley na sexta série, quando acabara de completar doze anos. Ele era um ano mais velho. Em seu primeiro baile na escola, ele a tirara do meio de um bando de garotas que ela queria muito impressionar, e ambos deslizaram, à distância de um braço, ao som da balada no alto-falante. Ele a convidara para jantar em sua casa, onde a sra. Graham, simpática, conversara com Grace sobre a escola enquanto o marido e os quatro filhos devoravam três frangos assados em dez minutos. Riley, o mais moço, era o pior, se lançando sobre as últimas batatas enquanto Grace ainda tentava descobrir como cortar o peito de frango com o garfo sem fazer muito barulho no prato. A sra. Graham detève a mão de Riley e sugeriu que deixasse a amiga repetir antes de se servir da terceira porção. "Algum cavalheirismo, por favor", tinha dito. Grace lera a palavra em livros, mas nunca tinha ouvido ninguém dizê-la em voz alta.

Tentou não ficar encarando, mas a sra. Graham atraía sua atenção sempre que Grace desviava os olhos. Ela era magra, bronzeada e sardenta, com olhos verdes sonolentos ligeiramente caídos nos cantos exteriores. Piscava lentamente; Grace achava poder sentir isso ela mesma, como se a luz tivesse diminuído brevemente. Seus belos cabelos castanhos leves encaracolavam abaixo do ponto em que tocavam o colo. Grace admirou o brilho suave em seus malares altos, seus brincos de vidro marinho, a voz baixa e branda. Seus dedos eram compridos e delicados, unhas pintadas de um rosa leitoso e translúcido, nós dos dedos injustamente inchados de artrite. O fato de as unhas de Grace serem roídas até o sabugo nunca a incomodara antes.

Até o final da semana, Riley a beijara no corredor da escola entre aulas, tão rapidamente que depois ela ficara pensando se tinha imaginado aquilo. Em um mês lhe dera um colar, um golfinho de ouro em uma corrente fina, e jurara amor. Ela se sentiu como em um filme.

O que não daria para ver a si mesma e Riley assim, do alto — ver uma sequência tremeluzente de Riley, seu cabelo ainda vermelho vivo (ainda não começara a desbotar), puxando-a para si no piso suado e rangente do ginásio. Ela teria ficado assustada, excitada, encantada? Era apenas uma criança, e mergulhara em um *nós*. Uma *parceria*. Ela e Riley pareciam bonitinhos para seus pais e professores, algo saído de *Os batutinhas*, mas Riley tinha três irmãos mais velhos e a precocidade que isso acarretava, e Grace não tinha ninguém.

Amanhã, Riley e Alls seriam libertados.

Ela se sentia como se de pé em uma estrada à noite, vendo os faróis distantes de um carro se aproximando tão lentamente que teria todo tempo para sair do caminho. Naquele momento o carro estava bem em cima, e ela ainda não tinha se movido. Imaginou como seria o dia seguinte: os pais de Riley, ou talvez apenas seu pai, indo buscá-lo na prisão. O dr. Graham levaria uma muda de roupas. Riley vestia número quarenta e dois. Será que ainda? Teria a aparência diferente. Estaria mais branco, com menos sardas, pela falta de sol. E estaria mais velho, claro. Vinte e três. Ela continuava pensando neles como garotos, mas não eram mais garotos.

O dr. Graham levaria as velhas roupas do filho, calças cáqui gastas e uma de suas camisas sociais manchadas de tinta com buracos nos cotovelos. *Aqui,* diria o fardo de roupas, *isto é quem você era e voltará a ser.* Grace imaginou Riley voltando para casa no banco do carona da antiga perua Mercedes azul dos Graham, o motor a diesel alto o bastante para levar os vizinhos às janelas. Todos saberiam que aquele era o dia. A sra. Graham teria feito churrasco, provavelmente paleta de porco. E os irmãos de Riley estariam lá. Grace não sabia se os três ainda moravam em Garland, mas provavelmente sim. Os Graham pertenciam a Garland tanto quanto Garland pertencia a eles. Imaginava Riley pedindo licença do almoço e entrando para se sentar em sua cama no velho quarto, que seria novamente seu quarto, pelo menos por um tempo. Ficou imaginando se subiria até o quarto que a sra. Graham montara no sótão para quando Grace passava a noite lá.

Aonde Alls iria no dia seguinte? Seu pai ainda morava em Garland? Ele não teria uma festa de boas-vindas. Imaginava Alls e o pai passando pelo Burger King a caminho de casa, a não ser que ele fosse para casa com Riley. Antes ele teria feito, mas isso não significava nada. A linha entre antes e depois não podia ser mais clara.

Quando as pessoas leram sobre o assalto à Wynne House em uma notinha em um jornal nacional, uma bobagem de cidade pequena descoberta por acaso, provavelmente riram ou balançaram as cabeças. *Ouçam esta,* milhões de pessoas teriam dito à mesa do café. Mas aqueles garotos idiotas eram os de Grace. Ela costumava achar que conhecia Riley tão bem que poderia tirar a pele dele, vestir sobre a dela e ninguém veria a diferença.

Eles na verdade tinham ido para a prisão por causa dela. Grace ansiava para contar a alguém o que tinha feito. Ela nunca tivera amigos, apenas Riley, e depois Hanna. Ela só podia ter um amigo por vez. Mais do que isso tornaria difícil rastrear como a conheceram, o que ela dissera, quais peças encaixavam onde.

Grace não estava em Garland no dia do assalto à Wynne. Já estava em Praga, em um programa de verão de estudos no exterior. Riley pagara o curso e a passagem; Grace não tinha dinheiro para esse tipo de coisa.

Ela lera sobre o roubo na internet na noite em que acontecera, na página do *Albemarle Record*: um jovem branco entrara na casa principal da Josephus Wynne Historic Estate em Garland, Tennessee, na terça, 2 de junho, entre oito e dez da manhã, e trancara a guia em um quarto do segundo andar. O zelador fora encontrado inconsciente no saguão; estava no Albemarle Hospital, em estado crítico.

Ela não tivera notícias de Riley desde o dia anterior, mas sabia que ele tinha levado a cabo. Quatro dias depois, ele, Alls e Greg foram presos no Tennessee. Greg primeiro, sozinho na cabana dos pais em Norris Lake. Horas depois, Alls e Riley, na casa alugada dos garotos na Orange Street, onde Grace também morava antes de ir para Praga no final de maio. Ela tinha certeza de que Greg os entregara.

Recebera apenas um telefonema da polícia depois da prisão. A responsável pela recepção mandara o filho, um garoto de olhar apático de uns onze anos, bater na porta do alojamento de Grace. Ela o seguira para o andar debaixo, o coração batendo com tanta força que o peito apertava.

O detetive americano perguntou se sabia por que estava ligando. Ela disse que sim. Ele pediu que contasse. Ela contou que o namorado havia sido acusado de assaltar a Wynne House.

— Quer dizer seu marido — ele corrigiu.

— Sim. — Ela e Riley nunca haviam contado a ninguém que tinham se casado.

Ele perguntou quando falara com Riley pela última vez.

— Há alguns dias. Cinco dias. Ele me mandou um e-mail, muito normal, sem nada estranho. Disse que ia para a casa do amigo, em Norris Lake. Ele não podia ter roubado a Wynne House.

— Como descobriu sobre o roubo?

— Li no jornal. Pela internet.

— Está lendo o jornal local enquanto está em Praga?

— Saudades de casa.

— Não conversou mesmo com seu marido depois de saber do roubo?

Não conversara. Disse ao detetive que sabia que ele não mandaria um e-mail enquanto estivesse no lago. Sempre começavam a beber antes de soltar o barco e só paravam na hora de voltar para casa. A própria Grace acabara de fazer uma viagem a Kutná Hora, à igreja subterrânea de ossos, onde as ossadas de cinquenta mil pessoas haviam sido usadas por um monge quase cego para fazer altares e candelabros. Os ossos pertenciam a vítimas da Peste Negra e das Guerras Hussitas. Algum idiota ter roubado a prataria antiga de Josephus Wynne não parecia muito importante, disse ao detetive.

Ela se calou — demais.

Ele fez mais meia dúzia de perguntas, mas não foram difíceis. Grace disse que ele tinha cometido um equívoco, que Riley não poderia ter feito aquilo. Ele tinha uma vida muito boa, falou. Eram felizes. Ele não precisava de dinheiro. Os pais o ajudavam. Além disso, acrescentou, *eu* teria sabido. Ele não teria conseguido esconder algo assim de mim. Ele me conta tudo. Tudo.

Talvez o detetive fosse um homem cuja esposa acreditava que ele contava tudo.

O que o detetive não contou a Grace, o que ela descobriu dias depois no noticiário, era que Riley, Alls e Greg já tinham confessado. O detetive estava cumprindo sua lista de deveres. Não precisava de nada dela.

***

Foi assim que ela imaginou o roubo: Riley colocando uma nota suada de cinco dólares na caixa de doações, sorrindo para a pequena velha guia de plantão e a seguindo pelos cômodos do térreo enquanto ela recitava notas de pé de página sobre a história do Tennessee. Riley tinha percorrido a casa meia dúzia de vezes ao longo dos anos; todos tinham. A Wynne House era o passeio escolar mais próximo e mais barato. Mas em uma terça-feira de verão, o lugar estava morto.

Ele deixara de ouvir a voz da guia claramente, como se estivesse debaixo d'água. Ele a seguiu para o andar de cima. As pernas dela, nonagenárias, azuis e cheias de veias em suas meias esbranquiçadas, tremiam menos do que as dele. No alto da escada ela se virou e moveu a boca, olhou para ele, em expectativa. Uma pergunta? Ela lhe fizera uma pergunta.

— Sim — ele respondeu. — Sim, senhora.

Esperava que fosse a resposta certa.

Ele a seguiu de aposento em aposento, balançando a cabeça afirmativamente e rabiscando coisas no caderno. Diante da porta do pequeno escritório sem janelas, ele enrolou o caderno e o enfiou com a caneta no bolso da frente da calça folgada. Ela abriu a porta para fora, e ele a seguiu para dentro. Apontou com um dedo trêmulo para a pequena gravura acima do toucador.

— Pode me dizer quem é o artista que fez isso?

— Aquela? Não lembro. Deixe-me olhar melhor.

Ela avançou e olhou com atenção para a assinatura, que ele já sabia ser indecifrável. Prendeu a respiração e tentou recuar silenciosamente para fora do aposento. A beirada do tapete prendeu seu pé e ele tropeçou.

Ela se virou.

— Está bem, rapaz?

Ele soltou o pé e foi até a porta, batendo-a atrás de si. Apanhou a cadeira com encosto de ripas que ficava junto à porta e prendeu a barra de cima sob a maçaneta. Respirou.

Com ela seguramente trancada, ele podia ouvir a voz vazando sob a porta. Não gritando. Perguntando. Estava perguntando novamente, alguma coisa; ele não sabia o que era — apenas a sensação da fraca voz feminina vindo de longe, como um gato doméstico preso em um porão.

Desceu e abriu a porta principal. Alls e Greg entraram em silêncio com sacolas de compras de nylon emboladas e três pares de luvas. Eles se espalharam pelos aposentos, enchendo as sacolas com pequenos bordados, velhos relógios de mesa, uma faca de caça de cabo de prata. Tinham uma relação de tesouros cuidadosamente preparada: nada grande ou desajeitado, nada único. Não esperavam que a porta da frente se abrisse. Um homem que nunca tinham visto antes entrou com um saco de lixo para esvaziar a pequena cesta junto à porta. Era o zelador, e sempre ia às segundas, nunca às terças. Mas lá estava, olhando para eles.

O zelador, que tinha mais de setenta anos, caiu no chão.

Os garotos agarraram as sacolas que tinham enchido e fugiram.

Como o zelador estava demorando demais para voltar ao trailer que servia de escritório da Wynne House, onde deveria deixar as chaves, a administradora que trabalhava lá saiu para procurá-lo. Encontrou-o caído no saguão, e em seguida ouviu os gritos agudos da guia, ainda trancada no escritório sem janelas do segundo andar.

Depois o promotor disse que os garotos tinham pretendido vender os bens em Nova York, mas não haviam sequer deixado o estado. Desde seu alojamento de concreto em Praga, Grace vira as manchetes mudando: SEM SUSPEITOS NO ROUBO DA WAYNE; TESTEMUNHA TEVE DERRAME NO LOCAL; ESTADO DO ZELADOR AINDA É CRÍTICO. Havia um retrato falado feito pela guia míope, mas Grace ficou feliz de ver que o desenho não parecia nada com Riley. Na verdade, poderia ser qualquer um.

Grace sabia que Riley se preocuparia com o zelador. Podia imaginá-lo andando de um lado para o outro, levando o punho à boca. A possibilidade de o homem morrer teria arrancado Riley de sua fantasia: o glamour ousado de um roubo de antiguidades em uma cidade pequena por uma gangue de garotos selvagens, uma brincadeira intrincada. Mas tinham quase matado um velho de susto. Se ele sobrevivesse, certamente poderia identificá-lo. Mas se morresse, seria homicídio culposo? Poderiam até chamar de assassinato? Grace imaginou os pensamentos de Riley girando como se fossem os seus próprios.

Ela estava certa de se preocupar. Quando a polícia considerou suspeito Gregory Kimbrough, vinte, de Garland, os pais de Greg disseram que era impossível, ele estava havia vários dias na cabana da família em Norris Lake. Havia um telefone ligado à rede na propriedade Wynne na hora, a polícia lhes disse, e é seu.

Grace não sabia sequer que podiam fazer isso.

Ele provavelmente estivera conferindo resultados esportivos ou algo assim.

A polícia também colocou sob custódia os Kimbrough, já que tecnicamente o telefone era deles, e foi até a cabana com os pais de Greg no banco de trás. O sr. Kimbrough era advogado criminalista. Greg não teria oportunidade de dizer nada sem a presença de um advogado. Por insistência dos pais, Greg rolou como um cãozinho. Alls e Riley foram presos horas depois.

Grace acompanhou o caso pelo visor nublado do *Albemarle Record* e as enlouquecedoras reportagens elípticas de seu correspondente. Cy Helmers estivera três anos à frente dos garotos na escola e quatro à frente dela. Fora para o Garland College e se tornara o foca do jornal na cidade ao se formar. Ele cobriu o roubo à Wynne como se estivesse acima de fofocas, como se não suportasse fazer que seus antigos colegas de escola parecessem piores do já pareciam.

A administradora tcheca mandou o filho chamar Grace mais duas vezes. Nenhum outro estudante tinha recebido um telefonema, e Grace se sentia exposta e chamando a atenção enquanto tinha essas conversas, apesar do fato de que a mulher não falava inglês. Havia uma janela plástica sobre o balcão, através da qual estudantes que passavam pelo saguão podiam vê-la. Grace olhava para a parede.

O segundo telefonema foi da mãe de Grace, cuja própria voz pareceu empalidecer quando Grace disse que não, não voltaria a tempo da sentença; não, não sabia quando voltaria. Sua mãe, cujas paixões maternais raramente ou nunca foram dirigidas a Grace, então implorou: como podia abandonar Riley daquele jeito?

— Abandoná-*lo*? — retrucou Grace, incrédula. — A pessoa com quem eu construí minha vida, a última década e todo o meu futuro, a única pessoa que posso chamar de minha — disse, sarcástica — acabou de cometer uma sequência de crimes com seus amigos idiotas. E você acha que eu deveria ir para casa dar *apoio* a ele?

Ela tremia quando terminou. A mãe teve pouco a dizer depois disso.

O terceiro e último telefonema foi do pai de Riley.

Os garotos haviam sido colocados sob a custódia da família para aguardar a sentença. Era noite em Praga, manhã no Tennessee, e o dr. Graham telefonava de seu escritório na faculdade.

— Acho que entendo por que você não quer voltar por causa disto — falou.

Grace não tinha nada a dizer. Não lhe ocorrera que ele ligaria.

— Não consigo acreditar que isso está acontecendo — falou. Uma verdade.

— Nós também. E ele. Ele pode estar tendo a maior dificuldade de acreditar.

— Acho que ele não sabia o que estava fazendo — ela disse. — Não podia saber. As pessoas cometem erros sem perceber; uma decisão ruim pode arrastar você. E os três juntos. Você sabe.

— Deveríamos tê-lo controlado mais — disse o dr. Graham em voz baixa. — Acho que você parecia mantê-lo na linha — falou e depois riu, um pouco seco. — Grace, você sabe que a amamos como nossa filha.

Eles tinham dito isso por anos: não *como uma* filha, mas *como nossa* filha, e Grace crescera sob essas palavras e o poder que tinham de fazer dela uma deles. Mas era o dr. Graham ligando, não a sra. Graham, e telefonava do escritório, não de casa.

Grace se lembrou de fazer tiro ao alvo com os Graham quando tinha quinze anos, a primeira vez. Ela se saíra bem, tão bem quanto Riley e os irmãos, e o dr. Graham rira de surpresa e prazer. "Maldição, filho", dissera a Riley. "Você nunca fará melhor."

— Se você souber de algo que possa ajudá-lo, qualquer coisa... — disse ele.

— Lamento que estejam passando por isso — Grace disse.

Grace não telefonou. Ela não escreveu. Pouco antes de eles irem para Lacombe, ela recebeu uma única carta de Garland.

Querida Grace,

Amor,
Riley

Ela nunca soube se deveria ler aquilo como uma denúncia do seu silêncio ou como uma promessa dele.

O que ele devia pensar dela, o que a família devia pensar dela — o que deviam dizer. Odiava pensar nisso. Ela se preocupava menos com o que Alls pensava dela. Ele soubera muito antes de Riley como Grace realmente podia ser má.

2

Grace sabia que um condenado em condicional tinha um agente de condicional e um de controles. Eles não sabiam onde ela estava; não tinham como. Ela *sabia* essas coisas, mas, naquela noite, enquanto se virava sob os lençóis, o cérebro as recusava. Tomou um comprimido para dormir às duas horas, mas não cedeu. O cérebro noturno conhecia todos os truques.

O que ela achava, que Riley iria assassiná-la? Que a estava rastreando para poder jogar soda cáustica no seu rosto? Hanna lhe contara aquela história, de Nova York, meio século antes. Um homem, Burt Pugach, contratara assassinos de aluguel para jogar soda cáustica no rosto de Linda Riss, sua namorada, após ela ter dito que não o veria mais. Ele dissera: "Se eu não puder tê-la, ninguém mais a terá, e quando acabar com você, ninguém mais irá querê-la." Passou quatorze anos na prisão, e escreveu a ela milhares de cartas. Ele a cegara de um olho. Quando foi libertado da prisão, ela o desposou.

Era o final feliz o que mais perturbara Grace.

Amanhã eles estarão soltos, o cérebro noturno a provocava. Tomou outro comprimido às quatro e suplicou por derrota. Apagou às seis e não ouviu o despertador.

Quando Grace foi trabalhar na manhã seguinte, Jacqueline estava ao telefone no escritório, arrancando cutículas e soprando fumaça pelo canto da boca, a porta escancarada. Amaury já estava curvado em seu canto escuro, murmurando para o relógio de bolso sob a luminária amarela. Sua mesa era o mais distante possível das janelas altas do escritório do porão e da pouca luz solar que vinha da rua estreita. Pelo que Grace sabia, ele levava a vida no subterrâneo: naquele porão, no metrô e em seu apartamento de subsolo em Montreuil. Grace o vira saindo do metrô de manhã, piscando infeliz para o sol.

Hanna tinha colocado um avental sobre as roupas. Aumentara a mesa de Grace dos dois lados com duas mesas extras que restavam de tempos melhores, quando havia mais trabalho e pessoal. Grace contou dez tigelas e potes dispostos nas mesas, do maior para o menor.

— *Tu es en retard* — ela censurou. Hanna nunca se atrasava, e suas mãos nunca ficavam imóveis. Sempre que ela e Grace almoçavam juntas, Hanna sacudia o joelho enquanto comia, sempre impaciente para voltar ao trabalho. — Está pronta?

— Como sempre — disse Grace, amarrando um avental sobre as roupas.

— Não queria começar e depois ter que parar para explicar a você.

— Desculpe tê-la deixado esperando — Grace disse. — O trem atrasou.

— Vamos limpar as contas. Como sabe, elas foram descoloridas pela aplicação irrefletida, por alguém, de óleo sobre a superfície. Mas, assim como spray de cabelos ou esmalte de unhas, isso apenas as danificou.

Ela olhou de lado para Grace, pelo espaço entre rosto e óculos, e Grace passou o polegar sobre suas próprias unhas com esmalte claro.

Ela e Hanna raramente trabalhavam juntas em um projeto. Até pouco antes, havia o suficiente a fazer para que ficassem até tarde, juntando pedaços novamente e eliminando arranhões em um silêncio satisfatório. Mas Grace não recebera nada depois da gaiola de pássaros, e sabia que deveria se preocupar. Trabalhos como aquele eram raros, e sem visto? Ela tivera sorte. Se fosse dispensada, voltaria a ser camareira de hotel.

Hanna apontou com o queixo para o *réchaud* adaptado na ponta da mesa.

— Primeiro recipiente — ela disse. Centenas de pequenas contas escuras estavam mergulhadas em terebintina como grãos de café, o óleo sujo se condensando ao redor delas. — Essas passaram a noite de molho.

— Até que horas você ficou aqui ontem? — Grace perguntou. Os olhos de Hanna estavam tão vermelhos quanto os seus.

— Uma, talvez uma e meia. Use a colher de cerâmica para mexer um pouco, muito suavemente, sem quebrar nenhuma. Depois pesque-as com a peneira delicadamente, cerca de cinquenta por vez, e coloque-as no segundo recipiente — falou, apontando para a grande tigela de mistura ao lado do *réchaud*. — Passe as contas para a terebintina clara, limpe a peneira e recomece, transferindo as contas para o terceiro recipiente. Os de número quatro a seis contêm uma solução de sabão de Marselha, e os de sete a dez contêm água. Haverá pelo menos doze peneiradas de contas a percorrer o sistema.

Hanna olhou para Grace como se estivesse deixando o filho aos seus cuidados.

— Sei que não preciso lhe dizer como é essencial que limpe a peneira entre cada recipiente, e especialmente entre cada solução — falou, os olhos claros brilhando mais contra o fundo injetado. — Sim?

Jacqueline confiava em Grace para dourar e folhear relíquias sagradas. Uma vez chamara Grace de sua "pequena aranha", e Grace, perturbada com a comparação, se virou para Hanna para rir e a viu rosada de ciúmes. Não importava que nem Grace nem Hanna tivessem grande respeito por Jacqueline — Hanna ainda precisava ser a melhor.

— Sim — disse Grace, alisando os cabelos.

— Eu farei a limpeza à mão — disse Hanna. Sua própria mesa estava arrumada com uma bandeira revestida de papel com pincéis e lentes de aumento dispostos como ferramentas odontológicas. — Começarei quando você chegar ao sétimo recipiente. Até então estarei construindo uma ovelha de lã para substituir esta com o pescoço quebrado.

Ela deu um sorrisinho, revelando seus pequenos dentes quadrados, e abriu a mão para mostrar o que parecia um pano embolado seguro em uma mão suada por duzentos anos. As quase indiscerníveis orelhas da ovelha eram sugestões cortadas de feltro, amassadas. Restavam apenas duas pernas, varetas descascadas se projetando de estofamento cinza sujo.

— Pobrezinha — disse Hanna, sem esconder seu prazer. — Não adianta consertar. Terei de começar do zero!

Grace se curvou sobre o *réchaud* de terebintina. O cheiro lembrava Riley, mas ela mal precisava ser lembrada. O *Record* noticiara que ele estivera desenhando um pouco na prisão, o que Cy Helmers chamara de "linhas a carvão e garatujas". Grace tivera um esgar com "garatujas", mas Cy Helmers não queria ser crítico de arte. Grace desejou poder ver os desenhos pessoalmente; ajudariam a entender o estado mental de Riley. Que tipo de garatujas? Ansiosas como as de Twombly, dançarinas e leves como as piscinas de Hockney ou pesadas e soturnas como as de Fautrier? Grace não sabia se devia culpar a si mesma ou a Riley pelo fato de só conseguir pensar nas obras dele em termos de cópias, de artistas de verdade ou objetos de verdade da vida de verdade — qual a diferença? Mas ela culpava Cy Helmers por suas pobres habilidades descritivas. "Garatujas" podia significar qualquer coisa.

Que os desenhos fossem todos abstratos foi inicialmente um espanto para Grace. Riley sempre fora um realista insistente, pintando os prédios históricos da cidade. O pai dele costumava se referir à casa da família como o Escritório de Turismo de Garland. Grace tentara empurrá-lo para a abstração, ou pelo menos empurrá-lo para longe de Garland, inutilmente. Talvez tivesse mudado de estilo porque na prisão não havia casas históricas a apreciar. Mais provavelmente, não queria mais se exibir.

Ele nunca tinha pintado a casa da própria família. Disse que era familiar demais. A casa de sua família era muito mais especial para ela do que para ele, sabia.

Grace não era natural de Garland. Nascera em Louisville, Kentucky. Sua mãe tinha dezoito, seu pai dezenove. Tinham se conhecido em uma festa depois de um show do Van Halen, o pai contara uma vez, mas esses detalhes eram raros. Os pais não estavam dispostos a discutir nada antes do casamento, antes de Garland, como se Grace fosse uma testemunha que esperavam que permanecesse calada.

Os pais de seu pai tinham cuidado dela até os três anos, enquanto o pai estava na faculdade, e a mãe em algum outro lugar. Nunca tinham dito onde.

Depois disso, Grace morara por diversos períodos, alguns repetidos, na Carolina do Norte com a tia Regina e seus filhos; em Smyrna com o pai, após ter largado a universidade estadual do Tennessee e arrumado um emprego na fábrica da Nissan; em Paducah, Kentucky, com a mãe e duas outras jovens que, no final das contas, não estavam dispostas a cuidar da filha da colega quando ela trabalhava até tarde; em Memphis, por um breve período, quando o pai era casado com uma mulher chamada Irene que não tinha sobrancelhas e fazia para Grace sanduíches de espaguete antes de seus turnos como bartender; na periferia de Chattanooga, com a mãe e um homem mais velho chamado Alan que vestia camisas de colarinho para dentro de calças de brim todo dia e tinha dois filhos crescidos que não pareciam gostar muito de Grace ou de sua mãe; e em Ocean City, Maryland, onde sua mãe era garçonete quando o pai de Grace apareceu para tentar conversar com ela e ajeitar as coisas.

O pai chegou em junho, e em agosto a mãe de Grace estava grávida. Seus pais se casaram e, juntos pela primeira vez, todos voltaram para o sul até Garland. Ela estava com nove anos. Começou a quarta série com duas semanas de atraso e recém-legítima. Quando o professor a apresentou, Grace olhou de sob a franja e sentiu uma emoção por ninguém deles saber onde ela estivera antes.

Sua família se mudou para uma pequena casa de fazenda de laterais brancas atrás da mercearia. A mãe plantou begônias brancas em círculos ao redor das duas pequenas árvores do jardim, e o pai as cercou com palha tingida de vermelho, o que Grace notou assim que percebeu que as pessoas nos bairros melhores de Garland usavam palha marrom ou preta.

A casa inicialmente era quase silenciosa. Os três não tinham ideia de como interagir. Duas pessoas quaisquer poderiam estar conversando em um aposento, mas quando a terceira entrava a conversa era interrompida, todos desconfortáveis e de repente esmagados. Grace sempre lera muito, e vira muitos rostos adultos relaxar de alívio quando a viam mergulhada em um livro ou revista, como se tivesse *não* intencionalmente se desligado de qualquer fila de carona esquecida ou telefonema tenso que houvesse ao fundo. Ela então voltara a desaparecer em seus livros, esperando reduzir a pressão sobre seus pais, que até via que estavam lutando para desempenhar os papéis aos quais finalmente tinham se submetido. Ela passara longos trechos de sua vida em mundos ficcionais e, presa naquele novo e desconfortável diorama, o que era real e o que não era começavam a parecer incertos. Quando Grace encontrou no porão uma caixa dos detritos secretos do pai que incluíam várias fotos de Irene, ficou aliviada de ver que não tinha imaginado todo aquele episódio, entre outros.

Então nasceram os gêmeos, meninos idênticos com cólicas que arrastaram totalmente seus pais para a vida familiar. A mãe e o pai adoravam Aiden e Dryden — seus nomes, ambiciosos e deformadamente rimados, a constrangiam antes que soubesse por que — com uma paixão evidente, imaginando seus pensamentos, desejos e medos antes que os garotos pudessem enunciá-los. Seus pais amavam os bebês de um modo que até mesmo eles não haviam esperado. Grace fora um treinamento, concluiu. Não tinha se dado conta de ser solitária até começar a compreender que outras pessoas não eram. Então conheceu Riley, e ele a levou para casa e os Graham.

Os Graham moravam em uma casa de alvenaria azul clara em Heathcliff com uma conífera enorme no jardim da frente. A árvore tinha pelo menos três andares de altura, embora parecesse dez quando Grace e Riley eram crianças. Eles escalavam os galhos grudentos de seiva como se fossem uma escada em espiral de uma torre vazia até chegar tão alto no tronco esguio que conseguiam ver o pé de pato verde solitário no fundo da piscina cheia de folhas dos Monahan, espiar pela claraboia do banheiro dos Wagner e sentir o tronco oscilar abaixo deles.

Grace apertava o corpo sobre ele, um aperto da morte de braços compridos, olhando para a frente e olhando para cima, nunca para baixo. E então Riley avançava um pouco mais alto.

Eles se beijavam na árvore e nos telhados, pegavam atalhos pelo bairro pulando de beiral em beiral. Deitavam nas telhas de asfalto no verão, os dedos nas cinturas um do outro, se agarrando e queimando ao sol. Nadaram pelados na piscina dos Monahan quando eles saíram de férias e pagaram a Riley cinco dólares para cuidar dos gatos. Grace dormia em casa, mas fora isso vivia na casa dos Graham o mais que podia. Com frequência os vizinhos deles se esqueciam de que não morava lá. Ela ficava de babá de seus filhos, frequentava suas barracas de limonada, e onde Riley estivesse, ela também estava.

Mesmo então, Grace conseguia retornar a essas lembranças tão completamente que ficava chocada quando um ruído, uma voz, um salto na calçada a despertavam do sonho.

Garland tinha uma escola secundária e um professor de arte. O sr. Milburn se via como um caçador de talentos do interior, moldando jovens gênios para o que ele chamava de "primeiro escalão". "Não se esqueça de nós quando ficar famoso!", se empolgava com Riley, agarrando seu antebraço. Riley era um desenhista esplêndido capaz de desenhar a vida daquele modo que parece mágica para os que não conseguem: naturezas-mortas de bananas ficando passadas com pontas murchas e manchas escuras afundando, lenços de papel usados, garagens bagunçadas, avós dormindo. Grace tentava não invejá-lo. Ela mesma não tinha talentos, mas sua ligação com Riley era sua espécie de talento, não era? Tinha o dom de satisfazê-lo, então o talento dele parecia se estender a ela, como calor.

Desde a prisão, Grace refizera a vida sozinha, agora então cuidando de objetos: chaleiras delicadas demais para ir ao fogão, cadeiras frágeis demais em que sentar. À noite ela ia para casa na distante Bagnolet. Saltava do metrô em Gallieni, fim da linha, e pegava um ônibus até o ponto final. De lá era um quilômetro subindo e contornando a ladeira até seu apartamento. Alugava o andar de cima de uma casa geminada, um pequeno quarto com banheiro, de uma enfermeira austríaca na casa dos sessenta anos. Mme. Freindametz alegava se sentir mais em casa no hospital no qual trabalhava. Explicou a Grace que tinha um pequeno catre na ala das enfermeiras da noite.

Mme. Freindametz não tinha fotos de família na casa e quase nenhum objeto pessoal, a não ser uma almofada bordada que parecia amada demais para não ser uma herança familiar, e uma colher de madeira tão torta e queimada que certamente teria sido jogada fora havia muito se não tivesse valor sentimental. Ela tomava cuidado para não tocar nessas coisas na frente de Mme. Freindametz. Mas Grace tinha poucas coisas de sua antiga vida, então algumas vezes corria os dedos pelo comprimento do cabo da colher, encaixava a unha do polegar na madeira lascada e quase sentia como se significasse algo para ela.

Às quatro horas a terebintina no *réchaud* ganhara a cor de salmoura de azeitona. O líquido clareava de tigela para tigela à medida que a solução ficava menos poluída, e as duas tigelas mais à direita estavam livres mesmo da camada mais fina. Ela colocou as primeiras quatro peneiras de contas para secar em toalhas de linho. Eram dez da manhã em Garland. O dia deles apenas começara.

Grace não falara com ninguém da família desde o único telefonema da mãe para Praga mais de três anos atrás. A cada dois meses mandava e-mails para que os pais tivessem o que dizer caso alguém perguntasse por Grace na mercearia. Grace nunca dizia à mãe onde realmente estava. A sequência até Riley sempre fora curta demais. Nos e-mails, Grace morava em Melbourne, Austrália, e trabalhava como assistente de marketing de uma empresa de bagagens de nylon. Viajar a Garland era caro demais, uma boa desculpa para eles e qualquer um que perguntasse quando iriam ver a filha, mas a Austrália também era branca, portanto, para eles, *segura*, evitando perguntas sobre escravidão sexual, guerra civil ou água potável.

Acreditar nela era escolha deles. Ela lhes dera um presente ao construir cuidadosamente uma vida movimentada e feliz do outro lado do mundo. Os pais poderiam tê-la pressionado sobre cartões telefônicos e webcams, mas não fizeram isso.

Por algum tempo depois da prisão dos meninos, a mãe de Grace enviara atualizações regulares sobre o caso de Riley. Grace ficara confusa com esse interesse, que parecia saído do nada. Seus pais nunca tinham prestado qualquer atenção em Riley até então, ou mesmo nela. Mas quando ele foi sentenciado e ainda assim Grace não foi para casa, não escreveu ou ligou para os Graham e ignorou qualquer referência a Riley em suas respostas aos e-mails da mãe, seus diálogos fizeram a necessária transição para papo-furado. Grace sabia que a achavam sem coração.

Na privacidade, ela vasculhara a internet em busca de informações sobre o caso. Verificava todos os dias sem falta, como se tomasse um remédio. Apenas uma vez, e rapidamente, para cumprir o dever. A compulsão não fazia nenhum sentido, sabia; não havia mais nada em sua vida a ser ameaçado. Não tinha relações a proteger, nenhuma carreira ou reputação de verdade. E se algum fantasma malvado do seu passado a descobrisse ali em Paris, não seria Riley ou Alls — seria a polícia por causa da pintura; ou Wyss, o colecionador, ou o que quer que fosse, também por causa da pintura; ou o capanga que Wyss mandara espancá-la na primeira vez. Mas Grace nunca sentiu tanto medo da polícia ou de Wyss quanto de Riley e Alls, o que era o mesmo que dizer que nunca sentira tanto medo de se ferir quanto de ter de olhar nos olhos daqueles que já ferira tanto.

Grace aprendera que para a obsessão ser administrável o objeto precisava ser reduzido a um tamanho administrável e colado dentro de uma forma administrável. Enormes nuvens flutuantes precisavam ser embaladas em uma massa pequena e dura, ou a sufocariam. Ela não pensava mais na sra. Graham, seu retrato de noiva com magnólias junto à cintura. Não pensava no homem de Wyss e seus cortadores de cadeados, não pensava em onde a pintura estava e não pensava em como poderia ser sua vida — grávida nos Estados Unidos com um Volvo e seguro-saúde —, em vez de aquela, e absolutamente não pensava em Alls. Colocara tudo isso em uma caixinha, e essa caixa era conferir o *Albemarle Record* todos os dias, uma vez por dia, rapidamente, para garantir que não havia notícias de sua antiga vida que pudessem aparecer na nova.

Os meninos não tinham falado com a imprensa, nem mesmo com o *Record*. Mas poderiam, e a qualquer momento. Ela nunca poderia parar de conferir sobre eles. Teria de aceitar o que o *Record* noticiasse, devida mas parcamente, sobre o roubo do Wynne pelo resto de suas vidas. Obituários agora incluíam realizações como "há muito doador da Josephus Wynne Historic Estate, que foi assaltada em 2009". Essas referências, embora frequentes, eram benignas. Quando não havia referências, ela era recompensada com uma irracional sensação temporária de segurança.

E então, certo dia de junho, lá estava: Riley Graham e Allston Hugues, os assaltantes condenados da Josephus Wynne Historic Estate, seriam libertados sob condicional, caso não houvesse incidentes ou grandes objeções, em 10 de agosto. Ela achava que tinha chegado ao fundo do medo, e então ele se abriu abaixo dela.

Alguns dias depois do anúncio da condicional dos meninos, Grace recebeu um e-mail da mãe que rompia seu acordo não explicitado.

> Riley receberá liberdade condicional logo. Não sabia quando/se lhe dizer, mas a mãe dele me contou na missa semana passada. Falou que ele quer voltar para a escola, mas não em GC. Tem desenhado, mas é muito reservado sobre isso. Provavelmente se sentem aliviados. Aquela pobre família não precisa de mais atenção.

Pobre família deixou uma pontada confusa. Ela ainda se sentia uma dos Graham, embora, claro, tivesse renunciado a esse privilégio, e se ressentia da pena que a mãe tinha deles. Mas talvez fosse a secreta satisfação suja da mãe: os Graham agora eram a pobre família.

A única objeção à condicional foi feita pela família do zelador. Wallace Cummins tinha morrido em 2010 depois de um segundo derrame, aos setenta e três anos. Seu obituário o louvou por suas décadas de serviços à Josephus Wynne Historic Estate, mas para variar não fizera menção à tentativa de roubo no local um ano antes. Pouco antes da audiência de condicional, no entanto, a filha de Wallace dissera à rádio WTQT que o pai tinha sido assassinado. "Aquele primeiro derrame levou ao segundo", falou. "Meu pai foi morto por criminosos tanto quanto se eles tivessem apertado o gatilho." Ela não queria os meninos libertados sob condicional. Ela não os queria "soltos".

Eles já estavam soltos, Grace sabia.

Às cinco horas ela deixou as contas e caminhou por nove quarteirões sinuosos até o cibercafé mais próximo, um dos poucos remanescentes agora que todos tinham smartphones, e comprou dez minutos.

Ela se preparou para uma referência ao dia da condicional. Prendeu o fôlego enquanto esperava a página carregar, mas a matéria principal do *Record* era apenas o debate sobre a interdição da piscina pública. Começou a digitar os nomes deles no campo de busca, e enquanto fazia isso a página recarregou. A primeira página tinha mudado.

Uma fotografia.

Os meninos saindo juntos de Lacombe. Podia ver a mãe de Riley logo atrás e, achou, o pai de Alls, mas o rosto estava borrado. Alls odiava o pai.

E se ela não os reconhecesse, se tivessem mudado tanto? Ela veria um homem em uma loja ou no parque e ficaria pensando. A última fotografia que vira fora do primeiro dia da pena de prisão. Um fotógrafo local esperara nos portões para vê-los entrar.

Ela ficou chocada com a visão. Riley era um homem. Os cabelos estavam novamente compridos, desbotados para um tom de ferrugem, e a maioria dos cachos sumira, de modo que caíam em ondas flácidas sobre as orelhas. Estavam sujos, talvez. Os malares eram mais altos, o maxilar mais anguloso, seu nariz arrebitado não tão arrebitado. Tinha duas rugas entre os olhos, exatamente como as linhas que a mãe dele chamava de seu "onze". Os olhos estavam baixos; ela não conseguia ver. Procurou a marca de nascença dele, uma impressão digital sob o maxilar, mas não conseguiu encontrá-la nas sombras. Parecia muito mais velho, mais do que três anos mais velho.

Alls estava atrás, mordendo os lábios como se para segurar a língua. Lembrou dos dentes dele batendo nos seus e engoliu.

Alls ainda era Alls. Riley era Riley, mas não.

Grace viu no reflexo da tela do computador um garoto indo na sua direção, jogando o pano de prato sobre o ombro do modo como vira Alls fazer centenas de vezes na cozinha da Orange Street, e sentiu as rodas do banco giratório deslizando sob si. Agarrou a beirada da mesa para não cair.

— Ça va? — o garoto perguntou.

Ela se virou. Os olhos dele eram vagos, a boca vazia e preocupada, e não parecia nada com Alls.

— Ça va — respondeu.

Fitou a fotografia, se detendo em cada detalhe. Riley ganhara volume em braços e peito, mas o rosto estava mais magro. Suas sardas não tinham desbotado — na verdade pareciam mais escuras na pele mais clara. Não conhecia a camisa que ele vestia. Era apertada demais, esticada sobre o peito e forçando os botões. As mãos lhe pareciam tão familiares que as suas próprias tremeram. Não conseguia deixar de sentir que o olhar que ele evitava era o seu.

Alls parecia calmo, suave em seu cenho escuro. Olhava para a câmera, direto para ela, com olhos âmbar. Talvez sua libertação tivesse produzido alívio. Deveria, não é? Mas Grace entendia melhor as linhas entre os olhos de Riley, a inacreditável fadiga do desconhecido.

* * *

Paris tinha sido um equívoco, ela sabia agora. Deveria ter ido para Tóquio ou Mumbai. Um dia *alguém* iria vê-la. Uma vez ela sentira medo, em um bar de vinhos quase dois anos antes. Estava em um encontro. Agora a ideia de um encontro era ridícula — ver algum pobre rapaz achar que *ela* poderia fazê-lo feliz! —, mas na época estava em Paris havia apenas alguns meses, e acreditava que poderia se transformar plenamente em seu novo eu.

Grace já estava na Europa havia um ano. Permanecera em Praga depois do programa de verão. Estava aterrorizada para viajar, como se só permanecesse invisível desde que ficasse imóvel. Depois que tinham sido sentenciados em agosto, ela partiu para Berlim.

Fez todos os serviços que conseguiu, de lavar pratos e limpar quartos de hotel até posar para artistas expatriados. Ficou surpresa com a quantidade de recursos que tinha, com que rapidez o desespero eliminara sua timidez, seu medo. Um negociante de antiguidades, cuja pequena loja Grace limpava à noite, começara a ensiná-la a fazer pequenos reparos quando sua assistente desaparecera. Mas Berlim, embora grande e anônima, estava cheia de nova-iorquinos, especialmente o tipo de jovens de vinte e poucos ligados em arte que tinham sido seus colegas de turma durante sua breve estadia naquela cidade. Ela já temia se deparar com alguém que conhecia. Não queria mais ser Grace, nem por cinco minutos.

Mudou de nome e descoloriu o cabelo, esperando que isso também acontecesse por dentro. Partiu para Paris. *Depois perca mais rápido, com mais critério*. Ela mantinha uma cópia do poema de Bishop no passaporte, debochando do drama de sua própria perda. Se não conseguisse encontrar Grace, então ninguém mais conseguiria.

Mas ela queria uma vida, por menor que tivesse de ser. Um bartender do Melun a convidara para jantar uma tarde enquanto lia no Jardin du Luxembourg. Foi respeitoso e amigável, e embora o francês de Grace ainda fosse um pouco confuso, ele pareceu desinteressado de seu passado americano. Jantaram e tomaram uma taça de vinho, e quando se separaram no metrô, Grace estava eufórica de ter conseguido — um encontro! Mesmo mentir para um completo estranho podia fornecer uma sensação de intimidade se apresentasse um mínimo contato. Encontrou com ele novamente quatro dias depois para jantar no Racines, e foi lá que viu Len Schrader, pai de sua colega de quarto em Nova York, Kendall Schrader. Ela só encontrara os pais de Schrader duas vezes, mas estava quase certa.

Sentiu como se tivesse visto um personagem dos seus pesadelos. Mas por quê? Len Schrader era muito distante de Garland, e Grace parecia muito diferente — mais branca, mais magra, outra loura toda vestida de preto. Ele não reconheceria a caloura de faculdade do Tennessee. Mas em caso positivo, poderia ir à sua mesa. Poderia dizer: "Amiga da Kendi? Achei que era você!" Poderia lhe perguntar o que estava fazendo ali, e mesmo que respondesse da mesma forma vaga que usara com o acompanhante, Len Schrader lhe diria o que suas filhas estavam fazendo, mesmo que não perguntasse. Poderia se lembrar de que Grace largara a NYU e a vida de sua filha de forma bem abrupta.

Seu acompanhante poderia perguntar por que ele a chamara de Grace. E ela não dissera que era da Califórnia? E Len Schrader poderia contar à filha que encontrara Grace na França, e Kendall poderia ficar pensando, novamente, no que fora feito de Grace e do namorado dela...

E assim por diante.

Então Grace sorrira para seu acompanhante e sugerira que talvez não estivessem com tanta fome afinal, talvez devessem ir embora, e então se esgueirara pela porta lateral como uma psicopata ou algo garantido, dependendo das expectativas dele. Ele a seguira, e ela fora para casa com ele. Como era estranho só se sentir segura com estranhos! Fizera sexo com o bartender, tentando participar plenamente daquela vida inventada que estava tão determinada a ter, e dividira um cigarro com ele sob a luz amarela de sua cozinha. Grace não fumava, mas Julie sim.

Duas semanas depois, o bartender aparecera perto do metrô de Clignancourt. Grace estava a caminho de casa e o viu ali na calçada, fumando um cigarro e falando ao celular. Ela não lhe dera seu número. Tinha se esgueirado para fora do apartamento enquanto ele dormia.

— O que está fazendo aqui? — ela cobrou.

Ele rira, de modo meio maldoso.

— Minha irmã mora aqui — disse, apontando com a cabeça para o prédio ao lado. — Estou esperando que desça.

De início não acreditara nele. Entendia que era paranoica, mas isso não correspondia a uma cura. Sua nova vida de fato teria de ser bem pequena.

II
Garland

3

Uma maçã estragada. Grace notara a mãe dizer isso pela primeira vez sobre o filhote de gato tigrado que o pai de Grace levara para casa quando se mudaram para Garland. Ele o encontrara miando atrás das caçambas de lixo no trabalho.

— Há líquido de arrefecimento lá — ele disse à mãe de Grace ao levar o filhote para casa.

— Ele provavelmente já bebeu um pouco — a mãe de Grace retrucara.

— Bem — dissera o pai, que era como eles concordavam em discordar.

Grace batizou o filhote de Skyler — "Que tal Tigre?", perguntara a mãe — e o viu crescer, sob seus cuidados displicentes, até se tornar um adolescente malvado que suplicava para ser acariciado, batendo a cabeça nas pernas deles, e então imediatamente enfiando as presas no pulso ou na palma da mão de quem caísse nessa e tentasse demonstrar afeto.

— Esse gato é uma maçã estragada — dissera a mãe de Grace. — Ele não tem culpa; simplesmente é podre.

O fato de Skyler não conseguir controlar sua natureza manteve Grace carinhosa com ele por mais tempo que os pais. Depois o primo dela, um garoto de dezoito anos, foi para a cadeia por roubar cartões de crédito da correspondência dos vizinhos.

— Ele é apenas uma maçã estragada — dissera a mãe de Grace grávida, curvada sobre a pia para lavar as mãos. Era assistente de saúde domiciliar e estava sempre lavando as mãos de alguma coisa. — Ele roubou da própria mãe. Sabe, eu o flagrei uma vez, revirando as gavetas dela.

— Você tem de parar com isso — dissera o pai. — Ele não era mais velho do que Grace quando tudo isso aconteceu.

A mãe erguera as sobrancelhas. *Bem*.

— Não é culpa de Regina. Eles fizeram de tudo.

O pai levou o gato — ele não era identificado pelo nome após ter partido — depois que mordeu o tornozelo de Grace sem ser provocado. A mãe de Grace estava quase dando à luz; não podiam deixar que atacasse os bebês.

No grotesco caos que se seguiu ao nascimento dos gêmeos, Grace supusera que simplesmente não havia amor suficiente para todos, e os bebês precisavam de todo ele. Bastante justo. Mas quanto mais atenção seus pais davam a eles, mais atenção as máquinas lactentes de chiliques exigiam. Acompanhando a transformação de seus pais em cuidadores esgotados, obcecados censores da TV, Grace se viu esperando malevolamente que um dos gêmeos se revelasse uma maçã estragada. Ela achava que ambos eram estragados — seus rostos encharcados, seus berros de bocas desdentadas escancaradas, sua baba pendurada, suas fontes de diarreia, suas urticárias, alergias, insônia e repentinos berros aterrorizantes.

— Não achávamos que teríamos mais filhos — a mãe de Grace dissera a um vizinho, que sorrira de volta, anuindo.

Certa tarde, Grace estava escondida no porão, que era silencioso, lendo uma pilha de velhas revistas *Life* que um vizinho jogara fora uma semana antes, quando a ideia, terrível e inimaginável, subiu por seu ombro como uma aranha. Ela era a maçã estragada. Por isso sua mãe não agira certo com ela, não do modo como agia com os gêmeos. Não era culpa de Grace ser uma maçã estragada. Não era culpa de ninguém, mas isso explicava muitos dos seus sentimentos, seus pensamentos secretos. Ser podre era como ser pobre, mas no coração. Nada a fazer. Você tem o que pode ter, e não se aborrece.

E ela tinha feito coisas feias. Naquele ano, Grace roubara cem dólares de uma colega de turma, Deanna Passerini. Grace odiava Deanna, que tomava o que queria das mãos e das lancheiras dos colegas: canetas, pretzels, trabalhos de arte em vitral com papéis coloridos. "Você vai quebrar isso!" — alguém gritava com Deanna quase todo dia. No seu aniversário, Deanna foi para a escola brandindo um cartão da tia de Massachusetts. O cartão tinha uma nota de cem dólares, que ela agitou para que todos vissem. Quanto dinheiro era cem dólares para uma criança de dez anos — mil! Um milhão! Que alguém pudesse dar cem dólares àquela horrível, desprezível e gananciosa Deanna parecia imoral, como se o universo a recompensasse por ser tão repulsiva. Deanna disse que ia usar o dinheiro para comprar uma escultura de um cavalo de cristal que vira no shopping. Grace sabia que teria quebrado o cavalo na própria loja. Então pensou: vou lhe mostrar como tomar uma coisa, Deanna P. Você não a *agarra*.

Depois do almoço, quando todos tinham intervalo para ir ao banheiro, Grace foi ao reservado ao lado do de Deanna. Os quatro reservados estavam ocupados, e algumas outras garotas estavam reunidas nas duas pias, se lavando, conversando e puxando papel-toalha. Deanna colocara seu novo Magic Duende, um saco de batatas pela metade, a lista de palavras a soletrar e o cartão de aniversário no chão do banheiro. Grace se sentou vestida no toalete, esperando, e quando viu Deanna se levantar e dar descarga, pegou o cartão. Enfiou na cintura do jeans, nas costas, e baixou a camisa sobre ele.

Estava na pia quando Deanna começou a berrar. Grace estendeu as mãos vazias e Deanna imediatamente culpou Amber White, porque Amber White era pobre e suja e com frequência em apuros por se comportar mal de alguma forma humilhante — xingar distraída ou brincar com os mamilos através da blusa no círculo de leitura. Grace então achou que outra anotação na folha corrida de Amber não faria diferença. Amber empurrou Deanna, que berrou furiosa que Amber a tinha *tocado*. Grace foi até a professora e denunciou o roubo.

Deanna teve problemas com os pais por ter levado o dinheiro para a escola. Amber não teve como entregar o dinheiro, e a professora esqueceu o assunto, mas as outras crianças a atormentaram com novo vigor. Deanna, por outro lado, ascendeu como vítima. E embora Grace nunca tivesse pensado seriamente em se apresentar, assim que viu quão baixo alguém como Amber podia cair, soube que jamais confessaria.

Mas não sabia o que fazer com o dinheiro. Temia que a incriminasse. Enrolou a nota de cem entre duas de um dólar e a jogou na caixa de doações do Exército da Salvação pouco antes do Natal, um Papai Noel magrelo badalando o sino ao lado. Ele sorriu para ela.

Lembrou de Skyler, provavelmente morto por gás no abrigo, com uma pontada de pena. Eles podiam ser incapazes de alterar sua natureza, mas Grace podia esconder a dela. Teria de.

Na escola, Deanna começou a alisar os cabelos e fazer bronzeamento artificial. O peito de Amber White ficou grande demais, rápido demais. Grace conheceu Riley.

Você podia ser má e ainda assim uma boa menina, caso se esforçasse bastante. Ela não tinha se esforçado bastante antes.

— Crianças são uma merda — Riley dissera quando ela contara sobre roubar o dinheiro de aniversário de Deanna. — Você não pode se martirizar por essas coisas.

Estavam deitados um de frente para o outro na cama elástica da família nos fundos do quintal, à sombra das árvores, onde era mais fresco. Ainda assim os cabelos grudavam na testa molhada e eles limpavam rios de suor ao redor das narinas um do outro.

Grace chorou. Roubar a nota de cem dólares de Deanna era a pior coisa que já tinha feito, e a pior coisa que iria fazer, *sempre*. Toda vez que via Amber na escola, mesmo então, dois anos depois, se sentia horrível novamente. Grace sequer conhecia a garota que roubara aquele dinheiro. Não conseguia sequer imaginá-la.

— Uma vez matei um tentilhão com um estilingue — Riley disse. — Eu e Alls derrubamos o ninho de uma árvore porque queríamos ver os ovos, e depois atiramos no pássaro.

— A mãe? — perguntou Grace, engasgando.

Ele se encolheu.

— Éramos só crianças.

Riley tornou fácil para Grace ser boa. A mãe dela não parecia gostar muito dele, mas Grace desconfiava que isso tinha mais a ver com Grace do que com Riley. Mas se todos gostavam dos Graham e os Graham gostavam de Grace, então talvez fosse a mãe de Grace quem estivesse errada sobre ela.

Os Graham tinham lhe dado uma chance, e ela estava ansiosa para mostrar que podia ser merecedora de seu amor. Tratavam Grace como se pertencesse a eles, assim como Riley, e ela se dedicou a fazer jus a isso. Deixou para trás aquela garota agitada e solitária para se tornar a filha dos Graham e a garota dos sonhos de Riley, cabelos sedosos e sorriso tímido. Ela sabia ir aonde era querida.

Certa tarde de verão, depois da sexta série de Grace, ela saiu quando Riley estava jogando videogame e a sra. Graham, fora. O dr. Graham estava consertando o cortador de grama na rampa de carros, e se assustou com o surgimento dela.

— Eu nunca a ouço chegar, querida. Estou acostumado com cascos tonitruantes de meninos — disse.

Logo ela estava repassando ferramentas que ele descrevia — "a coisa comprida com a coisinha fina", disse — e escutando enquanto ele explicava como o motor funcionava. Quando terminou, agitou seus cabelos escuros e disse:

— Obrigado, meu lírio!

— De nada! — ela respondeu, exultante com seu primeiro apelido.

— Meus pais *adoram* você — Riley disse quando ela contou. — Minha mãe tinha querido outro bebê depois, de mim. Sempre quis uma menina, mas meu pai disse que cinco crianças era demais.

Algumas semanas depois, Grace estava enrolada no sofá da sala com a sra. Graham assistindo a *Ladrão de casaca*, um dos "filmes glamourosos" da mãe de Riley, quando o dr. Graham voltou tarde do trabalho e mostrou a cara no canto.

— Vejo que conseguiu sua menina — disse, e Grace, tão tímida quanto ansiosa, deu uma espiada na sra. Graham, que anuía para o marido enquanto esticava a mão para alisar o cobertor sobre os joelhos de Grace.

Grace não entendia então o que Riley via nela, mas ele era como a luz do sol, lançando confiança sobre ela e eliminando as sombras. Sua cidade, do guarda de trânsito às universitárias servindo sorvete atrás do balcão do Ginny's, passando pelos diretores das escolas, o adoravam. Ele era o mais jovem dos quatro meninos dos Graham, vigoroso e bonito, um brincalhão que gostava de contar histórias sobre quando havia sido apanhado e quando deveria ter sido. Tinha cabelos ruivos rebeldes, covinhas desiguais — um rosto de criança levada — e sardas por toda parte: um aspergido no rosto, um cobertor sobre os ombros, descendo os braços. A Grace ele parecia vibrante, mais brilhante que todos os outros, como se faíscas saíssem daquelas sardas e daqueles cabelos. Seus modos podiam ser quase comicamente cavalheirescos: ele abençoava estranhos quando espirravam e tocava na pala do boné de beisebol e dizia "cuidem-se" depois que as garotas do Ginny's davam seu troco do sorvete.

O dr. Graham era o médico do time de basquete da faculdade, um herói humilde, e a sra. Graham trabalhava na clínica de aconselhamento estudantil. Havia mais dinheiro na madeireira familiar criada pelo bisavô de Riley. Mas nunca fora por causa do dinheiro, Grace se consolou em anos posteriores — exceto que então ela já entendia como o desespero de qualquer tipo podia tornar alguém mesquinho, mau. Os Graham não eram mesquinhos em nada. Em suas estantes de livros e filas de álbuns de fotografias herdados, seus potes de condimentos misteriosos e gavetas de verduras abarrotadas, suas piadas particulares e seu poço sem fundo de tradições, suas caixas cheias de casacos e luvas extras, travas e pranchas de bodyboard, os Graham eram apenas abundância.

Quando ela examinava seus colegas de turma espinhentos — as garotas que rapidamente a mandariam calar, os garotos que oscilavam entre palhaçada e crueldade — sentia uma onda de orgulho, até mesmo vitória, por ter Riley. Ela teria querido Greg, o bebezão cujo pai prometera um Land Rover no aniversário de quinze anos caso se mantivesse no quadro de honra? Teria querido Alls, que nunca ia para casa espontaneamente? Não, claro que não. Não conseguia acreditar na sua sorte por Riley querê-la, mas era grata, e o amava por isso.

No mês de junho em que Grace fez treze anos, ela e Riley perderam a virgindade em uma casa abandonada no limite do bairro dele. Tinham passado meses entrando pelas janelas da casa para espiar e escrever suas iniciais na poeira, e tinham começado a pensar nela como *sua* casa. Aconteceu no chão acarpetado de um dos quartos — *seu* quarto. Nenhum deles estava preparado para o quanto doeria em Grace, e Riley depois a beijara na testa. Nenhum dos dois estava preparado também para o sangue, e Grace achou que o sexo tinha provocado sua menstruação, como se seu corpo se apressasse em alcançá-la. Quando teve sua primeira menstruação de verdade alguns meses depois, o sangue pareceu ao mesmo tempo mais repulsivo e menos substancial. Só quando Grace ficou mais velha, quando fez dezesseis anos e se viu mentindo para uma enfermeira sobre quando exatamente se tornara *ativa*, se deu conta de que era nova demais. Se ela e Riley não tivessem ficado juntos, isso poderia ter se tornado motivo de vergonha. Em vez disso, cada segredo que partilhavam era um nó cego que os unia mais.

A sra. Graham se aferrou a Grace como um presente muito aguardado. Comprava para Grace vestidos, suéteres, livros (nenhum dos filhos gostava realmente de ler, não como ela gostava, não como Grace gostava). Quando a sra. Graham ria, inclinava a cabeça para cima e a boca se abria de surpresa, quase como se sentisse dor. Quando realmente ria, para o marido ou os filhos, apertava os lábios, rindo pelo nariz. Certa vez, Grace, usando o banheiro principal, experimentara o batom dela, um ameixa brilhante chamado Crushed Rose que vinha em um tubo dourado, e ensaiara seu riso sra. Graham silenciosamente no espelho.

A sra. Graham até mesmo levou Grace para comprar o primeiro sutiã. Ela já tentara duas vezes pedir à própria mãe, mas parara — Aiden estava gritando, depois o pai apareceu —, e a sra. Graham não precisava de um pedido. Chamou Grace de lado e disse, rápida e suavemente, cheirando a grapefruit, que ela precisava trocar um casaco no shopping e que Grace deveria "ir com ela" para "comprar alguns sutiãs". Sequer fez Grace responder; simplesmente foram. Depois, encolhida na cama de Riley, Grace às vezes notaria um daqueles sutiãs jogados no chão dele em meio a deveres de casa e meias suadas, e se sentiria tomada de amor pelos Graham, sua verdadeira família. Algumas vezes fantasiava uma infância inteira como um deles — Grace Graham, a filha que a sra. Graham queria —, embora não pudesse contar isso a Riley sem fazer parecer que desejava ser sua irmã.

4

Riley trocou a Garland Middle pela Garland High; Grace, deixada para trás, temeu que pudesse começar a parecer jovem demais para ele, uma fase infantil que deveria então abandonar. Depois da escola ela corria para onde ele estivesse, sempre com Alls e Greg. Greg com frequência a acusava, mesmo diante de Riley, de tentar roubá-lo. Ela ria, e Riley revirava os olhos, mas Greg estava certo. Ela sentia ciúmes. Não importava quanto tempo estivessem juntos, os meninos tinham passado mais tempo. Às vezes não parecia justo que Grace desse todo seu amor e atenção a Riley quando ele estava tão ocupado. Mas ele não a colocaria no grupo dos meninos, não realmente, embora todos passassem tanto tempo juntos. Quando ela fazia as coisas que achava que garantiriam sua admissão — jogar uma garrafa de vidro vazia na parede de alvenaria dos fundos da sua escola fundamental, denunciar que Greg tinha peidado — Riley a censurava. Houve uma vez que ela lembrava especialmente. Fora depois do Halloween, e estavam todos sentados na varanda da frente da casa de Riley comendo sobras de doces.

— O que um camponês mais gosta de fazer no Dia das Bruxas? — Alls começou.

— O quê? — Grace foi a primeira a perguntar.

Ele olhou para o chão, tentando manter uma expressão séria.

— Socar alho.

O riso de Riley foi o mais alto. Então Grace, a primeira a se recuperar, perguntou:

— O que o leproso apaixonado disse para a piranha?

— O quê? — Greg perguntou.

Era tarde demais; ela já estava sorrindo.

— Deixo uma parte minha com você.

Alls colocou as mãos sobre os ouvidos fingindo choque, mas estava rindo, assim como Greg. Riley não estava.

— Vamos a algum lugar — ele disse. — Estou morrendo de tédio.

Depois, quando os amigos tinham ido para casa, ele lhe disse que o tinha constrangido. Apresentou seu argumento de modo generoso:

— Pare de tentar ser um cara — falou. — Você não tem de fingir. Apenas seja você mesma.

Ela não estava tentando fingir, começou a explicar. Estava apenas...

— Mas eu não gosto de você assim — ele cortou.

Apenas-seja-você-mesma tinha limites. Ela se adaptou à visão dele. De qualquer modo, ela gostava daquela garota mais do que tinha gostado de si mesma, então foi quem se tornou.

A partir daquele ano os meninos costumavam ir para o porão de Greg depois da escola. Greg já estava bebendo pesado na época, roubando álcool do pai, que tinha um bar no porão e bebia demais para ter noção do estoque. Na primeira vez que Greg ofereceu um *screwdriver* ela o mandou calar a boca, achando que estava debochando ao falar de chave de fenda. "Não, eu estou tomando", ele disse. "Você vai gostar, é bom." Greg também guardava a maconha lá embaixo, na gaveta com os palitos de festa e fósforos de restaurante, como se querendo que o pai encontrasse.

Certa noite, no começo de abril, os meninos estavam doidões, e Grace embromava com seu *screwdriver* quando os três decidiram dar uma volta no carro da sra. Kimbrough. Greg pegou as chaves na bolsa dela, junto à cama onde ela e o sr. Kimbrough dormiam. Riley nunca tinha dirigido nada além de um cortador de grama, e Greg estava doidão demais para enfiar a chave na fechadura. Alls tinha aprendido a dirigir um carrinho de golfe trabalhando como *caddy* naquele verão. Grace protestou com veemência, sussurrando. Ela sequer deveria estar ali. Tinha fugido de casa. Riley disse para não se preocupar; eles a deixariam em casa. Alls desceu de ré a rampa com o esportivo prateado da sra. Kimbrough, escapando por pouco da caixa de correio de alvenaria. Greg aumentou o baixo e trancou as janelas para lacrar o carro. Alls apertou os botões das janelas, tentando abrir. Seu pai dirigia um carro velho sem vidros elétricos, e ele não conseguia descobrir. Grace fez com que a deixassem no final do quarteirão para não acordar os pais.

A manhã seguinte era domingo, e Grace saiu de bicicleta às oito e meia, como de hábito, para ir à igreja com os Graham. Encontrou Alls, Riley e os pais dele na cozinha, todos com as mãos formando uma viseira sobre os olhos. O telefone estava no meio da mesa e ninguém encostava. O sr. Kimbrough gritava pelo fone que iria arrancar os bagos de Riley. A sra. Graham sempre colocava pais raivosos no viva-voz. Não queria ter de poupar os filhos da fúria nem de regurgitá-la ela mesma.

— Diga a ele para vir aqui — berrou. — Quero esse merdinha chorando no chão exatamente como o meu está.

Marmie, a beagle dos Graham, começou a uivar para o telefone, e a sra. Graham fez um gesto para que Grace a calasse.

— Não adianta ele mentir para vocês — falou então Trace Kimbrough. — Greg nos contou tudo.

Greg tinha dito que deixara Alls e Riley pegar emprestado o carro da mãe, e que tinham batido. A frente do carro estava amassada e havia vômito no banco de trás e no chão.

— Vocês poderiam ter matado alguém! — berrou o sr. Graham.

— É um milagre que não tenham sido presos — falou a sra. Graham. — Eu realmente gostaria que tivessem.

Riley estava choroso e se flagelando enquanto prometia pagar sua metade dos danos. Não contestou a história ridícula que Greg contara aos pais. Mas depois contou a Grace que todos tinham ido à cidade, onde dois caras mais velhos da escola tinham feito sinal para que parassem. Um deles era um vendedorzinho de comprimidos, recém-expulso. Seu nome era uma palavra indesejada nos lábios de todos os pais. Eles o deixaram dirigir, brincando de autorama na Old 63 até Riley vomitar no chão. O garoto mais velho enfiou o carro no carvalho da Dawahare

Street, e eles deixaram o carro lá, batido e cheio de vômito. Alls foi para casa com Riley, que junto à porta descobriu que tinha perdido as chaves durante a noite. Alls sequer tinha as chaves de casa — seu pai estava sempre perdendo as suas e pegando as do filho —, de modo que tinha aprendido a abrir trancas com clipes de papel quando necessário. Conseguiu colocá-los dentro da casa dos Graham, e eles desmaiaram nos sofás da sala.

Grace não conseguia entender por que tinham livrado a cara de Greg, mas Riley se recusou a explicar. Ela descobriu sozinha: Greg estava comprando o fumo e fornecendo o álcool a todos. Roubava dinheiro dos pais o tempo todo: vendia coisas suas e alegava ter perdido, pedia dinheiro para falsos professores particulares e viagens escolares simuladas. Ele pagou a maior parte dos danos ao carro em troca de Riley e Alls ficarem com a culpa.

Mas a culpa atribuída a Alls e Riley não foi igualmente distribuída. A sra. Kimbrough concentrou sua fúria apenas em Alls, e quando o pai dele tentou pagar os danos, os Kimbrough recusaram seu dinheiro.

Charlie Hughes estava "passando dificuldades", todos sabiam, significando que era um alcoólatra cujos problemas haviam se tornado públicos. A esposa, mãe de Alls, os abandonara apenas dois meses antes, depois da terceira detenção de Charlie por dirigir embriagado. Paula Hughes tinha trabalhado na creche da igreja Metodista Unida de manhã e ficado de babá para os filhos menores dos Turpin à tarde, e quando ela partiu, Jeffrey Turpin inventou o boato de que a mãe de Alls tinha sido deportada. Alls foi reavaliado pelos pares: seu tom de pele, embora claro, tinha um forte toque moreno que era então visto pela primeira vez. Além da cor, ele parecia um Charlie mais novo, nariz comprido, alto e magro, e pronto para se meter em confusão. Mas Alls não negou o boato. Em sua sonora estupidez ele teria preferido isso à verdade que poucos conheciam: a mãe prometera voltar quando o marido ficasse sóbrio. Ela tinha desistido.

Na sexta-feira antes de os meninos terem batido o carro da sra. Kimbrough, Charlie fizera uma cena no jogo de beisebol deles.

Riley não jogava, mas como Alls e Greg sim, Grace e Riley estavam lá, com alguns outros garotos embaixo das arquibancadas. No terceiro *inning*, eles ouviram Charlie berrar: "Como meu garoto está indo?", enquanto cambaleava pelo estacionamento. Ele conseguiu subir as arquibancadas e começou a especular em voz alta sobre por que Bradley Cobb, o terceira base, ainda era tão pequeno aos quatorze anos. Grace e Riley saíram de sob a arquibancada para ver Charlie. Ele deixava Grace nervosa. Riley o odiava, amargurado por causa do amigo.

— Também tem queixo de vidro. Deve ter sido prematuro — Charlie Hughes disse a ninguém em particular. Os Cobb estavam sentados dois degraus abaixo.

— Vamos lá, Charlie — disse o sr. Kimbrough. — Vamos apenas ver o jogo, certo?

— Talvez o pai dele não fosse muito bom — falou Charlie rindo, se jogando para a frente e batendo no ombro da mulher à sua frente. — O que me diz, Cobb?

Grace não conseguia ver os Cobb, mas ninguém riu. Charlie remexeu no bolso da calça e uma garrafa escorregou, batendo na arquibancada e caindo pela abertura até espatifar no asfalto abaixo.

— Opa — Charlie disse, olhando por entre as pernas. — Cuidado, garotos.

Grace olhou para Alls na primeira base. Estava concentrado no rebatedor, o maxilar tenso, e ela não sabia dizer se tinha visto. A garrafa de vodca quebrada não era muito maior que um frasco. O fato de o pai de Alls ser um bêbado de *vodca* era ainda pior em Garland, onde os homens bebiam cerveja ou uísque, e bebiam em casa, agitando copos baixos com gelo em suas varandas, não nos jogos de beisebol dos filhos. O pai de Alls normalmente trabalhava nas noites de sexta. De qualquer modo, não deveria ter ido lá.

Charlie saiu silenciosamente depois do sexto *inning*, e Grace e Riley cataram os cacos de vidro antes de Alls sair do banco. Grace se sentiu novamente grata pelo desinteresse dos próprios pais.

Quando Riley, Greg e Alls bateram o carro de Tracy Kimbrough uma semana depois, Grace estava certa de que o episódio no jogo de beisebol estava ligado ao tratamento dispensado a Alls pelos Kimbrough. A mãe de Greg, que não tinha nenhum teto de vidro, não teve pressa alguma de consertar o carro. Ela circulou com o carro amassado pela cidade inteira por semanas, dizendo a todos que perguntavam que Alls Hughes o tinha roubado e circulado à noite fumando maconha. Ela omitiu o envolvimento de Riley tão prontamente quanto o do próprio filho, e essa parecia ser sua indenização preferida. Pouco depois, Alls foi expulso do time de beisebol por ser reprovado em um exame surpresa de drogas cobrado de mais ninguém.

— Você tem de contar a eles — Grace implorou a Riley. — Tudo isso está acontecendo por causa da mãe maluca do Greg. Ela não sabe quando ele mente para ela porque ele *sempre* mente. Ela está arruinando a *vida* do Alls.

— A *vida* dele? Isto não é nada. Todos terão esquecido em duas semanas, e da próxima vez será Greg. Você se reveza nas merdas; tem de ser assim.

Não é assim para nós, ela quis dizer a Riley. As pessoas se esquecem dos erros de Riley e dos erros de Greg porque eles são de boas famílias, mas Grace e Alls não têm apoio. Ela não sabia como explicar isso a Riley.

Ele passou o braço sobre seu ombro.

— Não se preocupe tanto.

O custo desse erro tinha disparado, e Grace sabia. Alls não podia dar conta. Ela entendia como era frágil sua própria posição. Se algum adulto decidisse que o lugar de Grace não era com Riley, sua vida poderia descer pelo ralo.

Anos depois, quando Greg vendeu os amigos por um acordo, Grace provavelmente foi a menos surpresa. Ela conhecia as regras.

* * *

Enquanto Riley praticava seu *chiaroscuro*, sua profundidade de campo, sua conquista do realismo fotográfico, Grace praticava a arte do amor: cupcakes, CDs de compilações, estímulo apaixonado, seus dedos sobre o lado interno dos bíceps dele, dupla satisfação com suas vitórias e a qualquer deslize, indignação. Ela adorava sua gargalhada alta e o modo como ela parecia aumentar a temperatura no aposento. Adorava como ele era gentil com a mãe e a beijava no rosto ao entrar e sair, ele e o pai conversarem longamente, como amigos. Adorava que seu pai lhe desse dinheiro para levar Grace para jantar fora. Adorava os cabelos ruivos dourados em seus braços e como ele dirigia com transmissão manual. O modo como seu corpo tinha um espasmo assim que adormecia e como sempre acordava parecendo irritado e petulante. Adorava como as pessoas acenavam para ele no quarteirão e chamavam seu nome. E o som de seu nome em sua boca, e sua assinatura, como o R parecia estar chutando as outras letras da página. Adorava quando ele a desenhava. Adorava quando largava os amigos para ficar com ela. Mesmo aos quatorze anos, sabia que o tinha fisgado, e também adorava isso. Ela tinha conseguido — tudo.

Apenas uma vez Grace temera perder Riley. Quando tinha dezesseis anos, um pesadelo louro entediado chamado Madison Grimes aparecera na Garland High como aluna do último ano, expulsa de seu colégio interno na Virgínia, e colocara Grace em pânico ao deixar claro que queria Riley. Deanna Passerini e Colby Strote lhe contaram na aula de biologia, e não por gentileza. Então a própria Grace ouviu, ao se aproximar do armário de Riley: a voz baixa e rouca de Madison rindo de algo que ele tinha dito.

— Não pode levá-la para casa e apresentar a mamãe — Greg murmurara para que ela ouvisse. Grace sabia que ele não queria ameaçá-la; nunca era tão específico; mas ela sentiu um arrepio.

Na época, Grace dormia com frequência na casa dos Graham sempre que a sra. Graham decidia que ficara tarde demais para ela ir para casa. A sra. Graham arrumara o pequeno quarto de hóspedes do sótão para Grace com colchas floridas de sua própria infância e uma luminária com cúpula de linho. Riley se esgueirava escada acima à noite, encantado com a bizarrice do sexo naquele quartinho feminino. Ele às vezes ficava frustrado com a relação de Grace com sua mãe, e precisava se lembrar de que era exatamente a proximidade delas o que permitia sua vida sexual confortável e sem impedimentos.

Grace estava deitada acordada nessa cama certa manhã cedo, Riley adormecido junto a ela, quando sentiu um espaço se abrir para sua imaginação: e se Riley deixasse de amá-la? E se ela perdesse seu quarto naquela casa? Quando estava em sua própria casa, sempre esperava para voltar para lá; seus pais e irmãos eram estranhos que circulavam enquanto ela vigiava o relógio, procurando um motivo para ir. E se não houvesse motivos? De repente se sentiu assombrada, o fantasma da ameaça de se tornar ela mesma um fantasma.

Ela observou Madison na escola. Era a trivialidade em seu comportamento — nunca cruzava as pernas, fumava no almoço — que Grace, em seu vestido leve amarelo, achava particularmente ameaçadora. Grace estava sendo ameaçada não por alguém que ela podia superar, mas por seu oposto.

Grace pensou em sexo anal, que ela não tinha feito e não queria fazer. Será que inconscientemente guardara para um momento como aquele? Mas então, tarde da noite de uma sexta-feira, quando Grace, Riley, Greg e Alls estavam bebendo amigavelmente no bosque atrás da casa dos Kimbrough, Riley caiu na gargalhada. Deu o telefone a Grace. Era Madison, peitos de fora, suplicando sua atenção na tela.

— Meu Deus — disse Riley. — Algumas pessoas não têm modos.

Grace olhou atentamente para a imagem, comparando os seios de Madison com os seus até sentir o hálito de Greg em seu pescoço.

— O Kimbrão gosta dela — ele disse.

Grace o afastou. *Piranha idiota*, pensou, aliviada e encantada ao ver o riso de Riley. *Você não faz ideia de quem ele é.*

Greg ficou com Madison na semana seguinte — realmente o final perfeito — e intermitentemente até ela se formar, quando desapareceu para o litoral sul. Às vezes Greg sentia saudade dela. "Foi algo maior", ele dizia, pensativo. Não fora, mas seus amigos lhe permitiram a ilusão. Grace foi especialmente generosa, tendo certeza de que não havia disputa pelo amor de Riley que não pudesse vencer caso permanecesse fiel a si mesma, a boa menina, nua no sótão, vestido leve jogado no chão.

5

Os meninos foram para a faculdade juntos, embora na verdade não tivessem *ido* a lugar algum. Dos cem alunos de sua turma, vinte e dois se matricularam na Garland College. Filhos de professores e funcionários da GC tinham isenção ou bolsas. Riley e seus irmãos estudaram quase de graça.

Alls tinha apostado no basquete para abrir caminho. Ele tinha todos os motivos para achar que conseguiria uma bolsa na GC: a faculdade dera bolsa total aos dois melhores jogadores da equipe de basquete da Garland High nos vinte anos anteriores, e Alls era o astro do ataque dos Ravens. Mas em dezembro o Court Vision Committee ofereceu as duas bolsas a Clay Atkinson e Jeremy Bullock. Nem mesmo o técnico disfarçou o choque. Jeremy certamente merecia a bolsa, mas Clay era medíocre. Ele amarelava sob pressão e era facilmente intimidado por jogadores maiores.

Grace ficou menos surpresa. O pai de Clay era Ike Atkinson, advogado, e a mãe era Caroline, corretora de imóveis e criadora de *labradoodles*, e eles moravam em uma grande casa branca com venezianas verdes. Jeremy Bullock, um dos onze estudantes negros da Garland High, tinha sido criado pela mãe solteira, e Grace vira o sorriso de Jeremy endurecer quando o presidente do comitê, ao anunciar a bolsa, mencionou isso entre as "circunstâncias difíceis" que Jeremy havia "superado". Mas a visão do comitê não alcançava Alls. A mãe dele nunca voltara. Ligava para ele todo ano e pedia que fosse visitá-la em Michigan, mas ele só fora uma vez. Charlie Boa-Vida trabalhava em um varejista de material esportivo em Whitwell entre porres. A história deles não tinha final feliz.

— Você está dizendo que são *racistas*? — perguntou Riley. — Mas eles escolheram Jeremy.

— E *Clay*. Veja, o que foi aquela besteira sobre "mãe solteira"? Eles gostam disso... em um garoto negro. Combina muito com a visão deles. Mas nem tanto no caso de Alls. E a mãe de Alls é colombiana.

— Isso não faz com que seja *você* aquela com fixação em...

— Deveriam ser Jeremy e Alls — ela disse, com dificuldades para se explicar. — Você sabe que eles agora estão muito satisfeitos consigo mesmos, dando tapinhas nas costas por ajudar Jeremy. Mas então olham para o pai de Alls e veem o bêbado mais odioso da cidade, a babá latina que ele enganou para se casar com ela e um garoto que é uma *mistura* deles. Aquele que se recusou a vender barras de chocolate porque ganhava mais em seu trabalho de verdade.

Riley grunhiu.

— Por que mais eles escolheriam Clay? Clay é péssimo.

— Porque ele é um merdinha — ele disse. — Porque ele nunca deixa ninguém puto, e Alls deixa.

— E por que isso?

Ela desejou não ter dito nada. Se Riley era cego à estratificação social de Garland, não era do seu interesse iluminá-lo.

O que ela não mencionou a Riley foi que tinha visto Alls receber o telefonema do técnico Backus. Estavam todos na casa dos Graham, vasculhando o porão em busca de utilidades domésticas descartadas que pudessem ser levadas para a casa que os meninos iam alugar para a faculdade. Greg encontrara um conjunto de cartazes de bebês com carros que pertenciam a um dos irmãos de Riley — achavam que Jim, com base na idade dos objetos — e estavam ao redor deles, dando gargalhadas, quando Alls sacou do bolso do jeans o celular que zumbia. Olhou para o número e subiu as escadas correndo; não havia sinal suficiente no porão.

Grace subiu um minuto depois para beber algo. Encheu o copo na pia da cozinha e viu pela janela Alls no quintal, telefone ao ouvido, andando de um lado para o outro. Ela sabia que estava observando algo particular, mas não sabia o quê. Ele parou, cruzou um braço sobre o outro sob a nogueira, de costas para a casa. Grace notou que estava prendendo a respiração. Mesmo a seis metros e de costas, ela sabia que nunca o vira tão chateado. Quando o braço caiu, ficou assim, flácido, até que enfiasse o telefone de volta no bolso e se curvasse para pegar nozes podres caídas no chão. Começou a jogá-las na mancha de tinta da cerca, um velho alvo de arremesso.

Ela queria sair, perguntar o que tinha acontecido ou se queria conversar. Mas não podia falar assim com Alls. Não tinham esse tipo de amizade. Ele às vezes a deixava incomodada e desconfortável. Quando ela penteava os cabelos com os dedos ou dava um risinho, ele dava uma olhada de quem entende, apertando os olhos e contendo um sorriso, como se a tivesse flagrado fazendo algo. *Você não sabe nada*, ela tinha vontade de dizer.

Grace o observou até ouvir o rumor de passos subindo a escada do porão. Greg e Riley passaram por ela para o quintal, onde também começaram a catar nozes caídas e jogá-las na cerca, como se obedecessem a um comando de menino superior.

— E quanto a outras faculdades? — ela perguntou a Alls vários dias depois. Estavam sentados nos degraus da varanda dos fundos da casa da família de Riley alguns dias depois do Natal. Grace estava um degrau abaixo de Riley, apoiada entre suas pernas. Quando disse isso ele apertou os joelhos um pouco, para que se calasse.

— Não há outras faculdades — Alls disse.

— Quero dizer, Universidade do Tennessee, a Estadual, Belmont...

— Não sou bom o bastante para a UT — ele disse. — Mas sou bom o bastante para Garland.

— E quanto a outros esportes? Quero dizer, você jogou praticamente tudo.

Riley enfiou o rosto nas mãos. Grace sabia que entrar para outra faculdade não era tão simples quanto estava sugerindo, mas Alls era a pessoa mais graciosa que ela conhecia, comprido e magro, mas musculoso. Movia-se com a elegância despreocupada de alguém sempre à vontade no corpo. Ela nunca vira Alls Hughes tropeçar. Achava que o corpo dele podia aprender tudo que lhe fosse pedido.

— Vou entrar — disse Riley.

— Você não precisa ir para a faculdade — Grace disse quando a porta tinha se fechado.

— Eu vou para a porra da faculdade — retrucou.

Ela tocara na ferida.

— O que você quer? — perguntou.

Ele bufou.

— O quê? Tipo quando eu crescer?

— É — ela concordou, contente por ter rido. — Quando você crescer.

— Ah, estar *longe* — disse, esfregando o osso torto do nariz. — Fora daqui.

— *Daqui?* — reagiu Grace, incrédula.

— Garland — ele falou, suspirando.

— Então vá trabalhar em um poço de petróleo. Ou para uma faculdade no Kansas.

Marmie subiu as escadas e acomodou a cabeça grisalha no colo de Grace.

— É o que você está planejando? O que *você* quer ser?

Grace Graham. Inteligente, rica, mãe de futuros Graham.

— Não sei — falou, acariciando as orelhas do cão. — Mas minha família está aqui.

Ele ergueu as sobrancelhas.

— Eu nunca sequer conheci sua família. Você sabe como isso é esquisito nesta cidade? Não tem ninguém que me veja chegar e não pense no meu pai.

— Eu me referi a *aqui* — ela corrigiu, batendo com o dedo no degrau da frente. Não havia nenhum motivo pelo qual não devesse dizer isso e, ainda assim, achou que tinha sido um erro.

Um grito de Riley soou dentro da casa. Eles se viraram para a janela projetada e o viram dançando com a mãe na sala de estar, se exibindo para eles, para ela. Podiam ouvir o Steely Dan do dr. Graham através do vidro. Riley mostrou os polegares para eles, brincalhão. Grace acenou.

— Bem, a mesma coisa — Alls disse então. Ela ficou aliviada. Viu que ele achara que a referência era só a Riley.

Grace sorriu.

— Você só precisa descobrir o que quer.

— Como você descobriu — ele retrucou, o canto do lábio subindo.

— Não sei o que quer dizer.

— Tudo bem — ele falou. — Você mandou bem, e sabe disso. Eu sempre dou um jeito de foder com tudo, mas você, nunca.

Grace riu, por hábito e defesa, e Alls anuiu, olhando para ela de um modo que não queria ser vista.

— Para — falou, se levantando para segurar a maçaneta gelada. Podia ouvir os acordes iniciais de "Deacon Blues", e queria se juntar à dança.

Na semana seguinte, Alls largou o time de basquete, bem no meio da temporada. Disse que não conseguiria fingir até fevereiro, com tantas pessoas com pena dele. "Não devo nada a ninguém", dissera ao técnico.

Pouco tempo depois disso, começou a ir à faculdade depois da escola para treinar esgrima.

— De todos os esportes pelos quais você poderia conseguir uma bolsa, você escolhe o único que nunca praticou antes — disse Riley. — Faz sentido.

— É com máscara e aquelas merdas? — Greg perguntou.

— É — Alls respondeu. — E aquelas merdas.

— E quanto a atletismo? — Riley perguntou. — Você sabe correr.

— Não, você não sacou — Alls respondeu. — Veja, eles *têm* uma equipe completa de corrida. Eles têm um time de basquete. GC tem *uma* bolsa disponível, e é para esgrima. Um cara do terceiro se transferiu para o norte no meio do ano. Foi seu pai quem me contou.

— Eu nem sabia que eles tinham uma equipe de esgrima — Greg disse.

Alls anuiu.

— Agora você sacou.

Alls conseguiu a bolsa, possivelmente com uma ajuda silenciosa do dr. Graham, e começaria a faculdade apenas um semestre depois de Riley e Greg. Em agosto os meninos alugaram a casa caindo aos pedaços na Orange Street. Riley lhe deu uma chave, e Grace se instalou no quarto dele no segundo andar, Alls no quarto de baixo, e Greg no fim do corredor.

Inicialmente todos desfrutaram da liberdade que a casa oferecia. Ninguém tinha mais de ir fumar no bosque; ninguém corria para enfiar as latas vazias debaixo do sofá ao ouvir som de passos na escada; ninguém precisava usar roupas adequadas, abotoadas e com fechos levantados. Grace só morava com os pais tecnicamente. Passava a maioria das noites na casa da Orange Street, e embora seus pais não gostassem do esquema, estavam atrasados demais para interferir com qualquer autoridade significativa. Quando sua mãe resmungou que Grace passar as noites com Riley o tempo todo não "parecia certo", Grace fingiu confusão: a quem? Os Graham não se incomodavam que ela ficasse lá, disse. Tinha seu próprio quarto na casa deles. A sra. Graham só estava ranzinza por vê-los menos. Grace arrastava Riley para jantar uma vez por semana, e às vezes também a visitava sozinha.

— Com a opinião de quem está preocupada, mãe? — Grace perguntou com frieza afetada.

Na casa da Orange Street, Greg circulava doidão de shorts, não se preocupando sequer em esconder a animação matinal de seu Kimbrão. Alls deixava seu cachimbo na mesa da cozinha e transava com Jenna, da Ginny's Ice Cream, no sofá, não ligando para quem os visse. Riley e Grace faziam o barulho que queriam. Nos quatro anos anteriores eles tinham se esgueirado, mas não havia mais por que se esgueirar.

Grace planejava entrar para o Garland College no ano seguinte. Estava se formando em segundo lugar na sua turma, se saíra muito bem no exame de ingresso e tinha confiança de que conseguiria uma bolsa. Iria se formar em história da arte, um complemento ao talento de Riley. Depois da faculdade, eles iriam se casar. Era esse o plano.

À noite ela estudava a matéria de faculdade de Riley, ansiosa para aprender alguma coisa, qualquer coisa. Com os meninos formados, não restava mais nada para Grace no ensino médio. Já tinha lido *Beowulf* e *1984*; lera no ano anterior, junto com Riley, e agora tinha de escutar as conversas em câmera lenta de seus colegas — "é como nosso mundo, mas *não*" — como se estivessem debaixo d'água. Ela deveria ter pedido para se formar antecipadamente, sabia, mas não pedira, e não havia mais nada a fazer exceto olhar para o horizonte e esperar, pela formatura e pelo sinal das três horas.

Em dezembro, Grace voltou da escola para a casa certo dia, pedalou a bicicleta até o abrigo e entrou achando que não havia ninguém em casa. Pegou uma lata de High Life na geladeira e se jogou no sofá xadrez verde em frente à janela panorâmica com *Macbeth* e um marca-texto. Abriu o zíper do jeans para ficar confortável e flexionou os pés nus sob o sol. Estava quente para dezembro, mais quente no sofá banhado de sol, e ela adormeceu com o marca-texto na mão. Acordou de repente e não soube por que até ver, além do umbral, Alls no chão da cozinha, limpando o resto de uma embalagem de comida para viagem. Havia comida marrom viscosa espalhada sobre o piso vinílico.

— Estava tentando não fazer barulho — ele disse. — Derramei um pouco no seu livro.

Macbeth ainda estava apoiado em sua barriga. Ela o moveu para cobrir a braguilha aberta.

— Qual livro?

— Ahn, *What Work Is?* — esclareceu, como se fosse uma pergunta. Depois anuiu para o volume. — Não sei; estava no micro-ondas.

— Estava? — perguntou. Achava que estava no chão no alto da escada. — Gosta dele?

— É legal — disse, entrando e jogando o livro no sofá ao lado dela. — Não sabia que era poesia.

Mas ambos estavam olhando para a capa enquanto ele falava. *What Work Is*, dizia. *Philip Levine. Poems.*

— Tudo bem ler poesia de propósito — ela provocou. — Não vou denunciar você.

Ele revirou os olhos.

— Eu simplesmente leio tudo o que estiver jogado por aí.

— Então muita poesia — ela retrucou. — Porque todos os livros são meus.

Achou que ele iria rir, mas não riu, e sentiu que tinha dado um fora.

— Eu não deveria estar dormindo — Grace disse, e bocejou, tentando ajudá-lo. — Como foi o trabalho?

— Legal. Fedorento. Encontrei um morcego no forno de uma padaria — disse, de volta à bagunça no chão da cozinha.

Alls ajudava dois homens de Pitchfield a consertar equipamentos profissionais de padaria. Tinha o emprego desde que tirara carteira de motorista.

— Que horror! Estava lá havia quanto tempo?

— Sem olhos.

— Irc — falou, mas depois deve ter cochilado de novo, porque quando acordou com um polegar molhado limpando sua bochecha, inicialmente achou que pertencia a Alls.

— Você está com uma listra rosa aqui. Como uma cicatriz néon — disse Riley. Ela esticou os braços e ele grunhiu, feliz de se jogar no sol com ela. — Você está cheirando a sono — falou, e ela fechou os olhos de novo.

Naquela noite, inquieta por ter cochilado, Grace acordou e ficou vendo os faróis da rua passando sobre a parede, apenas semiconsciente do barulho embaixo. Riley estava apagado ao lado dela, esticado de costas como um homem morto, com os pés saindo de sob o cobertor. O marca-texto não saíra quando ela lavara o rosto. Esticou a língua até a listra, o mais alto possível, e achou poder sentir o gosto da tinta. O barulho era bem abaixo deles, no quarto de Alls, um baque lento e insistente, e inicialmente ela ficou pensando, confusa, se ele estaria malhando, fazendo exercícios ou algo assim. Só depois de notar um rápido gemido agudo ela se deu conta do que estava ouvindo.

Alls certamente *os* ouvira antes; tinha de.

De repente, consciente de sua própria respiração, constrangida com o som do ronco leve de Riley, como se Alls pudesse ouvir *aquilo*, Grace engoliu e fechou os olhos, tentando se obrigar a dormir de novo. Mas estava prendendo a respiração para escutar. Ouviu o xingamento divertido dele enquanto o colchão nu deslizava pelo chão, e deslizou a mão sob o elástico da calcinha. Em um minuto estava silenciosamente virando de barriga para baixo, já buscando uma explicação caso Riley acordasse com o movimento, mas isso não aconteceu, e quando eles terminaram no quarto abaixo, ela acabou logo depois, o rosto escondido no travesseiro, não totalmente surda.

Ela foi para a escola na manhã seguinte antes que qualquer um acordasse, saindo de casa envergonhada pela primeira vez. Naquela noite, os dois foram jantar na casa da família dele, e ela contou que iria dormir na casa dos pais.

— Por quê? — ele perguntou.

— Preciso de mais roupas. Olha, tive que usar sua camisa hoje. *E está suja.*

Conseguiu evitar Alls até a noite seguinte, quando cruzou com ele no corredor. Estava saindo do banheiro, os cabelos emaranhados pingando. Enrolado em uma toalha, nada mais. Ela fitou os pelos molhados em sua barriga. Quis se estapear pelo clichê idiota do seu desejo.

Em vez disso, entrou no banheiro tomado de névoa e sentou na beirada da banheira.

O que era aquela sensação? Ela conhecia a luxúria. Conhecia a luxúria muito bem. A luxúria fora uma amiga, uma boa ouvinte e uma ótima conselheira, um clima bom em um dia ensolarado. A luxúria pertencia a ela. Fazia o que queria com sua luxúria. Mas essa sensação não era aquela sensação, então que droga era? Como a dor lancinante em seus sinos da face antes de começar a chover, aquela sensação a cegava e a deixava tonta, obscurecia seu cérebro com nuvens. Ela fora invadida pela luxúria.

Aquela luxúria era como cair de escadas congeladas, como descobrir sangue escorrendo de sua pele ao se raspar no chuveiro. Ela conhecia Alls havia anos! Aquilo não podia ser real — eram hormônios, ou a pílula, ou algo contagioso de Shakespeare, ou o outono. Uma sensação idiota demais para sentir.

De repente preocupada que Alls a estivesse escutando, deu descarga, e então ficou ainda mais constrangida. Quanto tempo passara sentada ali na beirada da banheira? O cheiro do vapor a sufocava. Ela caíra diretamente em sua própria armadilha. O que era cheiro de menino além de uma escolha de desodorante mais o suor do que ele comia e bebia? Alls e Riley comiam e bebiam as mesmas coisas. O suor deles provavelmente era o mesmo. Ela apenas ficara confusa naquele vapor que era meio Riley, só isso. Abriu a cortina do chuveiro e fez uma careta para a sujeira na base da banheira. Sabia qual era o xampu de Riley e podia adivinhar qual era o de Alls. O Head & Shoulders tinha de ser o de Alls. Ela destampou e cheirou.

Ela enfiou a embalagem no nariz com a batida na porta do banheiro.

— Ei, quer um sorvete? Quer dar uma passada no Ginny's — Riley perguntou.

— Quero — disse, a voz como uma buzina de carro. — Quero, já vou sair.

Lavou as mãos com seu próprio sabonete de lavanda e baunilha e as sacudiu ensaboadas, tentando encher o aposento com seu próprio cheiro e eliminar o de Alls, que parecia incriminador. Ela mantinha uma única amostra de perfume no nécessaire, reservando toques dele para ocasiões especiais. Esfregou nos pulsos e na base do pescoço, enchendo o nariz com um alívio floral aveludado.

Riley esperava do lado de fora. Moveu as narinas, farejando.

— O que está acontecendo?

— Nada. Só estou feliz de ver você — respondeu. E estava; profundamente tranquilizada pela visão dele, seu cheiro.

— Você está cheirosa — ele disse. — Adoro isso.

Mas no Ginny's viu os dedos de Jenna ao redor do pegador de sorvete, o antebraço raspando o sorvete de hortelã com flocos de chocolate e sentiu um engulho quente, nauseado.

— Seis dólares — Jenna cantarolou para Riley. Tinha a voz de um conselheiro de acampamento e um queixo como um pãozinho. Grace tentou sorrir.

Riley tocou a pala do boné e acenou.

— Vejo vocês depois! — cantarolou.

Naquela noite, Grace se viu novamente piscando para a parede escura. Alguma parte maliciosa dela a despertara. O quarto abaixo estava silencioso. Nunca, desde a boba e óbvia Madison Grimes, Grace sentira o aperto no peito, o ar acelerado que a fazia procurar um predador circulando no alto. Mas, dessa vez, a ameaça estava dentro dela.

Sacudiu a cabeça sobre o travesseiro. A linha de Grace rumo ao seu futuro era absolutamente reta. Buscou a mão de Riley, úmida no sono, e a apertou entre a sua.

No dia seguinte, decidiu comprar o perfume de que Riley gostara, como se fosse uma espécie de armadura. Grace fora surpreendida pelos seus sentimentos, mas não seria derrotada por eles. Pegou emprestado o carro de Riley e foi até o shopping. Encontrou no balcão de perfumes o frasco de vidro torcido e prateado em uma bandeja de teste e borrifou o pulso. A poça molhada escorreu em todas as direções. Demais.

— Quanto é este? — perguntou quando a vendedora chegou.

— Sessenta e cinco pela eau de parfum — disse, se curvando para pegar a caixa azul sob o balcão.

— Ah — disse Grace. — Ele não vem em uma embalagem menor...

— Há uma loção — disse a mulher. — Mas nada menor.

Grace não achara que seria tanto.

— Acho que vou ter de pensar.

— O frasco irá durar muito se você colocar *só* um pouquinho — a mulher disse.

— Certo. Bem, obrigada mesmo assim.

A mulher se curvou para recolocar a caixa. Grace brincou com as tampas de outros frascos de perfume. Ficou chocada ao descobrir que o coração estava acelerado.

A mulher estava então do outro lado do balcão, ajudando outra pessoa. Grace pegou a garrafa de teste novamente e a jogou na bolsa de mão antes de ter tempo de pensar duas vezes. Ouviu a garrafa estalar sobre o chaveiro e sentiu como se sua cabeça se separasse do corpo. Deu as costas ao balcão e se enfiou nas araras de bolsas, desaparecendo atrás de uma coluna com guirlandas natalinas. As mãos queimavam, tremendo na alça da bolsa que fingia examinar.

No estacionamento ela seguiu apressada pelas fileiras de carros, se esquecendo de onde tinha estacionado. Quando finalmente afundou no banco do motorista, trancou a porta e deixou a cabeça cair para trás, a boca aberta. O sangue em suas veias desacelerou. Fechou os olhos e lambeu os lábios, vitoriosa e exausta, o rito concluído.

Quando chegou em casa, Alls estava na cozinha fazendo um sanduíche de manteiga de amendoim.

— Não sabia que usava perfume — disse.

— É novo — disse com rigidez. — Como está Jenna?

Ela teve um esgar com a secura de sua voz.

— Bem, acho — respondeu, dando de ombros. — Jenna. Jenna está sempre bem. Jenna Gentil.

— Ora — Grace reagiu. — Ela certamente gosta de *você*.

— Está com ciúmes?

Quando os olhos deles se encontraram, Grace quase perdeu toda a coragem. Ele já tinha dito aquilo antes, outras vezes ao longo dos anos, mas fora diferente, uma brincadeira inocente. Temia estar ruborizando, mas sustentou o olhar e se obrigou a não ceder. Tinha de controlar aquilo.

— Eu a ouvi outra noite — Grace disse. — *Gostando* de você.

Ele estava tampando o pote de manteiga de amendoim. Juntou as sobrancelhas.

— Ela é bem aguda — Grace continuou.

— Então é assim agora — ele falou. — Você sabe que eu tenho ficado surdo e mudo no quarto ao lado há anos, e agora você me vem com essa.

— Aquele barulhinho chilreado foi bonitinho — ela disse. — Como uma patinha.

O sorriso de descrença dele quase se rompeu. Ela o deixara com raiva. Bom.

Em vez disso, ele riu.

— Você estava prestando bastante atenção. Ficou realmente pensando nisso — disse, cobrindo os olhos, o riso baixo vindo de sua barriga. — Meu Deus. Você é tão maluca, ele não tem ideia.

— Ah, ele sabe — disse rapidamente, como se fosse uma resposta inteligente. Abriu a porta da geladeira, mas não havia muita coisa dentro. Pegou a caixa de suco de laranja quase vazia só para ter o que fazer. Levou à boca e acabou com ele.

— Quer saber como *você* soa? — ele perguntou.

A luxúria se espalhou como hera venenosa, e à medida que a coceira ficava cada vez pior, Grace temia não ser capaz de deixar pra lá. Coçar obviamente estava fora de questão; fazer isso seria desfazer sua vida, se apagar, se tornar Amber White. Essa não era uma escolha que fosse fazer. Mas a nova luxúria se movia dentro dela, proibida, mas ficando à vontade. Nem ela nem Alls nunca retomaram a conversa da cozinha, mas quando se encaravam, Grace ficava aterrorizada que Riley visse um clarão ali, sentisse que *algo* tinha acontecido.

No Natal, enquanto procurava papel de presente extra no porão, a sra. Graham mostrara a Grace seu vestido de casamento, pendurado dentro de um plástico em uma arara. "Quer ver?" — perguntara a Grace, que dissera sim, claro que queria. A sra. Graham abrira amorosamente o plástico e acariciara a renda. "Eu tinha exatamente o seu tamanho. Consegue acreditar?"

Dez minutos depois, Grace tinha colocado o vestido, ruborizando fortemente, e a sra. Graham chorava junto a uma pilha de equipamento esportivo pequeno demais.

"Quando você se casar, colocaremos flores em seu cabelo", disse a sra. Graham.

Grace a abraçara, enfiando o nariz no ombro dela e vigiando a escada do porão para identificar os pés de Riley. Não queria que a visse no vestido de casamento da mãe. O retrato de noiva da sra. Graham estava pendurado na sala de jantar. Grace o conhecia de cor — os olhos baixos, o buquê de magnólias junto à cintura. Riley poderia ter dificuldade em apagar a imagem de Grace vestida como a mãe. Mas se Grace pudesse ficar para sempre no porão no vestido de casamento da sra. Graham, teria feito isso.

Ela tinha de se afastar de Alls.

A sra. Graham abrira o vestido e Grace saíra dele. Vestira novamente a camiseta listrada pela cabeça e subira para encontrar Riley, sofrendo com a ideia de que deixar a casa que amava era a única forma de preservar seu lugar nela.

Na semana seguinte, quando Riley implorou que lhe contasse o que estava errado, por que tinha ficado tão estranha e irritável recentemente, ela olhou nos seus olhos verdes e disse que estava entediada e inquieta na escola. O que era verdade. E começara a temer os quatro anos que se seguiriam no Garland College — os trabalhos escolares de Riley fora do ateliê eram os dela mesma na última série. Ela procurara o orientador para descobrir se ainda tinha tempo de se candidatar a outras faculdades. Riley poderia ir visitá-la nos fins de semana, e ela não teria de morar naquele quarto bem acima de Alls e vê-lo todo dia. A sra. Busche ficou surpresa com o pedido: Grace estava bem? Algo tinha... *aconteci-*

do? Não? E Grace ainda queria estudar história da arte? O Garland College, dissera a sra. Busche com certo orgulho, tinha ótimos professores de história da arte, vários dos quais bons amigos seus, de modo que, a não ser que Grace quisesse ciências, medicina ou algo assim...

— Tenho medo de não conseguir bolsa — Grace disse. — E se não conseguir, será caro demais.

— Mas, querida, você *irá* conseguir bolsa. Eu colocaria minha mão no fogo por isso.

— Foi o que Alls Hughes também achou.

— Você *não é* Alls Hughes — disse a sra. Busche, apertando os lábios. Na havia forma gentil de explicar por que ela tinha dito aquilo.

Grace engoliu.

— Sra. Busche, não quero parecer desrespeitosa. É só que... eu vi os trabalhos de Riley, e temo que isso não será... Que eu não...

Só por Grace não conseguir dizer em voz alta, a sra. Busche entendeu.

— Ah. Que não será um desafio acadêmico. Bem, isso é algo a levar em consideração — disse, piscando algumas vezes e franzindo o cenho, como se visse Grace pela primeira vez. — Eu só pensei... Bem, já está tarde demais para UT ou Vanderbilt, mas já pensou em sair do estado?

— Não — Grace mentiu.

— Bem, caso queira um ambiente acadêmico realmente rigoroso, não há razão para que não se candidate a — disse, colocando no colo a pilha de brochuras brilhantes que estava a seus pés — Vassar — falou, abrindo o de cima para mostrar o interior como se fosse um livro infantil ilustrado. — Jane Fonda estudou em Vassar.

Grace balançou a cabeça.

— Não sei — falou, sentindo Riley escapar para longe a cada palavra da conversa. — E provavelmente não há mais tempo.

A sra. Busche ergueu outro catálogo.

— New York University — disse. Na capa, um rapaz de cabelos escuros volumosos franzindo o cenho levava um pincel com cerdas amarelas a uma tela mais alta que ele. — Também tem um excelente departamento de arte. E todos aqueles museus.

Grace não conseguia imaginar Riley indo visitá-la no Nordeste distante e vazio, mas conseguia imaginá-lo indo a Nova York. Sim, Riley iria até ela, eles visitariam juntos museus e galerias de arte, ela poderia ensinar coisas a *ele*, e quase não teria de ir para casa. E a sensação, que tinha começado a ver como uma doença secreta, algo progressivo e debilitante, iria murchar a tantos quilômetros de distância. Talvez Riley também quisesse ir; talvez se transferisse ou algo assim. Ela se tornaria uma daquelas pessoas do mundo da arte, o que quer que fossem, e ele um artista. A coisa era tão evidente que ficou tentando descobrir por que não pensara nisso antes. Claro.

— Uau! — disse a sra. Busche. — Veja você! Isso não seria demais?

Riley fez a sua defesa.

— Ela é inteligente demais para Garland — disse aos pais de Grace, sentados em seu sofá e balançando a cabeça. Olhou para um de cada vez. — *Eu* quero mais para ela.

O que eles podiam dizer? Aquela conversinha era uma cena. Ela não esperava apoio deles, de nenhum tipo.

As notas de Grace eram muito boas, mas teve de inventar atividades extracurriculares. Escreveu um ensaio sobre superar sua criação caipira, um falso trovadorismo dos Apalaches envolto em vocabulário elegante. A NYU lhe concedeu uma bolsa parcial e sugeriu que fizesse um empréstimo para o resto, o que se revelou mais simples que conseguir um cartão de biblioteca. Ela e Riley se vangloriaram de sua aceitação, mas seus colegas ficaram céticos, especialmente as garotas. Nas festas de formatura elas erguiam os copos plásticos vermelhos com uma das mãos e brincavam com as alianças de noivado com a outra. Ela estava deixando Riley ali? *Sem* ela? Grace disse a si mesma que eram apenas inseguras e imaturas, se aferrando a Garland com seus romances frágeis, a seus namorados com anéis de pó de diamante da Palmer Family Jewelry & Plaques.

— Vamos nos casar — Riley disse na manhã da sua formatura.

— Sim — ela respondeu.

— Agora — esclareceu.

Ela faria dezoito anos em duas semanas.

— Será legal no meu aniversário — ela contou.

— Eu deveria lhe dar um anel. Vamos lá comprar um anel. Eu tenho oitenta pratas — disse, rindo. — Pode ter de ser um anel de humor.

— Espere — ela disse. — Sua mãe ficaria arrasada. Não podemos fazer isso sem eles. Seria um banho de água fria. Pensarão que estou grávida.

— Você e minha mãe — ele resmungou.

— Então vamos manter segredo — ela falou. — De todos.

— Sabemos como fazer isso — ele disse, beijando sua clavícula.

— E vamos fazer a coisa grandiosa depois, como ela quer.

— Eu te amo muito — ele disse.

— Mas vão publicar no jornal. Publicam os casamentos com os avisos legais.

— Então vamos a outro lugar, algum outro buraco a algumas horas daqui.

No décimo oitavo aniversário de Grace, Riley os levou de carro até o tribunal de Klumpton County, a três horas de distância. Eles não conheciam ninguém em Klumpton County. Escolheram as testemunhas entre as pessoas que esperavam registros de automóveis. Riley começou a chorar quando Grace disse "aceito", e então ela começou a chorar ao ver seu choro. Depois dividiram uma garrafa de bourbon Benchmark Old nº 8 no carro e reclinaram os bancos, mãos dadas e se olhando, esgotados pelo peso de seu amor.

III
Paris

6

Na manhã de domingo, Grace estava deitada na cama escutando mme. Freindametz e a filha, que aparecia todo sábado para lavar roupas, discutindo na cozinha sobre quanto tempo era possível deixar ovos no balcão.

A mãe de Grace e os gêmeos iriam à missa naquela manhã. Sua mãe não era sequer católica, mas desde a prisão de Riley passara a ir à igreja dos Graham de tempos em tempos, e gostava de mencionar isso nos seus eventuais e-mails a Grace. Não tinha como saber o quanto essas menções à sra. Graham e eventualmente ao sr. Graham — a aparência deles, as breves gentilezas que tinham trocado, se a sra. Graham parecia ter uma bolsa nova — doíam em Grace. Elas cortavam fundo. Grace sabia que a mãe não tocaria nisso *apenas* para feri-la (embora essas visões dos Graham dessem à mãe um tipo sujo de satisfação, Grace tinha certeza), mas só por estar certa de que a mãe não tinha como entender o quanto Grace amava os Graham.

Se a mãe de Grace levasse os gêmeos à missa naquela manhã, eles poderiam ver Riley lá. Grace ficou pensando em se os gêmeos o reconheceriam sozinhos ou se a mãe o mostraria a eles. Riley quase nunca fora à casa deles. Queria ficar lá quase tanto quanto Grace. Os gêmeos tinham treze anos, prestes a começar a oitava série. Grace sequer sabia a aparência deles. Ainda os imaginava com dez anos. A mãe disse que tinham perguntado sobre ela, mas não acreditara. O que iriam perguntar? Mal a conheciam.

Grace não saíra de casa desde que chegara na noite de sexta-feira, mas os meninos já estavam fora da prisão havia quase dois dias, e não ouvira nada.

Eu irei, Riley dissera na época. *Eu prometo*.

Ao contrário de Grace, Riley sempre fora bom em cumprir promessas.

Mas não era domingo apenas em Garland. Era domingo também em Paris, e aos domingos Grace ia ao mercado de pulgas. Era a vida que ela buscara, a vida que estava tão desesperada para manter, e ali estava deitada na cama como uma inválida, como se aqueles seus retalhos mal costurados fossem uma colcha que pudesse agarrar e debaixo da qual se esconder. Não. Levantou o cobertor e colocou os pés no chão.

O Marché aux Puces era talvez o único mercado de pulgas do mundo onde um sofá Luís XIV de dois lugares de seis mil euros ficava na calçada ao relento. Naquele dia, o céu estava pesado e o bairro inteiro era fantasmagórico, quase ninguém estava ali, a não ser os proprietários das salas com paredes de vidro e seus cães. Em agosto, Paris ficava às moscas.

Os tesouros nas salas envidraçadas sempre pareceram irresponsavelmente extravagantes: candelabros pingavam cristais com descuido, cadeiras douradas reclinavam com pernas abertas, seus assentos fundos expostos. Cachorros corriam pelos corredores latindo uns para os outros ou roncavam preguiçosamente em suas camas excepcionais. Em uma sala de três lados, um dachshund se enrodilhava sobre uma almofada vermelha felpuda na forma de óculos escuros, com RAY-BAN gravado sobre a superfície. Do outro lado, um bichon frisé cochilava em uma miniatura de *chaise longue* com pés em garra.

Grace caminhou até o final do corredor e entrou na rua do mercado. Conferiu as mesas nas barracas ao ar livre, se virando quando a poeira subia, esperando pelo brilho de reconhecimento que significava que tinha localizado algo de valor. O momento de detecção produzia um barato, uma onda de prazer em suas veias e em seus ouvidos por ter visto o que ninguém mais vira, sabido algo que ninguém mais sabia. Em Clignancourt ela sabia que estava se bajulando; as barracas estavam tão abarrotadas de tesouros que tesouros eram comuns. Aquele mercado de pulgas era um lago abarrotado. Quando Grace encontrava algo um pouco danificado ela consertava, amorosamente, para vender. O dinheiro ajudava, mas a emoção estava na identificação. Era como imaginava que as outras pessoas deviam se sentir quando reconheciam de longe um amigo havia muito perdido.

Grace correu as mãos pelos braços de uma cadeira com espaldar em roda na qual faltava uma perna, um amputado esquecido de um espólio dispersado. Os dedos ficaram com um leve mofo verde que cheirava a caverna. Os olhos passaram por velhos potes, malas, copos de suco, joias de cristal do rio Reno e caixas de papelão cheias de moedores de café de madeira. Olhou enquanto um homem muito alto de casaco de pelo de camelo ia até os moedores de café como se tivesse passado a semana toda esperando para visitá-los. Agachou-se, tirou do bolso do casaco um saco de grãos de café e jogou alguns em cada moedor, empurrando e puxando as alavancas, levando as caixas de madeira ao ouvido para escutar. Não comprou nenhum, e a proprietária da barraca o xingou. Ele deu de ombros:

— Não estão bons — disse.

Grace estava olhando uma montanha de velhas escovas de cabelo quando viu uma caixa curiosamente brilhante escondida atrás de formas de sapato. O verniz estava irregular, os cantos lascados revelando a madeira abaixo, mas reconheceu a suave cor prata quente da tinta. Sentiu a excitação percorrer sua coluna. Aquela coisinha parecia uma caixa de charutos James Mont, americana, dos anos 1920.

— Julie! Encontrou algo bom?

Hanna. Ela deu passos largos, esticando a mão para a caixa prateada só por ter visto os olhos de Grace nela. Grace se apressou em pegá-la.

— Só um porquinho de porcelana — Grace disse, usando a expressão delas para algo desimportante, mas charmoso, embora ligeiramente de mau gosto.

Hanna apertou os olhos. Havia uma boa chance de que ela não soubesse o que era. James Mont era um designer americano para americanos com gosto pelo retrô. Ainda assim Grace tentou fingir indiferença. Não queria entrar em um leilão.

— Odeio vir aos domingos. Tudo que é bom acaba ao meio-dia de sábado.

Não exatamente.

— Pechinchas melhores, por outro lado.

— Você tem de revirar os restos. Só estou aqui hoje porque trabalhei o dia inteiro ontem. Estou *adorando* esse projeto. Parece interminável e intrincado, quase como construir algo do nada — disse, esticando o pescoço para olhar a rua. — Gostaria de almoçar? Eu comeria uma omelete e descansaria os olhos antes de percorrer o resto do mercado.

Grace perguntou ao proprietário o preço da caixa. Ele a conhecia e disse trinta, sabendo que não pagaria tanto. Conseguiu a caixa por vinte e dois, mas ainda assim Hanna assoviou. Grace ficou contente. Hanna não tinha ideia.

Hanna usou a faca para cortar a omelete simples em doze tiras estreitas. Enrolou cada tira no garfo, uma a uma. Entre cada pedaço, pousava o garfo na posição de dez horas e tomava dois goles de água. Grace já tinha visto tudo aquilo.

— Então, o que é isso? — Hanna perguntou.

— James Mont — Grace respondeu, desfrutando de uma pequena vitória. — Turco-americano, 1920 a 1950. *Orientaliste*, móveis brilhantes com compartimentos, muito veludo.

— Nunca ouvi falar dele — ela disse, lançando um olhar desconfiado para a grande bolsa de compras de Grace.

— Era decorador da máfia americana. Agrediu uma pobre garota, outra designer, e passou anos na cadeia. Quando saiu, as pessoas gostavam dele mais que nunca.

— Se pelo menos fosse assim com o resto de nós — disse Hanna. — Os ricos e famosos podem colocar prisão em seus currículos.

Grace enrubesceu com aquele *o resto de nós*, mas quando ergueu os olhos, a boca de Hanna formava um sorriso para dentro. Hanna se referira a si mesma.

— Você? — Grace perguntou. — Quer dizer que você...

— Reprodução não autorizada — Hanna contou. — Fraude. Há muito tempo, em Copenhague.

— Você falsificou antiguidades?

— Acha que eu não conseguiria?

— Não tenho nenhuma dúvida.

Pensou nas tediosas pesquisas de fonte de Hanna, sua obsessão por colas e lacas que não eram anacrônicas. *Você não irá romper o continuum espaço-tempo*, Grace provocara.

— Eu tinha um dom — disse Hanna, dando de ombros. — Mas avaliei errado um cliente. Meus olhos são melhores para arte que para pessoas.

Grace imaginou Riley sentado em sua cama, folheando um catálogo de cursos universitários, sacudindo o joelho. Imaginou-o procurando nas gavetas fotos deles, dela, que tinham sido tiradas muito antes. Manteve os olhos na sua tigela de sopa.

— Quando você saiu da prisão, com quanto recomeçou a vida? Quero dizer, a quanto você tentou voltar, a quanto teve de voltar, ou quis...

— Começar do zero? — completou Hanna com desgosto.

— Entendo, caso não queira falar sobre isso.

— São as outras pessoas que não querem falar sobre isso — disse Hanna, contraindo os lábios. — Bem, eu tinha de encontrar alguma outra coisa que pudesse fazer. E restauração, como você sabe, não é muito diferente de falsificação — falou, e sorriu. — Com a diferença de que metade do trabalho já está feito para você.

— Por que veio para cá?

— Para Paris? Não podia ficar na Dinamarca, e ninguém me contrataria lá mesmo que pudesse. Não agora. Mas a França sempre perdoou bastante. Claro que eu poderia estar em algum lugar muito melhor que a Zanuso, mas... — falou, dando de ombros.

— Você deveria — Grace concordou.

— Assim como você.

Grace ficou contente com o elogio, mesmo sentindo a insinuação. Ela poderia precisar contar a Hanna alguma história, mas apenas se perguntada. Tocar no assunto antes só iria aumentar as desconfianças de Hanna, quaisquer que fossem.

— Quanto tempo passou na prisão? — Grace perguntou.

— Quase quatro anos.

— Quatro? Por falsificação de antiguidades?

— Não — explicou Hanna. — Por isso foram apenas dois meses. O resto foi por agressão. Legalmente, as coisas foram misturadas.

— O que você *fez*?

Grace não tinha querido dizer assim, e realmente não esperava que Hanna respondesse. Mas via que ela estava pensando na pergunta e escolhendo as palavras, o que Grace nunca a vira fazer antes. As palavras de Hanna sempre saíam facilmente de sua boca como pensamentos completos e organizados. O que quer que Hanna estivesse prestes a lhe contar era importante, Grace sabia, e tentou manter uma expressão relaxada. *Eu certamente não irei julgá-la*, queria dizer, mas isso poderia ser demais.

— O que foi? — pressionou Grace.

Hanna arrancou uma casca de pão e mastigou.

— Você pode procurar saber — disse. — Não há segredo.

Esticou o pescoço de um lado para o outro.

Grace esperou. Hanna tomou água do copo e cuspiu o gelo, um, dois, três, de volta na água.

— Um cliente — disse ela finalmente. — Eu feri um cliente que me ameaçou.

— Ele ameaçou denunciá-la?

— Ela — corrigiu. — Eu a cortei no pescoço. Até a clavícula com meu estilete — explicou, apontando o garfo para o maxilar e descendo.

Grace engoliu. Hanna pigarreou.

— Ela queria que eu vendesse as antiguidades herdadas do marido, sabe, que tinha trazido para "limpeza" ou algo assim, e fizesse cópias para que levasse de volta. Eu não faria isso. Não iria *roubar* — disse, franzindo o cenho.

— Mas você falsificava — disse Grace, em dúvida.

— Uma coisa é fazer algo do nada. Se seu olho não consegue ver a diferença, não entendo por que seja problema meu. Você tem com a peça o mesmo prazer e o mesmo status.

— Como ela sabia que você seria capaz?

— Tinha uma das minhas peças. Uma mesinha lateral. Tinha encomendado! Sabia exatamente o que era aquela mesa, mas ameaçou me delatar por falsificação se não fizesse o que pedia. Queria minha ajuda para roubar o marido; o próprio marido! Você faria isso?

— Nunca — Grace respondeu.

— Certo. Mas eu não a fizera assinar nada pela reprodução, então, idiotice minha. Não tinha prova de que ela sabia que havia pago por uma reprodução, a não ser o valor tão baixo. E estava com muito medo dela. Era uma mulher muito intimidadora.

Grace anuiu, embora fosse difícil imaginar Hanna intimidada por alguém. Essa era a vantagem de não demonstrar qualquer afeto, Grace pensou. Você não podia manipular alguém se não conseguia ver seus sentimentos.

— Mas então, naquela noite ela fez algo *muito* idiota — Hanna continuou. — Pegou uma das minhas facas e tentou me ameaçar com ela.

— Como?

— Eu deveria ter deixado, claro. Teria sido melhor. Mas no momento que alguém coloca uma faca na sua garganta é difícil pensar, sabe?

— Então você se defendeu — Grace disse.

— Ela era uma cidadã de destaque, e eu, uma criminosa. Fez com que meu único pequeno crime validasse todas as suas alegações. Você pode adivinhar o resto. Se eu tivesse cortado seu braço ou algo assim, acho que não teria sequer sido presa. Ela não teria corrido o risco de um possível constrangimento. Mas pescoço, sabe. Não dá para esconder isso.

— Meu Deus — Grace reagiu.

— E por isso não trabalho mais em Copenhague — disse Hanna, cruzando as mãos. — Agora sou minuciosa em minhas restaurações. Não há ninguém mais escrupulosa. Cada pedaço de papel, cada grão de poeira é registrado.

— Jacqueline sabe? Da agressão?

— Não escondi nada. Estaria em um estabelecimento muito melhor caso não tivesse essa marca — disse, limpando a boca com o canto de um guardanapo. — Mas Jacqueline contrata qualquer um.

Grace chegara a Jacqueline sem referências ou credenciais, apenas com uma enorme confiança fingida e uma oferta de trabalhar de graça dois meses, aprendendo tudo o que pudesse, enquanto Jacqueline avaliava seu potencial. Grace estava quebrada quando fez a oferta, mas desesperada de esperança e determinação. Quando Jacqueline disse sim, Grace vendeu a única coisa de valor que ainda tinha, um bracelete com camafeu de cavalo de ágata, uma herança da família Graham que Riley lhe dera em seu aniversário de dezesseis anos. Ela se aferrara a isso em Praga e Berlim como uma espécie de prova de suas boas intenções. Quando o colocou na palma da mão de mme. Maxine Lachaille, uma comerciante de Saint Germain de Prés que algumas vezes encaminhava trabalho para Jacqueline, Grace sentiu como se estivesse se livrando de algemas.

— E quanto a você, Julie? Por que não está trabalhando em algum lugar melhor?

— Você sabe. Gato vira-lata — Grace disse.

— Mas você quer ficar em Paris?

Grace anuiu.

— Eu adoro aqui.

— Para mim é muito bizarro, sabe? Um monte de garotas americanas quer morar em Paris, mas o que nós fazemos não é o que elas têm em mente. Ficar sentada o dia inteiro em um porão, em uma crise particular sobre um verniz que secou errado. Você não parece alguém que estaria fazendo esse tipo de coisa, é mais como uma daquelas garotas de galeria de arte; alguém sorrindo junto à porta.

— Ah, e *você* gostaria de fazer algo assim?

— Nem por cinco minutos.

Ambas riram.

— Mas por que Paris? Você trabalha até tarde toda noite, e aqui está hoje, sozinha, e diz que vem toda semana. O que há em Paris que você adore tanto? Se tem problemas de visto, por que não ir para Nova York e ganhar rios de dinheiro? Relativamente, claro.

Grace riu novamente, mas Hanna estava esperando uma resposta.

— Eu odeio os americanos — Grace disse, achando que essa resposta certamente bastasse, mas estava errada, ou tinha demorado um pouco demais para responder. Hanna não estava sorrindo. Observava Grace atentamente, como se um pouco de verniz que tivesse colado estivesse apenas esperando que desviasse os olhos antes de pular novamente.

Grace sabia que tinha de dar mais a Hanna para satisfazer sua curiosidade, mas também sabia que Hanna não seria facilmente contentada agora que seu radar tinha identificado algo.

— Meu ex-namorado — disse cautelosamente. — Acabou de sair da prisão, e não quero que me encontre. Então não vou voltar.

Lamentou de imediato.

Hanna ergueu as sobrancelhas.

— Agressor?

Grace anuiu, aliviada com a sugestão espontânea de Hanna.

— Passarei a vida toda aqui se isso significar nunca mais vê-lo.

Tinha dito o bastante. Hanna evitou seus olhos, de repente respeitando a privacidade dela, e pediu a conta.

Quando Grace chegou em casa naquela tarde, sentou de pernas cruzadas na cama e procurou Hanna Dunaj na internet. Encontrou dezenas de matérias, todas em dinamarquês, com exceção de uma em inglês do *Copenhagen Post*. Em 2003, Hanna Dunaj havia sido presa por agressão a Antonia Houbraken, vinte e quatro, e posteriormente acusada de falsificação. A foto na matéria não era de Hanna, mas de Houbraken deixando um prédio com casaco de couro preto e cachecol azul-claro. Tinha lábios apertados, cabelos escuros compridos. Era esposa de um jogador de futebol, o atacante do FC Copenhagen Jakob Houbraken.

Hanna Dunaj era especialista em restauração de móveis em Copenhague e Kolding, dizia a matéria, e também vendia antiguidades restauradas. "Houbraken desconfiou de que uma peça comprada de Dunaj não era a antiguidade que ela dissera, mas uma falsificação. Houbraken alegou que quando a confrontou em seu ateliê, Dunaj a atacou com um estilete."

Hanna foi extraditada para sua Polônia natal, mas a matéria não dizia por que, apenas que cumpriria sua pena lá e seria proibida de entrar na Dinamarca por um período de dez anos.

Grace leu a matéria várias vezes. Não teria achado Hanna capaz de uma violência repentina. Seu sangue parecia correr frio demais. Riley também era assim, exceto em relação a Grace. "Eu a amo tanto que me assusta", dissera mais de uma vez. Quando criança tinha dito isso com sincera perplexidade, e ela ficara inebriada com seu próprio poder romântico. Mas à medida que ficavam mais velhos, ele às vezes murmurava isso em seu ouvido como se ela o estivesse ferindo.

Grace deslizou a caixa prateada suavemente para fora de sua bolsa de lona e para o colo. Levantou a tampa e correu a ponta dos dedos gentilmente ao longo dos cantos internos, procurando vazios, algo cedendo. Um compartimento secreto seria quase prova de que tinha um Mont autêntico, mas não quisera olhar na frente de Hanna. Naquele momento, sentiu com a unha. A beirada fina de uma fenda escondida, um envelope secreto. Deslizou os dedos para dentro, excitada com a possibilidade do que estivesse à espera. Mas não havia nada. O compartimento estava vazio.

Ela lera sobre Mont pela primeira vez em um número antigo da *The Maganize Antiques*, que naquele momento tirou do zigurate de vários números antigos empilhados por data contra a parede sob a janela.

James Mont nascera Demetrios Pecintoglu, e fora de Istambul para os Estados Unidos adolescente, nos anos 1920. Na casa dos vinte anos, conseguiu um trabalho trocando fios em uma loja de equipamentos elétricos no Brooklyn, e começou a vender luminárias que tinha projetado. Certo dia, Frankie Yale, chefe do crime no bairro, entrou com uma namorada. Mont encantou o casal e, pouco depois, Yale o convidou para decorar sua casa. Mont depois fez decorações para Frank Costello e Lucky Luciano; tinha encontrado uma clientela encantada por grossos vernizes brilhantes e brilhos metálicos. Grace também adorava suas justaposições corajosas de retângulos baixos e curvas amplas. Ele fez braços de poltrona esculpidos de meandros gregos dourados, repetindo o padrão em bases de luminárias e arremates de estofamentos. Ele ou seus clientes eram obcecados por esse motivo. Grace se lembrou de algo que aprendera com Donald Mauce, seu antigo chefe em Nova York: os novos-ricos adoravam merda clássica. Nada fazia dinheiro novo parecer mais velho aos seus olhos do que estátuas nuas brancas e algumas colunas de gesso subindo até o teto.

Mont e seus clientes estavam totalmente desinteressados da eficiência de óculos redondos do modernismo de meados do século que brotava ao seu redor. Em uma casa de Mont você soprava fumaça, trepava encostado na moldura da lareira e tomava coquetéis de gim até desmaiar nos braços abertos de uma cadeira de veludo. O modernismo também não era o estilo de Grace. O modernismo se reproduzira nos subúrbios americanos, suas ruas sem saída sem graça e casas com garagens parecendo focinhos, gramados verdes quadrados e pequenos grupos de balsaminas. Grace passara a odiar o gramado americano e todo o seu convencionalismo banal. Preferia os excessos de Mont: pernas de cadeira se projetando insolentes sob um fundo assento macio; braços fortes cercando um espaldar estreito que se curvava para o alto e para fora. Cada canto, cada encaixe e cada centímetro de material pareciam anunciar suas intenções.

Durante a Lei Seca, Mont projetou móveis com compartimentos escondidos: bares que eram dobrados em pianos quarto de cauda, mesas com gavetas escondidas para armas. Ele era um jogador que fazia grandes apostas e tinha dificuldade em cobrir as perdas, e dono de um temperamento temerário que foi apenas atiçado por trabalhar para gângsteres. Em 1937, quando Mont havia conquistado uma clientela de Hollywood, se casou com Helen Kim, uma atriz oito anos mais jovem. Bob Hope foi à cerimônia. Mont tinha conseguido o tipo de vida que projetara para os outros. Vinte e nove dias depois Helen Kim foi encontrada morta no apartamento deles, um suposto suicídio.

Dois anos depois disso, Mont chamou uma jovem e bonita projetista de cúpulas de abajur, Dorothy Burns, ao seu apartamento para discutir um contrato. Quando ela resistiu às suas investidas, a espancou quase até a morte; passou duas semanas no hospital. Burns se sentiu tão humilhada pelo ataque, o julgamento e a publicidade que se enforcou. Mont cumpriu cinco anos em Sing Sing pela agressão. Passou a guerra inteira lá, e ao ser libertado, retornou a clientes ansiosos, que tinham perdoado ou esquecido.

Os meninos haviam sido sentenciados a oito anos, e não tinham agredido ninguém.

A caixa de Mont de Grace deveria ter ido para a França havia muito tempo, talvez com uma pequena estrela dos anos 1930 que a usava para joias ou comprimidos. Um pouco do veludo na base do interior se soltara da estrutura; a cola deteriorara. Uma das dobradiças tinha um amassado que Grace teria de eliminar, e todas as peças tinham de ser inteiramente limpas, incluindo os parafusos. Ela precisaria aprender os processos de douramento dele de modo a preencher de forma convincente lascados e arranhões. Ficou encantada com cada marca, passando os dedos sobre elas bem de leve, como se fossem hematomas sensíveis. Cada uma era um acaso. Ela consertaria todos eles.

7

Grace foi a primeira a chegar ao trabalho na manhã de segunda. Espalhou a última peneirada de contas sobre as toalhas de linho para secar. O que havia sido uma pilha de bolas escuras alguns dias antes era então um arco-íris salpicado composto de milhares de joias brilhantes e sem valor. Pegou um par de luvas de algodão da roupa limpa. As luvas de látex protegiam a pele deles de terebintina, benzeno e toxinas; em outros momentos as luvas de algodão protegiam a obra da pele deles. Grace rolou dois dedos enluvados sobre as contas de vidro, depois examinou atentamente as pontas dos dedos em busca de resíduo remanescente. De repente sentiu um calor na nuca.

— Não irá encontrar sujeira nenhuma.

Grace se virou, batendo em Hanna.

— Você me assustou — disse, levando a mão à nuca, acalmando os nervos ali.

— Agora que podemos ver as contas claramente, posso encomendar a Kuznetsov substitutas para as rachadas e quebradas — Hanna disse. — Teremos de examinar cada cor para definir de forma razoável, para que combine. Mas hoje vou continuar com as figuras.

Ela pegou a ovelha que tinha começado na sexta-feira.

— Seis ovelhas, duas donzelas, três cisnes e um boi! Vou levar dias só para reunir o material certo! Preciso de cera branca, pó de prata, gelatina, solução de prateação, cavilhas de madeira, goma arábica; eu contei que isto é particular? Um colecionador.

Comerciantes tinham de levar em conta margens de lucro, e museus tinham orçamentos, não que a Zanuso já tivesse feito serviços para museus. Um colecionador significava um maníaco com dinheiro. Hanna não teria que economizar em nada.

Ela era a mesma Hanna, Grace disse a si mesma. Nada mudara, exceto que Grace sabia sobre ela. Mas o dia todo, o som da cadeira de Hanna raspando no chão, o estalo de suas pinças, os rápidos suspiros de realização, cada ruído do outro lado da mesa parecera ameaçador. Hanna, sua amiga, bege e organizada, tinha cortado a garganta de uma mulher e fora para a prisão. Ela nem escondera seu passado nem o ostentara. Grace simplesmente a avaliara mal, exatamente como deveria.

Grace se imaginou dando de ombros enquanto comia um sanduíche e contando a Hanna tudo o que tinha feito para terminar no porão de Jacqueline Zanuso. Impossível. Hanna não precisara desfazer mentiras; estava apenas preenchendo as lacunas. Grace tinha grosseira e apressadamente preenchido suas próprias lacunas sempre que apareciam, e nunca com a verdade. Ela era como alguém simulando um jogo de palavras cruzadas enfiando letras ao acaso para que a distância parecesse concluído.

Grace se assustou com o barulho mecânico e ergueu os olhos para ver Hanna com o aspirador de teclado. Fizera uma pausa na ovelha para limpar o campo de trigo no quadrante de verão do centro de mesa. Em um transe, moveu o bico em pequenos círculos entre os ramos. Grace ficara abalada com a confissão de Hanna, que não estava nada perturbada.

Quando Hanna saiu para o café da tarde, Grace foi ao computador e conferiu o *Albemarle Record* — só uma vez, rapidamente, a obrigação do dia — e depois seu e-mail. Ela usava um endereço para trabalho e outro para os pais. Havia um e-mail indesejado da mãe.

Grace,

Vi Riley ontem. Estava na loja de ferramentas com o pai comprando terra para vasos. Mal pude acreditar, praticamente me joguei sobre ele abraçando, mas não acho que ele quisesse me ver. Não consigo imaginar o que tem passado desde que o vi.

Eis o endereço dos Graham, caso queira mandar uma carta.

429 Heatcliff Ave
Garland, TN 37729

Como se Grace não conhecesse aquele endereço melhor do que conhecia o próprio nome.
Por que sua mãe enviava aqueles e-mails sobre Riley? Só para puni-la? Para se vangloriar de que a outra família de Grace estava em ruínas? Por suspeitar que Grace era de algum modo responsável? Por ter esperado que eles se casassem e tornassem a família de Grace adjacente aos Graham? Por que ela estava fingindo, com Grace a meio mundo de distância, ser um diferente tipo de mãe?
Riley estava circulando por Garland. Podia vê-lo passando pela sua antiga casa universitária na Orange Street e sabendo que outras pessoas moravam lá agora, garotos com a mesma idade que ele tivera. Imaginou o sol em seus olhos, o volante de um carro em suas mãos, a aparência da mercearia não tendo ele estado em uma em muito tempo, o cheiro recentemente pungente da casa que não tinha sido a sua em anos.

Quando Grace chegou em casa naquela noite, mme. Freindametz estava à mesa da cozinha, tomando uma xícara de chá e fazendo um caça-palavras em uma revista polonesa. Grace deu um sorriso rápido e colocou sua panela de água no fogão para preparar arroz e vagem.

— O que vai colocar na sua bela caixa? — mme. Freindametz perguntou.

— Minha caixa?

— Sim, sua caixa nova, a prateada — disse, sorrindo de aprovação.

Inicialmente Grace não entendeu. Apontou para a caixa de pão de lata que tinha comprado alguns meses antes, que era amarela e tinha uma imagem de um arbusto esculpido.

— Aquela? Aquela caixa?

Freindametz balançou a cabeça.

— Não, aquela em seu quarto, a nova!

— Esteve no meu quarto?

— Sim — ela disse. — A ventilação estava bloqueada, a ventilação atrás da escrivaninha.

— Por que iria... — começou Grace, mas Freindametz sacudiu a asa da xícara, e o chá sacudiu na lateral. Grace se deu conta de que tinha elevado a voz. Tentou manter a voz baixa, ficar calma ou soar calma. — Como sabia que era nova? Já esteve lá antes?

Freindametz abriu a boca, mas não falou.

— Com que frequência? Toda semana, todo dia?

Freindametz pareceu ter levado um tapa de Grace.

— Esta é minha casa — disse finalmente.

— É só uma caixa bonita — Grace disse devagar. — Não é para colocar nada dentro.

Desligou o fogo e esvaziou na pia a água fervente da panela. Recolocou a panela sobre o queimador, onde ela chiou, depois subiu para seu quarto e fechou a porta.

Hanna estava trabalhando exclusivamente no centro de mesa, e Grace deveria ajudar quando Jacqueline não tivesse mais nada para ela. Na manhã de terça-feira, tudo o que havia para Grace fazer era consertar uma emenda malfeita em um remendo cerâmico desajeitado. Eles com frequência eram convocados para refazer tentativas capengas de novos clientes que tentavam consertar eles mesmos suas antiguidades inferiores e apenas aumentavam o dano. Levavam essas coisas mutiladas à Zanuso et Filles, tão desamparados e constrangidos quanto pessoas que acabaram de tentar cortar o próprio cabelo pela primeira vez. Quando o amado artefato era devolvido, passavam os dedos sobre o conserto invisível, sem acreditar. O momento sempre despertava algum desapontamento, e começavam a notar nas antiguidades da família falhas com as quais tinham vivido por décadas. De repente aquelas marcas do tempo se tornavam insuportáveis.

Mas como a restauração podia prejudicar o valor de algumas antiguidades, Hanna, Amaury e Grace tinham de ser bons o bastante para que seu trabalho fosse invisível a olho nu. Seus clientes queriam assim, claro. Grace não iria arruinar um estojo de pó compacto austríaco com uma dobradiça americana, ou colar uma caixinha de música de duzentos anos com um adesivo que só fora inventado em 1850. Para colecionadores particulares, eles restauravam antiguidades que só tinham de parecer perfeitas no espaço seguro do lar; para comerciantes, eles restauravam antiguidades que seriam vendidas ao público sem muito alarido — uma velha escrivaninha melhorada de muito boa para impecável. Grace raramente sabia exatamente para onde iam as peças depois que terminava com elas. Desde que os clientes de Jacqueline mantivessem suas peças valiosas trancadas, longe de datação por carbono e espectrógrafos fluorescentes, ninguém ficaria desapontado.

Hanna estava contando algo a Grace sobre o linho antigo que tinha encontrado para recriar os vestidos das pastoras de modo que pudessem convincentemente guiar as ovelhas de lã no quadrante primaveril do centro de mesa. Grace não prestara atenção. Jacqueline estava ao telefone no escritório, já gritando às dez da manhã, e Grace se esforçava para ouvir acima da voz de Hanna. Grace estava preocupada: o pequeno remendo que lhe custara no máximo uma hora e que estava então secando era o único trabalho, além do centro de mesa, que fizera desde que terminara a gaiola de pássaros. Tinha havido períodos fracos antes, mas normalmente porque peças estavam retidas no transportador ou na alfândega — eles sabiam que havia trabalho a caminho. Grace não conseguia pensar em nada que estivesse a caminho.

Os problemas no trabalho tinham começado quando seus clientes mais frequentes, um grupo de comerciantes de Clignancourt, fecharam as lojas após um escândalo de impostos de exportação. Grace não sabia como Jacqueline iria manter o negócio. Ela era quem estava havia menos tempo na Zanuso. Seria a primeira a partir.

— Julie, está me escutando? — perguntou Hanna, olhando por sobre os óculos. — Preciso que você comece no pomar, no quadrante de verão. Tem de fazer os pêssegos.

Ela colocou uma lente de aumento sobre uma das fotografias e disse:

— Esses pêssegos são meio caprichosos. Mais rosados do que o natural, e com um sulco mais fundo. Só há dois que podem ser salvos.

Grace anuiu.

— Você precisa de quantos mais, nove?

— Onze, e em diferentes estágios de amadurecimento.

Hanna deu a Grace a fotografia, um close dos pêssegos. Não eram maiores do que uma ervilha, feitos de cera e pintados em uma variedade de tons de laranja, amarelo e um toque de rosa. Os caules eram de arame pintado de verde.

— Dois devem estar mordidos, como este — disse Hanna, dando a Grace outra foto. Nessa o pêssego tinha um pedaço faltando, expondo o caroço.

Grace sabia que apenas os pêssegos mordidos a ocupariam por toda a manhã, muito provavelmente mais. Assim como bordado, o centro de mesa tinha como objetivo demonstrar habilidade. Ela e Hanna teriam de fazer o trabalho ainda melhor do que os artesãos do século XVIII que o haviam criado para que o resultado fosse aprovado. Grace começara ali com as coisas fáceis, aprendendo com serviços simples demais para Jacqueline desperdiçar o tempo de Hanna ou Amaury: vasos com pés quebrados, caixas de pó compacto cravejadas com fechos amassados. Desde então evoluíra para filigrana quebrada, esmalte lascado e mesmo, uma vez, um relicário com vários engastes frouxos que permitiam que as pedras chacoalhassem como dentes soltos. Naquela semana faria pêssegos do tamanho de ervilhas; na seguinte estaria pintando versículos da Bíblia em grãos de arroz. Caso houvesse uma semana seguinte.

Enrolou uma bola de cera nos dedos, mediu e registrou o diâmetro para que todos os futuros pêssegos combinassem. Puxou e enrolou, puxou e voltou a enrolar dez cópias. Quando tinha onze bolas de cera iguais, pegou sua goiva em V, uma haste plástica com ponta que afinava usada por confeiteiros para esculpir marzipã, e começou a abrir um sulco na lateral do primeiro pêssego. Quando todos os pêssegos tinham sulcos e furos do tamanho de um alfinete para o talo, Grace abriu mordidas em dois deles com sua lâmina mais estreita e prendeu a respiração enquanto esculpia os caroços redondos. Abriu alguns veios sinuosos nos caroços com o olho de uma agulha de estofador.

Grace esculpiu e pintou pêssegos o dia inteiro, demorando no final. Suavizou suas laterais com tinta seca enquanto esperava que todos fossem para casa. Hanna foi a última a partir. Quando finalmente saiu, Grace tirou sua caixa James Mont da sacola de compras de papel pardo de sob a estante onde a tinha escondido naquela manhã. Primeiramente tirou todas as peças, depois começou a lixar. O processo de douração de Mont exigia lixar cada camada de tinta ou folha antes de acrescentar outra. Grace trabalhou com suavidade pelas camadas, parando para tirar fotografias à medida que cada camada oculta de cor era revelada.

O computador do ateliê tinha alto-falantes quebrados, então Grace pegou o laptop de Jacqueline no escritório para escutar a rádio NPR enquanto trabalhava. Durante o dia eles tendiam a Chopin, Schubert e o noticiário, mas sozinha à noite Grace com frequência ansiava por vozes americanas. Não ligava para o que estavam falando. Especialmente a voz de Lynne Rossetto Kasper tinha um timbre volumoso americano que aplacava sua melancolia de expatriada. Grace colocou os óculos de proteção e começou a derreter esmalte em pó com um maçarico enquanto Lynne discutia os atributos do queijo de fazenda. Minutos tiquetaquearam por trás da pequena chama até Grace ouvir uma porta bater.

— Decidi não deixar descoberto à noite — Hanna disse. — Nem mesmo para secar. A poeira.

Grace observou Hanna fitar seu projeto secreto, o computador da chefe.

— Por favor, não conte — Grace pediu.

Hanna revirou os olhos e se aproximou para olhar.

— É bonita — murmurou, correndo os dedos sobre a lasca onde o dourado de Mont mergulhava em camadas como mica. — O que vai fazer com isso?

— Vender, claro — Grace respondeu. — Preciso ter alguma coisa quando este lugar desmoronar.

— Quanto acha que irá conseguir?

— Trezentos, talvez quatrocentos.

Hanna deu um risinho.

— Vale isso tudo?

— Vale mais nos Estados Unidos — retrucou Grace, na defensiva. — Você deve ganhar muito mais do que eu aqui, se é tão pouco para você.

— Quanto ela paga a você?

— Quanto ela paga a *você*?

— Pouco menos de três por mês — Hanna respondeu. — Metade do que eu ganhava em Copenhague.

— Três mil?

Grace sabia que Hanna ganhava mais, mas não sabia quanto mais.

— Quanto ela paga a você? Sei que recebe em dinheiro.

— *Mil* — Grace respondeu.

— Meu Deus, como consegue viver com isso.

— Mal consigo — disse Grace, cobrindo os olhos. — Não sei o que vou fazer se perder o emprego.

— Não sabia que estava tão preocupada com isso — Hanna falou.

— Olhe ao redor. Você e Amaury estão com os únicos trabalhos.

— Valois irá reabrir com outro nome. Sempre faz isso, e Lemoine também. Voltará a ter trabalho.

Grace anuiu, insegura.

— Vou falar com Jacqueline — Hanna disse. — Garantir que ela saiba como você é valiosa.

Grace mal dormiu naquela noite, e quando conseguiu sonhou que ela e a sra. Graham estavam arrancando ervas daninhas do canteiro de temperos, e então ela arrancou alguns dentes e tentou escondê-los da sra. Graham, mas ela os tomou da sua mão e correu para dentro. Grace não conseguiu dormir depois disso.

De manhã, quando ela chegou ao trabalho, Hanna já estava curvada em um canto como uma aranha morta, os dedos ao redor de uma fiada de contas. Grace se sentou diante dela e pegou um talo de pêssego.

Elas trabalharam em silêncio até Hanna se levantar e ir à pia. Quando voltou com sua caneca de chá, gentilmente pegou o pequeno pêssego da mão de Grace e o ergueu.

— Todos esses estavam concluídos noite passada — disse. — O que você estiver fazendo agora irá arruiná-los.

Grace tentou pensar em algo que pudesse dizer que fizesse sentido. Estava cansada demais para raciocinar.

— Não consegui dormir — falou, como se isso respondesse a uma pergunta.

— Nem eu — disse Hanna, passando para o inglês. Elas nunca tinham falado inglês juntas.

Eram as únicas no ateliê. Hanna colocou as mãos na cintura e olhou na direção das janelas basculantes.

— Sabe, hoje faz nove anos que estou longe de Copenhague. Meu aniversário.

— Você quer voltar — disse Grace, também em inglês. Parecia estranho e íntimo, como se tivesse tirado as roupas de repente.

— Não importa o que quero ou não — retrucou Hanna.

Ficaram em silêncio por um minuto, o que só era incomum porque nenhuma delas estava trabalhando. Estavam acostumadas a longos períodos de silêncio, mas não de ócio. Grace rearrumou algumas das ferramentas nos potes.

— Pelo que ele estava na prisão? Acho que não me disse.

— Roubo. Na verdade, de antiguidades — disse Grace, sentindo o sangue correr para as faces. — Ele e amigos saquearam um patrimônio.

— Um *patrimônio*?

Ela não sabia como descrever a Wynne House, algo que não existia em Paris. O exemplo mais próximo em que conseguia pensar era Versalhes.

— Uma grande casa velha onde ninguém vive mais e que é aberta a turistas que nunca aparecem.

Hanna ergueu as sobrancelhas.

— Ousado — disse. Grace não sabia se estava sendo sincera.

— Foram apanhados em cinco dias. Ainda não tinham vendido nada. A propriedade recebeu tudo de volta.

A não ser a pintura.

Hanna começou a folhear suas anotações, mas Grace não sabia se estava realmente olhando para elas.

— Quando isso aconteceu?

— Há uns três anos. Pouco depois de eu vir para a Europa — disse, e fechou as mãos no colo. — Agora eles saíram e isso me deixou um pouco... perturbada — falou, dando de ombros, desesperançada.

— É dele que você tem medo — Hanna disse.

— É — Grace concordou, a garganta queimando. Ajeitou-se na cadeira. — Nunca rompi com ele. Tive medo. Fui para Praga em um programa de verão da faculdade, e uma semana depois li no noticiário local que ele e os dois melhores amigos tinham sido presos.

— Não sabia que tinha estado em Praga. Por que não me contou isso?

Grace balançou a cabeça.

— Não sei. Nunca houve oportunidade.

Hanna franziu o cenho.

— O que você fez quando descobriu?

— Nada — disse Grace rapidamente. — Nunca mais falei com ele. Fiquei tão chocada e horrorizada que simplesmente... me calei.

Hanna colocou uma fileira de pequenas contas em uma agulha. Inclinou a mão, e Grace viu as contas deslizarem da agulha para uma linha como gotas d'água.

— Nunca voltei para casa. Deveria voltar depois, mas não fiz isso. E nunca escrevi, nunca liguei. Nem para a família dele.

— Você soube da prisão no *noticiário*? Não falou com ele?

— Nós trocávamos e-mails. Mas não tinha ideia de que planejava isso.

— Então foi bom você ter partido quando partiu — Hanna falou.

— É — Grace concordou. — Você nunca conhece alguém tão bem quanto acha que conhece.

Hanna pareceu achar que era o fim. Grace não sabia o que desejava que acontecesse. Lamentava ter mentido para Hanna — quantas vezes apenas naquela conversa? Ela não quisera. Nunca parecia mentira desde que estivesse tentando dizer a verdade e fracassando.

E de todos que tinha conhecido, Hanna era a única a quem Grace podia contar. Hanna a perdoaria; teria de. Ela cortara a garganta de uma mulher. Sabia quão rapidamente uma decisão ruim surgia.

— Era sério? — Hanna perguntou.

— Estávamos juntos desde que eu tinha doze anos — Grace contou. Ela podia dizer isso sinceramente porque tinha muita prática de dizer antes. — Vivíamos juntos.

— E não sabia que ele ia fazer essa coisa maluca? Você estava o que, trancada no porão?

— Ele não me contou nada — Grace disse, com raiva de Hanna por brincar sobre uma agressão que, pelo que *ela* sabia, era bem real.

— Você foi assistente de avaliador na faculdade, não foi?

Grace anuiu. Ela exagerara sua biografia um pouco com Jacqueline no começo. Hanna achava que Grace — *Julie* — tinha vinte e seis anos.

— Acho que ele pensou que eu iria ajudá-lo — Grace disse. — Quando eu voltasse para casa.

— Mas ele não contou? — Hanna perguntou, piscando para ela.

— Ele só me contava exatamente o que queria que eu soubesse. E nunca tive nenhuma razão para não acreditar nele, sabe?

Sempre que perdia a saída ficava mais difícil ver o caminho de volta.

Amaury entrou murmurando e assumiu seu posto, imediatamente se curvando sobre a coleção de pequenos movimentos de latão à sua frente.

Hanna apontou com a cabeça para a tela do computador, onde abrira uma fotografia das três árvores no quadrante outono do centro de mesa.

— Bolotas — disse a Grace. — Vinte.

Ela estendeu o envelope com as bolotas originais remanescentes, e Grace teve de se levantar para pegá-lo.

Grace não notara como as mãos estavam úmidas até seus dedos tocarem os de Hanna.

De volta à sua mesa, pegou um novo bolo de cera do tamanho de um polegar e começou a fazer bolas do tamanho de um grão de pimenta-do-reino.

— Grande demais — Hanna disse.

Grace pegou a lente de aumento e tentou desaparecer atrás dela.

Esculpiu cada bola de cera na forma de uma bolota em um apoio, um alfinete em T grampeado pelos braços em um quadrado de compensado. Ela enfiava uma bola de cera na ponta da agulha e esculpia o sulco que separava a tampa, depois colocava a base para cima, afinando a noz. A primeira demorou vinte minutos, a segunda apenas dez, e depois ela fez mais nove em seis minutos cada. Era grata pela presença silenciosa de Amaury. Hanna não faria mais nenhuma pergunta na frente dele.

O ateliê ficou silencioso pelas duas horas seguintes, a não ser pelos estalos e raspados de seus instrumentos. Pouco depois das onze, Jacqueline abriu a porta do escritório e colocou a cabeça para fora.

— Julie, tenho boas notícias para você — cantarolou. — Vai receber a visita de um velho amigo hoje.

Ela riu, e todo o café que Grace tinha tomado subiu para a garganta.

Jacqueline saiu ruidosamente do escritório em suas sandálias de salto alto segurando uma caixa de papelão borgonha amassada nos cantos. Grace a conhecia bem: o bule feio, novamente, muito mais bem-vindo do que qualquer velho amigo real.

Jacqueline se curvou sobre a mesa de Grace. Tinha bronzeado com marca de óculos de sol, dois círculos mais claros sobre o rosto.

— O que são essas coisinhas? Agora fazemos micróbios?

— Bolotas — Grace disse, e a chefe revirou os olhos. Pobre Jacqueline, tão desinteressada de artes decorativas, atolada no negócio mais obcecado com suas minúcias.

Jacqueline fez um gesto para a caixa vermelha.

— Faça agora. Ela virá pegar esta tarde; precisa para um almoço formal amanhã, ou algo assim.

Hanna grunhiu, como se perder Grace fosse um grande sofrimento para seu projeto. A mão se laçou cobiçosa sobre uma das bolotas de Grace, e começou a inspecionar.

— Ela é muito boa nesses trabalhos minúsculos — Hanna disse a Jacqueline, olhando para a palma da mão. — Deveria dar uma olhada. Eu teria levado muito mais tempo.

Hanna estava tentando ajudar, Grace sabia, e era grata. Se pelo menos adiantasse.

O bule de chá era uma couve-flor em *trompe l'oeil*. A metade superior era uma inflorescência branca protuberante, a metade inferior e o bico um berço de folhas verdes. Estrasburgo, 1750, mas quem se importava? Parecia algo saído de uma venda de garagem em Garland, algo que estaria ao lado de uma vitrine de óculos de leitura de leopardo. Talvez um dia tivesse sido um bom exemplo do tipo, mas era então um Frankenstein. Os donos, advogados do setor de entretenimento na casa dos quarenta anos, quebravam o bule repetidamente. Na primeira vez o corpo foi partido em três pedaços; na segunda, foi a alça; na terceira, novamente o corpo. Por que continuavam a consertar? O que o bule de couve-flor significava para eles? Uma herança que era um fardo? As esperanças rachadas de seu casamento encarnadas em um feio presente de núpcias?

Houve um tempo em que um bule era apenas um bule.

Daquela vez, a tampa do bule estava fraturada, a alça partida, e várias das folhas de porcelana na base esmagadas em suas veias verdes. Um caos. Na caixa, aninhado na ráfia, havia um saco plástico com todas as peças faltantes e cacos de porcelana quebrada, em tamanhos variando de uma hóstia até aveia triturada. Grace esvaziou o saco em seu mata-borrão e examinou os menores cacos, pensando em quem tinha feito o que a quem para precisarem punir seu bule dessa forma, e por que, inferno, se importavam tanto com ele. Ela o chamava de boneca Bebê Repolhinho, mas ninguém ali entendia a piada.

Mas o mesmo casal também tinha dado a Grace o trabalho mais bonito no qual tinha colocado as mãos, mais de um ano antes, outro bule. Talvez fossem colecionadores, ou talvez fosse uma daquelas coleções impostas às pessoas após alguém ter notado que tinham dois exemplares de algo.

Aquele bule era fascinante demais para ter sido adquirido por acaso. Perturbadoramente frágil, anos 1820, vidro colorido amarelado com uma decoração finamente detalhada em latão que formava a asa, o pescoço gracioso de um faisão, e o bico, uma cabeça de ovelha. Na tampa, um cisne se retraía como se prestes a atacar. Os animais pareciam vivos, presos e furiosos. O bule também estava em condições quase perfeitas, não fosse um mínimo ponto de descoloração na base. A cirurgia seria perigosa, e Grace relutava em arriscar. Lembrava do conto de Hawthorne que lera no secundário sobre o homem que ficara obcecado por remover a marca de nascença da esposa. A cirurgia removeu a marca e a matou.

O bule sobreviveu aos cuidados de Grace. Isso ela reconhecia nos donos: quando jogavam um bule do outro lado da sala, jogavam o certo.

Ela esperara que se conseguisse simplesmente manter a verdade dentro de si, uma história mais bonita que a real cresceria como uma semente, deitando raízes e ficando mais forte até crescer ao redor da verdade e consumi-la. O gêmeo bom destruiria o gêmeo mau, ou algo assim. Em sua fantasia, ninguém, nem mesmo Grace, conseguiria notar a diferença.

Mas nunca esquecera a verdade. Ela contara mentiras ruins. A história era pálida e mirrada, e parecia a impostora que era.

Pegou um caco de porcelana com a pinça e o deslizou para o lugar que acreditava ser seu lar. A peça se encaixou perfeitamente.

Quando Jacqueline tinha saído para seu café da tarde, um homem tocou a campainha.

— *Puis-je vous aider?* — Grace perguntou à porta, mas sabia. O dono do bule era exatamente como ela imaginara. Vestia um terno azul-marinho com lapela em ponta e mangas altas, e parecia envergonhado. Grace colocou luvas limpas, mas apenas como jogo de cena: o bule era perda total àquela altura. Ela o enfiou em seu ninho de ráfia e colocou lenços de papel por cima, como se o estivesse botando para dormir.

— Não toque nele por pelo menos vinte e quatro horas — recomendou. — Parece sólido, mas ainda está muito frágil.

Ele fez uma careta e pegou a caixa dela.

— Você não pode mais usá-lo — ela disse. — Especialmente não para café, certo? Manchará as rachaduras, e então todos saberão.

Amaury fez um ruído desde seu canto. O homem abriu a boca como se estivesse prestes a explicar.

— Eu odeio esta maldita coisa — falou.

Quando ele saiu, Grace achou ter visto um risinho no rosto de Hanna.

— O quê? — perguntou.

— Não manche as rachaduras — disse Hanna, debochando gentilmente. — Então todos saberão.

Depois que todos tinham ido para casa, Grace conferiu o *Albemarle Record*. Nada. Pegou sua caixa de Mont. Começou a cuidadosamente lixar a camada de verniz dourado que aplicara na noite anterior, de modo que era apenas um filme metálico quente que revelava o verniz prateado abaixo. Correu as pontas dos dedos levemente sobre a madeira. Se raspasse fundo demais e tirasse tudo, teria de refazer todo o processo.

Três anos e meio antes, ela achara que a solução para todos os seus problemas era desaparecer com Riley para algum lugar invejável, romântico e *distante*, um lugar como Paris, pensando que se conseguissem ficar juntos sozinhos, sem interferência de ninguém de casa, seriam felizes novamente. O amor dele por ela, abundante como era, compensaria tudo o que tinha deixado para trás, e seu amor por ele — embora não tão poderoso quanto um dia fora, pelo menos tão rigoroso quanto — sempre o manteria perto dela. *Ele nunca irá deixá-la*, Alls tinha dito. E lá estava ela então, sozinha em Paris em uma sala cheia de antiguidades (do tipo que até agora sequer poderia imaginar), temendo que ele a encontrasse, que finalmente ficasse sozinha em Paris com o marido.

Três anos silenciosos se erguiam entre os dois. Ela imaginava que a cada mês que se passasse, ele acumularia novas reservas de fúria. Mas esses eram os medos admissíveis. Muito mais feio era o medo de que a tivesse perdoado. Podia vê-lo se convencendo de que estavam apenas em uma fase ruim. Ele um dia sairia do nada, outro de seus gestos grandiosos, pronto para ser amado novamente. Por fim, havia o medo dos seus olhos sobre ela, de ver neles o reflexo de uma garota que deixara para trás nos Estados Unidos.

Poderia ter sido pior, lembrava a si mesma. Se tivessem encontrado a pintura, ele teria pegado dez anos, vinte. Ou a teria entregado. Ergueu a mão e tocou o ponto calvo, alisando os cabelos por cima.

Pouco depois de nove, Grace estava lixando os cantos da caixa, os pontos mais vulneráveis à muita pressão, quando o sol se pôs de repente, de um modo que sempre a assustava. As janelas se tornaram retângulos pretos, pés borrados passando por elas.

Então viu os pés dele. De pé, calcanhares para a janela. Estava recostado no prédio. Aqueles eram os pés *dele*. Seus sapatos, mocassins de lona com calcanhares batidos. Seus tornozelos, o esquerdo projetado de uma torção jogando beisebol de brincadeira. Suas panturrilhas, longas e firmes, os pelos acobreados que reconheceria em qualquer lugar.

Empurrou o chão e rolou a cadeira para as sombras, longe das janelas. Os rodízios no chão de concreto faziam barulho, uma tosse chacoalhada.

Ele não podia vê-la. Estava nas sombras no canto de Amaury.

Ergueu os pés para a cadeira e levou os joelhos ao peito. Não podia vê-la. Teria de deitar na calçada para olhar. Uma guimba de cigarro pousou na calçada e o sapato esquerdo a esmagou. Riley nunca fumara cigarros, mas tinha de lembrar que não o conhecia mais.

Fechou os olhos. Quando os abriu, os pés eram apenas de um garoto, algum garoto de mocassim com calcanhar gasto. Tornozelos e panturrilhas pareciam lisos e estranhos. Não eram os dele, e ele não era o dela.

IV
Nova York

8

Em agosto, o pai de Grace fez questão de levá-la de carro a Nova York. Ela queria que Riley a levasse, mas suas aulas começavam na mesma semana. A viagem foi o maior tempo que ela e o pai tinham passado juntos sozinhos.

— Escute — ele disse na Virgínia Ocidental. — Sei que está certa de que quer fazer isso. Mas se um dia for demais...

— É apenas faculdade — ela falou.

— Se um dia for demais, não tenha medo de voltar para casa.

Ela revirou os olhos na direção dos outdoors.

— Obrigada, mas acho que vou ficar bem.

Ele apertou os olhos.

— Claro que vai ficar bem. Nunca disse que não ficaria bem.

Grace e o pai bufaram subindo até o quinto andar do alojamento e passaram pelas famílias barulhentas. No quarto destinado a Grace, havia uma garota sentada em uma das camas. O cabelo dela era azul fluorescente na raiz e preto reluzente abaixo das orelhas. Usava cílios postiços e uma camiseta que dizia FODA UM MÚSICO.

— Você é Kendall? Sou Grace.

— Graaace. Grace do Tennessee — falou, estendendo uma das mãos com um anel de cobra diferente em cada dedo. — Qual é o seu barato? O que está querendo?

— Provavelmente alguma coisa em história da ar...

— Eu estou fazendo "Desejo perturbador: Hentai e Idée Fixe" — ela riu. O pai de Grace ficou mudo, reduzido a um carregador de bagagens.

— Você será uma de nós cedo ou tarde — disse, depois olhou para a bolsa floral tricotada que Grace jogara no chão e acrescentou: — Talvez mais tarde.

O pai olhou para a camisa dela e ficou vermelho.
— Então você é musicista?
— Não — respondeu.
— Kendall é de Staten Island — Grace disse, tentando mudar de assunto.
— Ahn, *Long* Island. Mas moramos em Manhattan até ano passado. Nosso pai ainda mora. E eu sou Jezzie. Kendall é minha irmãzinha. Ah, meu Deus; eu, Kendall!! Isso é engraçado *demais*. Ela está cochilando em algum lugar. Grande noite. Só estou aqui por um pouco de nostalgia — disse, e fez uma pausa antes de continuar. — Faço um pouco de teatro.
— E Kendall é... Ela também é atriz? — perguntou o pai de Grace.
— Rá, rá! Ah, meu Deus, você é encantador. Não, ela faz administração. Mesa grande, notas de dólar, aquilo tudo.
Ela se levantou e colocou a bolsa no ombro.
— Mas agora tenho de ir — disse, juntando os joelhos como se tivesse de urinar e franzindo o cenho como um palhaço de festa.

Kendall era pequena, perspicaz e estranhamente maternal em relação a Jezzie, que com frequência ia ao quarto delas se jogar na cama da irmã e choramingar, e Lana, sua melhor amiga metralhadora giratória. Lana Blix-Kane era rica e morria de medo de ser ignorada. Na época Grace não conseguia ver isso, apenas uma confiança exuberante. Não importava o que Lana fizesse — entornar vodca até desmaiar no apartamento de um estranho, gastar milhares em um único dia de compras, comprar um filhotinho no sábado e devolvê-lo na manhã de segunda —, não era punida e não mudava, como se os pais também tivessem comprado para ela um botão de *desfazer*.
Grace conheceu Lana em sua segunda noite em Nova York. Lana chegou com Kendall, mas não se apresentou. Sentou na cama da amiga e desabou de fadiga.
— Ahn, você — disse a Grace. — Você é uma *namorada séria* — falou, e se virou para Kendall. — Certo?

Kendall deu de ombros.

— Você é a especialista.

— Tem esse ar, tipo, de satisfação — Lana disse. — Como um gato doméstico.

Grace abriu a boca para protestar, mas não soube o que dizer.

— Quero dizer, você é obviamente um peixe fora d'água aqui — Lana disse. — Mas provavelmente nem sabe disso. Então você deve ter um namorado. Entende o que quero dizer? Bem, provavelmente não, certo? Não saberia.

Lana usava seus cabelos louros finos absurdamente arrepiados, e depois Grace descobriria que se Lana não tivesse simplesmente acabado de sair da cama, se esforçaria muito para parecer que sim. O esmalte estava sempre lascado, a maquiagem no olho borrada e saindo.

— Você quer dar a impressão de que acabou de chegar em casa de uma farra realmente boa — explicou certa vez a Grace apontando com um pincel de rímel com restos, tentando dar um jeito nela. Mas naquele momento Grace só sabia que Lana de fato parecia ter chegado em casa de uma farra realmente boa.

Grace apertou os olhos, tentando ganhar tempo. Ainda não sabia se ligava se a garota gostava dela ou não.

— O que há comigo? Tirando a bolsa vagabunda.

— Seu cabelo! — elas disseram ao mesmo tempo. Elas se entreolharam e riram, adorando, e Grace sentiu uma pontada de ciúmes vindo do fundo.

— Você tem cabelos de namorada — Kendall disse. Sua voz, grave e seca, era desconcertante vindo de uma pessoa tão pequena. — É muito comprido, indicando resistência a mudança, portanto, monogamia.

Ela tomava café de uma enorme garrafa térmica de camping. Os cabelos dela eram escuros e curtos, como se isso não fosse deixar que a prendesse a nada.

— Justo — Grace reconheceu.

— Dois. É muito castanho — Kendall falou.

— Castanho demais — acrescentou Lana.

— Não é mel, não é cravo torrado nem nada. Apenas simplesmente castanho. Não é uma cor com a qual alguém pintaria os cabelos — continuou Kendall. — Ele *berra* natureza.

— Mas a natureza sussurra — falou Lana, e sibilou. — *Natureza*. O que eu estava dizendo? Você tem cabelos de virgem.

— Ah, não — disse Grace, corando. — Não sou virgem.

Kendall a calou com um gesto.

— É, digamos, pronto para a foto da escola. Você veio desde o grotão misterioso ou sei lá onde e não mudou os cabelos...

— Você provavelmente tem o mesmo namorado há, tipo, três anos — concluiu Lana.

— A não ser que ele seja um velho pervertido — sugeriu Kendall, erguendo o dedo. — Que gosta de cabelos *virgens* e golas Peter Pan.

— Não é — disse Grace rapidamente. Estava pronta para chocá-las. — Ele é meu marido. Estamos juntos há seis anos.

Lana arregalou os olhos.

— Você é *casada*?

— O nome dele é Riley, e está no segundo ano da faculdade.

— Onde? — Kendall perguntou.

Elas conheceriam pessoas demais em Harvard, Princeton.

— Sorbonne — disse.

Elas exigiram provas. Grace pegou o novo laptop e se acomodou entre elas na cama. Mostrou fotos dela e Riley juntos até parecerem enjoadas.

— Não fazem desses por aqui — Kendall comentou quando tinham terminado.

— Você parece tão surpresa — Grace falou.

— Só achei que você estaria com alguém realmente, não sei, de aparência séria.

— Escola de teologia — Grace acrescentou, mas os rostos delas não indicaram reconhecimento. — Escoteiro?

— Mas que doideira vocês serem casados. Vocês são, tipo, cristãos radicais?

— Não. Sabíamos que íamos passar o resto da vida juntos, então por que não? Mas é um segredo. Ninguém sabe.

Kendall anuiu, sem compreender.

— Quem é esse cara? — perguntou Lana, apontando para a última foto, na qual Riley, Greg e Alls estavam pescando no cais dos Kimbrough em Norris Lake.

— Esse é Greg, um dos amigos de Riley desde criança.

— Ele parece uma rosquinha com glacê. Um homem-bebê gordo — disse Lana. — Olha esses cachos louros.

— Ele tira a casca dos sanduíches — Grace contou.

Lana apontou de novo.

— E aquele?

— Alls. O melhor amigo.

— Eles têm nomes superestranhos lá de onde você vem — comentou Kendall. — Os sobrenomes parecem nomes; qual foi aquele que você me disse ontem?

— Tipton Hartley — Grace disse. — Atende por Tip. "Tip-só-o-começo" Hartley.

Elas riram, todas juntas dessa vez, e Grace achou bom.

— Espera, conta outro — pediu Lana.

— Ahn, Malone — falou Grace. — Vines.

— *Vines?* — Kendall uivou, e Grace sentiu um peso ser retirado.

— Fale sobre Alls — pediu Lana. — Gosto dele. Parece perturbado.

— Ele não é perturbado, só teve problemas — disse, e engoliu em seco. — É redução de Allston, Allston Javier Hughes.

Ela não queria falar sobre ele, então em vez disso contou sobre o Kimbrão.

Lana era artista. Kendall mencionou de passagem, no mesmo tom que alguém poderia dizer que fulano era do signo de peixes ou que tinha engordado cinco quilos. Não da forma reverente como as pessoas falavam sobre Riley.

No ano anterior, quando Lana tinha apenas dezessete, colocara um dos seus vídeos em uma coletiva de uma galeria de Chelsea. O trabalho era uma sequência de três minutos de Lana, nua e gripada, iluminada em um tom enevoado e suave de pêssego e rosa. Piscava cílios molhados perto da lente da câmera e lambia os lábios rachados até que cintilassem. Congestionada demais para inalar pelo nariz entupido, ela respirava sonoramente pela boca. Com dois minutos Lana tossia catarro e cuspia, fios de saliva grudando no queixo. Com dois e meio ela se levantava, fraca e instável como um filhote de cervo, o corpo nu se erguendo pelo enquadramento em movimentos fluidos. Joelhos trêmulos, ela se virava e caminhava para longe da câmera até todo o comprimento de seu corpo encher o quadro, e desaparecia por uma passagem. Segundos depois, podia ser ouvida vomitando em um vaso.

O vídeo fora retirado da exposição no segundo dia quando um crítico descobriu que a pessoa nua tinha apenas dezesseis anos quando ocorrera a filmagem. A galeria podia ter sido acusada de distribuir pornografia infantil, o que parecia ter sido a intenção de Lana. Grace queria muito perguntar a ela sobre o vídeo, que ao mesmo tempo a fascinava e perturbava, mas temia que suas perguntas fossem primárias demais. Quando finalmente o fez, Lana anuiu como se estivesse ouvindo essas perguntas pela milésima vez.

— Estou interessada em "boniteza", aviltamento e autocoisificação — disse. — Mas subvertidos por intermédio de logro e transferência de vergonha contagiosa.

Para fazer sua arte, Lana a vivia, interpretando a donzela idiota na frente da câmera, bem como a diretora por trás dela. Grace achou que Lana era a pessoa mais calculista que já conhecera. Mal conseguiu olhar nos olhos dela durante dias após ter visto o vídeo, não por ter visto Lana nua, mas por sentir vergonha por tê-la subestimado tanto.

* * *

No primeiro dia de Grace em Arte Ocidental I, a voz do professor pesada em seus ouvidos, ela olhou ao redor do teatro escuro e viu cem garotas como ela: unhas limpas, cadernos abertos, olhos grudados na tela. Mas seus cabelos estavam penteados para trás em coques de bailarina ou soltos e selvagens, e de suas orelhas pendiam pérolas ou grossas argolas com penas, discos de madeira. Ela viu que todas queriam ser versões da mesma coisa, só que estavam muito à frente dela.

Grace começou a passar as tardes de sábado circulando pelas galerias de Chelsea, fazendo anotações em postais gratuitos e releases. Ignorava a forte dor nas pernas enquanto subia escadas metálicas que pareciam não levar a nada promissor. Aprendeu a passar por portas de metal sem identificação para chegar a espaços com pé-direito duplo, brancos e vazios, que abrigavam o que ela começara a compreender que eram ideias. A arte não existia para ser bonita. A arte existia para provocar o cérebro das pessoas, ajudar ideias a encontrar na metáfora a força que não tinham quando explicitadas por si só. Ela estava exausta de pensar e de desaprender tanto do que tinha pensado antes.

Voltava ao alojamento ao pôr do sol, o cérebro zumbindo. Quando via algo e realmente sacava, ela sabia, ela *sentia*, e a excitava penetrar no espaço apertado da mente de alguém.

Embora não pudesse classificar os cuidadosos óleos de prédios históricos de Riley entre as obras que estava vendo, garantiu a si mesma que era só porque não sabia por que aquilo o compelia e quais eram suas intenções. Como ela poderia? Não soubera o suficiente para perguntar. Estava apenas começando a aprender sobre arte e intenção. Não importava que as pinturas de Riley parecessem anestesiadas, desde que a ideia por trás dela não estivesse. Aquele mistério também a excitava: que Riley tinha ideias que ainda eram opacas a ela, cantos de seu cérebro ainda não explorados.

Tentou explicar o vídeo de Lana a ele pelo telefone. Não conseguia se forçar a mostrar a ele aquele corpo nu, um ciúme que ela sabia que daria enorme satisfação a Lana.

— Mas onde está a habilidade? — Riley perguntou. — Qualquer um poderia fazer isso.

Qualquer um não poderia, Grace tentou explicar. Apenas Lana poderia fazer sua arte porque era sua ideia. Depois Grace mudou de assunto. Talvez simplesmente não pudesse ser traduzido em palavras.

Ela começou a procurar um emprego em meio expediente e a mudar sua aparência para Nova York. Dividiu o cabelo ao meio e aplicou os vários brilhos de Kendall: *Luminosidade! Vidro! Espelho!* Comprou suéteres de tricô soltos e graciosos em lojas de dez dólares na rua 14 e pintou as unhas com o mesmo preto metálico que Kendall usava. Com medo de que a acusasse de imitá-la, esperava que Kendall desse a sugestão. Ela sempre dava, e Grace era grata por seu diagnóstico.

Quando Grace conseguiu uma entrevista para um cargo de assistente de avaliação de arte, comprou um blazer de poliéster de oito dólares na Goodwill. Vestiu para Kendall ver naquela noite, se apertando nele e esticando os braços.

— Deus — Kendall disse. — Isso é repugnante. Quer alguma coisa emprestada?

As costuras cediam, mas Grace não achara tão ruim. Deixou alegremente que a amiga a reconstruísse no que Kendall chamava de "Grace 2.0". Quando ela chegou aos sapatos de Grace, mordeu o lábio e suspirou. Calçava dois números a menos que Grace, então não podia salvá-la nisso.

No dia seguinte, Grace pegou o trem 6 do alojamento para o centro, rumo ao East Sixties, uma região da cidade que ainda não tivera motivo para conhecer. No trem, olhou para seus sapatos, sapatilhas de balé de doze dólares imitando couro com laços gastos. Pareciam sapatos de criança, sapatos de primeira comunhão. Chovia e a cola da sola começara a ceder. A sola se abriu no dedão como uma boca.

Grace sabia que ninguém a contrataria com aqueles sapatos.

Quando saltou do trem, desceu o quarteirão correndo sob chuva esperando encontrar uma sapataria. Todos os quarteirões de Manhattan pareciam ter uma sapataria, um salão de beleza e uma agência bancária. Encontrou uma, foi direto ao fundo, onde estariam as ofertas, e lá viu um par de botas se destacando entre os outros sapatos. Eram de couro de vitelo preto, quase até os joelhos, com zíperes do lado de fora. Tinham saltos altos o bastante para que um rato do metrô passasse por baixo. As botas estavam com sessenta por cento de desconto, e ainda custavam duzentos dólares. Ela nunca tivera sapatos que custassem nem a metade. Iria limpar sua conta no banco. Lembrou das fotos do escritório que tinha visto no site do avaliador: as janelas enormes, as estantes envidraçadas, as cortinas compridas de brocado que se avolumavam no chão. Aquelas botas poderiam garantir a ela o emprego.

Jogou as sapatilhas de plástico na lata de lixo ao sair. Não estava acostumada a salto alto, e sentiu que andava diferente, como um cavalo de corridas ansioso no portão. Quando saltou do elevador no nono andar do prédio comercial, Grace se tornara uma pessoa diferente. A porta dizia MAUCE AVALIAÇÃO DE BELAS-RTES em letras adesivas douradas. Tocou a campainha, ajeitou os cabelos e esfregou os lábios.

Ele abriu a porta e a olhou de cima a baixo.

— Belas botas — disse. — Donald Mauce.

Ele ficou boquiaberto o suficiente para caber um ovo inteiro. Era alto e muito magro, com pele clara lustrosa e olhos úmidos. O bigode grisalho ralo se estendia acima de lábios carnudos. Grace pensou em um bagre branco que fisgara certa vez em Norris Lake.

— Bethany estará aqui em um segundo. É nossa vice-presidente. Só foi comprar uma sopa.

Donald se sentou atrás de uma mesa metálica verde e fez um gesto para que Grace se acomodasse em uma cadeira cromada oxidada à sua frente. Não era o escritório das fotos, mas uma única sala gasta. A mesa de Donald estava coberta de papéis e recibos ao redor de um pote plástico de amendoins. Podia sentir o cheiro das cascas na lata de lixo. Sentiu que ele olhava para ela, sorrindo, e baixou os olhos para as botas no carpete manchado. Usava um vestido preto e batom vermelho de universitária da cidade.

Donald perguntou sobre suas aulas de história da arte, o que estava achando da faculdade até o momento. Perguntou de onde era, e contou que era do Tennessee.

— Ah, uau — disse, se inclinando para a frente na cadeira. — Como é *lá*?

A dobradiça da porta rangeu, e uma mulher entrou com uma sacola de delicatessen.

— Você deve ser a nova garota — falou. — Sou Bethany.

Mal sorriu, como se doesse. Usava óculos escuros e tênis de corrida brancos com suas calças formais. Os cabelos tinham um tom bege de cogumelo.

Donald anuiu.

— Estamos começando a nos conhecer.

Ele deu o emprego a Grace. Ela saiu com um punhado de amendoins e dois catálogos de leilão da Sotheby's de arte decorativa dos séculos XIX e XX. Ele piscou para ela e disse que tomaria a lição.

9

Grace passou seu primeiro dia de trabalho para Donald Mauce colocando as prateleiras em ordem alfabética. Bethany estava fora, e Donald não sabia lhe ensinar nada. Ficou sentado à mesa, lendo e reclinando na cadeira que rangia, enquanto Grace puxava livros à sua frente usando uma escada. Poeira amarela se erguia das páginas e ela tossia. Donald arrumou suas coisas às quatro. Disse que tinha uma degustação de vinhos às seis, e caso se atrasasse começariam sem ele. Perguntou qual era o vinho preferido de Grace. Ela respondeu uísque, ele deu uma gargalhada rouca e balançou a cabeça. Muito esperta, muito esperta, disse. Ela aprendeu a nunca fazer sequer uma piadinha perto dele. Faria dela constrangedora com prazer.

No segundo dia, ela chegou um pouco adiantada. Voltou ao alto da escada. Bethany entrou, jogou a bolsa e grunhiu como se estivesse esperando por isso desde que acordara.

— Esqueci que estaria aqui — disse.

— Comecei ontem.

— Eu sei.

Grace estava no degrau do alto, e Bethany não erguera os olhos acima de seus joelhos.

— Donald me pediu para colocar os livros em ordem alfabética — contou. Colocou no lugar o volume corroído que estava em seus braços. — Estou em Wegner, Hans.

Bethany anuiu devagar. Ela evidentemente não era alguém que sorria por cortesia, mas, vindo do Sul, Grace considerou isso evidente hostilidade. Via que Bethany não gostava dela, mas desejava que ela simplesmente fingisse, como uma pessoa normal.

O joelho esquerdo de Grace se contraiu e Bethany piscou.

— Diga quando tiver terminado. Vou ensinar a você como trabalhamos.

O trabalho era chamado *comps*. A missão de Grace era avaliar os objetos do cliente (vasos, pinturas, tapetes, prataria) encontrando coisas comparáveis que tinham sido vendidas nos anos anteriores, diretamente ou em leilões. Bethany a iniciou com artistas americanos fáceis, de categoria B, do século XX. Primeiramente Grace lia as especificações como anotadas por Bethany ou Donald: *Jerome Myers, desenho, 1908, escola Ashcan, 28 por 38 centímetros, sem danos, vida citadina*. Grace vasculhou a internet à procura de especificações semelhantes em sites de galerias ou de casas de leilões só para sócios. Às vezes se deparava com um "preço sob consulta" e tinha de telefonar para as galerias. Dava esses telefonemas em uma voz baixa e contida, tentando suavizar seu sotaque.

Quando entregou seu primeiro relatório, Bethany repassou as trinta páginas de comparações, trocou algumas das palavras por outras mais afetadas e marcou erros de digitação que causaram arrepios em Grace.

— Está certo — Bethany disse. — Segunda-feira lhe darei um novo.

Grace gostou do trabalho. Era fácil dizer quando tinha encontrado a resposta certa, e passava a tarde vendo arte, mesmo que de início fossem apenas tediosas obras sujas da escola Ashcan. Sentiu uma pontada de culpa com essa avaliação específica, já que estava tentando conciliar suas novas opiniões com a realidade do trabalho artístico de Riley. Após seu fracasso em explicar o vídeo de Lana e a reação dele, guardara para si sua nascente crítica artística.

Algo pessoal *sem* ele parecia errado; pessoal costumava ser *com* ele. Eles conversavam uma hora todas as noites (ou até Kendall voltar), conversas cotidianas, mas marcadas pelo canto de acasalamento choroso dos recém-separados. Depois ela costumava ir para o banheiro e chorava por se sentir tão longe.

Grace inicialmente trabalhava para Mauce três tardes por semana. Quando recebeu o primeiro pagamento, comprou alguns dos livros didáticos que estava lendo apenas na biblioteca, bem como seu próprio esmalte escuro.

Em outubro, Bethany estava lhe dando trabalhos mais interessantes. Numa semana foi dado a Grace um lote de aquarelas botânicas francesas, o que demandou tensos telefonemas gaguejantes para Paris em seu francês de ensino médio. Noutra recebeu a coleção particular de relógios de um homem. *Dado* e *recebido* eram palavras de Bethany, mas Grace as adotou rapidamente. Dado e recebido descreviam sua relação temporária com aquelas coisas que ela não possuía e nunca tocava — pelo breve tempo em que trabalhou nas aquarelas botânicas ou nos relógios, eles foram seus.

Os relógios pertenciam a um homem chamado Andrew F. Pepall. Ele comprara um por ano desde 1959, alguns novos, outros como antiguidades. Mantivera registros minuciosos com recibos e anotações por períodos de cinco ou seis anos, depois as anotações desapareceram, e Grace só tinha fotografias para identificar os relógios. Pepall morava em Ann Arbor, Michigan, e enviara a Mauce sete rolos de filme que documentavam sua coleção cronologicamente pelo ano de compra.

Com o tempo, Pepall passara a preferir mostradores de ouro e pulseiras de réptil, mas seu gosto às vezes mudava abruptamente antes de retornar ao imponente. Em 1966, ele se interessou por relógios com calendário. Grace se encantou especialmente com um romântico Jaeger-LeCoultre dos anos 1940 com fases da Lua ilustradas no mostrador. No ano seguinte, comprou um Pierpont 1946 que mostrava até mesmo os dias da semana. Grace adorava a delicadeza e o belo movimento dos relógios, sua postura silenciosamente elevada. Sentia uma estranha gratidão para com Pepall por expô-la a tais coisas, como se a tivesse colocado sob suas asas de bom gosto.

— Quem é esse velho triste? — Kendall perguntou de sua cama no quarto. Abriu uma garrafa de água e sorveu tudo em um só gole, o plástico amassando sob sua mão. Passara a tomar a ritalina de Lana para ajudar nos estudos e passava horas seguidas deitada imóvel com os livros. Encarava o vídeo na tela do laptop de Grace como se também fosse fazer uma prova sobre isso.

— Andrew F. Pepall — Grace disse. — Está fazendo um discurso em seu jantar de aposentadoria.

— E ele é?

— Um oncologista famoso por suas valiosas contribuições ao estudo da destruição fatal da medula óssea pela quimioterapia. Estou pesquisando sua coleção de relógios no trabalho.

— Cacete.

— Eu só queria saber como ele era afora os relógios.

A explicação de Grace soou ainda mais bizarra em voz alta do que soara em sua cabeça.

"Não são os anos de vida o que conta", o dr. Pepall leu na ficha. "É a vida nos anos. No tratamento do câncer precisamos nos lembrar disso todos os dias."

— Sem ofensa, mas é meio sinistro você espreitá-lo assim — Kendall disse.

Ela tampou a garrafa de água vazia e a jogou na direção da lata de lixo, mas a garrafa quicou. Grace notou o relógio dela deslizando no pulso. Cartier Miss Pasha, aço inoxidável, valia cerca de três mil em perfeitas condições. Seu coração acelerou com a excitação do reconhecimento.

Em novembro, Donald começou a falar em levar Grace com ele em visitas. Levou amigos e colegas ao escritório sem qualquer propósito que ela pudesse identificar, a não ser testar sua capacidade de socializar com pessoas difíceis. Por que mais elas subiriam até o nono andar se Donald iria encontrá-las para o almoço a quatro quarteirões?

Craig Furst tinha cerca de trinta anos, pouco mais de um metro e meio, poros largos e pele bronzeada. Queria se especializar em antiguidades indonésias e malaias, disse, mas o mercado ainda era pequeno. Aparecia pelo menos uma vez por semana, às vezes sem avisar, para conversar com Donald. Ele erguia um dedo para indicar que estava ao telefone, Craig pousava a maleta ao lado da mesa de Grace e tirava a echarpe de linho, sua colônia de couro e cravo se espalhando sobre eles.

— Acabei de voltar da Tailândia — Craig disse certa tarde. — Fiz umas fotos *ótimas*.

Tirou o laptop e colocou sobre a mesa de Grace, empurrando seu teclado para o lado. Começou a clicar em slide shows.

— Não é fabuloso?

— Uau — ela disse, tentando soar impressionada, mas sem se comprometer. Bethany queria seu relatório sobre Nicolai Fechin em uma hora.

— Vou dar uma palestra em Miami mês que vem — Craig disse. — Vasos e potes de Java Ocidental. Vai ser excepcional.

— Legal. Isso é ótimo.

Ele levou a mão à boca, sua encenação de reflexão.

— Fico pensando no que você estará fazendo para Donald na época? Seria muito bom ter uma ajudante. Gosta de Miami?

Donald apareceu então de casaco, e Grace foi poupada de ter de responder.

Quando eles saíram, ela grunhiu.

— Ah, meu Deus. Eu *gosto de Miami*?

— Ahn?

A cadeira de Bethany bateu no encosto da de Grace, mas ela não se virou.

— Quantas fotos antes de você dizer que precisa ir ao banheiro?

— Desculpe — Bethany disse, cansada. — Não estava escutando.

Grace sabia que Bethany, silenciosa e crítica atrás dela, achava que tinha encorajado Craig. Mas como? Ela tentara deixar de lado a evidente antipatia de Bethany, mas se vira querendo satisfazê-la da mesma forma como costumava querer satisfazer suas professoras, com frequência mulheres em idade de ser mães. Grace não tinha certeza de quantos filhos Bethany tinha, mas estava certa de que pelo menos um deles era uma adolescente alguns anos mais nova que Grace. Ela as ouvira ao telefone, mas Grace também podia sentir a filha no modo como Bethany olhava para ela, procurando pistas e alertas para os anos por vir.

Craig fazia sentido para Grace, ao contrário de Bethany. Perfumado e agradável demais, com excesso de acessórios e levemente insinuante, ele *parecia* alguém que a abordaria com seu cartão e ofereceria seu conhecimento para segurar sua coleção de daguerreótipos eróticos. Mas e Bethany, que só usava o pequeno pingente de cruz sobre a gola rulê e uma aliança de ouro simples? Aquele negócio dependia de decoração e excesso. Não fazia sentido que alguém tão resolutamente não decorado se dedicasse a ele.

Mas Bethany olhava para ela como se Grace fosse uma piranha que não sabia de nada. Possivelmente acreditava que sua ingenuidade era inventada. Bethany era do Queens.

Grace não esperara se sentir solitária. Achara que solidão era apenas uma palavra que significava estar só e desejar não estar; esquecera da maldita falta de substância disso. Não ficava solitária desde pequena — livre, circulando ao redor das outras pessoas como um convidado fantasma.

Nas aulas, ela observava seus colegas fazendo suas interpretações equivocadas de Derrida e Foucault. Não era faculdade de teatro, mas ela via que todos estavam lá para aprender a atuar. Todos, vindos de Cingapura, Oregon ou Nova Jersey, tinham ido para Manhattan de modo a se transformar, e todo dia eles experimentavam seus figurinos, testando seus personagens na sala de aula antes de tentar se transferir para o mundo real. Eram protótipos de nova-iorquinos.

Donald Mauce era o pior de todos os imitadores. A foto do escritório da Mauce Fine Arts que Grace vira no site — os brocados, o veludo, as cadeiras Chippendale — na verdade retratava o escritório do romancista britânico Anthony Powell na época de *A Dance to the Music of Time*. Examinando de perto, Grace viu o cachorrinho cochilando no canto do tapete.

— Minha sobrinha fez o site — Donald contou a Grace em uma manhã de segunda-feira. Grace também estava trabalhando algumas manhãs quando na faculdade só havia palestras e ela sabia que sua ausência não seria notada. — Sou um enorme fã de Anthony Powell, daí a homenagem.

— A pronúncia é *Poe*-el — Bethany disse.

— Já experimentou isso? — ele disse, erguendo seu doce em forma de pata de urso pela metade. — Verdadeiramente o *sine qua non* dinamarquês. Como foi seu jantar? Levou o rioja?

Na sexta-feira anterior ele a interrogara sobre seus planos para o fim de semana, esperando ouvir algo selvagem e juvenil. Sabia que ele era um solitário. Donald era viúvo e não tinha filhos, o que Grace achava um alívio. Não tinha de se comportar como filha de alguém. Ele não via a coisa dessa forma. Grace lhe contara que uma amiga (de Kendall, claro) ia fazer uma *paella*. Grace não estava certa sequer se tinha sido convidada, mas se sentia obrigada a dar algo a ele. Apenas a palavra *paella* fora suficiente para levar a uma longa recomendação de vinhos.

— Não — contou a ele. — Um cabernet, acho. Simplesmente cozinhamos com ele. Era bastante fraco.

— Cozinharam com ele? Uma *paella*?

Bethany colocou os fones de ouvido.

— Ela não conseguiu uma panela grande o suficiente, então fizeram outra coisa.

— Mas não era bom? Você levou de volta à loja? Todos os vinhos deveriam ser bebíveis.

Grace deu de ombros.

— Não, nós só...

— Estava estragado? — ele perguntou, parecendo verdadeiramente preocupado, como se o vinho tivesse saído de seu próprio vinhedo. Cruzou os braços. — Ou ácido demais? Muito amadeirado? Carvalho?

— Não sei — disse Grace, desamparada. — Era só realmente barato e empoeirado.

— Empoeirado, como um terroso?

— Não, a garrafa estava empoeirada.

— Certo, mas o gosto ruim... Era creosoto? Poderia ser um toque de petróleo?

— Donald — Grace finalmente disse, pedindo desculpas, frustrada. — Eu tenho dezoito anos. Vinho não tem gosto de madeira e limão para mim. Só tem gosto de vinho.

O telefone dele começou a tocar.

— Na Europa você já seria uma enófila — ele argumentou. — Apenas seja honesta consigo mesma. Não precisa se sentir frustrada. Pergunte a si mesma: o que esses sabores são para mim? Para minha vida? Pode ser qualquer coisa!

Grace lamentava desapontá-lo. Ela se sentia mais à vontade perto de Donald do que de qualquer um que tinha conhecido — era ainda mais sem noção do que ela. Mas como? Estava na casa dos sessenta, imaginava. Tivera muito tempo para se integrar, e certamente tentara: pertencia a dezenas de grupos de vinhos, queijos, sinfonias e jardinagem, todos prometendo cultivá-lo.

— Não — ele gritou ao telefone. — Descendo o quarteirão, do outro lado do Guggenheim!

Bethany tirou os fones de ouvido, os pregadores de cartilagem que as pessoas usavam para correr, e esfregou as orelhas vermelhas.

— De onde Donald é? — Grace perguntou em voz baixa.

— Indiana — Bethany respondeu. — Ohio? Um deles. Mudou para cá há três anos.

Grace lembrou da sua entrevista, o modo como Donald se inclinou para a frente quando ela disse que era do Tennessee. *Como é lá?* Tinha sido sua melhor encenação.

— Ele era avaliador de seguros — Bethany continuou, observando Grace com o canto do olho. — Empregado de empresa, aquele que aparece depois de uma inundação.

— Não aquarelas francesas e retratos de cavalheiros.

— Não exatamente — disse Bethany, sorrindo ao se virar.

Grace considerara Bethany uma espécie de esnobe, a mulher que desprezava jovens bonitinhas por tentarem ser mais bonitas, e supusera que caíra sem querer naquele setor — uma ex-secretária de igreja respondendo a um anúncio ou algo assim —, mas já não estava certa.

— Como *você* acabou aqui? — perguntou, folheando seus papéis como se não estivesse realmente prestando atenção.

— Estava terminando minha dissertação e perdi o financiamento — Bethany disse. Não se virou.

— Quer ser professora?

Bethany pegou o telefone.

— Tenho de ligar para minha irmã — falou. — Avise quando terminar com aquelas cerâmicas.

Quando Grace conversava com Kendall sobre trabalho ou falava com Riley sobre a escola, deixava que todas as personas — as delas, de seus colegas, de Donald — se destacassem sem escrutínio. Se acreditava na atuação deles, eles poderiam acreditar nas dela e então, por sua vez, também Riley. Recusava-se a admitir a ele sua solidão.

— O que você está vestindo? — ele perguntava no final de uma divagação desanimada sobre Susan Sontag ou Clement Greenberg. — Quero ver você. Ou pelo menos imaginar.

Se Kendall estivesse fora, Grace podia fazer as vontades dele. "Estou na cama", dizia, inventando alguma coisa sobre jeans desabotoados e camiseta levantada, sua lingerie ou a falta dela. Era sempre mentira. Ela dormia toda noite com uma velha camiseta de Riley, esgarçada e desbotada, com buracos nas axilas. GARLAND MIDDLE SCHOOL TRACK AND FIELD, dizia na frente. Atrás, GO STARLINGS! Usava também suas sambas-canção. Ela roubara duas cuecas dele antes de sair de Garland.

— Elas são *dele*? — Kendall a acusara ao entrar no banheiro, onde Grace escovava os dentes usando a peça larga. — Isso é deselegante e possivelmente sinistro.

Grace se curvara para cuspir a espuma. Kendall era uma nova-iorquina rica e Grace não. Kendall tinha amigos, e Grace não. Mas Grace tinha algo que Kendall não tinha.

— Vou lhe contar quando você ficar mais velha — Grace disse.

10

Em casa em Garland, Riley parecia cumprir sua parte do acordo. Infinitamente paciente, passava semanas construindo uma casa na tela, tijolo a tijolo, a tampa da Tupperware que usava como paleta em um joelho, um baseado pousado de leve na borda de borracha. Pela calma em sua voz, ela sempre sabia dizer quando ele estava pintando.

Uma das amigas da mãe dele, Anne Findlay, tinha uma pequena galeria local, e se oferecera para expor as obras de Riley em janeiro, o mês mais fraco. Nunca antes exibira um estudante.

— É meio bom que você não esteja aqui — ele disse a Grace. — Eu literalmente não tenho nada a fazer senão ir às aulas e pintar para a exposição.

A mente de Grace estava revestida com as obras de arte variadas e ambiciosas que vira nos três meses anteriores, mas transformou suas dúvidas ainda não explícitas sobre os temas de Riley na preocupação de que ele poderia ficar sem prédios.

— Você poderia pintar mais alguma coisa — disse. — Sabe, diversificar.

Ela não sabia como formular suas perguntas de modo a que não soassem críticas.

— Não. Eu só pinto o que conheço — respondeu. Inspirou rápido. — A questão é o processo. Eu vou pintar a porra da cidade toda.

Processo! Pintar a totalidade de sua pequena cidade sulista! Isso era algo que ela poderia dizer a Lana quando perguntada sobre os "interesses" artísticos de Riley. *Processo*, Grace se imaginou dizendo. *Arte intrusa e transformação de paisagens de cidades pequenas.*

— Já encontrou nossa galeria em Nova York? — ele perguntou. Eles faziam essa brincadeira, do mesmo modo como costumavam caminhar por Garland e escolher sua casa dos sonhos. — Aquela que lida com o movimento gótico banguela e descalço do Sul?

Ela imaginou suas cuidadosas telas de mansões Queen Anne com placas de bronze da sociedade histórica.

— Dificilmente — ela dizia.

— Opa, tenho de ir — ele disse, seu gracioso sotaque redondo se contorcendo em algo caipira. — Alls está aqui e vamos seduzir as vacas.

Ele nunca vira uma vaca na vida, e essa coisa de caipira era novidade. Nunca fizera isso antes dela partir para Nova York.

— Vista uma camisa polo limpa — Grace disse. — Você não vai querer assustá-las antes de chegar na primeira fase.

— Eu te amo — eles diziam juntos, uma sincronia que tinham aperfeiçoado quando crianças. Nunca superaram isso.

Grace faltou à aula para pegar o trem para Chappaqua com Donald em sua primeira visita. Ele tinha sido contratado por uma viúva que morava com a filha adulta em uma casa estilo Tudor dos anos 1950. Grace lembrou de alguns meninos de casacões de lã que conhecera em uma festa que Kendall dera no quarto delas, o modo como disseram que eram de Chappaqua com o nariz empinado, como se isso merecesse uma reação. Mas Grace não achava que a casa, de alvenaria fina e com falso cristal de chumbo, fosse algo especial.

Dentro, a casa era acarpetada, com pé-direito baixo. As paredes tinham papel de parede adamascado azul-escuro. A viúva, Debbie alguma coisa, imediatamente se sentou em um sofá como se simplesmente deixar Grace e Donald entrar a tivesse esgotado. A filha, Nicole, os pegara na estação. Estava de pé com braços cruzados, olhos apertados voltados para Donald.

— Onde podemos nos instalar? — ele perguntou.

— Não importa — Nicole respondeu, infeliz de vê-los e nada disposta a esconder isso.

Grace se sentou em uma poltrona sem braços com calombos e abriu o laptop, joelhos bem apertados abaixo dele. Em Garland, ninguém nunca receberia alguém em sua casa sem oferecer algo para beber ou perguntar como tinha sido a viagem. Aquilo era uma coisa de Chappaqua ou um problema do Norte em geral? E, censurou a si mesma, o que ela queria comparando qualquer coisa com Garland, como se fosse um lugar do qual se vangloriar?

— Vou apenas caminhar pela casa e fazer um inventário de suas coleções — Donald disse. — Grace, minha assistente, fará anotações no computador.

Ele pegou uma pequena estátua e a virou para ver o fundo. Então começou:

— Jade. Estátua de ovelha de jade, chinesa, provavelmente Qing, provavelmente final do século XIX ou começo do século XX, ovelha dormindo, base de madeira, pau-rosa.

Grace tentou acompanhar, digitando enquanto ele falava. Ele tirou uma trena do bolso e primeiro a esticou de cima abaixo, e depois ao redor da estátua.

— Vinte e três centímetros, mais uma base de cinco, circunferência de quarenta. Foto?

Grace estendeu a câmera e ele fotografou a estátua dos dois lados. Debbie tirou a mão de sobre a boca.

— Meu marido me deu isso. No nosso décimo aniversário.

— É uma grande peça — Donald disse. — Boa cor, bons pés. Ele a comprou nos Estados Unidos? Quanto pagaram?

— Não — respondeu, sem olhar para ele. — Moramos em Mukden, Shenyang, por dois anos, no final dos anos 1970.

A voz falhou, como se ele tivesse arrancado aqueles detalhes dela.

Donald anuiu. A filha se virou e saiu da sala sem comentários, e Grace se deu conta de que para aquelas mulheres era perturbador que

Donald estivesse lá, pesando presentes de aniversário na mão. E elas sequer sabiam que era a adolescente sentada no sofá quem iria sugerir preços para os tesouros da família.

Donald se curvou sobre um vaso junto à ovelha de jade.

— Jarro. Chinês, porcelana, tampa de pau-rosa. Símbolo decorativo da dupla felicidade, forma de ampulheta maior na parte de cima, boca se abrindo para fora. — Correu o mindinho ao longo da beirada da tampa. — Leves lascas aqui — disse, se virando para Grace, cruzando as mãos às costas. — Condição: boa. — Ele se virou para Debbie e sorriu.

Grace o seguiu de cômodo em cômodo, enchendo páginas com anotações apressadamente digitadas. Catalogou vasos, caixas, cerâmica, móveis, livros, tapetes, cortinas, pinturas, gravuras e finalmente joias, o que pareceu pessoal e invasivo demais. Tudo tinha uma história, quer Debbie contasse ou não. Donald e Grace terminaram o primeiro andar em duas horas e meia.

— Podemos pedir sanduíches? — Donald perguntou a Nicole, fechando uma caixa de música na mesinha de cabeceira do quarto principal. — Está quase na hora do almoço.

— Há uma delicatéssen a alguns quarteirões daqui caso precise de uma pausa — ela disse.

— Ah, perderíamos tempo demais. Estava pensando que poderia pedir algo para viagem.

Ela balançou a cabeça.

— Não estamos realmente com fome.

Grace baixou os olhos para o carpete, mortificada. Sua secreta gratidão para com Donald por seus maus modos, sua ignorância de sua falta de aptidão social, estava terminando. Ela o viu deixar suas digitais sujas nas coisas de Debbie, se encolheu com suas perguntas descuidadamente exploratórias, e ficou constrangida por estar ligada a ele.

Na estação, Donald disse que não iria voltar. Tinha um jantar com uma mulher que morava em Scarsdale.

— Temos nos correspondido pela internet. Seu pseudônimo é "Floria T". Ela disse que fui o primeiro a identificar — falou, e esperou por Grace, mas ela balançou a cabeça. — Floria Tosca? *Não?* — perguntou, boquiaberto. — Bem, então, eu desejo sorte a nós *dois*.

No caminho de volta a Manhattan, Grace escutou suas mensagens, ambas de Riley.

— Ei, sou eu — ele disse. — Minha crítica foi um lixo, como sempre. Josh exibiu um comovente nu de seus irmãos menores, e Jessica Sunshine pintou uma cena de floresta com neve reluzente e, sem brincadeira, penas coladas nas árvores. Depois fui torturado por não fazer nada divertido com materiais em minha tela do armazém de tabaco da Fiske — disse, e respirou fundo. — Não foi meu melhor dia hoje. Por outro lado, se aquelas pessoas realmente *gostassem* do meu trabalho, seria pior. E então pensei, quer saber, cara? Grace está lá, cheia de si com gente chi...

A mensagem terminou, mas começou outra.

— O que eu estava dizendo era que depois de um dia como hoje, e Greg colocou latas de cerveja vazias de volta na geladeira porque o lixo estava cheio, e você sequer está aqui? Alls continua dizendo que você irá cortar os cabelos e me trocar por um professor. E minha mãe quer o endereço do seu alojamento; quer enviar alguma coisa. Vou ficar por aqui até umas sete, depois vamos ver o jogo na casa do Ryan. Amo você mil.

O homem ao lado de Grace se ajeitou no assento, desconfortável, e ela se deu conta de que tinha começado a chorar. Ligou para Riley, mas já eram sete e meia e ninguém atendeu. Abriu o material de seu curso de Crítica em Contexto e tentou se concentrar, e quando uma lágrima gorda caiu sobre uma foto do rosto desgrenhado de Slavoj Žižek, ficou contente de ter o bom senso de rir de si mesma, apenas por um momento. O homem no banco ao lado cruzou os braços sobre o peito.

Riley ligou quando o trem deixava Bronxville. Ela podia ouvir um coro de grunhidos ao fundo e imaginou que ele estava de pé na cozinha de Ryan, de costas para a TV. Podia vê-lo se encolhendo e cobrindo um ouvido para escutá-la.

— Como foi? — perguntou. — Era um castelo?

— Não, só uma casa — respondeu, e achou ter ouvido Alls conversando com alguém. — Foi muito esquisito entrar na casa de uma estranha e tocar em todas as suas coisas enquanto ela simplesmente ficava ali, observando.

— Você está chorando? — ele perguntou.

— Riley! Não diga isso na frente das pessoas!

Ela imaginou as cabeças dos meninos se virando no sofá.

— Desculpa. Espera.

Ouviu a porta de tela bater, e depois ele estava no quintal. Tentou explicar como tinha sido perturbador, mas Riley não conseguia ver o motivo para tudo aquilo.

— Querida, você está exagerando. Como foi a aula? Você não tem aula na manhã de terça?

— Legal — ela mentiu. — Bom. Gosto é classe. O Real não é realidade. Sou uma construção social.

— À noite todos os gatos são pardos — ele disse. Posso ligar mais tarde?

Por volta de duas da manhã, Kendall e Jezzie chegaram com Lana apagada entre as duas. Elas a carregaram para fora do elevador e pelo corredor e a jogaram na cama de Kendall. Grace estava de pernas cruzadas na cama com seu livro de história da arte.

Kendall tirou os saltos altos e sentou no chão, se apoiando nas canelas instáveis de Lana.

— Meu Deus — disse Grace, levantando para olhar para Lana. — Ela está bem?

— Pobrezinha — disse Jezzie. — Parece uma boneca inflável murcha.

— É o que ela quer — disse Kendall com voz pastosa. — Eu me preocupo, sabe.

— O quanto ela bebeu? — Grace perguntou.

— Três vodcas com soda — Kendall contou. — O mesmo que eu. Três é o número mágico.

Uma tira de cílios postiços subia pela pálpebra esquerda de Lana.

— Tem certeza?

— Alguém colocou algo na bebida dela — Jezzie disse. — Ela bebe qualquer coisa se for de graça.

— Jay — Kendall murmurou. — Foi o Jay. Ou o Marwan, aquele merda.

— Ela saiu com o Jay semana passada — Grace disse. — Falou que gostava dele.

— Ela gosta dele — Jezzie disse.

Kendall anuiu.

— Ela só não *conhece* ele.

— Não sei como vocês conseguem — Grace falou.

Jezzie, de repente sóbria, lançou um olhar incrédulo.

— Conseguem *o quê*?

— Lidar com esses caras — disse, dando de ombros. — Todos esses esquisitos que vocês não conhecem. Eu preferiria ficar em casa.

— Não, não preferiria — Kendall disse. — Você também falaria com os esquisitos para encontrar os semiesquisitos.

— Você ainda está com seu namorado do fundamental — Jezzie bufou. — Toda a sua visão do mundo é distorcida. É como se nunca tivesse parado de brincar de boneca ou algo assim. Morreríamos de tédio sendo você.

— Eu quero profundidade, não tamanho — disse Grace, bloqueando Alls de sua mente. — Não coleciono figurinhas.

Riley tinha dezesseis anos quando apareceu o primeiro cabelo no peito, e Grace fora a primeira a notar. Ela observou suas sardas desbotando e reaparecendo a cada verão. Estava bem sintonizada com sua satisfação, raiva, constrangimento. Sabia o exato momento antes que ele gozasse.

— Boa sorte com sua dissertação — Jezzie disse. — Parece muito divertida.

O tornozelo de Lana sacudiu. Grace suspirou.

— Tem certeza de que ela está bem?

— Agora está — Jezzie disse. — Mas só porque estávamos lá.

Grace esticou a mão e arrancou a tira de cílios da pálpebra cintilante de Lana, uma lagarta de uma pétala. Grace não confiava em ninguém a não ser Riley, nem nela mesma.

Na semana seguinte, no trabalho, Grace recebeu um catálogo de leilão e um convite de Phillips de Pury, a casa de leilões luxuosa da Park Avenue. O leilão era uma venda de sexta-feira à noite, parte comércio, parte festa. O catálogo prometia Cecily Brown, Georg Herold, Ryan McGinley. As páginas brilhantes exageradas mostravam pinturas furiosas de corpos emaranhados em uma festa-orgia no gramado; esculturas de bailarinas curvadas feitas de raspas de madeira pintadas de rosa. Fotografias de uma viagem de carro feita por garotos ricos, magros e nus de vinte e poucos anos. E Grace recebera um convite. Como as pessoas da Phillips de Pury a tinham confundido com um deles?

— Ah, isso acontece o tempo todo — Bethany explicou. — Quando você se registra em algum dos sites de registros de leilões seu nome entra na listagem deles.

— Não é um convite de verdade?

Ela olhou por cima dos óculos.

— Ah, não, é um convite de verdade. É um leilão aberto.

— Você deveria ir! — Donald berrou. — Se arrume, leve uma amiga! Você vai adorar!

Bethany revirou os olhos.

— Quero dizer, se você se interessa por arte contemporânea — ela disse.

Ela espiou a capa do catálogo, uma pintura neoexpressionista pornográfica de Marcus Harvey intitulada *Julie from Hull*. Depois olhou para Grace em sua minissaia de tweed e blusa vintage com a irônica gola Peter Pan. Grace não se vestia mais como uma garota de Garland.

— Deus — Donald gemeu, de repente melancólico. — Como é ser jovem e bonita em Nova York.

11

Pouco antes do dia de Ação de Graças, Kendall ouviu Grace ao telefone com Riley, arrulhando como mal podia esperar para vê-lo.

— Não é tipo três da manhã em Paris? Você vai a Paris no feriado? — ela perguntou a Grace.

A Sorbonne, certo. Grace virou o rosto para o caso de estar ficando vermelha.

— Não, para minha casa. Riley está vindo para casa.

— Só para Ação de Graças? Ele não vem em dezembro?

— Provavelmente vai ficar em casa o resto do ano. A mãe está bem doente.

— Ah, meu Deus! O que ela tem?

— Câncer de mama — Grace mentiu. — Parece realmente sério.

Ela voou para casa na terça-feira antes do Dia de Ação de Graças. Tinham dito aos pais que chegaria na noite de quarta. Riley a pegou no aeroporto, de pé no meio-fio junto ao seu Volvo verde. Ela correu até ele, que a ergueu pelo quadril. Ela rasgou o jeans envolvendo as coxas nele e o frio atingiu sua pele enquanto riam e se agarravam. Ele a colocou no capô do carro e colou a testa na dela. Ela queria colocar seu corpo inteiro dentro do dele, apertá-lo sob a pele dele. Riley dirigiu, e Grace manteve a mão na coxa dele, as unhas enfiadas na costura do jeans.

Quando pegaram a saída 227 para Garland, tomou um caminho que ela não reconheceu.

— Não vamos para a sua casa?

— Por um caminho diferente. Não quero me arriscar a alguém nos ver em um sinal. Tenho de manter você em segredo.

Quando parou no sinal da Dunbar Road, onde não tinham escolha que não pegar o único caminho para casa, ele olhou à esquerda, à direita e atrás, depois esticou a mão e gentilmente empurrou o ombro de Grace para baixo.

Ela se encolheu, mas virou o rosto para ele.

— Você está me sequestrando? Vai cruzar divisas de estados com intuito sexual?

Ele anuiu e apertou os lábios,

— Não há nada que eu vá fazer com você que *não* tenha intuito sexual. Você vai ter que fugir pela janela quando estiver farta de mim.

— Em cem anos — ela disse.

— Não vai ser o bastante.

Ela se sentou e tirou os cabelos dos olhos, mas escorregou para baixo. Também não queria ser vista.

— Somos repulsivos. Devemos deixar as pessoas totalmente enojadas.

— Não é culpa nossa. Não controlamos o que temos.

Sentada no carro dele com os joelhos sobre o porta-luvas e com a coluna bem curvada no assento, ela poderia parecer desamparada, mas se sentia superior às pessoas que não podia ver nos carros ao redor.

Riley parou na casa da Orange Street, de tábuas com tinta pêssego descascando, uma cor que só combinaria com um berçário. A varanda afundava no meio e havia várias latas de cerveja amassadas no jardim da frente, uma delas enfiada na forquilha da macieira malcuidada como se tivesse crescido ali. Folhetos de propaganda molhados e amassados grudavam nos degraus da frente. Na janela da fachada, uma máscara de diabo desbotada sorria para a rua, lembrança do Halloween. A porta de tela da frente estava arrebentada na metade inferior, onde alguém provavelmente a chutara. Grace nunca vira um lugar tão querido.

Subiram correndo juntos a calçada da frente e entraram, passaram pela sala de estar escura com as cortinas sempre fechadas, pelo banheiro horrível e subiram as escadas. Ele bateu a porta atrás de si. Grace tirou os tênis e Riley correu até o aparelho de som para colocar uma música para terem privacidade. O baixo sacudiu a luminária da escrivaninha e Grace começou a rir. Ouviu berros na cozinha. Sabiam para o que era a música. Alls estava lá embaixo. Ela engoliu em seco.

— Minha esposa, melhor não fazer planos para esta semana — Riley murmurou.

— Para de mandar em mim — ela retrucou. Empurrou-o para a cama, e ele a puxou pelos passadores do jeans. Cada gota de confiança de que ela sentira falta em Nova York estava ali, esperando. Deixara tudo na cama dele.

Montou nele e jogou o corpo para trás, tirando suéter e camiseta juntos, e estremeceu quando ele deslizou as mãos sobre seus seios, as palmas quase flutuando acima dos mamilos. Caiu para a frente e empurrou suas mãos, ele passou os braços sobre ela e a beijou, descendo pelo pescoço. Ela deslizou a mão por entre seus corpos, na direção da braguilha. Ele gemeu e balançou a cabeça. Ainda não. Ele a rolou de costas e abriu suas coxas. Ela colocou as mãos nos ombros dele, esperando e latejando, e então, quando esperava sentir seu puxão na cintura, sentiu o hálito quente através da lingerie, o polegar a puxando de lado, e então sua língua lenta. Tinha esquecido do rasgo no jeans.

Grace acordou no meio da noite com os joelhos curvados de Riley colados nos seus. Pegou uma camiseta suja no chão. Cheirava a desodorante Speed Stick verde, Volvo, suor e terebintina: seu marido. Desceu até a cozinha para tomar água e, quando voltou, viu as telas, mais de uma dúzia, apoiadas na parede junto ao umbral, todas viradas para a parede do corredor. Seu coração acelerou um pouco de excitação. A exposição dele na Anne Findlay começaria logo depois do Natal, a época de menor movimento da galeria em todo o ano. Seu trabalho estaria à venda juntamente com decoração de férias e aparelhos eletrônicos fora de linha. Lana contara a Grace que em Nova York a temporada fraca era no verão, quando a cidade se esvaziava de ricos.

Grace sabia que deveria esperar que Riley lhe mostrasse. Deveria deixar que pegasse as telas na sequência que desejava e mostrasse os detalhes que desejava que visse, mas não conseguiu esperar. Tinha aprendido, com todos os seus sábados silenciosos vendo obras de arte sozinha, que conseguia ver melhor sozinha.

Sempre poderia fingir surpresa no dia seguinte.

Esgueirou para o quarto e pegou o celular na escrivaninha. Podia usá-lo como lanterna. Virou a primeira tela e lançou a luzinha azul sobre ela, movendo para cima e para baixo, e ao redor. A casa era uma que reconhecia, uma velha vitoriana, tijolos vermelhos, com um torreão na frente e tulipas na calçada. A seguinte era o quarteirão do centro onde ficava o Norma's Sunday Grill. Mesas de ferro fundido. Cardápios. A cursiva pintada nas janelas. Grace fez uma careta e virou a terceira tela. Aquela era a biblioteca, ignorando o feio acréscimo dos anos 1980.

Guardou o telefone dele. Deitou-se na cama cuidadosamente. Os braços dele se apertaram sobre ela, que piscou no escuro. Na semana anterior, Lana lhe mostrara um trabalho ainda inacabado, um vídeo que gravara na noite anterior. Ela colocara piercings nos mamilos no Bowery no meio da noite, chapada e alternando o vômito com o riso, enquanto segurava a cabeça com a mão. Quem fazia o piercing era um velho punk gordo, com têmporas grisalhas e cavanhaque pontudo. Jezzie fora com ela para filmar a perfuração. No dia seguinte Lana vira o vídeo sequiosa, curvada sobre a escrivaninha de Kendall, enfiando os seios em copos de papel com água morna salgada. Contara a Grace: "Gosto de planejar as coisas e depois ficar fodida demais para saber o que estou fazendo. Então tenho de assistir ao filme e descobrir o que aconteceu comigo."

Talvez Riley estivesse fazendo uma crítica iconográfica da previsibilidade da vida de uma cidadezinha, sua doçura. Sua previsibilidade. Não havia pessoas — talvez estivesse fazendo comentários a respeito de uma espécie de vazio. Ou o oposto — os próprios prédios eram os personagens. Ela se agarrou ao sentido. Talvez tivesse deixado de fora o acréscimo à biblioteca para fazer um comentário sobre as visões de vidros rosados dos cidadãos de Garland, não porque isso enfearia sua bela pintura.

Processo, ele tinha dito. Algumas semanas antes Grace vira uma exposição de rápidos esboços nada impressionantes de um fardo de feno, como os fardos de feno de Monet, todos feitos com caneta preta em papel de computador barato. O artista estava na sala dos fundos da galeria, roboticamente esboçando aquelas centenas de desenhos de fardos de feno que enchiam a galeria, alegremente provando como a fama de uma imagem a transformava em um cartum impotente.

De manhã eles comeram restos frios de pizza com molho picante. Riley gostava de Tabasco verde, mas comprara uma garrafa de Cholula e a presenteara com grande pompa. Ela perguntou sobre a exposição. Quando poderia ver aquilo em que tinha trabalhado tanto?

— Muito já está na galeria — disse, olhando para um prato para ver se estava suficientemente limpo.

— Já?

Ela se sentiu esperançosa e aliviada. O que estava no segundo andar fora cortado.

— É — ele disse, indo por trás dela e apertando os lados do corpo. — É minha grande novidade. Surpresa! Ela vai me colocar em dezembro.

— O quê? Por quê?

— Por que você acha, espertinha? Acha que pode vender. Viu no que eu estava trabalhando e disse que queria me colocar em um mês bom, não em um ruim.

— Uau — Grace reagiu. — Isso é maravilhoso.

— É. É *maravilhoso* pra cacete — ele disse, a virou e puxou mais para perto. — Grace, isso pode ser, *será*, o começo de minha carreira de verdade. Não um favor, não uma exposição de um "estudante". Ela acha que pode me vender como um artista de verdade, em atividade.

— Isso é fantástico — disse, erguendo o rosto para beijá-lo. — Fico muito feliz por você.

Riley deu um enorme sorriso, um garotinho na véspera do Natal.

— Eu queria ver seu rosto quando contasse.

Ele a estava olhando de perto, e ela abriu um sorriso para ele, passando os braços pelo seu pescoço.

— Então, quando posso ver? Quero ver tudo em que tem trabalhado.

Grace tinha desejado que quando fossem à Anne Findlay naquela tarde Riley revelasse uma investigação sobre as percepções de mudança em espaços públicos familiares. Que tivesse tirado centenas de fotos de prédios conhecidos, lugares pelos quais passava todo dia, e as colocado em suportes em ângulos improváveis o bastante para tornar o familiar estranho. Que tivesse sustentado essas montagens com blocos de cimento, pernas de três e plataformas de madeira, criando salas e túneis dentro das paredes da galeria que permitissem aos espectadores caminhar por esses espaços semifamiliares, notando ali o que tinha mudado lenta e progressivamente demais para que notassem no mundo real.

Mas essa não era a arte do seu marido. Isso era Isidro Blasco, um artista cuja obra, sobre seu quarteirão em Jackson Heights, Queens, Grace vira no mês anterior. Lera sobre a exposição em um exemplar de *Art in America* que Lana deixara em seu quarto. O crítico escrevera: "A força da abordagem de Blasco foi a contenção emocional por trás de sua inovação formal, transmitindo não destruição, mas desorientação, a perturbadora expansão e compressão simultâneas do espaço que o habitante da cidade experimenta."

A obra de Riley Graham na galeria Anne Findlay era muito bonita. Findlay devia ter em mente um comprador para cada uma das peças: o dono da propriedade retratada nela.

Na noite antes de Ação de Graças, os Graham sempre pediam comida chinesa. O dr. Graham, ou um dos meninos, ia a Whitwell para pegar a encomenda. Riley não queria deixar Grace, mas a sra. Graham o enxotou.

— Vá com seu pai e Jim. Deixe Grace aqui comigo. Você sabe que também senti falta dela.

A sra. Graham estava misturando massa de salsicha com as mãos e não podia abraçar Grace devidamente.

— Ah, querida. Você está muito magra! E eu pareço uma bruxa velha de cozinha. Passe batom para mim, por favor?

Ela apontou com a cabeça para o micro-ondas. Ela mantinha um tubo dourado de batom em uma grande concha em cima dele, com receitas recentes e coisas tiradas de bolsos. Grace destampou o batom e, rindo, o passou desajeitadamente sobre os lábios em bico da sra. Graham. A casa inteira cheirava a salsicha e aipo. Na verdade, o bairro inteiro cheirava.

— O que posso fazer? — Grace perguntou, amarrando um avental listrado. — Batata-doce?

— Já está pronta. Posso passar uma torta para você? A massa está esfriando. Vamos fazer de abóbora, pecã e uma quiche de brócolis.

— Quiche?

— Colin vai trazer uma menina, uma coisinha que ele conheceu na fisioterapia. E ela é vegetariana. Estava com medo que não tivesse o suficiente para comer, então ia fazer o recheio vegetariano...

— Ah, não — Grace disse.

— Está certa com o ah, não. Você acharia que eu tinha ameaçado com peru vegetariano. Então, quiche de brócolis. Mas Colin disse que era bobo. Não dá para agradar!

— Mas vai significar muito para ela — Grace disse. — Que você tenha tido esse trabalho.

— Bem, eu comprei as coisas e fiz mais massa, então podemos muito bem.

A sra. Graham nunca guardava totalmente as compras de Ações de Graças. Ela as ensacava por prato e colocava os sacos na mesa da sala ou na geladeira, caso houvesse perecíveis, às vezes com vários dias de antecedência. Grace encontrou o saco da torta e começou a misturar o recheio de abóbora, seguindo a receita no verso da lata, enquanto a sra. Graham fazia perguntas sobre a faculdade e a atualizava com as fofocas locais. Ela se empolgou com as galerias de arte de Nova York quando Grace mencionou; quis saber tudo.

— Não é maravilhoso? — disse quando Grace descreveu uma instalação feita de filmes velhos. — E você pode entrar nela?

Quando Riley, pai e irmão voltaram com a comida, sentaram no chão da sala da família e circularam as caixas. Grace, cheia de comida frita e molho viscoso, lembrou de quando Lana a comparara a um gato doméstico. "Um ar de satisfação", tinha dito. Grace estava sentindo muito isso no momento. Olhou nos olhos de Riley e sorriu. Pensou na garota que Colin ia levar no dia seguinte e esperou que fosse medonha.

Depois do jantar, Grace tirou as tortas do forno, deslizou a quiche para dentro e ajustou o timer para a sra. Graham. Riley estava inquieto, ansioso para sair dali e voltar para casa. Foi esperar no carro, enquanto Grace calçava os sapatos e lutava com o zíper do casaco, que prendia em seus cabelos. Ouviu o dr. Graham na escada. Ele sempre descia em um ritmo marcado, como um cavalo. Tinha um envelope na mão.

— Poderia dar isso a Riley? — pediu.

— Claro — respondeu, o enfiando no bolso do casaco. — Obrigada.

— Ele disse que estava ficando sem material, e sei que essa exposição significa muito para ele — disse, a beijando no rosto. — Bom ver você, docinho.

— Digo o mesmo — Grace disse, abrindo a porta da frente. — É bom estar em casa.

No dia antes de Grace voar de volta a Nova York para concluir o semestre, ela e Riley estavam deitados no sofá vendo *Família Soprano* e bebendo muito chá com laranja quente e bourbon. A casa estava silenciosa, a não ser pela TV e os ruídos deles bebendo, e Grace estava tentando descobrir um modo de perguntar a Riley sobre sua arte sem soar como se duvidasse dele.

— O que você acha que irá fazer depois da exposição? — finalmente perguntou.

— O que quer dizer?

— Quero dizer, assim que você tiver pintado todos os prédios de Garland...

Ele anuiu.

— É, eu sei. Bem, tenho pensado em fazer maior ou menor.

— Tipo telas maiores?

Sua mente se encheu com uma visão de toldos de restaurante em tamanho real.

— Não... Bem, talvez. Isso seria legal. Mas estava pensando em tentar interiores.

— Interiores?

— É, salas. O interior de cômodos.

— Como esta sala?

Ela olhou ao redor para os painéis de pinho em uma parede, os aparelhos eletrônicos empoeirados, a mesa de café coberta de correspondência comercial e esboços preguiçosos. Poderia ser interessante.

— É, simplesmente cômodos comuns. Alguns cômodos elegantes, alguns cômodos vagabundos — disse, e riu. — Como esta sala. Eu ainda não tinha pensado no tamanho, mas salas em tamanho real seria algo excelente.

— Nas quais você pudesse quase entrar. Como uma realidade virtual bem antiquada.

Ele apertou o pé dela.

— É uma ideia doce.

Grace estava ficando animada. O que ele descrevia soava ambicioso.

— Tem um livro que eu li para a faculdade. Baudrillard. Ele disse que criamos falsas realidades para evitar a real, a realidade real. Hiper-realidade. A sociedade é uma prisão e fazemos essas miniprisões falsas para esconder isso de nós mesmos, como Disney World...

— Uou — ele disse. — Calma. Não venha para cima de mim com um bando de jargões e franceses.

— O quê? Estamos só falando sobre ideias, o que você quer dizer...

— Além disso, o que eu vou fazer depois depende de Anne. Se ela vender todas as minhas coisas e quiser mais, vou fazer mais.

— Bem, você não pode simplesmente pintar casas para sempre — Grace disse. — A não ser que esteja *dizendo* alguma coisa sobre, sabe, o infinito...

— Eu não estou dizendo nada, Grace.

A voz dele ganhara uma dureza.

— Não que você tenha uma pauta, mas um objetivo, uma espécie de razão para... — disse, fazendo uma pausa para escolher as palavras. — Só estou dizendo que depois disso você talvez queira tentar algo mais...

— Mais Nova York — ele disse, anuindo. — É o que você quer dizer.

— Não, não é. Mas não aja como se não quisesse que eu fosse para lá. Você queria que fosse para lá, por nós.

— Não se isso for transformar você em uma esnobe.

— Não estou me transformando em...

A porta da frente bateu e Alls entrou, ainda vestindo a calça branca de esgrima. Grace ficara aliviada no fim de semana por não se ver perturbada por Alls. Ela tinha querido ir para *casa*, afinal, e casa era Riley e os Graham. Que o apelo da casa fosse mais poderoso que qualquer outro fora profundamente tranquilizador.

Ele estava sem fôlego.

— Não parem de brigar por minha causa — ele disse. — Nada que eu não tenha visto antes.

— Não estamos brigando — Grace disse.

Riley ergueu as sobrancelhas, olhando para o chão.

Alls olhou de Riley para Grace, sorrindo.

— Estou indo para Nova York — anunciou.

— O quê? Por quê? — Riley perguntou.

— O Nacional — ele disse. — Este ano será na NYU. Você pode não saber disso, Grace, mas sua universidade é grande na esgrima.

— Você não está na esgrima há, tipo, um mês? — Riley perguntou.

— Um ano — Grace disse. Não havia razão para Riley ser grosseiro com Alls. — E ele sempre se preparou para o Nacional. Parabéns!

— Eu realmente tive sorte. Me matei no último mês, ou um pouco mais que isso, e achei que tinha uma chance, e hoje um dos caras do terceiro ano fodeu o joelho.

— Sorte sua — Riley disse. Grace beliscou o tornozelo dele.

— Quero dizer, lamento pelo joelho. Mas ele pode ir ano que vem.

— Quando será? — Grace perguntou.

— Dezembro, de dez a treze. Mas não podem nos manter trancados a viagem toda. Você me mostra onde fica a diversão naquela cidade?

— Pode apostar — Grace disse, lamentando a vulgaridade da frase enquanto ela saía de seus lábios.

— Pode apostar que sim — Riley disse, a voz escandida e claramente puta. Ergueu os tornozelos dela do seu colo, levantou e foi pisando duro para a cozinha.

Meses antes, quando ainda estava em Garland, ela temera que Riley visse a nuvem escura de luxúria que se formava e seguia Grace o tempo todo, ameaçando desabar. Mas não podia ver aquilo, apenas que Grace estava caminhando e falando para além de seu olhar e seus gostos específicos.

Alls ficou constrangido. Grace balançou a cabeça: *não se preocupe*. Mas estava preocupada com Riley. Uma relação que crescera em um lugarzinho gracioso tinha de se esticar centenas de quilômetros. Se pelo menos Riley pudesse ir para Nova York. Ela poderia levá-lo a algumas galerias e mostrar do que estava falando. Ele precisava de novas ideias inquietas e excitantes, não de mais pinturas de casas. E esperava, cruelmente, que Anne Findlay não vendesse porra nenhuma. A longo prazo isso seria melhor para ele.

12

Quando Grace voltou a Nova York, Kendall ficou feliz em ir com ela ao leilão da Phillips de Pury. Disse que comércio alcoolizado era seu tipo favorito e deixou escapar que esse não seria seu primeiro leilão de arte. Grace não poderia ter ficado surpresa de todo — convidara Kendall para ir como parte de sua orientação cultural em andamento. Mas esses indícios de seus quadros de referência muito diferentes eram constantes, e isso começara a irritar Grace de um modo que ela não esperara. Se Kendall fosse sueca, paquistanesa ou do Zimbábue, Grace estava certa de que adorariam discutir suas diferenças culturais, "interpretá-las", como seus professores estavam sempre a estimulando a fazer. Mas não faziam isso. Seria porque as diferenças na criação dela e de Kendall eram temas de discussão deselegantes? Ou porque curiosidade entre classes só funcionava em um sentido? Afora se divertir com convenções sulistas para nomes ("Você me diz um nome, eu adivinho o gênero e quem perder toma um drinque"), o interesse de Kendall por onde e como Grace crescera se limitava a espanto geral e eventuais caricaturas.

Grace absorvia o que podia e escondia sua ignorância sobre o que não podia. Quando contou excitada que o refeitório passara a ter maionese temperada na lanchonete cinco dias por semana, descobriu que Kendall nunca tinha colocado os pés nos refeitórios. Sequer sabia onde ficavam. Os calouros tinham programas alimentares obrigatórios, mas os pais de Kendall lhe davam uma mesada semanal para alimentação. Então Grace omitiu sua descoberta de que havia segurança reduzida na saída de um dos refeitórios, facilitando pegar um sanduíche extra ou um saco de bagels. Em vez disso interpretou sua descrença, colocando as mãos nos quadris e dizendo "Bem, nem morta!" com um sotaque exagerado.

No começo de dezembro, Donald levou Grace em uma avaliação de espólio, sua primeira. Uma velha senhora morrera, deixando para trás a cobertura onde tinha morado os cinquenta anos anteriores e todo o seu conteúdo. Uma prima distante voara para *executar* o espólio, uma expressão que Grace achava cada vez mais adequada.

O prédio residencial era uma caixa de tijolos dos anos 1950, pintado de branco em parte para refletir qualquer resto de sol para os prédios cinzas ao redor.

— Ah, meu Deus — disse Donald enquanto ele e Grace seguiam pelo corredor desde o elevador. — Consegue imaginar o quanto este lugar vale? E ela comprou nos anos 1960.

Ele riu e bateu na porta.

O apartamento era escuro e lotado de móveis quebrados, livros e decoração, e o ar era rançoso e velho. Estavam no vigésimo quarto andar, e cheirava como se as janelas não tivessem sido abertas em décadas. A prima distante era uma mulher na casa dos cinquenta, de jeans e um suéter vermelho. O marido atendeu à porta e depois voltou rapidamente para a esposa, que estava de pé na sala de estar, do outro lado do sofá.

— Chegamos ontem — disse o homem. — Moramos em Houston. Só temos dois dias.

— Isto é realmente uma... não a conhecíamos bem — disse a mulher. — Sei que isso soa medonho, mas só a encontrei algumas vezes, quando era criança.

— Só queremos fazer isso da forma mais simples possível — disse o homem. — Temos de voltar ao trabalho na quarta-feira.

Donald anuiu.

— Entendi. A princípio não parece haver aqui nada difícil de lidar. Parece, você sabe — falou, dando de ombros. — Lixo.

Os ombros do casal desceram de alívio. Grace não entendeu. Como *aquilo* podia ser o que desejavam ouvir?

— Onde posso me instalar? — Grace perguntou, soltando o fio do laptop.

— Duvido que precisemos disso — Donald disse, depois se virando para o casal. — Conheço uma ótima faxineira. Se tudo isto for lixo lhes darei o cartão e ela estará aqui às seis com uma equipe de quatro pessoas. Em vinte e quatro horas o lugar estará totalmente vazio.

Donald sorriu, e o casal sorriu de volta.

Impostos, certo. Eles ganhariam uma fortuna vendendo uma cobertura na região de East Eighties, mas não queriam ter de lidar com o conteúdo.

— Bem, vamos deixá-los à vontade — o homem disse, e deixou o aposento com a esposa. Normalmente os clientes observavam, protegendo seus pertences.

Grace sentiu a pesada solidão do aposento. Alguém tinha morrido ali poucas semanas antes. Sua coleção de pinturas e desenhos cobria as paredes e se inclinava na direção deles. Mas então Grace notou que não havia fotografias expostas, e as pinturas e desenhos eram principalmente reproduções de paisagens de velhas ruas e catedrais europeias.

— Ela não tem filhos ou algo assim? — sussurrou para Donald.

Ele balançou a cabeça.

— Acho que havia uma velha empregada, mas foi embora.

Grace não tinha se dado conta de que ainda havia empregadas que dormiam no emprego nos Estados Unidos. Ficou pensando em quando a empregada teria partido — antes ou depois da morte da patroa? Quanto tempo haviam passado juntas? Décadas? O apartamento não estava limpo, embora Grace se sentisse culpada por notar. Talvez a empregada tivesse se aposentado e permanecido como companhia. Talvez ela mesma não tivesse família. Teria encontrado a mulher morta? Teriam sabido que estava morrendo? Para onde a empregada tinha ido? Quanto mais Grace pensava nisso, mais pensava nela como uma viúva.

Naquela noite, Riley iria em parte consolá-la, em parte corrigi-la ao telefone.

"Ela estava trabalhando por dez pratas a hora, querida. Assim como você, assim como eu."

"Eu ganho treze", Grace lembrou a ele.

"Esses três dólares extras não são para especulação."

"Descoberta."

"Fantasia."

Mas à tarde, o desconforto particular de Grace ainda estava se desenvolvendo. Por quase duas horas, ela seguiu Donald enquanto ele caminhava pelos aposentos do apartamento, abrindo e fechando todos os closets.

— Não, não, nada — dizia, repassando casacos e suéteres, balançando a cabeça para os estofados vinílicos de cadeira descascando. Grace sabia que era verdade, mas odiava ouvi-lo dizer isso, como se a mulher morta também pudesse ouvir.

— Ainda não guardamos nada — disse o homem desde o quarto.

— Está tudo como quando chegamos aqui — disse a mulher retornando à sala, onde Grace e Donald estavam junto a um aquecedor. — Não mexemos em nada.

Donald pegou uma pequena estatueta, um cavalo de porcelana brilhante. Uma das pernas traseiras estava quebrada no joelho.

— Isto não é bonitinho, como um pequeno Lalique?

A mulher mudou o peso de um pé para outro.

— Mas está quebrado.

Grace se ajoelhou diante da estante. *A Picturesque Tour of the English Lakes. China: In a Series of Views, Displaying the Scenary, Architecture and Social Habits, of That Ancient Empire. Travels from Buenos Ayres, by Potosi to Lima*. O último era encadernado em linho marmorizado, mas se desfazendo.

— Donald — ela disse. — E quanto aos livros?

— O quê? — reagiu. — Claramente danificados pelo calor. As lombadas estão caindo.

— Mas eles poderiam doar — insistiu Grace. — Talvez uma biblioteca ou mesmo...

— Há café? — Donald perguntou ao casal. A mulher anuiu. — Grace, poderia nos servir um café?

Ela se levantou e espanou a saia.

Na cozinha, abriu o armário e tirou uma caneca com uma estampa barata de cesta de flores na lateral. Achou uma caixa de pacotes de adoçante e começou a abrir gavetas, procurando uma colher. Todas as gavetas eram uma confusão. Os primos tinham saqueado o apartamento antes que Donald e Grace chegassem lá, era isso? E não queriam pagar impostos de transmissão sobre todas as estatuetas Lalique sem danos que tinham enrolado em meias velhas e enfiado nas malas? Ou o ressentimento que Grace sentia era de outro tipo, uma estranha identificação com a mulher morta ou sua empregada? Sabia que estava sendo ridícula: o trabalho deles era localizar objetos valiosos, e ali não havia nenhum. Ainda assim se sentia mal, como se tivessem avaliado a vida da mulher e a considerado sem valor.

Grace ouviu a voz da mulher na sala de estar.

— Eu realmente agradeço que tenha vindo mesmo de última hora. Queremos colocar o lugar à venda o mais rápido possível, e está tão abarrotado com todo este... todo este...

Todo este *o quê*? Grace abriu outra gaveta e a encontrou cheia de talheres, coisas baratas com cabos de plástico misturadas com alguma prataria manchada, como se tudo tivesse sido jogado de uma caixa. Havia algumas colheres minúsculas como as que a sra. Graham herdara da sogra. Ela as mantinha em um copo no parapeito da janela da cozinha. Uma vez, servindo sorvete para todos, a sra. Graham dera colheres de sopa comuns fundas e resistentes para os meninos e o marido, depois pegara duas das pequenas colheres de prata para ela e Grace. Sabia que Grace gostaria delas. Grace com frequência usava uma das colherinhas depois daquilo. Até levara uma para Nova York. Tomava iogurte com ela.

Então Grace pegou uma colher e a virou. Ela tinha trabalhado com prata no mês anterior e aprendido sobre os logotipos das marcas colocados na parte de baixo dos cabos. A marca daquela colher era Dianakopf, um perfil em relevo da deusa Diana dentro de um rebaixo em forma de cravo. Fácil até mesmo para um novato. Austríaco, provavelmente final dos anos 1800. Grace ficou muito satisfeita consigo mesma por saber o que era.

A mulher que morara naquele apartamento gostava de velhos livros de viagens e do *Pacífico Sul*. Grace vira a fita de vídeo em uma prateleira, o selo caseiro. Comia biscoitos Ritz e bebia chá sabor laranja. Ainda havia caixas de ambos no armário. Os romances da mesinha de cabeceira eram de Rosamunde Pilcher. Havia um cartão de Natal na geladeira com uma foto de uma criança pequena sorridente suja de bolo. *Boas festas dos Reese do 14E*. Será que sabiam que ela tinha partido?

Grace enfiou no bolso a colherinha e quatro outras iguais. Não eram sem valor para ela.

O simples volume de coisas em Nova York começara a oprimi-la. Ela sempre gostara de coisas, a qualidade especial de coisas incomuns, como as colherinhas da sra. Graham e o bracelete de camafeu de cavalo que Riley lhe dera, que era tão interessante quanto era feio. Mas ali havia muito refinamento a identificar e quantificar. Por isso as pessoas chamavam Donald, o cão caçador de trufas, para farejar valores ocultos para que pudessem segurá-los. Grace não tinha se dado conta de como crescera em um segmento minúsculo da economia até lhe pedirem uma moeda na calçada e, dez segundos depois, estar em uma cobertura fazendo anotações sobre uma cerâmica desajeitada que custava mais que um ano de faculdade.

Grace conseguia pensar em coisas melhores a fazer com aquele dinheiro do que ir para uma faculdade particular. Havia as pessoas na calçada, por exemplo. Mas quando Grace circulava por sua nova cidade e via os pedintes — adolescentes fugidos com placas de papelão e cachorros magros, os veteranos do Vietnã desdentados com pálpebras inchadas, o homem que um dia ficou em frente ao seu refeitório e duas crianças pequenas e perguntou se poderia levar alguns bagels para ele em sua mochila — não os *levava em conta* realmente. Fazer isso seria admitir que eram pessoas como ela e, aos dezoito anos, era incapaz ou não estava disposta a fazer isso. A maioria das outras pessoas claramente não pensava nos pobres como sendo reais; se desviavam deles. Grace enfiara em sua bolsa uma dúzia de bagels para o homem em frente ao refeitório e explicitamente dera o saco de comida ao filho menor. Ela se ressentia de o homem expor os filhos à gravidade de sua necessidade. Sentia que ele deveria tê-los protegido.

Não pensou novamente no homem até cerca de um ano depois. Tinha dezenove anos, estava em Praga sem um centavo e apenas uma pintura a óleo roubada que não conseguia vender, e suas aulas de inglês informais tinham desaparecido. Seu último cliente um dia pediu que o encontrasse em sua casa. No metrô, ela soube. Soube o que ia acontecer. E quando ele trancou a porta do apartamento atrás dela, serviu um copo d'água e depois a jogou sobre o encosto do sofá e lhe ofereceu dez vezes o que cobrava por hora para ficar imóvel, ela disse sim. Dizer não significaria o quê, ser estuprada? Mas ela poderia ter dito sim mesmo que não fosse isso. Ela precisava de dinheiro. Durante os dez minutos em que ele a comeu, ela olhou para a tela preta da TV desligada e seu rosto incrédulo no reflexo. Pensou nas pessoas ricas, seus tapetes e vasos, no que poderiam comprar para ela então, depois se lembrou de sua caridade esnobe de dar o saco de bagels ao garotinho e não ao pai. Tudo de que precisava então era pagar o aluguel e se alimentar, apenas ela, e ali estava, permitindo o que antes era inimaginável.

Então, talvez fosse peculiar que quando Grace estava trabalhando para Donald, não se ressentisse das coisas propriamente ditas. Ela gostava das coisas; tinha uma grande excitação em conhecer a história, o valor e os detalhes íntimos de coisas enquanto os donos não os conheciam.

Os donos ela invejava ou desprezava. Um homem em Tribeca fizera Donald e Grace avaliar sua coleção de "máscaras africanas raras". Seu decorador as comprara como coleção para que o cliente pudesse ser um colecionador. Grace ficou ofendida com o quão pouco ele sabia sobre elas. As máscaras não eram sequer africanas; eram máscaras animais guatemaltecas dos anos 1970. Escrever o relatório foi doloroso; odiou educá-lo. Queria que o homem continuasse a contar aos convidados sobre sua coleção de máscaras africanas até ser humilhado pessoalmente por um dos seus.

13

Grace não viu Alls no seu primeiro dia em Nova York. O torneio de esgrima foi de oito da manhã até dez da noite, e Grace ficou grata por ele estar preso; estava tentando desesperadamente dar conta do trabalho escolar atrasado, escrevendo ensaios finais e produzindo trabalhos esquecidos para receber créditos parciais. Estivera ocupada demais com Donald para notar como tinha ficado para trás. Estava sempre estudando, apenas não o material certo. Então aprendeu que em cima da hora não funcionava com Roland Barthes e Judith Butler. Não dava para simplesmente ver o filme.

— O que quer dizer, ocupada demais? — Riley protestou naquela noite. — Você não estaria ocupada demais se *eu* aparecesse.

— Não é absolutamente a mesma coisa — disse, sentiu o rosto ficar vermelho e ficou grata por ele não conseguir vê-la.

— Arranje tempo — ele disse. — Se *sua* melhor amiga viesse visitar...

— Gostaria que você pudesse — disse, depois ficou constrangida.

Ela e Riley quase não falavam mais sobre a faculdade. A longa distância a obrigava a contar sua vida, quando antes ele a compartilhava, e isso por sua vez a obrigava a escolher o que merecia ser contado. E depois do Dia de Ação de Graças, sabia que não devia destacar as diferenças de sua vida em Nova York — seu trabalho e sua educação. Devia se concentrar no que partilhavam. Mas então, qual havia sido o sentido de ir para lá, além de se afastar de Alls?

Não que Riley tivesse notado o que ela deixara de contar. Tinha suas próprias distrações: Anne Findlay havia vendido quase metade de suas pinturas na segunda semana de dezembro. Ele estava nas nuvens.

Na quinta-feira, depois do trabalho, Grace foi ao complexo de atletismo encontrar Alls. Ele dissera que tinha muito tempo livre, horas esperando para competir, e ela esperava encontrá-lo entre as dezenas de esgrimistas se alongando junto às paredes ou reunidos em grupos ao redor de tomadas, digitando em seus laptops. Circulou pelos corredores procurando os esgrimistas de Garland. Quando os encontrou e perguntou por Alls, um garoto de fones de ouvido e munhequeiras inclinou a cabeça na direção do ginásio: Alls estava competindo. A cidade inteira ia aos jogos de beisebol dos Ravens. Naquele momento, Alls esgrimia em uma competição nacional e nem mesmo sua própria equipe acompanhava.

Ela viu primeiro os técnicos de Garland, um perto da pista e outro mais atrás, fazendo anotações. Apenas um punhado de pessoas assistia. Os dois esgrimistas mascarados vestidos de branco subiam e desciam um trecho da pista, e só quando ficaram diante dela, Grace soube qual era Alls.

Reconheceu seu corpo, o modo como se movia. Ele avançava levemente com a parte dianteira dos pés, como se mantendo o ritmo, enquanto a postura do outro esgrimista era baixa e objetiva, como a de um caranguejo. Eles se moveram para a esquerda alguns centímetros, depois para a direita, a distância entre os dois se mantendo.

O técnico com a prancheta viu Grace observando e a chamou mais para perto. O oponente de Alls se lançou à frente e Alls atacou, a ponta de seu florete tocando a mão do adversário. O placar era de 3 x 0. O técnico aplaudiu de leve e se inclinou na direção de Grace.

— É esgrimista?

— Não. Só estou assistindo.

— Você escolheu um péssimo para assistir — disse em voz baixa. — Ele está acabando com o garoto.

Ele se referia a Alls.

— Fácil assim?

— O pobre garoto é feito de madeira, aprendeu em um livro — disse, e depois apontou com a cabeça para Alls. — Está vendo, nunca mostra o que está prestes a fazer. Eu mesmo não consigo dizer na metade das vezes, e ensinei a ele.

Grace observou os ombros de Alls flexionando sob o colete enquanto ele erguia e baixava o florete, atacava em um borrão de membros e tocava no quadril do oponente, depois no ombro: 4 x 0. Eles fizeram uma curva apertada e Alls moveu o pescoço de um lado para o outro. Os garotos se encararam novamente. Alls parecia sem peso, os músculos retesados e vivos.

— Porque ele não para de se mover? — Grace perguntou.

— Vê como reage rápido? Você não consegue surpreendê-lo — disse, e balançou a cabeça. — E não consegue dizer o que ele vai fazer até que faz; sem padrões, sem indícios.

O relógio mostrava que faltava menos de um minuto, mas Alls não queria esperar. Lançou-se à frente e se aproximou quase um metro em uma fração de segundo, depois recuou quando o adversário se adiantou para encontrá-lo. Projetou o florete na direção do peito de Alls, mas ele se inclinou para trás e o outro garoto, impelido por seu próprio movimento, ainda estava recolhendo o florete quando Alls disparou para tocar sua barriga.

Alls tirou a máscara e olhou para os técnicos, que batiam palmas. Grace acenou.

Ele foi abraçá-la.

— Não sabia que viria esta noite.

Estava quase sem fôlego, mas ela sentiu o suor em seu pescoço e se afastou rapidamente.

— Só por um minuto — disse. — Na verdade, estou indo trabalhar.

Isso não era verdade. Planejara dar uma volta com ele depois que terminasse, mas ali com ele no ginásio, longe demais da casa na Orange Street, longe demais de Riley, ficou nervosa e desconfortável. Ouviu um sinal de alerta soando dentro dela.

— Agora? Bem, então a vejo amanhã?

— Sem dúvida — disse Grace, já indo na direção da porta. — Ligo para você de manhã — falou por sobre o ombro.

Ela foi para casa. Duas horas depois Riley telefonou, furioso. Ela prometeu compensar tudo no dia seguinte.

Na manhã seguinte, Grace ligou para o trabalho dizendo que estava doente. Alls se encontrou com ela no saguão do alojamento. Ela o levou para cima e o apresentou a Kendall, que orientara a não falar sobre o casamento de Grace e Riley. Não estava acostumada a pedir às pessoas para guardar segredos, porque não estava acostumada a contá-los a elas.

— O quarto de vocês tem banheiro próprio — ele disse enquanto Grace procurava um mapa do metrô em sua escrivaninha.

— Era um hotel — Kendall contou. — Então, como foi ontem à noite?

— Cheguei à semifinal e fui derrotado por um garoto da Academia da Força Aérea.

— E você só começou ano passado? — perguntou Kendall, boquiaberta. — Isso é meio impressionante.

— Mas fiquei entre os melhores. O cara que ganhou minha luta de esgrima desde os seis anos.

— O que *você* estava fazendo aos seis anos? Pegando lagostins ou coisa assim?

— Falsificando uísque em um velho porta-malas — Alls disse, e Kendall deu uma gargalhada.

Em Garland, Grace poderia ter revirado os olhos. Ali, a presença dele era tão surreal e desconcertante que ela só conseguiu baixar os olhos. Kendall parecia ter adotado a postura de uma iogue, os ombros jogados para trás como se no meio de um alongamento, as coxas separadas.

— Então, o que vamos fazer? — Alls perguntou. — O que vamos fazer *esta noite*?

— Bem, eu tenho o dia inteiro livre, mas de noite preciso ir a um leilão — respondeu, sem olhar para ele. — Desculpe, é meio que trabalho.

— Que tipo de leilão?

— Arte. Pinturas e fotografias.

— Você deveria ir — Kendall disse. — Eu também vou.

— Bem, não sei se... quero dizer, só tenho um convite.

Alls vestia um suéter da GC e um casaco Carhartt. Faria Grace parecer caipira por associação.

— É aberto ao público — Kendall disse.

Um determinado público.

— Mas ele precisa de roupas...

— Tudo bem — Alls disse, olhando desconfiado para ela. — Farei alguma coisa.

— Não é isso — Grace disse. — Meu trabalho é meio esquisito...

— Parece bastante importante — Alls disse. — Parece que você conseguiu um trabalho bem importante.

— Você vai. Eu arrumo um paletó para você — Kendall disse, lambendo os lábios e começando a mandar uma mensagem. — Nada demais. Depois vamos para a farra.

Alls não olhou para Grace.

— Legal — disse a Kendall. — Muito obrigado.

— Só espero que não fique entediado — Grace falou.

Naquele dia Grace e Alls ziguezaguearam pela cidade até Grace sentir as canelas doendo. Ela lhe mostrou tudo: chá gelado de frutas com tapioca, o cachorro-quente da Gray's Papaya, as instalações de vídeo do Super Mario de Cory Arcangel, a escola de trapezistas em Chelsea Piers, bicicletas fantasmas brancas com placas em memória, os roupões de banho de ferro fundido de Ernesto Burgos, o doce rugelach, *tacos de cabeza*. Eles contaram buldogues franceses, carrinhos de bebê duplos e pessoas usando lingerie por cima da roupa. Ela os manteve ocupados, sempre se movendo, e falou rápido demais, como se realmente fosse uma guia de turismo.

Tiraram uma foto deles para mandar para Riley. Conversaram sobre ele o tempo todo, como se fosse se encontrar com eles depois. Riley gostaria disso; riria daquilo. Ele era tudo o que tinham em comum. Mas procurando entre o entulho de construção ao longo da High Line, se esticando para espiar as janelas dos apartamentos abaixo, Alls era quem estava ao seu lado, rindo, esfregando as mãos para aquecê-las. Dividiram um cigarro e uma garrafa de Old Overholt enquanto olhavam para os paralelepípedos, vendo as pessoas fazerem compras, e Grace ficou sem ter o que dizer. Tomara cuidado para que isso não acontecesse — pausas na conversa pareciam perigosas, como a pesada imobilidade antes de uma tempestade de raios. Ela se deu conta de que apertava a balaustrada.

— Você... você gosta daqui? — ele perguntou, como se tivessem acabado de se conhecer.

— Aqui, Nova York? É. Parece tão grande e... não sei. Como se tudo aqui fosse mais importante. Como se mesmo comprar pasta de dente seja de algum modo mais especial aqui que em qualquer outro lugar. — Ele teve um esgar, mas ela continuou. — Como se algo estivesse acontecendo, e eu simplesmente fosse parte disso.

— Você se sente ao mesmo tempo mais e menos importante?

— É. Como se realmente estivesse menos no comando de minha vida, mas a vida fosse mais interessante.

— Por que você iria querer controlar menos a sua vida?

Ela pensou: *Você não? Você confia em si mesmo para dirigir isso?*

— Eu não queria. Quero dizer, não foi por isso que vim para cá — falou, embora mal pudesse lhe dizer por que tinha ido. — Mas a cidade realmente faz com que se sinta menor, o que de certa forma é um alívio. Quando você faz besteira, parece menos terrível. Todas essas pessoas, todo mundo fazendo besteira.

Do que ela estava falando? Em Garland, ela era praticamente camuflada por Riley. Ela ansiara pelo disfarce. Ainda assim, às vezes o peso de Riley e dela parecia cair apenas sobre ela, como se *ela* tivesse se tornado seu andaime. Ela tinha sido a hera que inicialmente precisava de uma parede de tijolos para crescer, mas sem quem depois os tijolos desmoronariam.

— Ele me disse que fez uma tatuagem — ela falou. — Mas não vai me mostrar.

— É a Marmie — ele contou. — Correndo pelo antebraço.

— *Como?* Tipo o nome?

— Não, um retrato dela. Desenhou antes que morresse. Está correndo, meio que trotando. Não é ruim, mas é *enorme* — Alls contou. — Já está arrependido.

— Mas é doce — ela disse, e ele anuiu.

— Você não faz mais besteira — ela falou.

— Não. Não mais.

— Você cresceu ou o quê?

— Não sei. Talvez — disse, dando de ombros. — Quando você é criança, faz o que os amigos fazem; acha que são todos iguais. Mas em certo momento você saca que não são. Você vê as linhas. Não tem ninguém atrás de você para ajeitar as coisas. Não pode fazer o que eles fazem. Então, agora não faço.

— Você pode tatuar um cachorro — ela disse, desejando que ele não ficasse tão sério, não sozinho com ela daquele jeito.

— É realmente estranho ver você sem ele — Alls falou.

— É — concordou. — Você também.

Ela se apressou em pensar em algo mais a dizer.

— Eu me preocupo com ele.

Não era verdade, não do modo como tinha dito.

— Deve mesmo. Ele fica *tenso* pra cacete sem você.

Ela cobriu a boca para esconder o sorriso.

— Está pintando *a dar com um pau*.

Aquela era uma piada privada. Todos sabiam que Riley não tocava punheta. Seus amigos tinham deduzido isso pela suspeita falta de piadas sobre masturbação ao longo dos anos, e o provocavam sobre seu esnobismo. "Mestre Riley não se importa com automóveis domésticos, pão de sanduíche barato ou prazer solitário", dizia Greg em um sotaque britânico truncado. Riley não discutia.

— Outro dia ele explodiu comigo por jogar uma bola no teto — Alls disse. — Falou que eu estava *deixando marcas*.

Grace estava rindo silenciosamente, tanto que não conseguia respirar, e Alls continuou.

— Mas então deixou um livro de arte no *banheiro*...

— Não, não, não me conta...

— Aberto na página de uma pintura de um nu feminino — quem é o cara que faz traços no lugar de olhos?

— Modigliani — Grace sibilou.

— Greg desce as escadas correndo com o livro, berrando que ele tinha *desmascarado* o Riley...

— Para, você não pode me contar isso.

Ela se recompôs, de repente alarmada — não pela possibilidade de Riley tocar uma para uma reprodução de uma pintura a óleo, mas por ela e Alls estarem rindo dele assim, sem ele, juntos.

— Está com fome? Eu estou com fome.

— Não. Sobre o leilão.

— Desculpe ter sido esquisita quanto a isso. Estou feliz que vá, mesmo. Vai ser legal ter uma visão nova da loucura toda daqui.

— Acha que está perdendo seus hábitos sulistas? — perguntou, simulando um sotaque satisfeito de George Wallace. Sulistas deslocados imitavam muito rapidamente seus estereótipos. Ela também.

— Você vai ver — ela disse, incerta do que exatamente queria que visse.

— Vou tentar não constranger você — disse, e ela soube, tristemente, que falava sério.

* * *

Ao anoitecer, Alls voltou ao hotel da equipe para se arrumar, e Kendall e Grace se vestiram para o leilão. Jezzie emprestou a Grace um vestido de lã preto, justo, com saia reta apertada e decote fundo nas costas. Grace não sabia que lã preta podia ser sensual. Quando Kendall prendeu o gancho atrás do pescoço, Grace parecia tudo o que desejava ser.

— Onde você usa isso? — ela perguntou a Jezzie, que vestia bustiê e short de couro.

— No templo — respondeu, dando de ombros.

Grace calçou suas botas, aprovadas pelas duas irmãs Schrader. Kendall passou delineador líquido nas pálpebras de Grace com a mão firme, torcendo o pulso no fim para fazer um delineado de gatinho.

— Nada de joias — Kendall disse. — Esse visual diz respeito a arquitetura.

Grace estendeu a mão para o batom, e Kendall balançou a cabeça.

— Sem nada. Como se não estivesse se esforçando — falou, um pouco impaciente. Despenteou os cabelos de Grace. — Assim. Como uma Bond girl dos anos 1960, pré-coito. Uma das espertas do início dos filmes.

A Phillips de Pury ficava na Park Avenue com 57 leste. Um segurança abriu a porta de vidro para eles e indicou o elevador com a cabeça. Tudo já era diferente do que Grace tinha imaginado. Nos filmes, leilões de arte aconteciam em salas sem janelas revestidas de madeira onde centenas de pessoas eram organizadas em cadeiras diante de um homem de gravata-borboleta que olhava sobre o nariz para um mar de plaquetas sendo erguidas. A Phillips de Pury era uma câmara de dois andares com piso de mármore, vigas de aço e um grande eco. Ouvia-se o rumor das vozes em um coro informado de opiniões ousadas e risos guturais que ecoavam. Pensou nos encontros de congraçamento que aconteciam no porão depois da missa na igreja dos Graham e olhou nervosa para Alls, mas Kendall o conduzia pelo cotovelo. Ele também ria, de algo que ela tinha dito.

As peças a serem leiloadas estavam penduradas nas paredes ou repousavam em robustas colunas brancas. As pessoas circulavam entre elas, se abraçando e gesticulando com as taças de vinho. Uma mulher com uma crista pontuda de cabelos brancos debatia em voz baixa com o marido se um McGinley seria um presente de casamento adequado para a sobrinha.

O leiloeiro vestia uma camisa branca com botões abertos no peito bronzeado. Assumiu seu lugar na tribuna, e Grace esperou que as pessoas fizessem silêncio e se acomodassem nas cadeiras Louis Ghost espalhadas pela sala, mas a conversa apenas diminuiu ligeiramente. Um homem de um tipo que começara a reconhecer, provavelmente uma década mais velho do que ela, mas uma década mais novo em aparência, circulou com um carrinho de bebidas cromado com pilhas altas de brilhantes catálogos de leilão grandes demais, cada um tão pesado quanto um anuário do secundário.

— Lote um — anunciou o leiloeiro. — Sem título, David Salle. Vamos começar em dez mil. Eu tenho dez mil?

A tela ao seu lado mostrava números girando para cima em blocos de diferentes moedas, rápidos como caça-níqueis, enquanto ele apontava para a sala. Algumas pessoas continuaram a conversar, de pé em grupos ou virados para trás em suas cadeiras, como se aquilo fosse apenas um coquetel. A pintura passou de 10 mil dólares para 120 mil em cerca de seis segundos. O coração de Grace acelerou. Alls ocupou o lugar ao seu lado, as pernas abertas como se estivesse no sofá em casa.

— Por cento e vinte mil? Mais um centavo? — pediu o leiloeiro, que depois fez uma piada fora do microfone, e as pessoas na frente riram. — Vendido por cento e vinte e dois mil dólares.

A plateia aplaudiu. À esquerda de Grace, dois homens na casa dos quarenta vestidos combinando com paletós esportivos azul-marinho, jeans, sapatos oxford marrons, óculos de aros pretos e cabelos grisalhos se beijaram e depois aplaudiram junto com os outros. Ela queria ser eles, superior em seu amor e seu gosto, e capaz de agir assim. Olhou além de Alls para Kendall, que estava na lateral da sala com um casal mais velho, talvez amigos de seus pais.

Grace se deu conta de que Alls a observava. Esperava que ele abrisse a boca e dissesse "Chega pra lá" ou "Estou com fome", algo familiar da casa da Orange Street.

— Você está suando — ele disse.

Depois do leilão, Kendall os levou a uma festa no apartamento de um amigo dos pais. Havia uma dúzia de pessoas em três sofás, bebendo e fumando. Grace leu as lombadas dos livros nas prateleiras, e Alls a seguiu, perto demais. Tomaram vodcas com tônica em canecas de café. Quem quer que tenha crescido naquele apartamento tinha medo de quebrar os copos bons. Kendall se certificava de deixar as canecas de todos cheias e, quando Alls se sentou no sofá, prontamente se instalou ao lado dele e pousou a cabeça em seu ombro. Grace nunca vira Kendall assim. Bêbada certamente, mas não desesperada. "Umazinha", a sra. Graham teria dito. "Uma dadinha." Kendall sussurrou para Alls com os lábios projetados, um bico frouxo que a fazia parecer anestesiada com novocaína.

Se algo acontecesse entre Kendall e Alls naquela noite, Riley ficaria encantado com Grace. Ficaria tão contente quanto se Grace tivesse armado de propósito. E quanto à própria Grace, bem. A imagem de Kendall e Alls juntos, transando no sofá onde estavam no momento, ou mesmo depois, na cama de Kendall — Grace não conseguiria se livrar dessa imagem. Seu estômago revirava só de pensar nisso.

Kendall estava com a mão na coxa de Alls. No intervalo entre duas músicas ela ouviu Kendall falando.

— Triste a coisa da mãe de Riley — falou. Grace não conseguiu ouvir o resto, mas viu os lábios de Kendall, *algo-algo-Paris*.

Não, ela suplicou. *Não isso*.

A cabeça de Alls teve um espasmo, e flagrou Grace olhando.

— Chega? — Grace perguntou em silêncio.

Ele inclinou a cabeça na direção da porta e ela anuiu. Perguntou se Kendall queria mais, ela sorriu e se esticou como uma gata, anuindo.

— O que a mãe do Riley tem? — ele perguntou no elevador.

— Não posso falar sobre isso — ela disse, olhando para o teto espelhado. Ele ergueu os olhos para os dela no reflexo.

— Você contou à sua colega de quarto.

— É diferente, ela não o conhece.

No elevador espelhado não havia como desviar os olhos.

— Ele também não quer que você conte a ninguém que mora em Paris?

— O quê? — reagiu Grace, balançando a cabeça. — Ela estava falando de outra pessoa.

— Você não conhece alguém que more em Paris.

— Você não conhece todos que eu conheço — bufou.

Ele grunhiu.

— Para. Só para. Você disse à ela que o Riley faz faculdade em Paris. Ela falou isso. Você não deve ter ouvido essa parte.

Grace sentiu a garganta apertar, como se seu próprio corpo a estrangulasse.

— Não foi... eu não...

Tantos começos pobres, nenhum lugar para onde ir.

— Não se preocupe — Alls disse. — Não vou contar isso a ele.

Alls saber que ela tinha mentido sobre Riley era quase tão medonho quanto Riley saber. Em certo sentido, pior: ela ainda queria Alls terrivelmente. *Concentre-se*, pensou. Precisavam ir a uma lanchonete. Precisavam se sentar em lados opostos de uma grande mesa branca sob luzes fluorescentes e tomar uma Coca. Grace abanaria as manchas nas axilas, Alls diria coisas idiotas sobre as obras de arte no leilão e tudo voltaria ao lugar. O leilão. Um dia seriam ela e Riley lá, comprando, vendendo, algo. Venceriam e apertariam as mãos, se beijariam.

Na rua, eles andaram separados por um metro, Alls seguindo Grace até o metrô, embora não soubesse onde exatamente ficava a estação mais próxima. Não havia quase mais ninguém na rua no Upper East Side. Um homem de impermeável, o rosto fechado e brilhante, caminhava irregularmente pela calçada atrás deles como uma criança aprendendo a andar.

— Ei, Nebraska — chamou. — Nebraska, sua vadia.

Alls fez uma careta e tomou seu braço, e andaram mais rápido.

— Eu sei o que essas botas de vadia significam, Nebraska. É de onde você vem? Ou da porra de Ohio?

Grace parou e se virou.

— Some da minha frente.

O homem riu sozinho, depois pegou o celular, como se tivesse se esquecido de que Alls e Grace estivessem de pé ali e que a tinha assediado. Esmagou alguns botões e grunhiu.

— Acabou, cara? — perguntou Alls. — Agora dá a volta, vai para o outro lado.

O homem deu um passo à frente, relaxado, despreocupado.

— Quem é este, seu irmão? O irmão que veio da fazenda?

— Mandei sumir da minha frente — Grace alertou.

— Vou te foder com a língua até você não conseguir respirar — disse baixo, com voz pastosa. — Com as suas botinhas.

Ele ficou sob a luz de um poste e pareceu murchar ali, o corpo caindo para a frente. Grace agarrou o cotovelo de Alls e saíram pisando duro pela calçada, os saltos de Grace batendo no concreto com força suficiente para mandar ondas de choque por suas canelas e coxas, até os quadris.

— Isso já aconteceu antes?

— Não costumo estar na rua tão tarde — respondeu. Ela normalmente estava ao telefone com Riley àquela hora. Meninos nunca pareciam mais idiotas do que quando surpreendidos pelo comportamento ruim de outros homens. — Mas não é incomum.

Parte dela se sentia grata. O homem a abalara. Ela se sentia menos vulnerável agora, menos flagrada.

No metrô, mantiveram um assento entre eles até chegarem à Grand Central e o trem encher. Quando ele deslizou na sua direção, ela sentiu a penugem do antebraço arrepiar, como se de algum modo tentasse pegá-lo.

Eles deviam ligar para Riley. Já deviam ter ligado, ainda podiam ligar. Sentiu uma dor bem no fundo que não era permitida. *Você esta bêbada* — disse a si mesma. Mas não estava, não de verdade.

Ela não disse nada quando passaram pela rua 23, a parada do hotel dele, e ele não pareceu surpreso quando Grace se levantou em Astor Place. Ele a seguiu escada acima e atravessaram a Quarta Avenida. Nenhum dos dois disse uma palavra.

Quando ficaram sob a luz fluorescente do alojamento, Grace registrou a entrada dele. Esperaram o elevador e, uma vez lá dentro, se apoiaram na parede dos fundos, afastados. Ficou imaginando o que ele estaria pensando naquele momento. *Para com isso*, disse a si mesma. Só iriam conversar. Já haviam tido mil papos bêbados de fim de noite, normalmente com Riley também. Uma garota de pijamas entrou no segundo andar com um DVD de *O fabuloso destino de Amélie Poulain* e sal no quarto. As portas se abriram no quinto andar e eles seguiram pelo corredor até o quarto de Grace.

— Eu deveria deixar o paletó para sua colega de quarto — ele disse quando Grace abriu a porta.

— Para a Kendall, certo.

Pendurou o paletó no espaldar da cadeira da escrivaninha de Kendall e se sentou na cama. A cama de Grace. Ela não acendeu a luz. Em vez disso, se sentou na cama junto a ele.

— Riley — ela disse.

Ele anuiu.

— Deveríamos ligar para ele e contar como foi nosso dia, o que fizemos.

— Deveríamos — concordou.

— Deveríamos ligar agora mesmo. Mas talvez...

— Poderia ser estranho — ele disse. — Que estejamos, você sabe, aqui. Sozinhos.

— Bêbados — ela falou. — Bêbados depois da festa do pessoal rico da arte.

— Você está bêbada?

— Não — admitiu.

— Nem eu — falou.

— Quer um copo de água?

— É. Isso iria ajudar.

Ela encheu a jarra da escrivaninha com água do banheiro e se revezaram.

Grace ainda vestia o casaco, fechado. Enquanto estivesse vestindo o casaco nada poderia acontecer. Podia sentir o cheiro dele.

— O que você quer?

Ela balançou a cabeça no escuro.

Ele se virou para ela e chegou mais perto.

— Há quanto tempo? Há quanto tempo sente isso?

— A gente não pode — ela disse, se afastando. — A gente não pode. A gente não pode.

— Então por que acha que estamos aqui?

— Estou me sentindo mal — disse.

— É um mal.

— Isso é novidade — Grace falou. — É novidade para mim.

— Não é não.

Ela engoliu em seco.

— Você tem de ser quem quer ser — ele disse. — Não entendo por que deixa que ele decida por você.

— Vá se foder — reagiu. — Não venha me falar sobre mim, certo?

— Desculpa — falou.

— Além do mais, você acha que é *isto* o que quero ser? *Esta* garota?

— Isso tem alguma importância?

— Você pensou muito nisso — ela falou.

— Não porque quisesse.

Ela estava agoniada, molhada e não sentia nenhuma falta de Riley. Ele estava a um mundo de distância, uma memória amarga da qual não guardava detalhes e não queria guardar.

— Não podemos contar nunca — falou, e os ombros dele desabaram. Esperara que ela encerrasse. Ela se deu conta de que poderia a estar testando, sua lealdade a Riley.

Não estava.

— Não podemos contar nunca — ele repetiu.

Ele abriu o casaco dela e deslizou as mãos para dentro, ao redor da cintura, a agarrando como se ela pudesse desaparecer. Grace o puxou para cima de si, e seu rosto flutuou sobre o dela, os olhos brilhando no escuro. Sabiam, naquele momento, que não tinham feito nada irrevogável. Ainda podiam recuar. Mas ela podia sentir o hálito dele em seus lábios; podia sentir o gosto. Então levou a boca à dele e o respirou.

E quando levou as mãos ao peito dele, sob sua camisa, disse a si mesma que aquilo não era real. Quando ele a rolou para cima de si, e ela levou as mãos às costas para soltar o fecho do vestido, sabia que aquilo não podia estar acontecendo. Chupou o lobo da orelha dele e passou os dedos molhados pela cabeça do seu pênis como se estivesse apenas imaginando como seria fazer aquilo com ele, e ele puxou seu vestido pela cabeça em um túnel cego onde ela flutuou, esperando não acordar. Levantou e trancou a porta. Ele sentou na cama dela, apoiado na parede. Montou nele, e ele agarrou sua bunda, gemeu em seu pescoço, e nada daquilo era real, não os dedos desconhecidos deslizando entre seus lábios, não a sensação de que o conhecia desde sempre e de alguma forma, de modo algum, e então afundou nele e perdeu totalmente o fôlego.

Depois ficaram deitados um junto ao outro, sem se tocar, como se, permanecendo imóveis, pudessem deter o tempo. Ela viu o braço dele junto ao seu, o peito dele subindo e descendo, mas não conseguiu se virar para olhar diretamente. Fazer isso seria reconhecer a precisão e a profundidade da traição de ambos: afiada como um corte onde antes houvera apenas uma dor; funda como uma queda repentina de água rasa.

Ele não cheirava nada como Riley. Cheirava a pimenta-do-reino e folhas queimando.

Isso irá destruí-la, pensou.

Não sabia no que ele estava pensando, mas enquanto ficavam deitados ali, sentiu o peso aumentando a cada segundo.

Quando Grace finalmente falou, sua voz era rouca como se tivesse acabado de acordar.

— Você precisa ir agora — disse.

Ele não respondeu. Grace fechou os olhos. Finalmente sentiu a cama se mover. Escutou os sons dele se vestindo: pernas deslizando para dentro da calça; o ruído debochado do zíper; os pés se metendo nos sapatos; o alívio, finalmente, dois braços se enfiando no casaco. Quando ouviu a porta se fechar, se virou para a parede e começou a chorar.

Ela tinha um travesseiro sobre a cabeça quando Kendall entrou na manhã seguinte, mas não estava dormindo. Grace saiu debaixo das cobertas e ficou de pé, querendo ir ao banheiro antes de Kendall entrar no chuveiro.

— Meu Deus — Kendall disse quando Grace passou. — O que aconteceu com você?

Quando Grace saiu, Kendall vestia um roupão, o vestido no encosto da cadeira da escrivaninha. Grace a viu olhar para uma pilha no chão e se deu conta de que era seu vestido — o vestido de Jezzie — caído em uma pilha descuidada.

— Ah, não, desculpe por isso — disse, o sacudindo para pendurar.

Kendall ergueu as sobrancelhas.

— Vai ter de ser lavado de qualquer forma — falou. E Grace devia ter se encolhido, porque Kendall acrescentou rapidamente: — O meu também. Enfumaçado, suado e repulsivo.

Grace se sentou na cama e olhou para as coxas, que pareciam frágeis e secas como se estivesse gripada.

— O que foi? — Kendall perguntou.

— O quê?

— Espera, você...

Grace balançou a cabeça furiosamente.

— Não, não — disse Kendall, os olhos brilhando. — Alguma coisa aconteceu.

Alguém começou a esmurrar a porta.

— Não se mexa — Kendall disse, saindo para o corredor como se Grace pudesse tentar escapar. Voltou com Lana, cujo rosto brilhava de excitação, embora Grace sequer as tivesse ouvido sussurrando.

Kendall ficou de pé junto à cama de Grace, mãos nos quadris. Tinha um leve sorriso nos lábios.

— Você *trepou* com ele?

— Não! — respondeu Grace, a voz fraca.

— Transou! Ah, meu Deus, se *transou*! — Kendall gritou.

— Merda — Lana disse. — Era o amigo?

— *Melhor* amigo — Kendall corrigiu. — Do *marido* dela!

Quando viram que Grace estava chorando, se sentaram uma de cada lado dela, e Lana esfregou suas costas. Colocou a cabeça no ombro de Grace e soltou um shh maternal.

— Uau — disse Kendall. — Quem teria imaginado. A pequena Senhorita Cidadezinha da América. Na verdade, *Senhora*. Vamos lá, pare de chorar. Ninguém morreu.

— Vou pegar lenços de papel — Lana disse. Grace anuiu, com muco escorrendo pelo lábio.

— Bem, algo assim iria acontecer mais cedo ou mais tarde — Kendall disse. — Relacionamentos a distância são condenados.

— Por favor, pare — pediu Grace. — Não consigo...

— Quero dizer, sequer me dei conta de que você estava *a fim* dele...

— Kendall — Lana censurou desde o umbral, mas quando Kendall parou, Grace começou a soluçar novamente, cada vez mais forte, como se um mágico estivesse tirando uma echarpe de um quilômetro e meio de sua garganta. Ela ofegou e, quando ergueu os olhos, viu que Lana estava de pé no umbral com a câmera de vídeo.

— Está tudo bem — Lana encorajou. — Faça o que sente.

V
Paris

14

— Ele pode ter perdoado você — Hanna disse.

Grace deu uma risada triste. Ela não queria ser perdoada. Não queria que ele descobrisse. Eram desejos inconciliáveis. Ou você tinha um impulso, ou o outro, e Grace sempre tivera o outro.

Ela e Hanna estavam partilhando uma garrafa de vinho de Hanna na varanda de seu minúsculo estúdio em Belleville. Grace estava acostumada a passar as noites sozinha, e ficou surpresa quando aceitou o convite de Hanna. Mas mme. Freindametz estava de folga naquela semana, e não perdoara Grace por censurá-la. Agora que Grace tinha colocado uma tranca na porta do quarto, a dona do apartamento era visivelmente hostil.

Naquela noite, quando Hanna perguntara a ela se havia notícias de casa, Grace tomara um gole de vinho e contara que tinha dormido com um amigo do marido. O clichê era doloroso de revelar.

— Não haveria nenhum bem em contar a ele — disse Grace.

— Vocês teriam rompido, como as pessoas fazem. Acha que ele sabe?

Grace anuiu.

— Tem de.

— E por isso está tão aterrorizada — Hanna disse a si mesma.

Grace conhecia aquela bifurcação na estrada: dizer a Hanna que Riley não era ninguém a temer ou anuir facilmente e dizer *Sim, exatamente*. Não pense, disse a si mesma. Apenas faça.

— Ele não era agressivo — Grace disse. — Lamento ter dito isso.

— Ah — Hanna piscou, surpresa. — Entendo.

— Ele teria ficado arrasado. Achei que mentir seria mais gentil; protetor.

Ah, isso não era exatamente assim, mas ela tinha dito o principal. Fizera a correção. Estava tentando.

— Bem, para proteger o amor dele por *você* — Hanna disse, de repente soando mais velha e recentemente puritana.

— Eu dei duro para conseguir isso. E depois perder por causa de *uma* coisa...

— Conseguir! — Hanna gritou. — Que modo americano de ver as coisas. Vocês acham que merecem todas as felicidades.

Grace virou a taça de vinho e terminou.

— Nossos pais fundadores dizem que sim.

Hanna olhou para ela, sem saber se falava sério. Grace revirou os olhos, e Hanna recostou de novo.

— Eu nunca lhe contei sobre Nina — Hanna disse.

Nina — de algum modo soava familiar. Então Grace lembrou: Antonia. Ela esperou, ansiosa pela confidência de Hanna. Afinal, Grace confidenciara a *ela*.

— Com ela eu era impotente — Hanna disse. — Cada hora que passava perto dela parecia desaparecer em um segundo. Nunca tinha o bastante.

Grace inclinou a cabeça para trás, apoiando no sofá, e piscou para o teto.

— Assim que deixava o aposento era como se o calor fosse desligado. Eu queria saber tudo sobre ela, cada detalhe de sua vida, sua biografia, seus interesses, seus movimentos. Cada coisa que aprendia era um prêmio. E eu sempre queria mais.

Uma semana antes, Grace não teria imaginado Hanna apaixonada. Estar apaixonada é perder o controle, e Hanna, pelo menos superficialmente, sempre exibia controle perfeito.

— O modo como você é no amor é como é em todas as coisas — disse Hanna. — E como você é em todas as coisas é o modo como é no amor. Descuidado, confuso na vida? Descuidado no amor. Precisa acertar todos os detalhes? — perguntou, apontando para si mesma. — Essa sou eu no amor; nada de preguiça.

Grace não queria pensar em como era no amor.

— A mulher que eu amava era uma mentirosa. Tanto na vida, como no amor. Também vejo isso em você — Hanna falou, apontando para Grace. — Nada confiável.

Grace ficou boquiaberta. Hanna a acusara como se fosse uma brincadeira, mas não dissera como brincadeira.

— Mentiras geram mentiras — Hanna continuou. — Como coelhinhos. Produzem mais mentiras, onde quer que vão. Não conseguem evitar; pululam, pululam, pululam por toda parte, pequenas mentiras infantes que crescem, viram grandes mentiras e produzem suas *próprias* mentiras...

— Olhe — disse Grace. — Eu era jovem, fodi tudo, fui embora e lamento. As pessoas cometem erros. Fazem maluquices quando estão *amando*.

— Aposto que você contou mentiras de que sequer se dá conta. Como uma viciada! Elas simplesmente escorrem da sua boca, como se estivesse respirando.

Grace se encolheu.

— Por que essa obsessão com *mentiras* de repente? Todo mundo mente. Você tenta não fazer, mas faz. Não sou pior que ninguém. Você é uma falsificadora, Deus do céu.

— Era. Agora sou muito franca, a maior parte do tempo. Agora não aposto o que não posso perder.

Uma semana tinha passado desde que os meninos receberam condicional. Nada.

Grace viu a possibilidade de que sempre não haveria nada, mas não conseguia realmente se aferrar a isso. Tentou se acomodar com a ambiguidade, que ela sabia que poderia durar para sempre. Caso contrário, a terrível incerteza de onde estavam e do que estavam fazendo, sentindo, pensando e dizendo superaria qualquer coisa que pudessem um dia fazer, pensar ou dizer.

Muito de sua vida desde que deixara Garland, mesmo da primeira vez, havia sido uma sequência de erros trágicos. Ela não conseguia acreditar que se safara. Não sentia como se tivesse se safado de algo — era mais como se tivesse se safado *para* algo.

Grace estava pintando os cascos de uma das ovelhas de Hanna quando Jacqueline a chamou. Normalmente a chefe saía do escritório quando queria algo, conferindo o trabalho de todos enquanto falava. Grace se levantou, mas a perna esquerda ficara dormente, e começou a tropeçar. Hanna deu um guincho, agudo como o de um coelho assustado, e Grace agarrou o canto da mesa para se equilibrar. Amaury se inclinara para proteger seu trabalho com os braços, como uma galinha protegendo uma ninhada de pintinhos. Sua mesa ficava a dois metros e meio.

— Pardon — Grace disse.

Ela mancou até o escritório de Jacqueline, que fechou a porta.

— Asseyez-vous — disse. — Tenho algo novo para você.

— E o centro de mesa?

— Hanna passará semanas trabalhando nele. Enquanto isso, precisamos ser pagos — Jacqueline disse. Ela destrancou a gaveta da mesa e tirou uma caixa de joias de veludo. — Segure isto — disse, dando a Grace um enorme anel com joias coloridas brilhantes. Jacqueline enfiou o dedo na fenda da caixa de joias, olhando. Virou a caixa e a sacudiu no colo. Duas pérolas caíram no colo.

— As pérolas se soltaram — disse, colocando-as na palma da mão de Grace.

— Não sei o que fazer com joias — Grace disse. — Não sei nada sobre joias.

— Simplesmente finja que é uma caixa de joias em vez de joia, certo? Você já engastou pérolas antes. Lembra da *minaudière*?

— Mas aquilo era vestimenta — retrucou Grace.

— Isto é vestimenta.

— Não acho que seja — insistiu Grace, esfregando o grosso anel de ouro com o polegar.

— Poderia muito bem ser. Pérolas, peridoto. Nada *muito* precioso. O centro de mesa vale cinco vezes o anel.

— O centro de mesa? Quanto? Nove, dez mil euros?

— Mais para quinze, mesmo com uma reprodução parcial. Nada como aquilo, e o colecionador é meio maluco. Então, quem sabe?

A pedra verde do centro era um enorme cabochão oval, curvo como um globo ocular. Jacqueline tinha dito semipreciosa, mas Grace tinha certeza de que olhava para uma esmeralda, flanqueada por filas de baguetes de ametistas. O anel parecia um traje formal para um desfile de Mardi Gras, como as joias de fantasia de uma menina de seis anos que queria ser princesa. No alto e na base da esmeralda havia engastes vazios onde ficariam as pérolas.

— Amaury, tem removedor de cimento para pérolas? — Grace perguntou, balançando o dedo, empurrado para baixo pelo pesado anel. — Preciso limpar um pouco isto.

Amaury esticou a cabeça para a prateleira atrás de si, que continha todos os solventes e cimentos de que Hanna e Grace raramente precisavam. Amaury lidava com mais frequência com joias, trabalhando com relógios, e Grace ficou pensando em por que Jacqueline não pedira a ele para fazer o anel.

Grace consertou o anel em quinze minutos. Dissolver a cola velha foi simples como tirar esmalte de uma unha, e depois colocou um pouco de cimento em cada engaste com uma pinça e empurrou as pérolas. Três mil euros, presos com cola.

Quando devolveu o anel a Jacqueline, a chefe correu os dedos sobre as pérolas e ao redor delas, procurando asperezas. Conferiu o anel sob a luminária da mesa.

— Bom — disse.

Depois pegou um saco de papel pardo da bolsa e o virou na palma da mão. Caiu dele um bracelete com joias, um gordo tubo de ouro com faixas de pedras vermelhas e brancas.

— O mesmo com este bracelete. Algumas das peças ficaram soltas nos engastes. É uma peça mais velha.

O ouro havia descolorido e as pedras remanescentes estavam sujas, Jacqueline estendeu o bracelete para Grace, que hesitou.

— Queria que eu pedisse ao Amaury? Ele está mais ocupado que você no momento...

— Não — Grace respondeu rapidamente. — Eu farei.

Jacqueline deu um pequeno envelope a Grace. Ela pôde sentir as pedras através do papel. Sabia que quando abrisse o saco as pedras dentro estariam brilhantes e limpas.

À sua mesa, Grace examinou atentamente os engastes das gemas. As luzes zumbiam acima, e ela ligou a luminária mais potente. Examinou as garras metálicas tortas que tinham libertado diamantes e rubis. Grace estivera tão ansiosa para provar seu valor a Jacqueline, e para *isto*? Ela nunca roubara nada em anos, nem mesmo um pacote de chicletes. Olhou com saudade para as pequenas ovelhas de Hanna e seus cascos pintados pela metade.

Grace e Hanna se comunicaram por intermédio de palavras únicas — Salada? Omelete? — até estarem de frente uma para outra em um banco de parque, olhando para um pássaro que procurava comida na beirada de uma lata de lixo.

— Ah, não acho que seja *isso* — Hanna disse quando Grace contou sobre as joias. — Ela costumava receber joias de tempos em tempos. Não houve nenhuma desde que você chegou?

— Não, só relógios. As coisas de Amaury.

— Ela costumava ter uma pessoa para fazer joias. Angeline. Foi embora quando a visão ficou ruim demais, e acho que isso foi o fim das joias. Mas tenho certeza de que você será muito boa; você faz todo o trabalho microscópico muito bem. Mas deveria usar óculos para perto. Vai acabar com seus olhos.

— É simplesmente bizarro algo tão caro estar em um saco de papel como aquele.

— Você sabe tão bem quanto eu que as pessoas nem sempre cuidam muito bem das suas coisas.

Grace anuiu.

— Quero dizer, *poderia* ser — disse Hanna. — Roubado, quero dizer. Não saberíamos. Você realmente ligaria se fosse?

— Claro que sim.

— Engraçado que isso de repente a incomode — Hanna comentou. — Você sabe que ela não tem um negócio impoluto.

— Ninguém em antiguidades tem — concordou Grace. — Mas há um limite. Farei o que mandarem desde que possa razoavelmente acreditar que está tudo bem.

— *Razoavelmente* acreditar? Isso não é acreditar, é o oposto.

— Hanna, não *sabemos* o que acontece fora do ateliê — Grace falou.

— É o que estou dizendo.

Grace ficou sentada em um silêncio de dúvida, brincando com a salada. Pensou então em Antonia e Nina e imaginou se seria a mesma pessoa ou se os nomes, que lhe soavam incomuns, seriam tão comuns na Dinamarca quanto Madison e Emma eram no Tennessee. Ela com grande frequência se sentia no limite de saber algo, e saltara esse limite tantas vezes quanto recuara, cobrindo os olhos. Não queria saber sobre as joias, mas já era tarde demais. Queria perguntar sobre Nina e Antonia, mas o temperamento de Hanna parecia proibir isso.

Então Hanna perguntou por que tinha traído o marido, para começar. Quaisquer que fossem os limites que *ela* sentia, claramente os ignorava.

— Pela mesma razão que todo mundo. Estava sozinha e desapontada.

— Ou entediada e se achando no direito.

— Mais entediada — Grace concordou.

— As pessoas sempre dizem que a outra pessoa não *significava* nada.

— Não, ele significava muito para mim. Eu o amava terrivelmente, se é que se pode dizer isso. Como se estivesse doente dele. Sabia que tinha feito a escolha certa me casando com meu marido, e alguma parte má de mim estava tentando arruinar tudo, e precisava ser silenciada — falou, e fez uma careta. — Eu pareço estar descrevendo uma psicopata.

— Dois eus.

— Todo mundo os tem, acho.

— Público e privado.

— Certo e errado.

— Acho muito estranho você ser casada. Você é uma pessoa muito distante. Não consigo imaginá-la uma adolescente apaixonada.

Grace mal conseguia se imaginar uma adolescente apaixonada. Até aquela noite com Alls, ela nunca tivera dificuldade em explicar a si mesma suas próprias decisões. Nunca confundira interesse pessoal com entrega a caprichos. Ela conhecia a diferença.

Quando voltaram do almoço, Amaury estava no escritório de Jacqueline. Elas podiam ouvi-los. Hanna levou o dedo aos lábios, e Grace foi para sua mesa na ponta dos pés.

— De quem é? — cobrou Amaury.

— Volte para sua mesa — Jacqueline disse. — Pare de me fazer perguntas se não gosta das respostas.

— Você fez uma promessa, e não vou mais trabalhar aqui se...

— Ninguém o está obrigando a trabalhar para mim.

Quando Amaury saiu, Grace e Hanna baixaram os olhos, as ferramentas estalando de repente. Ele pegou o paletó em sua cadeira e saiu. Grace bateu o cabo de sua pinça com força na beirada da mesa. Gostaria de não ter ouvido o que ouvira.

15

Na segunda-feira, Grace estava envolvendo os troncos das árvores no centro de mesa com arames cheios de contas de bronze, da base até os galhos finos. Colocar os arames com contas era a coisa mais fácil que tinham feito no centro de mesa desde a limpeza, e Grace não queria correr. Jacqueline saíra sozinha depois que ela terminara o bracelete, e Grace desejava poder trabalhar em silêncio no centro de mesa com Hanna. Estava orgulhosa de seu trabalho: seus pêssegos, agora presos aos galhos, pareciam macios e perfumados, embora não fossem nem um nem outro, e suas bolotas eram tão pequenas e precisas que ninguém as veria até olhar realmente muito de perto.

Ela também fizera um trabalho bastante bom no bracelete de rubis e diamantes, mas não queria pensar nisso.

Hanna estava aparando irregularidades nas beiradas das suas folhas de seda com tesouras minúsculas, as lâminas afiadas pequenas como a ponta de um lápis, quando Grace lhe perguntou sobre o que Nina tinha mentido.

Ela franziu o cenho, mas não pediu que Grace esclarecesse.

— Mentirosos de verdade não mentem sobre algo — Hanna disse. — Apenas mentem. "Sobre" é uma palavra que mentirosos usam para justificar suas mentiras, fazer parecer que é um problema localizado.

— Você fez um belo estudo — disse Grace, tentando soar leve e sarcástica.

— Mas ainda não sei — Hanna falou. — E isso me aborrece. No caso de um mentiroso você nunca pode conhecer toda a verdade, jamais. Nunca pode estar certa de que *aquela* versão é a versão real. Não tem fim, não tem fundo. Às vezes fico pensando se a coisa toda não foi uma fraude.

— A coisa toda?

— Todo o nosso caso. Não estou certa de que ela sequer teve consciência de mentir, ou se mentir se tornara de tal forma sua natureza que mentia sem pensar. Então, sim. Se fui apenas outro objeto para suas mentiras.

— E se você estava nisso — disse Grace, se levantando para chegar mais perto das pontas das árvores. — Mentindo para si mesma, ou querendo muito acreditar.

Ela planejara comiseração, empatia, mas Hanna ficou silenciosa demais. Grace ergueu os olhos e viu os de Hanna colados em suas folhas. Pedaços de tecido pequenos como poeira desciam flutuando para seu colo.

— Não sei o que quer dizer — ela falou. — Ninguém deseja mentiras.

— Claro que não — Grace disse, em tom de desculpas. — Não conscientemente. É só que você sabe que a pessoa quer alguma coisa que não é...

— Sim — cortou Hanna. — Você mente porque sabe, quando ouve a pergunta, que há uma resposta boa e uma ruim.

— Você quer dar a boa — Grace disse. — Ser boa. E eles também querem isso de você.

Grace nunca conversara assim com ninguém. Baixou os olhos para a lata de lixo e viu na tampa o reflexo de Hanna. Tinha se afastado da mesa e virado a cabeça na direção da escada e da sala de Jacqueline. Grace ouviu a porta abrir.

Jacqueline foi até lá com duas caixas de joias.

— Olá, senhoras — disse. — Como vai a fofoca?

— Bem — disse Grace com um sorriso fraco.

Jacqueline sugou por entre os dentes.

— Amaury voltará e encontrará as portas fechadas. Aquele homem — disse, colocando uma mão fria no ombro nu de Grace, seu perfume de jasmim se projetando. — Não que precisemos mais dele, certo, Julie?

Ela abriu a primeira caixa de joias. Dentro havia um relógio, uma monstruosidade rosa com joias.

— Só o fecho precisa ser consertado. Eu tenho um compromisso, mas voltarei para fechar.

— Não *há* um fecho — protestou Grace.

— Relaxe — disse Jacqueline. — Está bem aqui — falou, soltando a almofada da caixa de joias e pegando um crescente com joias, um fecho na forma de padronagem têxtil. — As pedras que faltam também estão aí, mas você pode pegá-las com pinças. Não consigo chegar lá com meus dedos gordos.

Sequer fazia sentido um relógio estar em uma caixa almofadada como aquela.

— Não estou certa de que posso consertar isto — Grace disse.

— Eu estou — Jacqueline retrucou.

O relógio era o tipo de bugiganga que uma princesa da Disney usaria se ganhasse vida. Platina; pulseira de crocodilo rosa-bebê; diamantes cercando um mostrador rosa em forma de gota. Grace encontrou um relógio comparável à venda em uma loja de Connecticut por noventa e cinco mil dólares.

O fecho havia se soltado da correia, como se o relógio tivesse sido arrancado do pulso da dona, mas as pedras que faltavam no fecho deveriam ter se soltado paulatinamente. Havia nove diamantes, cada um não maior que uma semente de mostarda, e apenas oito engastes.

Grace ficou furiosa com isso, Jacqueline ter sido tão descuidada que sequer contara, para fazer *parecer* certo para ela. Não havia dúvida de que Jacqueline estava roubando pedras. Ela teria um parceiro em algum lugar, um joalheiro que recebesse peças para limpeza e as devolvesse aos donos cintilando com falsas? Ou eram tiradas diretamente de cômodas e gavetas?

— Como ela não pede a você? — perguntou Grace, lamentando.

— Pediu uma vez, mas recusei. É um caminho muito sinuoso para mim, voltar aos velhos hábitos. Não posso fazer a mínima besteira. Não trabalho em nada que não tenha bons papéis.

— O quê? Nunca vi papel algum. O que você faz quando não há papéis?

— Ou eu mesmo os consigo ou consigo algo por e-mail. Se não posso, digo a Jacqueline que não irei trabalhar sem documentos, e então ela encontra outra pessoa.

— Eu.

— Às vezes.

— Como pôde? E não *me dizer*?

— Julie, achei que não se incomodava. Você nunca perguntou sobre documentos.

— Não sabia que podia — disse Grace, a boca seca.

— Achei que era o motivo pelo qual você estava aqui, pelo qual ela a escolhera. Para fazer os trabalhos que são um pouco... — disse Hanna, agitando os dedos.

— E você nunca me disse nada. Esse tempo todo.

— Achei que você não iria querer conversar sobre isso — Hanna falou. — Não é o tipo de coisa que as pessoas *dizem*. Desculpe, não tinha ideia de que você era tão...

— Já houve mesmo uma Angeline? — Grace perguntou, enojada.

— Sim. Foi embora.

— Amaury faz isso?

— Fazia — Hanna contou. — Não que eles tenham um dia falado disso na minha frente, mas é bastante óbvio. Mas ele ficou com medo ou algo assim. Agora só faz relógios de mesa e de pulso.

— O que aconteceu? O que o assustou?

— Nada de mais. Estamos todos aqui, não é? Talvez ele não tivesse estômago para isso. Ele tem um filho. Precisa ser cuidadoso.

— Achei que morasse sozinho.

— O filho mora com a mãe, em Montreuil, acho. Já é adolescente.

Amaury estava lá desde antes de Jacqueline assumir o lugar do pai. Grace só estava ali havia dois anos. Confiar nela devia ter sido o último recurso.

— Esses não são apenas pequenos desvios de comissões comuns — Grace falou. — Este é um relógio de cem mil dólares.

— Então diga não a ela.

— Se não há ninguém aqui abaixo de mim, ela provavelmente me mandará embora se eu recusar.

— Não há ninguém abaixo de você.

Grace sabia que estava na base de qualquer escada. Jacqueline provavelmente não ousaria trocar as pedras ela mesma, mesmo que pudesse. Não iria querer sujar as mãos. Então dava a Grace o material, as instruções e um sorriso.

Ela? — Jacqueline poderia dizer aos hipotéticos interrogadores que ocupavam a imaginação de Grace. — *Essa garota? Americana. Eu a contratei sem conhecer. Ela me traiu... uma ladra!*

A raiva se espalhou das pontas dos dedos de Grace para suas orelhas. Ficou enojada de ainda ser tão ingênua.

O escritório de Jacqueline estava mais arrumado que de hábito. Grace começou pelas gavetas da mesa. Cigarros, canetas, elásticos de cabelo, um batom derretido, óculos de sol quebrados, balas de hortelã, dezenas de recibos amassados, moedas sujas. Nos arquivos, Grace procurou volumes entre os papéis. Vasculhou os bolsos do casaco de seda sobre a cadeira. Verificou atrás de livros, os erguendo pelas lombadas para procurar compartimentos falsos. Correu a mão sob a mesa para o caso de algo estar preso lá com fita. Quando terminou, só havia o cofre, mas isso não era possível.

Grace se sentou na cadeira da chefe. Hanna logo voltaria do almoço; não tinha muito mais tempo. O relógio tiquetaqueava. A cadeira rangia. A impressora de jato de tinta estava fora da tomada. Grace se inclinou para a frente e levantou a tampa, e lá, ridículo e brilhante como um colar de contas de menininha, estava um saco plástico pela metade com pedras baratas. Havia centenas, todas de zircônia ou algo parecido, todas pequenas, do tamanho de borracha de lápis ou menores. Não, Jacqueline não se arriscaria com as grandes pedras centrais de uma peça; só trocaria as menores. Grace examinou o saco. Havia lapidações de todos os estilos — redondas, quadradas, esmeraldas, baguetes. Uma impostora pronta para qualquer papel.

Ela voltou à sua mesa para pegar um dos diamantes substitutos que Jacqueline lhe dera. Tirou do saco plástico três outros exatamente iguais.

Agora, ao trabalho: limpou os oito engastes vazios e esvaziou mais três, deixando as pedrinhas soltas na mesa. Quando ouviu Hanna à porta, Grace varreu os três diamantes para o colo com o antebraço. Passou a hora seguinte colocando a zircônia nos onze engastes e os fechando.

Pegou o fecho, preenchido e cintilante, e bateu com ele na mesa. Hanna deu um grito e um pulo.

— Por *favor*?

— Estou testando os engastes — Grace disse. Nada tremeu, nada se deslocou. Inspecionou o fecho sob a luz, procurando diferenças em brilho, cor ou cintilação.

— Parece bom — murmurou para si mesma.

— Tome cuidado — Hanna disse. — É um caminho traiçoeiro, *petite voleuse*.

Quando Hanna foi embora às sete horas, Grace trabalhou por uma hora na caixa Mont, prestando atenção na porta para o caso de Hanna voltar e surpreendê-la. Quando a caixa estava seca o bastante para ser colocada na sacola de papel, ela tirou os três diamantes do bolso da saia e os dispôs sob a lente de aumento. Inacreditável que alguns pedaços de mineral pudessem comandar tantos corações e carteiras, só porque espalhavam a luz e faziam um arco-íris na parede. Assim como o mostrador do seu Timex.

Ela não tinha roubado nada desde a pintura, e acabara de roubar diamantes.

Na verdade, eram apenas lascas. Muito pequenos e sem muito valor. E Jacqueline merecia. Roubar dela praticamente não era roubar.

Grace jogou os cabelos para trás e ligou o computador para dar a conferida diária no *Albemarle Record*. O computador demorou uma eternidade para carregar, e Grace estava impaciente, congelando a tela ao clicar rápido demais. Esperou inquieta a página do *Record* carregar.

E ali, a atualização do dia. Riley e Alls tinham desaparecido de Garland.

Riley tinha sido visto pela família pela última vez no sábado; Alls, pelo seu oficial de condicional. Greg se recusou a comentar. Aonde teriam ido, o *Record* não especulou.

Grace teve uma noite ruim. Apenas pestanejou com a tentativa dos comprimidos de desligá-la, como uma vela de aniversário que não se apagava. Fez contagem regressiva a partir de mil, duas vezes. Levantou da cama e fez cem abdominais, tentando se cansar. Tomou outra taça de vinho e leu sobre marchetaria em um livro de cinco quilos que normalmente era tão calmante quanto uma canção de ninar. Pensou em ligar para Hanna, mas não o fez.

Isso não era exatamente o que tinha temido, mas duas vezes o que tinha temido.

Às quatro da manhã, desistiu. Assustou mme. Freindametz na cozinha quando desceu para fazer chá; tinha trabalhado no turno da noite antes da folga, e também não conseguia dormir. Trocaram um olhar de relutante simpatia.

Estava dourando outra camada em sua caixa James Mont quando Hanna chegou às oito. Grace não tinha pressa de voltar ao relógio, embora Jacqueline estivesse esperando que fizesse a pulseira. Tinha trancando o relógio antes de ir embora. Grace sabia que não iria examiná-lo na sua frente.

Ela e Hanna trabalharam no centro de mesa em silêncio, costurando as folhas nos galhos. Grace estava perdida nos espinheiros de seus pensamentos, e Hanna talvez também estivesse, mas não demonstrava.

— Mais apertado — dizia a Grace. — Ângulos mais suaves.

— Eu li sobre uma mulher — Grace disse. — Heather Tallchief.

— Não sei quem é — Hanna respondeu.

— Ela e o namorado roubaram um carro-forte juntos. Três milhões de dólares dentro. A empresa de transporte a contratou como motorista.

— Continue.

— Ela só tinha vinte anos. Fugira de casa alguns anos antes, trabalhava em um asilo para pacientes com Aids e de noite ia a boates. Conheceu um cara, Solis. ele tinha quarenta e seis. Era poeta.

— Primeiro amor — Hanna disse secamente.

— Ele tinha ido para a prisão décadas antes, por matar um motorista de carro-forte. Mas ela ainda não sabia disso, não antes de ir morar com ele, e então acreditava em tudo que dizia. Que foi tudo um mal-entendido. Você sabe.

Hanna anuiu.

Grace contou o resto da história: Solis planejou o roubo ao carro da Loomis passo a passo, Tallchief contou depois, tão lentamente que não soube o que estava fazendo até estar fazendo. Disse que Solis a *hipnotizava* todo dia, e só depois que tirou o carro da rota e o levou até onde ele a esperava, se deu conta do que acabara de fazer. Quando saltou do carro estava aterrorizada. Ninguém tinha ideia de onde estava. Quando ameaçou matá-la se não ficasse com ele, ela fez o que mandara.

Fugiram de Las Vegas em um avião que Solis tinha alugado. Empurrou Tallchief a bordo em uma cadeira de rodas, disfarçada de velha com peruca e óculos escuros. Tinha um cobertor de crochê sobre o colo. Mas quando o avião pousou, se levantou e saiu andando, alta, forte e jovem. Os pilotos lembraram disso quando a polícia os ouviu depois. Mas ela e Solis tinham partido havia muito tempo.

Ele mandou o dinheiro para o exterior em contêineres de carga sem identificação. Alguns meses depois ela estava grávida e, assim que teve o bebê, o enrolou e fugiu.

Grace vira a entrevista repetidamente.

"Você teve medo que ele tentasse encontrá-la?", o repórter perguntara.

"Tive", Tallchief respondera.
"E ele tentou?"
"Não."

Tallchief simulou sotaque britânico, adotou um novo nome e começou a trabalhar, primeiro como prostituta, depois como camareira em Amsterdã. Criou o filho lá. Ia trabalhar todos os dias, fazia trabalho voluntário na escola do filho e se tornou outra pessoa.

Quando o filho fez dez anos, ela voltou aos Estados Unidos. Deu seu nome verdadeiro e se entregou para que o filho tivesse uma cidadania, uma identidade legal. Passara doze anos escondida.

No tribunal, o juiz comparou Tallchief às centenas de garotas que tinham se apresentado perante ele. Grace imaginou todas as mulheres que levaram drogas em sacolas de fraldas, esconderam telefonemas, fecharam as cortinas, quebraram as câmeras, mentiram, mentiram e mentiram mais um pouco, mas se esqueceram de olhar para os dois lados ao fazer seus próprios corpos atravessar a rua. Elas caíram pelos namorados, pelos maridos e pelos homens que desejavam que fossem namorados ou maridos. O juiz invocou aquele velho clichê do trabalho sexual: uma infância ruim, um pai ruim e namorados ruins criaram uma mulher que estava condenada a ser uma sombra de todas as suas experiências. As mulheres, o argumento implicava, eram fracas: fariam qualquer coisa pelo que acreditavam ser o amor.

Tallchief chorou no tribunal, mas não suplicou. "Quero que entenda que não é da minha natureza roubar ou planejar roubos intrincados. Não sou uma ladra. Não sou uma criminosa contumaz."

Seu advogado exibiu um vídeo de seus entes queridos em Amsterdã dando depoimentos. Eles choravam ao lembrar de Tallchief lhes contando a verdade, um a um, e pedindo perdão. *Perdoem-na*, apelaram. *Ela não é o que era então*. O filho de dez anos vestia um suéter com gravata, o nó grande demais acima de seu peito estreito. Disse que esperava poder ver a mãe novamente em breve, que sentia muito sua falta.

O promotor pediu ao juiz que pensasse na empresa do carro-forte, cujos negócios tinham sido arruinados pelo roubo, e no cassino cujo dinheiro tinha sido roubado. O juiz sentenciou Tallchief a cinco anos de prisão e ordenou que devolvesse os três milhões de dólares — a quantia integral, já que Solis permanecia foragido. Ela foi tirada do tribunal com os tornozelos acorrentados.

"Gostaria de acreditar que ele realmente me amava", disse Tallchief depois do julgamento. "Eu o amava. Eu me sinto idiota e ferida agora, mas isso é passado."

— Que idiota — Hanna disse quando Grace terminou.

— Dificilmente — Grace retrucou. — Não acho que fosse uma idiota. Que bem isso lhe faria então, acreditar que ele nunca a amou?

— Que *bem* isso lhe faria? Não é uma escolha; é uma crença. Ela foi enganada e deveria ter ficado foragida.

Grace concordava com essa parte. Algumas pessoas viam o desfile de rostos em *Os mais procurados da América* e fantasiavam apanhar um deles no posto de gasolina local, comprando cigarros e salgadinhos SunChips. Queriam a glória do cão de guarda, segurando firme com os dentes a perna da calça do ladrão. Mas havia outras pessoas que não os queriam punidos. Havia outras pessoas que olhavam nos olhos borrados dos mesmos rostos e sussurravam: *vai, vai, vai.*

— Eles sumiram — Grace contou a Hanna, sua voz travada na garganta. — Os meninos.

— Eles podem fazer isso? Não.

Grace balançou a cabeça.

— Eles fugiram. Juntos.

— Para onde acha que foram? México?

Grace estava suficientemente exausta para ficar confusa; levou uma fração de segundo para se lembrar de que Hanna achava que ela era da Califórnia.

— Espero que sim — disse.

— Por que, para onde acha que eles foram?

Grace só conseguiu balançar a cabeça.

— O que, acha que eles viriam para *cá*? — perguntou Hanna, enfiando o indicador na mesa. — Acha que eles sabem que você mora aqui?

— Não deveriam — Grace respondeu.

— Por que eles... o que acha que vai acontecer?

Um fio de cabelo tinha caído na tinta prateada de sua caixa Mont. Grace não se incomodava mais de escondê-la de Jacqueline. Pegou a pinça, mas sabia que teria de lixar a camada toda. A tinta já estava seca demais.

Grace raspou a madeira, grudando a pasta metálica sob a unha. Puxou o fio de cabelo. Era dela, caído do prendedor.

Hanna a encarava.

— Julie, o que você fez?

Grace abriu a boca e a fechou novamente. Eles iriam encontrá-la, sabia.

— Bem — começou. — Eu roubei da Wynne House primeiro.

VI
Garland

16

— O que quer dizer com não vai voltar? — Riley tinha lhe perguntado.

Estavam deitados em sua cama de solteiro na casa dos pais. No primeiro andar, a recepção anual de férias dos Graham estava a toda. Todas as três extensões da mesa de jantar foram necessárias para receber toda a comida: almôndegas de salsicha, biscoitos campestres com recheio de presunto, geleia de pimenta, molho picante de caranguejo. Grace enrolara os palitinhos de queijo com a sra. Graham na cozinha naquela tarde.

— Ah, minha Grace, como sentimos sua falta — ela tinha dito. — Fico muito contente de ter minha menina de volta por uns dias.

Grace inexplicavelmente chorara no seu ombro.

— Também sinto falta de vocês.

Ela só ficara fora duas semanas. Grace voara para casa, frenética e desesperada, no dia seguinte à partida de Alls. Precisava estar com Riley, segura, e isso era o máximo em que conseguia pensar. Não entregara nenhum trabalho final, e perderia as provas. Grace não tirara um B desde a sexta série, e seria reprovada no primeiro semestre da faculdade, mas isso não chegava nem perto de seu outro fracasso.

Na festa, o dr. Graham servia doses de whiskey sour da tigela de ponche com uma concha, nenhuma para si mesmo. Um anel de gelo cheio de folhas de azevinho flutuava no meio. O tio-avô de Riley, Gil, já tinha comido a maioria das cerejas ao marasquino; Grace o vira reabastecer a tigela furtivamente. Grace e Riley tinham circulado como casal, mãos dadas, para deixar que os convidados a vissem e comentassem como tinha mudado após apenas alguns meses em Nova York. Às vezes diziam, muito satisfeitos, que não tinha mudado nada. A tia dele, Holly, do bracelete de camafeu de ágata, a tratava como um enigma a ser solucionado. Estaria mais magra? Mudara os cabelos? As roupas estariam diferentes, porque *algo* estava. Grace se mexeu, desconfortável, lembrando de uma besteira que ouvira quando menina sobre virgens andarem de um jeito e não virgens de outro. Grace não era virgem havia muito tempo, mas estava certa de saber o que aquele *algo* era. Talvez, tia Holly concluiu com um sorriso malicioso, a mudança estivesse na postura de Grace. Ela estava se tornando uma jovem mulher. Grace se sentia como se estivesse novamente fazendo um teste, dessa vez para ficar.

Ela e Riley tinham fugido para o segundo andar quando os convidados chamaram a sra. Graham ao piano, onde estava então tocando canções natalinas, acelerando a cada verso até os cantores ficarem sem fôlego ao tentar acompanhar. As canções sempre terminavam em risos ébrios. O último cantor de pé recebia uma bala de hortelã no formato de porco amarrado por uma fita a um pequeno martelo. Riley e os irmãos nunca foram autorizados a ser os vencedores, mas ainda assim sempre cantavam na disputa, acelerando o ritmo, como falsos compradores elevando um preço em leilão. Grace podia ouvir Jim e Colin acelerando em uma versão trava-língua de "O Come, O Come, Emmanuel".

Ela e Riley olharam para as estrelas fluorescentes no teto do quarto dele.

— Não vou voltar — ela disse. — Quero ficar aqui, com você.

— E largar a faculdade?

— Posso começar em Garland no outono. Eu odeio lá. É esnobe, e as pessoas nem são tão inteligentes. Todo mundo está fingindo alguma coisa; você só precisa descobrir o que é. Não estou aprendendo nada lá que não pudesse aprender aqui.

— Bem, *isso* não é verdade. Eu faço faculdade e aqui e posso garantir que...

— Certo. Nada que eu não possa ensinar a mim mesma.

— Você não está fazendo amigos — ele disse. — Todos os que vão para a faculdade em outra cidade sem conhecer as pessoas têm dificuldade no primeiro semestre. Você só precisa se envolver mais, participar de clubes ou algo assim.

— Clubes? Você quer que eu entre para *clubes*? — reagiu, tirando a mão da coxa dele. — Você não me quer aqui ou o quê?

— Você sabe que quero você. Mas você deu duro pra isso, e não quero que desista...

— Desistir seria ficar lá, por cinquenta mil ao ano, infeliz, só porque as pessoas esperam isso de mim.

Ele grunhiu.

— É culpa minha. Você fica ao telefone comigo toda noite em vez de conhecer pessoas.

— Eu não quero conhecer pessoas — falou. — O quê, como se você estivesse conhecendo novas pessoas? *Você* está conhecendo novas pessoas?

— Aqui é Garland. Não há novas pessoas — ele disse, com uma careta. — Aconteceu alguma coisa?

Ela não tinha visto Alls desde que voltara para casa.

— Não, nada aconteceu. Mas tudo o que quero que aconteça está aqui, não lá.

— Sei que você estava tendo mais dificuldades do que dizia — falou. — Mas não sabia que estava tipo deprimida.

— Não estou deprimida! Só quero ficar com você, não com um bando de fingidos pretensiosos conversando sobre a diáspora aristocrática.

— Isso não é bom — ele disse, esfregando os olhos. — Eu deveria ir me juntar a você. Só estou em Garland porque é de graça, tenho de ficar na piscina infantil até me formar, mas depois poderei ir para o lado fundo com você — disse, rolando na direção dela e apoiando a cabeça no braço. — Você não deveria voltar para a piscina infantil.

— Você soa como um *deles*. Nova York não é o lado fundo dos Estados Unidos. Ela apenas acha que é.

Ele suspirou.

— Vou ficar — disse, tocando o nariz no dele. — *Você* é minha casa. Somos casados. Não deveríamos viver separados.

Ele passou um bom tempo calado, e ela soube, a cada segundo silencioso, que estava vencendo. Ele relaxou o cenho e eles se beijaram na cama como os adolescentes que eram, e quando a mãe chamou seu nome do primeiro andar eles se levantaram, ajeitaram as roupas e desceram para sorrir para os vizinhos.

No Natal, Grace comprou para Riley um suéter cinza e um livro sobre casas históricas. Ela os escolhera semanas antes, e na hora parecia cruel, como se debochasse dos gostos Garland dele, de seu conforto Garland. Alls cruzou a cozinha enquanto ela os embalava, e seu rosto ardeu. Ele seguiu em frente, saindo pela porta dos fundos. Não tinham conversado. Enquanto juntava os pedaços de papel para jogar fora, lhe ocorreu que ela e Alls sempre quiseram a vida de Riley, e qualquer desejo que Alls tivesse sentido por ela fora apenas uma extensão de sua inveja.

Eu sou a puta de Riley — pensou.

Ele não quisera Grace, mas a Grace de Riley, nem mesmo a Grace de Riley, mas a puta de Riley. Ele só quisera a puta de Riley.

Riley tinha ido pegar os presentes dela, escondidos na casa dos pais, e logo voltaria para lá. Ela deu os laços, enrolou a fita. Como tinha sido idiota. Estava envergonhada daquele desdobramento de sua infelicidade.

Você não consegue dois. Ela tinha sorte de ter um, sorte de ser o certo.

Naquela noite, Riley deu a Grace um estudo sobre Van Gogh que ela cobiçara no verão anterior. Ficou constrangida por isso. Van Gogh era apenas um patamar cultural acima das paisagens de contos de fadas iluminadas a lampião de Thomas Kinkade. Mas depois, Riley a presenteou com uma pintura sua, um retrato dela em aquarela. Seu rosto quase enchia o papel, se inclinando na direção do espectador. Estava nua, mas pouco de seus seios podia ser visto naquele ângulo. A pintura propriamente dita era clara e delicada, dezenas de camadas de finas aguadas.

— O que é isso? — ela sussurrou, passando os dedos pela beirada irregular do papel.

— É você. Da webcam. Uma foto da tela. Espero que não fique puta; você estava falando e a luz vagabunda do computador a deixou totalmente lavada; estava quase brilhando em branco, mas parecia...

Grace olhou atentamente para seu rosto. Ela devia estar totalmente perdida no que dizia; parecia muito distraída de si.

— Bonita — ele completou. — Você é sempre bonita.

Ela tinha certeza de que aquela ideia, um retrato sincero em aquarela da namorada com base em uma foto de tela de uma conversa por webcam, era a melhor coisa que Riley já tinha pintado, e muito além do que ela o achara capaz. Mas a pintura também era prova incontroversa de que era amada. Ele nunca, jamais, poderia saber o que ela tinha feito.

Por que era diferente o que sentia por Alls? Grace tinha amado muito Riley. Era uma especialista, uma artesã, nas artes gêmeas de amá-lo e ser amável. Como isso era menos honesto do que o outro sentimento, que parecia mais como se a linha em seu molinete estivesse girando para fora dela e não conseguisse impedir? Aquilo não parecia com qualquer tipo de amor que conhecia. A linha terminara, e o puxão a jogara por cima da amurada.

Grace tinha aprendido a dizer *eu te amo* quando era apenas uma criança; primeiramente para sua mãe e seu pai, depois para Riley. Crianças aprendem a dizer *eu te amo* antes de saber o que isso significa. Dizem *eu te amo* porque seus pais lhes dizem isso, e elas retribuem, um pequeno presente trocado. Ela pensara que o amor não era tão diferente daquelas outras verdades que se tornavam assim uma vez ditas. "Eu juro", "Eu desisto", "Eu os proclamo marido e mulher".

— Eu te amo — disse então a Riley, e falava sério. Sempre falara.

Grace só dormiu na casa dos pais na véspera de Natal e no dia de Natal, quando Riley dormiu na casa da família. Os gêmeos corriam para dentro e para fora da casa com botas de neve enlameadas com uma urgência de feriado escolar. Grace se esforçou para oferecer aos pais imagens alegres sobre seu semestre em Nova York, um pouco sobre o trabalho. Contou algumas histórias comportadas. O pai perguntou sobre a garota com os cabelos enlouquecidos.

Inicialmente não contou que não iria voltar. Não sabia como dizer, e logo veriam. Mas no dia de Natal, ficou sozinha na cozinha com o pai, que estava de costas e perguntou que aulas faria no período seguinte.

— Não vou voltar — contou. — Vou me matricular aqui.

Ele se virou, as mãos ensaboadas pingando.

— O quê? Por quê?

— É esnobe demais — falou. Podia jurar que ele parecera orgulhoso.

No dia seguinte ao Ano-Novo, ela foi novamente à casa dos pais para procurar talismãs em sua cômoda da infância: velhos retratos, bugigangas, presentes bobos que representavam quem tinha sido e quem deveria ter continuado sendo. Mal podia lembrar de sua vida antes dele, apenas a penumbra solitária da infância, então não conseguia se imaginar sem ele naquele momento. Era como ouvir que não deveria ligar para morrer, porque estaria morta. Se ela e Riley não ficassem juntos, ela deixaria de existir.

Encontrou fotos suas e de Riley quando ele ainda usava aparelho nos dentes, pequenos desenhos que tinha lhe dado nos versos de recibos, suéteres de algodão com nervuras tão tediosos que havia deixado para trás. Pegou tudo de que Kendall iria rir, tudo de que Lana sentiria pena. Talvez elas fossem cosmopolitas em um sentido cultural, mas eram mimadas pelos pais e seus recursos, e seriam para sempre. Grace era uma adulta fazendo a coisa adulta: admitindo a derrota e seguindo em frente.

Ouviu a voz da mãe atrás.

— Vejo que está juntando tudo.

Grace se assustou.

— Ah, oi. Só pegando algumas coisas velhas.

A mãe descruzou os braços para tirar um pelo do suéter dela. Grace não olhara de fato para a mãe em muito tempo, e ficou surpresa com quão juvenil — até mesmo suave — ela parecia. Colocara bobes no cabelo e tinha nas orelhas brincos de pérola rosados. Era difícil para Grace relacionar a mulher à sua frente com a imagem que tinha na mente, a garota festeira de Ocean City com cabelos descoloridos e decote bronzeado.

— Eu fiz o que você está fazendo — a mãe finalmente disse. — Quando estava grávida de você. Imaginei lhe mostrar coisas da minha infância, sabe?

Então por que não tinha feito isso? Grace queria perguntar: *Qual foi a primeira vez que eu a decepcionei? Quando você urinou na fita?* Grace tinha então a mesma idade da mãe quando Grace nasceu, e a mãe, vida descarrilada e para sempre ressentida, nunca pronunciara a frase *controle de natalidade* para a filha. Grace ficou imaginando se a mãe, em algum canto escuro da mente, desejara que *ela* ficasse grávida. Então ia ver só.

— Eu sabia que você iria crescer — disse a mãe. — Não que não achasse que iria crescer. Você sempre foi muito confiante.

— Não acho que isso seja verdade — Grace disse. Por *confiante* a mãe queria dizer *pretensiosa*.

— Você não precisava de mim — falou a mãe.

Como ela ousava, *naquele momento*? Grace pedira muito pouco aos pais. Basicamente se criara sozinha. E com ela crescida, a mãe iria culpá-la por isso.

— Você estava muito ocupada — disse Grace, os dentes cerrados. — Com os gêmeos, com trabalho.

A mãe balançou a cabeça. Os braços estavam cruzados, os olhos distantes.

— Você não precisava de mim. Mesmo quando era um bebezinho, era muito calma, muito razoável. Não ligava para quem a segurasse, se era eu ou não — contou, e deu um risinho. — Bebês não são razoáveis.

Sua mulher idiota e sem amor, Grace pensou.
— Lamento — Grace disse. Nada daquilo justificava discutir.

Grace não conseguiu um emprego em Garland tão facilmente quanto planejara. Todos os postos na faculdade estavam preenchidos por alunos que trabalhavam, e em janeiro nenhuma das butiques locais contratava. Grace não teria sido contratada de qualquer modo. Os negócios locais só contratavam parentes. Ela se candidatou a três galerias de arte próximas, citando seu único curso de história da arte, Arte Ocidental I, que sequer completara, como uma qualificação, bem como os quatro meses de experiência em um escritório de avaliação falso cujo e-mail ela inventou e tinha de monitorar pessoalmente. Não queria que ligassem para Donald. Não pediu ajuda a Riley ou aos Graham, que, de qualquer forma, estavam confusos com seu retorno. Conseguiria o próprio emprego, sem escrever *esposa secreta de Riley Graham* no currículo que deixou com a assistente de Anne Findlay, uma garota que parecia um pouco com Grace, porém mais feliz.

Na segunda semana de janeiro, ela foi contratada em meio expediente pela loja de departamentos T.J.Maxx em Pitchfield. Tinha de usar o carro de Riley para chegar lá. Ele não gostou de ela trabalhar na T.J. Maxx. Grace como caixa de descontos não se encaixava em sua visão.

— É um emprego. Minha mãe costumava trabalhar na T.J.Maxx — disse. Não sabia de onde aquilo tinha vindo. Era verdade, mas não era uma comparação do seu tipo.

— Você não é sua mãe — ele disse, e isso não podia ser discutido.

Riley tinha ganhado quase nove mil dólares na exposição de dezembro da galeria Anne Findlay. Grace não acreditou até ele mostrar o extrato do banco. Estava louco para gastar o dinheiro. Quando chegava em casa, ela o encontrava obsessivamente olhando carros na internet. Comprou um par de sapatos sociais de camurça brancos. Não conseguia poupar o dinheiro. Falava como se fosse, como em *é claro* que iria poupar o dinheiro, a *maior parte* dele, mas sua matemática era mágica.

— Você quer viajar? — perguntou. — Tipo férias de verdade. Como adultos.

— Para onde?

— Qualquer lugar. Qualquer lugar que queira. Paris. L.A. Xangai!

— Você quer? — ela perguntou, cansada.

— Sozinhos — falou. — Podemos nos hospedar em hotéis.

Era isso o que realmente o excitava — fazer reservas, assinar o nome.

Ela sabia que o estava decepcionando. Quem era aquela caixa de roupas de tricô cansada e derrotada que não sonhava com nada? Ela não podia explicar. Estava chocada com o quanto de si se tornara segredo para ele. Não ajudava que, quando ela e Alls se cruzassem no corredor, seu pescoço ficasse tenso por uma hora. Uma vez fora tomar banho logo depois dele e se vira segurando a toalha encharcada dele, respirando o vapor. Greg batera na porta para perguntar quanto tempo mais iria demorar. Estava nua e o chuveiro ligado, mas ainda não entrara no box. Sequer sabia quanto tempo ficara lá.

Mais de um ano tinha se passado desde que ficara de pé pela primeira vez naquele banheiro, sedada pelo vapor, e como se sentira culpada *então*.

Quando Riley lhe disse certa noite que tinha uma surpresa, por um momento Grace pensou que estaria prestes a puxar um anel de noivado. Em vez disso, desembrulhou uma lingerie, um bustiê de cetim vermelho com arremate de renda preta.

Ela ergueu o bustiê do papel pelas alças delicadas. Não entendia nada de lingerie, mas podia dizer pelo brilho macio do tecido e pela renda intrincada que aquilo tinha sido muito caro. Odiou o vermelho, mas sabia que lingerie de presente raramente expressava a estética de quem recebia. Enquanto olhava, Riley a observando do outro lado do corpete, se sentiu criticada por ele, muito sobriamente, mas de início não soube por quê. A calcinha fio dental combinando estava enrolada na caixa, uma tira de elástico flácido.

— É bonita — disse, porque não sabia o que mais dizer. Lingerie! Grace tinha dezoito anos, e o marido acabara de fazer vinte. Ela pensava em lingerie como algo para pessoas mais velhas, entediadas com os corpos e hábitos uns dos outros, tentando se enganar para ver algo diferente.

Ele precisava que ela fosse nova. Ela sentira tanto medo de perdê-lo pelo que tinha feito que negligenciara o resto. Ela o desapontara vindo para casa para cuidar dos carrinhos em um shopping de Pitchfield. Ao tentar parecer pura para *ser* pura, o entediara.

Ela sorriu — tímida, ele provavelmente pensou — e levou a caixa para o banheiro. A tampa do vaso tinha quebrado havia muito tempo, e ela equilibrou a caixa sobre o assento. Aquilo era quem ele queria que fosse. Passou o corpete pela cabeça, lutando para deslizar a cintura sobre as omoplatas. Ergueu e soltou os seios nos bojos costurados. Olhou por sobre o ombro para o espelho e ajustou a calcinha para que fizesse um arco perfeito nas nádegas, uma fenda escura de pêssego. Seu rosto parecia pálido e cansado demais. Esfregou os lábios e passou os dedos pelo couro cabeludo para soltar os cabelos, depois voltou para o quarto.

17

Entre turnos na T.J.Maxx, Grace lia como se ainda estivesse na faculdade, embora fosse tarde demais para impressionar alguém. Fora reprovada em três disciplinas por pura negligência. Não respondera a nenhum dos e-mails de seu conselheiro, um adjunto assoberbado que, de qualquer forma, ela só tinha visto uma vez. Sequer respondera às mensagens de Kendall. Imaginou Lana, olhos arregalados, descrevendo o "colapso nervoso" de Grace — ou isso era uma frase sulista?

Tentou ler seu gigantesco livro de história da arte, que custara noventa dólares, mas as palavras simplesmente se acomodaram ao seu redor, mortas como poeira. Em vez disso, enterrou a cabeça em Shakespeare, achando que finalmente entendia o histrionismo da traição, e velhos romances gordos que pareciam ser todos sobre mulheres condenadas, tanto as maliciosas quanto as enganadas. Sentia falta de trabalhar para Donald, de ampliar as fotos para encontrar lascas, arranhões e assinaturas, de localizar uma escova de cabelos de prata no tempo e no espaço. Donald e Bethany tinham enviado e-mails, e Donald ligara algumas vezes, mas Grace não atendera. O que poderia dizer? Que tinha sido demais para ela? Não tinha como explicar sua decisão sem se submeter à preocupação penalizada deles.

Ficou imaginando se conseguiria encontrar trabalho similar em Garland, mas sabia que estava se enganando. Não havia nada como aquilo ali.

O principal era ficar fora de casa quando Alls estivesse sozinho lá.

Ela sabia como soavam os passos dele, o rangido particular. Conhecia sua tosse. Sabia que não deveria ficar sozinha com ele. Nunca poderiam falar sobre o que tinha acontecido. Tinha de agir como se *não* tivesse acontecido; ela mesma tinha de acreditar nisso.

Havia sinais, se alguém pensasse em procurar. Grace e Alls raramente brincavam um com o outro, e quando Grace tentava provocá-lo na frente de Riley, ele não rebatia. Estava distante demais, sério demais perto dela — muito como alguém escondendo algo, pensou. Riley comentou isso certa noite, e Grace disse que Alls provavelmente estava um pouco infeliz com sua mudança para lá.

— Provavelmente destruí o clima masculino — disse.

— Não é como se você tivesse comprado apoios de copos ou algo assim.

Bem verdade. Grace era uma desleixada, e deixava pratos e embalagens vazias espalhados pela casa assim como os meninos.

— Posso surpreender você — disse, ansiosa para continuar com a brincadeira. — Criar um cronograma de tarefas domésticas.

— Incluindo gansos em um carrinho de mão — Riley disse. — Não, acho que ele sempre teve, sabe, uma coisa por você.

— O quê? — ela reagiu, o coração acelerando. — Sério?

— Ele é muito esquisito com garotas, e você está sempre por perto.

— Eu sou a *femme fatale* — ela disse. — Sempre por *perto* e tudo mais.

— Ah, para. Você sabe. Você é gostosa, não é idiota nem estridente, sabe beber. Você provavelmente é a única garota de que ele não tem medo.

— Obrigada, meu marido. Estou terrivelmente lisonjeada. Ele teve namoradas.

— Nunca por muito tempo.

Grace sabia que nunca iria deixar escapar, mas temia que Alls sim. Desejava saber o que ele estava pensando, se sua cabeça estava tomada pelo mesmo coquetel de culpa e desejo ardente que a sua. Aquela noite tremeluzia em sua mente, sem permissão, como as luzes piscantes do exame de vista para carteira de motorista: ali, depois ali, ali, ali, persistente, periférica. Certas noites, deitava na cama, desperta, sabendo que ele estava no quarto logo abaixo, fazendo o mesmo. Piores eram as noites em que estava em cima de Riley, olhando para baixo através dele, através da cama, através do chão, para dentro de Alls, e quase gritava seu nome. Ela o odiava por isso.

Começou a correr. Corria por toda Garland, procurando cartazes de emprego, qualquer sinal que pudesse usar para mudar de vida. Corria até saber que ele tinha saído. Depois ia para a casa seguramente vazia para tomar banho antes de seguir para a T.J.Maxx.

Ela estava correndo ao redor da Wynne House certa manhã e parou para tomar água no bebedouro junto ao escritório. Olhou para a mansão branca de quatro colunas cercada por álamos enquanto tomava fôlego. Não tinha entrado na casa em anos. A Wynne House tinha sido muito normal e tediosa para ela quando criança. Então se deu conta de que a casa estava cheia de antiguidades que tinham adquirido um novo interesse. Tocou a testa e cheirou sob os braços. Estava adequada para entrar. Era apenas Garland.

Uma senhora estava sentada junto à porta da frente lendo um livro de Thomas Friedman em tipologia grande. Grace a assustou.

— Ah, olá! — disse a mulher. — Quer fazer a visita?

— Sim. Mas eu estava correndo, e não tenho nenhum dinheiro...

— É só a sugestão de uma doação — disse. — Pode fazê-la da próxima vez que vier.

— Obrigada — Grace disse. — Farei isso.

A mulher se levantou. Chegava apenas ao queixo de Grace. Vestia calça azul-escura de poliéster e um suéter com peras. Começou, cruzando as mãos.

— Bem. Primeiro quero dar as boas-vindas a Josephus Wynne Historic Estate. É sua primeira visita?

Grace balançou a cabeça.

— Bem, a propriedade foi construída em 1804 e reformada pela família em 1824 e 1868. Pertence a Wynne Trust desde 1951, e em 1960 passou por uma breve reforma para ser aberta ao público. São dessa época as cordas de veludo e tudo mais. Josephus Wynne foi um dos personagens mais importantes da história do Tennessee, e *o* mais importante em toda a história de Garland. Foi juiz, político e um hábil orador, e membro do Whig Par... — interrompeu, começando a tossir. — Desculpe-me. Ele era do partido Whig.

Ela conduziu Grace pelos aposentos, contando sobre a guerra entre Estados Unidos e México, modos à mesa no século XIX, a Tarifa das Abominações e tuberculose, mas a atenção de Grace estava voltada para as coisas. A mobília era basicamente em estilo American Empire e Sheraton com um pouco de Hepplewhite, embora ainda não soubesse disso. Queria informações sobre o que via, mas a guia sabia pouco sobre as peças propriamente ditas. Grace perguntou sobre a secretária de bordo com veios, e a guia apenas anuiu e disse:

— Sim, todas as peças são originais de época, embora não necessariamente da família, a não ser as frutas de cera.

Grace observou a mesinha lateral de mogno com pés de bolota, o espelho trumeau com relevo de guirlandas, a banqueta bordada. A guia continuava a falar: Duas mil pessoas passam pela Wynne House todo ano, as visitas são guiadas por voluntários da comunidade e a propriedade abriga uma das mais importantes coleções de relógios franceses de porcelana do século XIX de todo o sudeste dos Estados Unidos.

Duas mil pessoas por ano? Isso era menos da metade das pessoas que entravam no MoMa em um dia.

Mesmo anos depois, quando Grace pensava naquela primeira visita à Wynne House, tinha certeza de que não tivera maldade. Mas voltou três dias depois, com uma câmera.

Daquela vez, mais quatro pessoas faziam o passeio, um casal com os filhos adolescentes. Tinham parado em Garland a caminho de Memphis para ver parentes, uma visita que evidentemente desejavam postergar. Grace tirou fotos de todos os aposentos de todos os ângulos, e o guia, dessa vez um homem na casa dos setenta anos com suéter amarelo, ficou encantado com as perguntas informadas de Grace, e ela ficou grata por sua reação. Aprendera muito trabalhando para Donald. Estudando as fotos naquela noite ela ficou excitada pela primeira vez desde que voltara para casa. Levaria meses para identificar tudo na Wynne House.

— Mas pra quê? — Riley perguntou quando ela já tinha três noites de pesquisa. — O que vai fazer com isso?

Grace deu de ombros.

— Apresentar um relatório a eles, acho.

Talvez o pessoal da Wynne lhe desse um emprego. Talvez quisessem um pesquisador. Será que sabiam, por exemplo, que a tigela de prata que continha as frutas de cera era uma John Wendt, provavelmente de seus primeiros anos em Boston, e que Wendt se identificava como "gravurista em prata", um termo para o artesão de metal que usava as técnicas do *repoussé* e gofragem? Alguém *queria* saber disso? Ou que mesmo a fruta de cera era meio importante, e não exatamente contemporânea? Que os cabos curvos das maçãs indicavam que tinham vindo da Rayhorne Table-Effex, uma fabricante de objetos decorativos de meados dos anos 1970 que fornecia todas as frutas de cera para os hotéis Four Seasons? E que a companhia fechou as portas em 1981 quando a agência de proteção ambiental descobriu que tinha jogado toneladas e mais toneladas da substância tóxica DDE em um rio local? E que a fruta de cera, que originalmente tinha sido vendida por oitenta centavos de dólar cada, passara a render mais de trinta dólares por uma simples banana?

Quem ligaria?

Durante algumas semanas após Anne Findlay ter assinado seu cheque, Riley se sentira especial, superior aos outros alunos de arte. Ele era uma celebridade local que não seria local por muito mais tempo. Mas em janeiro, Findlay tinha um novo artista em sua galeria, e Riley era novamente um estudante. Grace, que normalmente o consolava, estava à deriva demais para cuidar do seu ego. Ele começara uma nova tela, do tribunal, para desalento silencioso de Grace. Mas suas recentes convicções sobre as ideias e experiências da obra de arte pareciam então histéricas e esnobes. Olhou para o retrato em aquarela que ele pintara dela, delicadamente preso com fita na parede do quarto, e se sentiu impotente.

Riley se instalou em meio a suas telas como sempre tinha feito. Sentava no porão, em meio aos detritos de festa e a bicicletas montadas pela metade e abandonadas, com luminárias apontadas para si de quatro direções. Escutava Les Claypool e se inclinava para a frente na cadeira, murmurando para si mesmo ou para a tela, sustentando uma longa conversa de baixo risco que sempre terminava em acordo. Grace se esgueirava para baixo a pretexto de procurar algo e o observava enquanto ele fumava e falava sozinho. Ela o via pintar as luzes em um trecho de calçada ensolarado e tentava acreditar.

Fazia sanduíches para ele.

Limpava seus pincéis.

Repetia esses exercícios amorosos, desesperada por um sinal de clemência divina.

Em uma noite de fevereiro, Grace chegou em casa da T.J.Maxx, onde ficara até tarde limpando o leite achocolatado grudento que uma criança derramara nas araras de bolsas, e encontrou um Jaguar preto na rampa da garagem. Riley tinha comprado o carro de um vendedor de Knoxville por capricho e seguindo o conselho de Greg de que só se vive uma vez. O Jaguar tinha doze anos e 224 mil quilômetros rodados. Ela e Riley haviam tido uma dúzia de conversas brincalhonas sobre o que ele poderia comprar com o dinheiro de Findlay (um flutuante, um cachorro premiado), mas ela não se dera conta de como ele realmente era suscetível a ideias de merda.

Apanhada assim de surpresa, infelizmente foi exatamente isso que disse a Riley.

— O quê, acha que eu não a deixaria dirigir até o T.J.Maxx?

Ele não quitara o carro. Tinha gastado nele tudo o que restava do dinheiro de Findlay e feito um empréstimo na hora para o restante, por volta de quinze mil dólares. Sabia que tinha cometido um erro, mas não iria admitir. Grace estava constrangida por ele. Tinham se tornado muito infelizes, e os fracassos superficiais, por menores que fossem, pareciam enraizados demais para se exprimir. A decepção grudava no fundo de suas gargantas como comprimidos engolidos de lado.

Ele vendeu o Volvo a uma estudante grávida de Lexington e usou os mil e trezentos para abater o empréstimo automobilístico. Grace então teria de ir de Jaguar a Pitchfield. Ela estacionava longe da frente do shopping, para evitar que seus colegas o vissem.

Menos de duas semanas após Riley ter comprado o carro, Grace voltava do trabalho para casa, fazendo responsáveis noventa quilômetros na Dry Valley Parkway pouco depois das seis horas quando de repente se viu aparentemente suspensa no ar quando sua velocidade abruptamente caiu para a de uma bicicleta. Ela enfiou o pé no acelerador, depois levantou o pé novamente, gritando, ao ouvir o que de modo impossível soava como uma explosão. Uma larga picape branca colou atrás dela, a buzina berrando na pista de mão dupla, e Grace puxou o volante totalmente para a direita, escorrendo para o acostamento como melado que se espalha. A picape passou para a pista contrária, não a acertando por pouco.

Ela não queria abrir o capô, pois sabia que uma adolescente sozinha em uma estrada rural ao anoitecer com o capô levantado poderia atrair atenção nada caridosa, para dizer o mínimo. Trancou as portas, enfiou um dos chapéus de Riley sobre os cabelos e afundou no banco para ligar para ele. Viu as colunas grossas de fumaça saindo do capô e rezou para que aquilo não fosse culpa sua.

Riley chegou lá quarenta minutos depois com Alls, dirigindo o carro de Greg. Já estava um breu, e gelado.

— O que aconteceu? — Riley gritou.

— Nada! — respondeu. — Eu não fiz nada. A luz do motor não estava acesa. Tudo estava bem!

— Jesus. Você sequer deu uma olhada?

— Eu *não posso* — falou. — Sou uma *garota*.

Isso não era nada do que ela queria dizer. Ele bufou.

Alls não os estava observando. Já tinha levantado o capô.

— Está sentindo o cheiro? — perguntou. — Olhe aquele buraco, cara. Você não vai querer saber.

O carro tinha partido um eixo de pistão. Havia um buraco no bloco. Grace não sabia o que isso significava, mas podia ver claramente o buraco. Era do tamanho de uma lata de Coca. Riley não acreditou em Alls, nem quando ele mostrou, mas Alls disse que de qualquer forma consertar aquilo estava acima de sua capacidade.

Pat, o mecânico que os Graham sempre chamavam, disse que estavam olhando para pelo menos dois mil e quinhentos dólares, e que isso era preço para amigos e família.

Riley se curvou para a frente, mãos nos joelhos, grunhindo e rindo ao mesmo tempo.

— Ainda tem o Volvo? — Pat perguntou.

Grace balançou a cabeça. Riley também, mas para os sapatos.

— E de quem você comprou isto? — Pat perguntou. — Isso acontece quando o óleo não é trocado.

Rebocaram o carro para casa, onde ficou na rampa como um grande besouro morto. Ele concordou em vender, mas não houve compradores. E ela não tinha mais como ir ao T.J.Maxx. Cada um deles tinha conseguido uma coisa que desejavam.

Pouco depois, o pai de Greg cortou seu dinheiro. Grace soube que o sr. Kimbrough ameaçara isso no começo do semestre: Greg estava destruindo sua chance de cursar direito, e, se não conseguisse uma nota B naquele período, os pais iriam "suspender seu apoio". Grace soube depois em que grau as famílias Graham e Kimbrough tinham subsidiado o aluguel e os serviços da Orange Street, onde ela, Riley e Alls pagavam apenas 150 dólares por mês. Greg não levara os pais a sério.

Se as coisas não tivessem acontecido assim, uma em cima da outra, e se todos não tivessem ficado tão perdidos e distantes de seus planos, cada um poderia ter superado. Nenhum deles podia dizer à família o que tinha dado errado. Seus problemas eram juvenis demais, constrangedores demais. Grace sabia que só podiam culpar a si mesmos — tinham ficado relaxados demais. Com a exceção de Alls, que ela desprezava por diferentes razões, os meninos não tinham se dado conta de como tinham sido isolados pelo privilégio. Ela também.

18

A pesquisa era a única satisfação de Grace, e podia fazer isso na segurança de seu quarto, evitando Alls e também Greg, cuja falta de educação habitual se transformara em uma inesperada grosseria. Nunca antes estivera quebrado. Riley não era mau, apenas estava confuso. Achara que seu otimismo era uma qualidade pessoal, não consequência de sua criação. Sem isso estava totalmente perdido.

Havia três gravuras de Audubon emolduradas na Wynne House, todas elas de aves canoras, então Grace fez uma cuidadosa tabela de valores de Audubon. Pinturas originais, claro, eram as mais valiosas, depois desenhos completos mas não pintados, a seguir esboços e gravuras de edição limitada, com edições em massa na base. O dr. Graham tinha em seu escritório alguma coisa de Audubon emoldurada — não estava certa se uma gravura ou pôster —, faisões e codorniz. Perguntaria sobre isso; ele gostaria.

Ela esperava, embora odiasse admitir até para si mesma, que essa pesquisa pudesse ajudá-la a identificar tesouros em vendas de garagem e mercados de pulgas, como as pessoas no programa *Antiques Roadshow* que se viam milionárias depois de comprar uma "imagem bonita" por vinte dólares. Quem não esperava que algo assim lhe acontecesse? Em vez disso sua pesquisa a levou a uma velha matéria sobre uns universitários de Lexington que tinham roubado livros raros e esboços originais de Audubon da biblioteca da faculdade e tentado vendê-los na Christie's. Ela riu, sentindo ao mesmo tempo encanto pela ousadia e pena por seus erros. Se você ia fazer algo assim não devia roubar *arte*. Roubar uma coisa única era roubar um mecanismo de rastreamento. E eles tinham atingido o bibliotecário com um taser. Os ladrões haviam sido apanhados em semanas.

As colheres que ela resgatara do espólio da solteirona do Upper East Side — esse era o tipo de coisa que você devia roubar. Eram raras o bastante para valer algo, mas seriam fáceis de vender sem levantar suspeitas. Sem violência, recursos ou experiência era possível levar tesouros não protegidos e não apreciados. Prata. Pequenos relógios. Gravuras assinadas, mas não numeradas. Não era possível roubá-las de um museu, com seus longos registros e seguranças, ou mesmo de uma biblioteca. Não da casa de alguém, onde as heranças de família sumidas seriam choradas. Não de uma loja. Seria melhor levá-las de algum lugar como a Wynne House.

Ela procurou falhas em seu raciocínio. Tinha de haver alguma; do contrário casas históricas por todo o país seriam tratadas como caixas eletrônicos. Mas não conseguiu encontrar nenhuma. Seu pulso acelerou.

Grace talvez pudesse conseguir um emprego limpando o lugar e colocar uma coisa no bolso de cada vez. Mas quando algo sumia, as pessoas sempre acusavam a faxineira ou a criança pobre. Ela não conseguia se ver como qualquer das duas.

Às três da tarde, Grace vestiu uma saia plissada com fundos bolsos laterais internos.

Caso encontrasse um dos mesmos guias, simplesmente faria o passeio novamente, fingindo ser para a faculdade, e iria embora.

Foi até lá de bicicleta, a apoiou em uma macieira e andou até a porta. A senhora que a abriu era uma mulher que reconheceu da igreja dos Graham. Grace não sabia seu nome, e a mulher não a reconheceu.

Seguiu a guia pelos aposentos, anuindo e sorrindo, fazendo anotações em seu caderninho. A biblioteca era de longe a sala mais cheia de coisas. Retornar àqueles aposentos após tê-los estudado em fotografias era assustador, como voltar a um lugar onde você viveu anos antes. Tudo parecia ao mesmo tempo melhor e pior em três dimensões. Na escrivaninha havia um tinteiro de bronze em forma de leão. Grace imaginou como ficaria em seu bolso.

A guia apontou para o jardim de peônias do lado de fora.

— Elas florescem em maio e junho. Mas este ano o inverno tem sido quente, e estou temendo que...

Então se inclinou para a frente, o nariz quase tocando o vidro, e a mão direita de Grace se afastou rapidamente do corpo para o tinteiro de bronze, que era muito mais pesado do que esperara. A guia se virou e sorriu.

— Desculpe, achei ter visto um coelho. Eles causam danos terríveis aos brotinhos de primavera, e às vezes no meio do dia. Uma ousadia!

O bronze estava pesado na coxa de Grace, e ela temeu que puxasse para baixo a cintura da saia. Ainda tinha o caderno na mão esquerda. Passou um braço sobre o outro e disse à guia que os coelhos no quintal dos pais quase comiam sua mão. Elas balançaram a cabeça juntas.

Do lado de fora, Grace montou na bicicleta e colocou o bolso do vestido pendurado entre as coxas em vez de do lado de fora, e pedalou para casa lentamente, o volume frio e pesado balançando abaixo, os ouvidos latejando com a excitação do que acabara de fazer.

Alls estava em casa, comendo cereal no sofá e vendo uma reprise de *Seinfeld*.

— Oi — disse, sem erguer os olhos.

— Oi — Grace respondeu, animada demais.

— O que tem aí? — perguntou, apontando com a cabeça para um lado da saia, que pendia mais de sete centímetros abaixo do outro. Na vez seguinte precisaria de um receptáculo melhor. Tirou o tinteiro. Ela se sentiu melhor do que sentira em meses; bem o bastante até para olhá-lo nos olhos.

— Consegui no Lamb's. Sessenta por cento de desconto — disse, e pousou o tinteiro na mesinha de centro. O leão tinha uma cabeça exagerada sobre um pequeno corpo de filhote em uma base quadrada de mármore. Ela levantou a tampa, o alto da juba do leão, e olhou dentro do recipiente. — Está vendo, é onde você coloca a tinta.

— Qual tinta?

— *A tinta* — ela respondeu. — Vou ter de colocar alguma outra coisa.

— Erva — ele disse, mastigando virado para a tela da TV. Sempre que se viam sozinhos ele era resolutamente grosseiro.

O tinteiro estava pousado em uma conta aberta. Grace a pegou.

— Você nunca mais está em casa — ela disse. Era a conta do seguro do carro de Alls.

— Preciso de outro emprego — falou.

— Estão reduzindo suas horas? Por isso está em casa no meio do dia?

Ele anuiu.

— Eu preciso de dezoito horas por semana, e só consigo doze com meu cronograma de treinamento. Mas eles me pagam dezesseis por hora, e não vou conseguir nada melhor que isso por aqui.

— Tem tempo para um segundo emprego?

— Esgrima são trinta e seis horas por semana, mais viagens. As aulas são dezesseis, mais trabalhos. É verdade que estou me permitindo o luxo de dormir quarenta e duas horas por semana. Talvez haja alguma gordura para cortar nisso — falou, esfregando os olhos.

— Por que não faz um empréstimo? — perguntou a ele.

— Nunca vou dever nada a ninguém.

— Mas você não pode...

Ele revirou os olhos.

— Se estiver bem para você, madame, eu preferiria não entrar em detalhes.

— Quer conversar?

— Acabei de dizer que não quero.

— Quero dizer, sobre alguma coisa.

Aquilo era idiota, aquele afago na mão. Ele acharia que era o que ela estava fazendo, mas se sentia generosa e ousada. Queria sussurrar: *Olha! Acabei de roubar isto da Wynne House! Nada é tão ruim quanto parece!*

Os olhos dele estavam vazios de raiva e piscando rapidamente.

— Não, não quero. Você não é minha namorada, Grace.

— Sei que não, mas sou sua amiga, e...

— Não — ele disse, se levantando. — Faça-me um favor, certo? Não tente fazer com que me sinta melhor. Nem mesmo fale comigo.

Alls então lançou um olhar de repulsa tão devastador que ela não conseguiu dizer uma só palavra.

Foi para seu quarto e fechou a porta.

Disse a Riley que tinha pago apenas doze dólares pelo tinteiro.

— Acho que poderia valer alguma coisa — ela falou.

Ela limpou uma poeira gordurosa e escura da boca aberta do leão com o mindinho. Fora do contexto histórico da casa Wynne seu valor parecia questionável.

— Caso esteja errada podemos guardar erva nele — Grace sugeriu. — Mas não acho que esteja errada.

Ela venderia o tinteiro e o ajudaria, e então ele veria que não tinha desistido. Apenas redirecionara suas ambições e recuperara sua inteligência, sua disposição, seu encanto. Não seria diminuída por voltar para casa, mas transformada.

Mas após procurar informações na internet e na biblioteca da faculdade de belas-artes de Garland, não conseguiu atribuir um valor ao tinteiro. Não encontrou marcas de identificação, e os materiais não lhe diziam nada. Mesmo as cabeças de prego na base eram inconclusivas. E se tivesse roubado algo idiota? E se os guias de Wynne tivessem arrancado a etiqueta dourada de *Made in China* antes de colocá-lo na escrivaninha? Ela nunca tinha ficado de mãos vazias.

Ligou para Craig Furst. Não podia ligar para Donald; teria de explicar coisas demais. Sabia que Craig tinha gosto para coisas de "cavalheiro" — mata-borrões, estojos de barba, cabideiros, umidificadores.

— Grace! — ele disse. — Como você *está*?

— Estou bem, obrigada. E você?

— Ah, bem, bem. Indo para Boston fazer uma propriedade enorme amanhã, provavelmente levarei três dias só para fotografar tudo. Coleção enorme. Aristocracia desconectada, se me entende. Estão desesperados para legitimar. O que tem feito? Donald está acabando com você? — perguntou, com um risinho.

— Não, na verdade não — respondeu, aliviada por ele sequer saber que tinha partido.

— Ah? Acha que ele, e sua faculdade, claro, poderiam dispensá-la por alguns dias? Você sabe que adoraria ter uma assistente comigo.

— Eu também adoraria — Grace disse. — Mas não estou em Nova York no momento. Tive uma morte na família.

— Lamento muito. Não era alguém muito próximo, espero.

— Meu avô — mentiu. — Estava doente havia algum tempo.

— Lamento terrivelmente ouvir isso — disse, e soou como se fosse sincero.

— Isso vai soar grosseiro, mas é meio o motivo pelo qual estou ligando. Ele me deixou algumas coisas, e na verdade tem sido divertido descobrir o que são, onde ele as conseguiu, rastrear tudo.

— Grace, você está avaliando sua herança? — perguntou, dando uma risada conspiratória. — É um vício, eu sei.

— Apenas as informações — disse rapidamente. — Eu só quero saber onde...

— Hã-hã — ele falou.

Ninguém nunca admitia o desejo de vender heranças de família, não de início. Era exigida uma série de passos antes de chegar a esse ponto — chorar o morto, descobrir seus tesouros, "aprender sobre eles", fingindo surpresa ou disfarçando decepção, e então, só então, vender tudo discretamente.

— O que você tem aí? — ele perguntou.

— Um tinteiro. Nenhuma marca, nenhuma gravação, nada. Um leão de bronze com base de mármore, uns doze centímetros de altura. O leão tem olhos de vidro e você levanta o alto da juba para chegar à tinta.

— Um leão! Que encantador. O recipiente de tinta é de vidro ou cerâmica?

— Porcelana, acho. E muito irregular, não foi feito à máquina. Acho que poderia ser do século XIX.

— Assim parece. Poderia ser austríaco, talvez francês. Pode me mandar uma foto?

Disse que mandaria, e ele a convidou para um café quando voltasse. E então, logo depois de ter agradecido novamente, e pouco antes de desligar, ele perguntou por que não consultara Donald.

Claro que se espantaria com isso. Poderia ter dito que tinha consultado Donald e ele não soubera, mas claro que Craig provocaria Donald por isso.

— Perguntei sobre outra peça. Não quero ser impertinente pedindo consultas gratuitas.

— Rá! Bastante justo — ele disse.

O leão não tinha marcas exatamente por ser tão especial. Craig Furst disse que o tinteiro era austríaco, anos 1860; o interior de porcelana era o que entregava, e ele nunca tinha visto uma peça como aquela. *Normalmente*, escreveu, *os motivos animais "poderosos" em tinteiros estão de pé, parecendo predadores e masculinos etc. Mas seu leão, sentado, parece... bonitinho. Os olhos de vidro são realmente selvagens. Seu avô era um grande sentimental? (E não que você tenha perguntado, mas diria que entre 800 e 1.100 dólares no varejo.)*

Grace ligou para uma loja de antiguidades em Nashville, a primeira de boa aparência que encontrou. Disse o que achava ter e perguntou se estavam interessados, e estavam. Poderia mandar uma foto?

Claro, quase disse. Mas então se deu conta de que já tinha fodido tirando uma foto para Craig. Havia então um rastro, embora curto, indo diretamente para seu e-mail.

— Vou estar na área neste fim de semana, e posso levar.

No dia seguinte, pegou um ônibus da Greyhound para Nashville e vendeu o tinteiro de leão por 655 dólares. Deu as boas novas a Riley quando chegou em casa, insistindo em que pegasse o dinheiro para pagar ou consertar o carro, qualquer que fosse a prioridade.

— Somos casados. Seus problemas também são meus problemas.

Se Grace pudesse confiar na visão ruim e na consistente amnésia dos guias, teria roubado a Wynne House todos os dias, um pequeno *objet* de cada vez. Ela se sentia afiada e no controle. Ajudara Riley e não ferira ninguém. Mas já tinha estado lá três vezes. Não poderia voltar novamente.

Odiava ter mentido a Riley sobre como conseguira o tinteiro. Como tinha sido idiota e desnecessário — aquela mentira a corroía, outro pecado a purgar sem que ele soubesse. Não costumava mentir para ele. Havia *uma* coisa que nunca poderia lhe contar, mas essas pequenas mentiras tinham que acabar. Sabia que a deixavam mais solitária, erguiam uma parede entre ela e Riley, ou entre o que tinham no momento e o amor que costumavam ter, alguns tijolos mais alta a cada vez que contava uma. E Riley teria *adorado* a ideia de roubar peças de escritório da Wynne House. Teria se entusiasmado.

— Tenho que contar uma coisa a você — disse na cama na noite seguinte. — Não se preocupe.

— Oh-oh — ele reagiu.

— Eu não comprei aquele tinteiro no Lamb's — disse com um sorrisinho, se virando para encará-lo no escuro.

— Não?

— Eu o roubei — contou. Ele a encarou, esperando, certo de que não ouvira direito. — Roubei da Wynne House. Fiz um passeio...

— De novo? Outro passeio?

— Outro passeio, e o peguei. A guia não estava olhando, e simplesmente... peguei.

— Meu Deus. Por quê?

— Para você poder pagar o carro. E para ver se conseguia, acho. Para ver o que aconteceria.

Tentou soar descarada, brincalhona, mas soou errado. Tinha dito tudo errado.

Ele se sentou e acendeu a luz.

— Aquela coisa toda simplesmente ali e ninguém dá a mínima para aquilo, e... O quê? Achei que você iria... — tentou, mas a voz falhou. Iria o quê? Dar os parabéns?

— Iria o quê?

— Não sei — ela falou. — Não consigo dizer.

— Qual é o seu problema?

Ela engoliu em seco.

— O que quer dizer?

— Nos últimos tempos você simplesmente... não está sendo você mesma. Na verdade, está realmente estranha. Irresponsável.

— Desculpa, Riley, mas não há muito pelo que ser responsável. Eu me levanto, não tenho nada pra fazer, leio, corro, procuro empregos, espero por você...

— Quero dizer, imaginei que estivesse deprimida por causa da faculdade, mas você não me conta o que deu tão errado lá...

— Eu fui expulsa — disse, com raiva. — Fui reprovada em três das quatro disciplinas e a quarta me deu um B, mas não tenho ideia de por quê — contou, e fechou os olhos.

— Ah, meu Deus. Por que não me contou?

— Que porra iria dizer? Não há um bom motivo. Não há desculpa. Simplesmente aconteceu. Consegui aquele emprego, me envolvi demais, e me esqueci de que a faculdade era, sabe — falou, e deu de ombros, desajeitada, já que ainda estava deitada —, o motivo pelo qual eu estava lá.

A verdade era ainda mais humilhante dita em voz alta. Ela adorara a proximidade que o emprego lhe dava de objetos preciosos — eles lhe serem confiados, de certa forma. Desde que podia se lembrar, ela estudara como parecia aos olhos dos outros, mas se tornar a avaliadora? Ter o poder de avaliação, aprovação, rejeição? Rebaixar uma velha cadeira em algumas centenas de dólares lhe dera prazer. Tudo para Donald, por treze dólares a hora, ostensivamente para ajudar a pagar uma faculdade que lhe custava 302 dólares por dia, muitos dos quais ela faltara para trabalhar.

Começou a chorar e tentou continuar falando com a garganta que se fechava.

— Eu não podia contar a ninguém. Simplesmente é patético demais.

— Meu Deus. Você deveria ter me contado — ele falou, a puxando para si, e ela chorou em seu peito.

— Não queria desapontar você.

— Isso teria explicado muito. Achei que estava infeliz comigo.

— Não — gaguejou. — Eu nunca ficaria infeliz com você.

Ele suspirou e acariciou sua cabeça, e lá ficaram deitados se recuperando, o que perdoava e a perdoada.

19

Ninguém quis o carro de Riley. Ele se sentira muito abonado quando o comprara, admitia: não conseguia imaginar não ter *mais* dinheiro. Achava que venderia uma pintura todo mês, que as comissões continuariam a chegar. Mas satisfizera as necessidades de Garland mais do que pretendera.

Concordaram tacitamente em revisar suas memórias da discussão sobre o tinteiro para um ajuste de tom. Riley estava determinado a rir — do tinteiro, de si mesmo. Apontou para os objetos nas fotos que Grace tirara da Wynne House, fazendo uma versão de *The Price Is Right*.

— Quanto por aquele? Três mil? Quatro? Pena que não caiba no bolso.

Ela então soube como tinha ferrado tudo. *Ele* sempre fora o malandro. Ela deveria se fazer de boazinha. Poliana olhando por cima do ombro para localizar pais, professores e policiais. Tirar alguma coisa da Wynne House deveria ter sido ideia dele. Se Riley estivesse com ela no passeio naquele dia, Grace poderia ter erguido uma sobrancelha e ele teria colocado o leão no *seu* bolso, e depois teria se vangloriado enquanto ela fingia censurá-lo. Era como funcionavam; conheciam seus papéis, e ainda assim ela não tinha visto seus limites até então. Prometeu fazer melhor. Todo casal tinha um momento ruim de tempos em tempos. Ela faria com que superassem.

Em uma noite de terça-feira no final de fevereiro, Grace estava tomando sorvete de baunilha na sala de estar dos Graham depois de jantar com Riley, seu irmão Colin, o dr. e a sra. Graham. Estavam todos conversando sobre basquete, ou tinham estado, e Grace se perdera imaginando seus dentes no ombro de Alls, a nudez do seu olhar e (Deus, que injusto lembrar disso tão bem) o modo como ele descera o rosto por sua barriga até entre suas coxas para separá-las.

— Gracie e eu estamos entediadas — disse a sra. Graham, despertando Grace de seu sonho acordado. — Vemos vocês mais tarde.

Fez um gesto com o dedo para que Grace a seguisse.

A sra. Graham levou Grace para o quarto principal no andar de cima e fechou a porta.

— Eles falam, não é mesmo? — perguntou, indo na direção do closet. — Gracie, me diga, como você *está*?

— Bem — respondeu Grace, engolindo em seco. — Aliviada por estar em casa.

Desde que voltara, ela evitara ficar sozinha com a sra. Graham, temendo que a mãe de Riley de algum modo *soubesse*, que olharia para Grace e veria exatamente o que estava escondendo.

— Sei que vocês dois devem ter sentido uma falta medonha um do outro — falou a sra. Graham. — Nunca ficaram separados antes.

Então aquela seria a conversa.

— É. Achei que podia imaginar, mas simplesmente não podia. Quero dizer, não queria.

— Sabe, Dan e eu não fomos para a faculdade juntos. Ele ficou em Garland, mas meus pais me mandaram para Sweet Briar. Ele ia de carro todo feriado prolongado, mas era muito difícil. Bem, você sabe.

— Sei que deve ser difícil, e que devo fazer de qualquer forma — Grace disse. — Mas não acho que consiga. Talvez por causa do lugar para onde fui... Talvez fosse diferente se tivesse ido para Vanderbilt ou Sewanee. Simplesmente não consegui encontrar meu...

Ela desistiu. *Eu fiz sexo com Alls*, se imaginou dizendo. *Eu fiz sexo com Alls, e sou casada com seu filho.*

Grace pensara que a sra. Graham tinha ido ao closet pegar um suéter ou lhe mostrar algo que comprara, mas Grace viu então que a sra. Graham estava apenas ajeitando uma fileira de camisas nos cabides, olhando para os colarinhos em vez de para Grace.

— E era cara demais — Grace disse em voz baixa.

A sra. Graham se virou segurando uma blusa verde-clara. Seu primeiro nome era Joanna, mas Grace nunca a chamara assim, e embora secretamente pensasse na sra. Graham como sua verdadeira mãe, não se imaginava a chamando de nada que não sra. Graham.

A sra. Graham examinou o colarinho da blusa.

— E eu não sei? — disse, com um olhar distante. Sorriu. — Querida, lembra-se do Dia de Ação de Graças, quando Dan lhe deu um dinheiro para entregar a Riley?

As mãos de Grace estavam sob as coxas. Enfiou as unhas no jeans.

— Que dinheiro?

— Ele lhe deu um envelope com dinheiro dentro — falou, com cuidado. — Para o material de Riley.

Eram trezentos dólares em dinheiro, notas de cinquenta novinhas. Grace quisera dar a Riley, mas não o fizera. Usara para o presente de Natal dele e algumas outras coisas; mal conseguia se lembrar no momento.

— Não lembro — disse Grace, as têmporas ficando quentes. — Ele fez isso?

— Sim, cerca de trezentos dólares — falou, e pareceu não saber o que dizer em seguida, e nem Grace. — Disse a ele para não colocar dinheiro, para o caso de se perder ou algo assim. Mas ele não queria que Riley tivesse de ir ao banco, já que estava trabalhando todo tempo para a exposição.

Ela voltou ao closet e pendurou a blusa.

— Eu não o abri — disse Grace, tentando ganhar tempo. — Provavelmente ainda está no bolso do casaco.

Grace tinha dado seu último pagamento a Riley. Não tinha como conseguir esse dinheiro até achar outro emprego, mas se pudesse simplesmente adiar...

— Ah, seu casaco de inverno? Lá embaixo? — reagiu a sra. Graham, os ombros desabando de alívio.

— Sim — disse Grace com uma falsa esperança que rapidamente se tornou real. Talvez o envelope estivesse lá; talvez *não* tivesse gastado o dinheiro. Ela se aferrou a essa ideia enquanto descia as escadas, a sra. Graham logo atrás, para conferir os bolsos. Mas claro que não havia envelope. Havia recibos de farmácia e um protetor labial, algumas embalagens amassadas de canudinhos.

— Ah, querida — disse a sra. Graham. — O que pode ter acontecido? Acha que colocou o envelope em algum lugar? Lamento, querida, mas trezentos dólares é muito dinheiro, e Dan ficou muito aborrecido por Riley nunca ter agradecido, e fiquei imaginando se... Bem, vamos apenas tentar achar aquele envelope.

Mas trezentos dólares não era tanto dinheiro assim, não para os Graham. A súbita onda de raiva de Grace só a deixou mais assustada e envergonhada.

— Não me lembro de ter tirado — falou. — Será que pode ter caído no aeroporto? Ou alguém pode ter apanhado? Ah, não, eu mandei lavar a seco.

— Bem — disse a sra. Graham, mordendo os lábios. — Isso certamente é possível.

— Isso é horrível — Grace falou. — Eu vou devolver. Lamento muito ter perdido.

Ela esperara que a sra. Graham fosse dizer que estava tudo bem, que todos perdiam coisas de vez em quando e vamos descer para tomar um sorvete. Essa seria uma coisa da sra. Graham.

Mas a mãe de Riley deu um sorriso duro e tomou a mão úmida de Grace nas suas.

— Querida, estou dizendo isso por amor. Você sabe disso.

O calor subiu pelo pescoço de Grace e se enrolou em seu crânio em um segundo. O rosto da sra. Graham flutuou diante dela como uma luz brilhante demais.

— Não é a primeira vez que algo assim acontece, certo?

Grace fechou os olhos.

— Quando você pegou uma das colherinhas de prata eu... Eu fiquei até um pouco tocada. E uma vez uma echarpe, e uns brincos, lembra?

A sra. Graham estava falando como se Grace tivesse roubado a colher, a echarpe e os brincos. Você não podia roubar os brincos da sua mãe, não se fosse filha dela. Grace só queria ficar com eles como um pequeno...

Você não podia *roubar* de sua própria casa, essa era a questão. Riley pegava as coisas velhas dos seus irmãos e o troco do bolso do pai o tempo todo. Isso não era roubar. Isso não era errado. Isso era família.

— Mas isto é diferente — continuou a sra. Graham, engolindo em seco. — Isto é outro tipo de coisa. E nós a amamos, e só queremos cuidar de você e garantir que tem o que precisa. Precisa conversar sobre isso com alguém, está bem?

Grace queria morrer e queria tirar a mão das da sra. Graham, então a puxou.

— Gracie, está tudo bem. Vamos conseguir ajuda para você. Talvez devêssemos falar com sua mãe?

Grace se lançou para a frente em um soluço silencioso.

A sra. Graham passou um braço sobre ela.

— Apenas fico contente que tenhamos sido nós, em vez de... você está aqui conosco e vai ficar tudo bem — falou, acariciando as costas de Grace. — Ah, docinho, não queria que você... estou acostumada a gritar com meninos! Venha aqui, querida. Não contamos a Riley, está bem? É com isso que está preocupada?

Como não tinham contado a Riley? Enrolada como um feijão na cama deles no quarto da Orange Street, Grace alegou cólicas menstruais enquanto agarrava a barriga. Era assim que sua infelicidade parecia, suas entranhas sendo arrancadas dela.

Ela querer roubar dos Graham era algo impossível. Claro que ela não quisera *roubar* deles — ou melhor, não pensar em *roubar* como sendo a palavra certa para ficar com o dinheiro. Tinha sido outra coisa, a reação a uma série de cálculos emocionais de fração de segundo, não exatamente conscientes e imediatamente reprimidos. Queria ser a filha amada, mas se transformara em uma esposa. Propriedade comunal se aplicava a esposas, mesmo esposas secretas. O que era de Riley era dela; o dinheiro era um presente para ela. Mas sabia que ficara com o dinheiro para se sentir filha, não esposa.

Riley estava em um de seus raros surtos de arrumação, tirando a poeira de suas roupas e as guardando novamente nas gavetas. A pilha de Grace crescia a partir de sua mala, que ainda não guardara, e agora parecia simbólica demais, como se seu tempo tivesse acabado e precisasse partir.

Não sabia como descobrir o que tinham contado a ele sem fazer tudo vir à tona.

Ela se esforçou para imaginar a cena: a sra. Graham teria perguntado a Riley sobre o dinheiro, para lembrá-lo de agradecer ao pai. Riley não teria sabido sobre o que ela estava falando. *Mas ele o deu a Grace*, devia ter começado. Riley teria perguntado se tinha certeza, e a sra. Graham então teria precisado pensar. *Talvez não*, teria precisado dizer. *Vou perguntar a ele. Provavelmente está enfiado em sua escrivaninha ou algo assim.*

— Desculpe, o quê? — ela perguntou a Riley. Ele estava segurando meias-calças pretas.

— Você não deveria *lavar* isto?

A sra. Graham devia ter pensado rápido para dizer aquelas coisas, para protegê-la. Grace sempre soubera que a mãe de Riley a amava; nunca duvidara disso. Por isso ela e Riley não podiam contar a ninguém que tinham se casado, porque a sra. Graham ficaria arrasada de ter sido deixada de fora do casamento. Do casamento da filha. Mas não, Grace não era sua filha. A sra. Graham deixara isso claro. *Por que* ela e Riley tinham se casado? Por que não tinham ficado noivos? Isso poderiam ter contado a todos. Um casamento parecia maior, mais romântico e arriscado, imaginou.

Não, se deu conta. Eles tinham se casado porque o casamento parecia definitivo, como se isso a protegesse, os protegesse.

O dr. Graham também sabia sobre o dinheiro, claro. Ah, isso era pior do que se Riley soubesse, muito pior.

— Tem *certeza* de que está bem? — ele perguntou, a mão em sua panturrilha. — Normalmente não é forte assim, é?

Ela balançou a cabeça.

— Não, não assim. Eu me sinto horrível.

Ela começou a chorar, a garganta ardendo, e Riley desceu para pegar a bolsa dela, onde havia ibuprofeno. Voltou para cima agarrando a bolsa pela lateral, e pareceu muito jovem — o rosto branco, rosado e infantil, os olhos verdes arregalados e preocupados. Serviu a ela um copo de Coca.

Quando você conhece alguém há tanto tempo, ela costumava pensar antes, raramente consegue ver como é em determinado momento. O rosto de Riley era uma composição de todos os rostos que tinha visto desde que o conhecera. Apenas de vez em quando seu rosto se tornava singular. Naquele momento a chocou o quão jovem ele parecia. Como um menininho. Quis desesperadamente voltar no tempo com ele, recuar, recuar, recuar, e se sentiu nauseada por não poder.

20

Uma semana depois, Grace estava comendo uma maçã granulosa, distraidamente clicando em registros de leilão e olhando para o telefone, ao mesmo tempo ansiosa por e com medo de um telefonema da sra. Graham os chamando para jantar, quando Riley entrou correndo na cozinha, vermelho de pânico.

— Meu pai diz que tenho de pagar *imposto* sobre o dinheiro das pinturas.

— Oh — disse Grace, erguendo os olhos de uma relação de cerâmicas de Mdina. — Não tinha pensado nisso. Em todos os empregos que tive era descontado antes.

— Obviamente eu também não tinha pensado — disse ele, soprando os cabelos. — Isso é uma merda.

Não que ela *tivesse* pensado nos impostos dele, era mais sua expressão de indignação, como se fosse culpa de outra pessoa. Quis bater nele.

— Bem, talvez você pudesse roubar a Wynne House — ela disse, retomando sua leitura.

Ficou surpresa quando ele riu. Ele deslizou pela parede e sentou no chão, mãos sobre o rosto, o riso abafado.

— Simplesmente colocar belas máscaras de esquiador — falou. — Simplesmente conseguir lanternas e limpar o lugar todo.

— Não deixar nada — Grace falou, mordendo o lado da maçã. O frio doeu nos dentes. — Trancar a velha Dorothea no toalete, jogar tudo na caçamba de uma picape e ir para Nova York.

— O que dizemos às pessoas que comprarem as coisas?

— Que seu avô morreu. Tia-avó. Alguma-coisa-avó.

— Vovô Dwight me prometeu suas armas — ele disse. — Em casa, pouco antes de morrer, quando minha mãe estava fora do quarto. Ele também disse: "A popa faz a moça." Não se estendeu.

— Ele morreu quando você tinha o quê, treze? Ficou com as armas?

— Não, ele deu a Nate e Colin. Ele nos confundia muito — falou, olhando para o teto. — Talvez devêssemos simplesmente nos mudar para a Wynne House. Assim não teríamos de pagar aluguel.

Grace se levantou da mesa e se juntou a ele no chão sujo.

— Podíamos dormir juntos na caminha. Apertados.

— Eu serei o estadista e você pode ser a... a...

— Eles não tinham mulheres estadistas — Grace falou. — Eu fico com algo vagabundo. A faxineira.

— Não, você não tem um emprego. Você é a senhora da casa, assim como agora.

Ela deu um tapa nele, que riu em seus cabelos.

— Não — ela falou. — Deveríamos vender e nos mudar para o Canadá ou algum lugar e nunca mais sermos vistos.

Ela imaginou nunca ver Alls novamente, nunca ver os Graham novamente, e se sentiu momentaneamente em paz, como se alguém tivesse desligado uma máquina barulhenta ao fundo.

— Canadá? Você quer roubar a Wynne House para podermos nos mudar para o Canadá?

— Qualquer lugar. Belize. Peru. Roma. Qualquer lugar com você.

Alls conseguiu um segundo emprego como caixa na farmácia, então fazia as compras. Grace também se candidatara à farmácia, mas não a tinham chamado, e claro que não podia mais ter um emprego lá. Riley telefonara para o fotógrafo de casamentos para quem trabalhava nos verões, mas ainda não era temporada de casamentos. Até então ele se recusara a aceitar menos do que devia no carro, mas não havia uma oferta assim. De algum modo, ainda não ocorrera a Greg que teria de encontrar um emprego. Ele comia a pizza que Alls levava para casa como se fosse um antigo direito seu. Se morassem em Memphis ou Nashville, conseguir empregos seria menos problemático, mas Garland era pequena demais para empregá-los, e no momento Riley e Grace estavam sem carro.

A fantasia de roubo de Grace se tornou a piada particular dela e de Riley, cada vez mais elaborada. À noite, comendo biscoitos, eles "debatiam" os prós e os contras do roubo de um item contra um saque completo. Grace desenhava "mapas" do local, incluindo plantas do interior. Às vezes caminhavam pela casa, refletindo sobre fechaduras de portas e janelas, notando as cortinas e as persianas, quais eram fechadas e quando. Mas todas essas conversas decepcionantemente ficavam no limite dos "e se" padrão, na verdade não diferente de dobrar um origami da sorte. Grace desejava que o roubo não fosse uma piada para ele. Sempre que ele falava algo sobre furtar da Wynne House, estava rindo no limite da ideia, e Grace queria que o ultrapassasse. A ideia de verdade teria de ser dele, sabia.

Mesmo se sua brincadeira Wynne permanecesse uma brincadeira, ela era grata pela diversão partilhada, que lhes dera algo de que tinham sentido falta: uma brincadeira, um segredo que, diferente de seu casamento secreto, a permitisse imaginá-los em algum outro lugar além daquele no qual estavam. Liam juntos sobre o assalto não solucionado de 1990 ao Museu Isabella Stewart Gardner, em Boston, no qual dois homens vestidos como policiais entraram no museu tarde da noite, amarraram os seguranças no porão e roubaram quinhentos milhões de dólares em Rembrandt, Degas e Vermeer. Leram sobre os ladrões que alugaram uma loja do outro lado da rua do Museu Nacional de Belas-Artes do Paraguai, cavaram um túnel três metros abaixo da rua até o museu e roubaram cinco telas. Nunca foram apanhados.

Riley ficara totalmente encantado com o Surfista de San Juan, depois rebatizado de Bandido Surfista que assaltou dez bancos no sul da Califórnia antes de ser apanhado, sempre vestindo "roupas de surfista" e fugindo em uma motocicleta Honda marrom 1983. Riley balançara a cabeça assombrado com as imagens da câmera de segurança publicadas; o homem tinha uma impressionante semelhança com Greg. Grace preferia Blane Nordahl, um ventanista que durante décadas roubara *apenas* prata pura antiga de americanos ricos ao longo da Costa Leste. Ele escolhia seus alvos na *Architetural Digest* e na *Town & Country*, onde as pessoas exibiam ansiosas seu capital mais portátil no local. Para entrar, Nordahl cortava com dificuldade uma única folha de vidro da janela, para não disparar o sistema de segurança ao levantar a janela. Estava novamente foragido. Grace pensou em suas colheres Dianakopf e sentiu o brilho da camaradagem. Ela sabia qual prata pegar.

Em 2008, quatro homens vestidos de mulher invadiram uma loja da Harry Winston em Paris com armas e granadas. Quebraram vitrines e jogaram os diamantes em malas enquanto funcionários e clientes tremiam em um canto. No total, fugiram com 108 milhões de dólares, nunca recuperados. Grace adorou a audácia daquilo — em plena luz do dia, vidro quebrado, um dos joalheiros mais famosos do mundo. Notou seu joelho sacudindo enquanto lia.

A Wynne House não tinha seguranças, nenhum sistema de proteção além de trancas nas portas. Eles só teriam de aparecer.

Grace, Riley e Greg estavam sentados à mesa da cozinha certa noite comendo cereal quando Riley começou a ler em voz alta o noticiário policial local do *Record*. As queixas dos cidadãos de Garland sempre eram motivo de deboche.

— Uma moradora do quarteirão de número trezentos da Lowery Avenue chamou a polícia na tarde de sexta-feira às quatro para reclamar de dois jovens, com idade estimada entre doze e treze anos, atravessando seu pátio e bagunçando seu jardim. Os pais dos jovens foram notificados.

— Quando eu for uma velha senhora, irei reunir pássaros mortos para jogar nos jovens — Grace anunciou.

— Um cidadão de Garland — Riley continuou — encontrou um desenho obsceno em um lenço de papel perto do piquenique do Lions Club.

Greg bufou.

— Aqui tem um: A Josephus Wynne Historic Estate notificou o roubo de um antigo acessório de mesa de suas instalações.

Grace o encarou. Com o que ele estava brincando?

— Eles sequer sabem quando — disse Riley, evitando os olhos de Grace. — Pois quem iria notar a falta de um acessório de mesa?

— Fico surpreso que as pessoas não roubem merdas deles constantemente — Greg disse. — Toda aquela merda velha para que ninguém liga.

— Aposto que é tudo lixo — Riley disse. — Como eles chamam? — perguntou, olhando para Grace. — Quando fazem coisas novas parecer antiguidades?

— *Shabby chic* — Greg disse com autoridade.

— Reprodução — disse Grace, furiosa com a indiscrição de Riley.

— Não, eles provavelmente não permitem isso — Riley falou. — Contra as regras ou algo assim.

— Algumas pessoas gostam das merdas mais idiotas — Greg disse. A casa da família dele era cheia de decantadores de cristal e anéis de guardanapo de prata, mas talvez ele nunca os tenha notado no meio do entulho. Os Kimbrough gostavam mais de reformas de cozinha bienais do que de heranças.

Riley deu de ombros.

— Eu preferiria ter a escarradeira de George Washington do que um home theater.

— Não preferiria não — Greg contestou. — Você pensaria: quantos Xboxes eu consigo com isto? Você só está dizendo isso por causa *dela* — falou, se levantando e jogando sua tigela na pia. — Eles deviam simplesmente acabar com a Wynne House e construir um parque aquático.

— Vamos fazer isso. Atacar a Wynne House — disse Riley, trançando as mãos atrás da cabeça. — Eu e *ela*.

— Maldição, estou dentro — disse Greg, rindo e recostando no balcão. — Depois o quê? Uma venda de garagem?

— Então levaremos o butim para Atlanta ou algum outro lugar para vender. Todos os nossos avós morreram.

— Vamos lá — Grace disse, se levantando. — Temos de ir ao Walgreens antes que feche.

Grace precisava pegar seu anticoncepcional, mas Riley não precisava ir com ela, e sabia disso.

— Por que você me odeia? — Greg perguntou. Disse como se estivesse brincando, mas não estava. Fez uma careta para ela, a desafiando a responder. Ela revirou os olhos.

— Não, falando sério — falou. — Como se fosse doloroso para você eu rir de uma de suas brincadeiras.

— Meu Deus, cara — Riley disse. — Dá para relaxar?

Grace estava ficando cansada do *Meu Deus* de Riley, que parecia substituir seu cérebro para que ele não tivesse de pensar em nada a dizer.

— Você não tem mais nenhum dinheiro — ela disse a Greg. — O que vai fazer?

Greg deu de ombros.

— Eles vão ceder. Não vão me deixar passar fome.

— Mas não o incomoda depender deles?

Riley claramente estava nervoso. Nos seis anos em que se conheciam, Grace e Greg nunca haviam tido uma discussão de verdade, e ela certamente nunca explicitara seu desprezo por ele.

— Isso incomoda mais a você do que a mim — ele disse, a surpreendendo.

— Temos de nos apressar — Riley chamou. — Eles fecham às nove.

Eles fechavam às dez, mas Grace o seguiu para fora.

— Que porra foi aquela? — ele cobrou na calçada.

— Que porra foi *aquela*? Você conta a ele tudo o que conversamos?

— Era uma *brincadeira* — respondeu. — Não sabia que era uma informação tão confidencial.

— Sinto que não tenho privacidade aqui — ela falou. Não podia lhe dizer o que queria sem parecer uma boba. — Sinto que temos menos privacidade agora do que antes.

Olhou para ela como se fosse maluca.

— O que é tudo isso?

— Riley, como vamos pagar o aluguel, hein? E comprar comida? Vendendo seu carro idiota?

— Olha, sei que está preocupada, mas alguma coisa vai mudar. Se tudo der errado voltamos para casa por um tempo. Não somos *adultos*.

— Eu não posso *voltar* para casa — ela mandou. — Você não saca isso?

— Calma. Minha mãe *montou* um quarto para você, por Deus.

Andaram o resto do caminho em silêncio. Era só uma questão de tempo até Riley descobrir *algo*, ela sabia. Se os Graham lhe contassem sobre o dinheiro, sabia que Riley iria querer acreditar que o pai cometera um engano, que não tinha lhe dado o envelope. Ou que tinha, mas que ela não abrira o envelope, simplesmente o perdera. Ela não sabia o que era melhor.

Desejou ter tirado outra coisa da Wynne House, apenas para poder vender e pagar aos Graham. Todos poderiam fingir que ela simplesmente tinha colocado o envelope no lugar errado. Tudo poderia ser como era antes, ou pelo menos os Graham pensariam que era.

A terrível vergonha de saber que o dr. e a sra. Graham achavam — *sabiam* — que tinha roubado o dinheiro parecia não poder ficar pior até ela imaginar as conversas posteriores: Riley lhes dizendo que estavam errados, *claro* que acreditava nela. A sra. Graham sabendo que Grace mentira para seu filho, e com tal eficácia. Grace não seria uma garota com um pequeno problema de pegar emprestado e não devolver, a garota que só precisava de algumas sessões com um conselheiro. Eles realmente nunca mais confiariam nela, ou sequer a veriam novamente como *ela*, a Gracie *deles*.

Mas aquilo já tinha acontecido, sabia. A sra. Graham fora clara. Grace não era filha deles, não o tempo todo.

Grace e Riley não tinham ido à casa dos pais dele desde que a sra. Graham a confrontara. Temera as perguntas de Riley sobre por que não queria ir, mas ele mal notara. Era Grace quem pressionava por aqueles jantares semanais, e ela e a sra. Graham sempre combinavam. Duas semanas tinham se passado desde que a sra. Graham a levara ao quarto, e não ligara para Grace para falar sobre um jantar. Sobre nada.

Era o que acontecia quando seu coração queria duas coisas que não podia ter ao mesmo tempo: você perdia ambas. Todos sabiam disso.

Mas ainda tinha Riley, a única pessoa que ainda achava que era uma boa menina, e não podia deixar que ele mudasse de ideia. Soube disso ao mesmo tempo em que lutava para ignorar a inexplicável e grotesca raiva que sentia ferver no fundo dela — do dr. e da sra. Graham, por tratá-la como sua filha e depois humilhá-la como uma perdida que esquecera seu lugar; de Donald e Bethany; de Lana e Kendall, de Craig Furst, querendo saber se *gostava* de Miami; de seus pais e dos gêmeos por se revelarem a ela; de Greg, que passava os dias em um estado de negação no Xbox, olhos vazios e vidrados. De Alls, que a arrombara como uma fechadura. De Riley, por ser tão amado e tão superior, mesmo então, e apaixonado por ela. De si mesma, mais que todos, por não dar um tapa na própria mão quando, com grande frequência, queria algo que não era seu. Olhou para o marido e viu um relógio tiquetaqueando. Ela tinha de levá-lo embora, e tinha de levá-lo antes que ficasse sem tempo.

Na manhã seguinte, Grace e Riley estavam deitados na cama quando Grace ouviu uma porta bater na rampa de carros. Ela virou e cobriu a cabeça com o travesseiro, tentando continuar a dormir.

— RILEY! — Greg berrou desde o primeiro andar. — SEU CARRO ESTÁ SENDO REBOCADO!

Ela ouviu a porta da frente abrir e fechar, Greg gritar com alguém. Deu uma cotovelada em Riley, apertando os olhos.

— Acorda — ela disse, a garganta seca. — Greg está berrando.

O que Greg tinha dito? O carro?

Ela passou uma camiseta pela cabeça enquanto ia tropeçando até a janela.

— Riley — chamou bruscamente. — Há um reboque na rampa de carros.

Ele esfregou os olhos.

— A rampa é nossa. Eu posso estacionar nela.

— Acho melhor você levantar — ela sibilou, procurando um jeans na pilha de roupas.

Ele pulou da cama de repente e desceu a escada correndo. Grace o seguiu. Alls já estava do lado de fora, exigindo ver os documentos do homem, e Riley saiu para o frio de março apenas de short, gritando para que o homem parasse.

— O que está fazendo?

— Retomando seu carro — o homem disse. — Quer me dar as chaves?

— O quê? *Por quê?*

— Tem certeza de que é o carro certo? — Alls perguntou ao homem. — Conferiu o número de identificação?

Greg se virou e subiu os degraus da varanda. Ficou de pé junto a Grace com calça de moletom.

— Nunca vi um agente de retomada na vida real — falou.

Depois, jogado no sofá, Greg disse que era foda que pudessem simplesmente pegar o seu carro assim, e quis ligar para o pai advogado, mas Riley o impediu. Ele não fizera o último pagamento, contou, e o anterior fora atrasado. Mas não tinha se dado conta de que poderiam simplesmente pegar o carro de volta. Alls contou a Riley que tivera alguma sorte, que, quando o carro do seu pai fora retomado, o agente o seguira até o trabalho, na Hawke's Sports e o levara do estacionamento sem que o pai soubesse, então ficara preso lá, e como Alls ainda não tinha carro não podia apanhá-lo, de modo que teve de passar a noite no departamento de camping. O agente de retomada de Riley fora um cara bem decente, na medida do possível. Até deixara Riley tirar suas coisas do carro.

— Deveríamos roubar a Wynne House — Riley disse. — Falando sério.

— Estou noventa e nove vírgula nove por cento certo de que *não* há segurança — Greg disse, como se realmente tivesse pensado naquilo. — Nem mesmo uma câmera.

— Seu pai vai voltar atrás, certo? — Riley perguntou a Greg. — Ele sempre volta.

— Foda-se ele. Não quero fazer uma porra de faculdade de direito. Alls é pobre pra cacete e embala absorventes. Você sequer tem mais seu Volvo de pobre. E ela foi expulsa da faculdade.

Grace sentiu Alls olhando para ela. Não podia acreditar que Riley tinha contado a eles.

— Que porra de manhã — Greg disse. — Mas quer saber? Seria impressionante.

Alls grunhiu e baixou os olhos para o cachimbo que estavam circulando, o polegar no isqueiro.

— Pense nisso — Riley disse. — Há uma casa que não pertence a ninguém. Está cheia de antiguidades muito, muito valiosas. Elas pertencem a alguém que morreu há um século. Só há uma pessoa de cada vez nessa casa desabitada, alguém com trifocais, aparelhos auditivos e total *ausência* de desconfiança. Podemos entrar lá e levar o que quisermos, e não terá absolutamente efeito algum em *ninguém*.

— Mas isso é roubar — Grace disse.

Greg jogou a cabeça no sofá, boquiaberto.

— Ainda é roubo quando as coisas não pertencem a ninguém? — Riley perguntou.

— A coisa pelo menos vale muito? — Alls perguntou.

— Se pelo menos conhecêssemos alguém que pudesse nos ajudar nisso — Riley comentou.

— Você *não vai* usar minha pesquisa assim — Grace disse, afetada.

— Claro, foi uma brincadeira — ele acalmou Grace. — Mas talvez não devesse ser.

— Ah, cara — disse Alls, começando a rir. — Cara, ah, cara, ah, cara.

— Seríamos milionários — Riley falou.

— Ninguém nunca desconfiaria de nós — Greg acrescentou. — Nem em um milhão de anos.

21

Grace demorou trinta e quatro dias para rastrear cada item interessante menor que uma caixa de pão a partir das fotos que tinha tirado da Wynne House. Também observara a própria casa: quem eram os guias e quão capazes pareciam, em que dias e horários era menos visitada, e quais janelas podiam ser vistas do escritório e do estacionamento.

Uma pessoa faria o passeio, e assim que a guia tivesse levado o visitante para cima, os outros entrariam e encheriam as sacolas de compras silenciosamente. Assaltariam a Wynne House à luz do dia, no começo do verão: folhas nas árvores oferecendo proteção, as janelas do escritório fechadas e aparelhos de ar-condicionado a todo vapor, sem grupos escolares para atrapalhar. Alls escutou os planos de Greg e Riley distraído, como se estivessem lhe contando histórias inacreditáveis sobre alguém que ele não conhecia. Grace deixou Greg perder seu tempo. Quando chegasse o momento o plano seria o dela, mesmo que tivesse de passar isso aos outros por intermédio de Riley. Ela odiava que Greg e Alls estivessem envolvidos, mas teria de trabalhar com o que tinha.

Ela e Riley estudavam as fotos à noite, os olhos correndo pelas cuidadosas anotações digitadas de Grace. Sabiam que não podiam levar tudo, não sem cinco horas e um caminhão de mudança. Deram prioridade a itens portáteis de valor excepcional. Uma cômoda alta de bordo com barra gravada com ostras e pés de pássaro — um exemplar similar rendera vinte e dois mil dólares na Sotheby's no ano anterior — teria de ficar para trás. Mas o jarro de cidra de carvalho com reforço de latão, embora valendo apenas três mil e quatrocentos, era menor do que uma forma de pão. Grace avaliou cada cômodo em busca da relação entre valor e risco. Não deveriam sequer se preocupar com alguns cômodos.

Não pegariam nada que parecesse ser único ou mesmo perto disso. Se Grace não conseguia encontrar pelo menos duas comparações para algo, ela cortava o item da lista. Reduziu cada cômodo a dez ou doze peças, que marcaram cuidadosamente nos mapas com um número, uma lista muito simplificada ao lado.

Sala de visitas da frente

1 – jarro de cidra
2 – boneca de rosto chato
3 – balde de cobre
4 – tigela vermelha com interior branco
5 – três vasos azuis
6 – suportes de lenha
7 – cata-vento de cavalo ($26K!)
8 – luminária de parede de águia
9 – almofada bordada verde
10 – relógio de porcelana

Apenas Grace sabia o que esses apelidos grosseiros realmente significavam. Os três vasos azuis eram de Mdina, a almofada vinha de uma tapeçaria flamenga verdejante do século XVII. Com tudo o que aprendera sobre as riquezas dentro da Wynne House ela se convencera de que quase tinha direito a elas. Afinal, havia muito que eles *não* iriam levar. A cômoda alta. Os candelabros. O relógio alto. A Wynne House não iria desaparecer. As visitas ocasionais continuariam, sem mudança.

Greg não queria que ela tivesse uma parte igual.

— O cacete — ele disse um dia. — Se você não vai conosco, não estará correndo o mesmo risco que nós.

— Eu não posso ir porque já estive lá demais — lembrou ela.

— Olha, podemos dar dez por cento a você — ele disse.

— Quem é esse "nós"? Vocês sequer sabem o quanto essas coisas valem.

— Por isso estou disposto a pagar a taxa de descoberta. Por toda leitura e consulta.

Greg sempre lhe parecera bobo, incansavelmente idiota. Ela uma vez perguntara a Riley como conseguia suportar Greg, e ele retrucara, dando de ombros, que Greg era "divertido". Mas desde que voltara para casa, passara a realmente odiá-lo. Estava prestes a lhe dizer exatamente o quanto do plano era responsabilidade dela, mas sua arrogância a deteve. Se eles fracassassem, o fracasso seria culpa de Greg, mais provavelmente. A pretensão dele a deixava nauseada. Ele iria foder tudo.

Naquela noite, ela e Riley caminharam até o parquinho de sua antiga escola primária. Ele se sentou em um balanço, com ela em seu colo. Ela tentou falar sobre sua preocupação com Greg, mas Riley estava distraído com a notícia de que o Ginny's Ice Cream iria fechar por causa de impostos não pagos.

— Pessoas demais — Grace disse. — Não confio *nele*.

— Está tudo bem — falou. — É perfeito. Você confia em mim, certo? E eu confio neles. Eu os conheço há ainda mais tempo do que conheço você — falou, apertando os lados do seu corpo.

Aquilo não era nada reconfortante.

— Eu vou salvar o Ginny's. Todos os mesmos sabores. Seremos os heróis daqui.

Grace imaginara que ela e Riley iriam embora juntos assim que tivessem liquidado seu novo patrimônio. Esse era o sentido de tudo, disparar de Garland sem opção de um dia voltar. Então se deu conta de que ele pretendia permanecer ali, com seus amigos, para sempre, preguiçosamente sacando de uma conta corrente secreta.

O plano estaria condenado a não ser que Riley desistisse de algo. Tinha de escolher: ela ou eles. Se não escolhesse naquele momento, o faria depois, quando Grace tivesse uma recaída, o que seguramente aconteceria se tivesse de ficar perto de Alls. No ano seguinte ou em uma década, na casa da Orange Street ou em uma festa de aniversário para seu futuro filho. Ela sempre iria querê-lo.

— Ei — disse Riley, a empurrando com o ombro. — Para onde você foi?

Ela tentou afastar o medo de que aquilo não fosse uma escolha difícil para ele. Sabia que era um gato de rua. Ele tinha uma vida sem ela, mas ela nunca conseguira uma sem ele.

— Estou apenas surpresa — falou. — Achei que iríamos fazer nossa grande mudança. Juntos, para longe daqui.

— Não podemos, Grace. Não conseguiríamos partir imediatamente, talvez não por um longo tempo. Seria óbvio demais. Quero dizer, pense nisso...

— Eu tenho pensado nisso — cortou, ainda, absurdamente, no colo dele. — Então qual é o sentido? Para que você possa pagar o carro?

— Eu não sabia que você...

— Não, não sabia. Você quer que sua vida seja exatamente como é agora, mas com uma cerveja melhor. Não quer nada diferente.

Ele nem sequer *sabia* como querer algo diferente. Mas ela ainda o queria, então talvez também não soubesse. Sem o amor da mãe dele, o amor de Grace por Riley estava se desgastando, mas era tudo o que tinha para vestir.

Grace e Riley começaram a discutir, inicialmente sobre o que parecia ser apenas pequenas coisas banais: de quem era a vez de pagar pelas compras, ela cansada de suas brincadeiras esgotadas, ele fumando demais, ela bebendo demais. *Claro que não foi de propósito*, garantiam um ao outro à noite. Ela se odiava por brigar com Riley, mas parecia não conseguir parar.

Greg sempre ignorara Grace e Riley como um casal, do mesmo modo como se comportava com os pais. Passou a sair da sala quando um deles começava a implicar com o outro. No passado teria rido preguiçosamente, talvez escolhido um lado. *Você* realmente *faz isso*, poderia dizer. Não mais.

Certa tarde, quando Riley estava na faculdade, Alls lhe perguntou se estava tudo bem entre ela e Riley. Estava preocupado.

— Claro, acho que sim — Grace disse, enrubescendo como se ele tivesse descoberto algum segredo. — Só estamos... estamos passando por umas coisas. Acontece.

— Então não é sério. Quero dizer, você não está pensando em...

Ela estava. Estava pensando nele o tempo todo.

— Não — respondeu. — Vamos ficar bem.

— Você não pode contar — ele falou. — Mesmo se um dia o deixar, não pode contar a ele.

Ele não sentia o que ela sentia, e provavelmente nunca sentira. Em vez disso, partilhavam destruição mútua garantida — uma recusa em perder Riley. Era como sabiam que seu segredo era seguro.

— Eu nunca direi a ele, jamais — falou. — Mesmo se ele me deixar.

— Ele nunca vai deixar você — Alls retrucou.

Grace estava vasculhando o closet à procura de meias sumidas quando se deparou com a "Lente do futuro" de Riley, a série mortalmente sincera de desenhos deles que fizera aos dezesseis anos e que depois insistiu ser uma brincadeira. Sempre tinham pensado a longo prazo, escolhendo casas, batizando filhos. Tinham passado por Seamus e Tigerlily quando crianças, Vincent e Aurora no secundário, depois Casper e Annette. Annette seria quieta e inteligente, bem-educada e bem cuidada. Casper seria adorado e popular, mas mais difícil e sutil do que as pessoas pensavam.

Grace pegou o primeiro esboço. Não via os desenhos havia anos, e a visão daquele a assustou, tanto pela habilidade técnica quanto pela assombrosa precisão. Ele os desenhara com vinte e poucos anos, e a Grace no desenho parecia a Grace real de então. Riley não envelhecera com a mesma precisão. Provavelmente não pareceria com o desenho por mais alguns anos — com um maxilar que tinha perdido a gordura infantil e ombros que eram largos e retos. Ela sabia que o desenho do casamento ficava logo depois daquele; ela o pulou, culpada. No desenho seguinte, Grace segurava um bebê envolto em manta. Lembrou da primeira vez que tinha visto.

"Estou gorda?", perguntara, olhando para a barriga distendida, os lábios cheios.

"Acabou de ter um bebê", ele respondera. "Vai perder peso."

Havia mais dois. No último, seus filhos tinham sua idade quando ele fizera o desenho. Grace e Riley pareciam assexuados e decadentes. Grace lhe pedira para não fazer mais. Não queria ter a visão dos dois em cadeiras de rodas, tubos presos aos narizes, esperando a visita dos filhos.

Ela se sentou na cama, olhando para a visão perfeita demais que o marido tivera do futuro. Ela perdera a fé nele, era verdade, e se culpava por isso. Mas talvez sua fé sempre tivesse sido equivocada. O marido tinha um olho impecável para detalhes e um dom raro de traduzir isso — não, refletir isso — na página. Ele podia copiar qualquer um, qualquer coisa. Ele não tinha imaginação. Admitir isso, finalmente, fez com que se sentisse um pouco livre. Sentiu como se tivesse passado horas olhando para uma amada herança de família, lutando para avaliá-la, e de repente entendesse o seu valor.

Grace não tinha pesquisado as pinturas penduradas na Wynne House. Vender uma antiguidade roubada não era diferente de vender uma obtida honestamente, mas ela não sabia como vender uma pintura roubada. Ela então se viu retornando a uma fotografia que tirara do escritório. Entre os muitos retratos e paisagens tediosos estava a única possível exceção à sua regra: a pintura mais tediosa e fácil de esquecer imaginável, uma natureza-morta funérea de flores e uma tigela em tons de linho e malva. Havia amendoins de isopor com mais personalidade.

Naturalmente, essas qualidades tornavam difícil identificar a pintura. O estilo, fotorrealismo botânico sem alma, sugeria que a natureza-morta era muito velha e provavelmente do norte da Europa. Ela deu zoom na imagem até conseguir identificar as iniciais AB, ou AH, ou AS. Disse a si mesma que aquilo era apenas curiosidade inocente, mas não acreditou nem um pouco em si mesma. Ela refinou o estilo para a Era do Ouro Holandesa. O único pintor de nota que correspondia a esses critérios era Ambrosius Bosschaert, o Velho, Antuérpia, 1573-1621.

Uma grande cornucópia de frutas de Bosschaert arrecadara 2,3 milhões na Christie's três anos antes.

Dois milhões de dólares era suficiente para permitir qualquer tipo de vida que eles quisessem. Os quatrocentos mil que ela estimava que poderiam conseguir com a melhor arte decorativa da Wynne House pareceram então insuficientes. Riley estava certo: dividido em quatro, ou mesmo três, como Greg desejava, era dinheiro para *ficar*. Grace queria dinheiro suficiente para ir embora para sempre.

Riley pintaria um Bosschaert falso. Faria a visita guiada e eles o trocariam, colocando na moldura original. Iriam para Paris ou Barcelona. Podia ver a cena em preto e branco — ela e Riley disparando por Monte Carlo em um conversível, seus erros idiotas deixados do outro lado do oceano — e se sentiu tonta com o seu futuro romântico. Não apenas ela nunca mais teria de ver Alls; Riley também não poderia. Seus amigos nunca o perdoariam por partir, e nem sua família. Teriam partido, para longe, para sempre.

Ela foi ao porão na primeira vez em que ele estava pintando. Ele mal pintava desde que tinham começado com o plano, e ela o encontrou letargicamente pincelando o gramado do tribunal. Mostrou a fotografia do Bosschaert que tinha acabado de imprimir.

— O que é isso? — ele perguntou, torcendo o nariz.

— Dois milhões de dólares — respondeu.

Ajoelhou no chão diante dele.

— Está no escritório, nos fundos da casa, cercado por outras pinturas, todas mais interessantes e chamando mais atenção.

— Cristo — ele disse. — Nunca copiei nada.

Sentiu um rápido impulso de questionar isso. Todas as pinturas dele eram cópias, em certo sentido; dos próprios prédios, de todas as pinturas que tinha feito antes.

— Você poderia pintar isto. Poderia pintar melhor do que ele fez.

— Quem é?

Contou o que sabia. Ele escutou cuidadosamente. Quando perguntou sobre vender a pintura, ela fez uma pausa. Precisava apresentar aquilo perfeitamente, exatamente certo.

— Posso vender, da mesma forma que venderia um relógio ou uma jarra. A pintura não é famosa. Não há imagens dela na internet, em nenhuma das brochuras da Wynne House, ou no site. Duvido que saibam o que é.

Ele anuiu.

— A ideia seria substituir o original por uma cópia tão boa que nunca notariam algo diferente, jamais. A pintura não estaria em listas, nada de bases de dados de arte roubada. Mas ainda não deveríamos *vender* aqui. Nos Estados Unidos — falou, segurando os joelhos com as mãos. — Iríamos juntos para a Europa, e depois disso, para qualquer lugar. Poderíamos ter qualquer vida.

— Poderíamos voltar — ele disse. — Depois de vender.

— Riley, eu tenho de sair daqui. Estou sufocando. Voltei porque não consigo ficar sem você, mas não há nada para mim aqui. Pelo menos não agora. Sinto como se já tivesse trinta anos, e não quero me sentir assim. Quero dizer, *você* está feliz?

— E quanto às outras coisas? O plano, Greg...

— Greg vai foder tudo. Tenho certeza.

— Não posso simplesmente cortá-lo — disse.

— Se ambos sairmos, o que ele irá fazer? Entrar lá sozinho?

— Alls.

— Ele não vai fazer isso — disse, ficando frustrada. — Mas se acha que podem fazer sem você, qual o problema? Eles podem dividir o lucro meio a meio. Ficarão *felizes*. Mas se ficarmos aqui algo irá nos acontecer. Eu sei. Posso sentir.

Ele tomou suas mãos.

— O que você quer, Gracie? Só quero dar a você o que quer. Foi o que sempre quis, que você seja feliz só comigo...

Ela olhou para o pedaço de papel no colo dele.

— Você consegue pintar isto, Riley. Sei que consegue.

No dia seguinte, Riley fez sua primeira visita à Wynne House desde os antigos passeios da escola. Quando voltou para casa, desapareceu no porão, e Grace desabou no sofá de alívio.

A pintura não era difícil para ele. No primeiro dia esticou a tela de linho, martelando-a no chassi temporário em vez de grampear. Debateram envelhecer o tecido com chá, café ou terra, mas decidiram que o envelhecimento não importaria. O objetivo era que a pintura parecesse suficientemente boa na moldura para nunca ser notada. Eles a chamaram de "Natureza-morta com dinheiro e tulipas". Ele aplicou a base e começou com as primeiras camadas. Toda noite escondia a tela atrás da pintura do tribunal.

Riley pedira a Grace para deixá-lo contar a Greg que ele — eles — estavam fora, mas demorou a fazer isso. Na semana seguinte, Greg vendeu o aparelho de som do carro para comprar carros de fuga. Tinha decidido que precisavam de dois. Riley continuou a concordar quando Greg discutiu o melhor lugar onde roubar placas. Grace tinha sido muito cuidadosa, não querendo criar qualquer dúvida ou perturbação, mas finalmente o pressionou.

Ele sabia que Greg ficaria desapontado, falou.

— Desapontado.

— É. Desapontado.

Era um covarde, ela pensou, viciado demais em atenção positiva para arriscar qualquer outro tipo. Os pais o tinham amado demais. As acusações se acumulavam dentro dela, se preparando para golpear, mas sentiu a mudança de pressão e fugiu. Correu para cima, enfiou o top esportivo e amarrou os tênis. Tinha saído pela porta e estava descendo o quarteirão correndo antes de ter tempo para responder.

Ele era uma boa pessoa, cantou no ritmo de seus passos. Uma boa pessoa. Ela era uma garota de muita sorte de tê-lo. Era uma garota de muita sorte. Uma garota de muita sorte. Uma garota de muita sorte.

Não levara água, então, quando ficou com sede demais para continuar, entrou na farmácia para usar o bebedouro. Alls estava em casa quando saiu. Ela nunca entrava lá quando ele estava trabalhando. Ofegante, Grace desceu o corredor da maquiagem na direção da farmácia, olhos nos joelhos, rosados de frio, e quase topou com as duas mulheres de pé no final do corredor, esperando para pegar seus remédios e conversando em voz baixa.

— Grace — disse a sra. Graham, sorrindo, apreensiva.

A outra mulher se virou para ela. Sua mãe.

Grace cambaleou para trás. Elas não eram nada parecidas, mas naquele momento os dois rostos surgiam como um pesadelo duplicado.

— Me desculpem — disse.

Deu meia-volta e correu para casa.

O pai de Riley emprestou o dinheiro para pagar os impostos, e Riley usou-o para comprar para Grace uma passagem de avião em aberto e a matrícula em um programa de estudos de verão em Praga com duração de oito semanas. Não queria que saíssem de Garland ao mesmo tempo, disse. Queria que parecesse que ia visitar a namorada durante seu curso de verão no exterior, e viajariam juntos algum tempo. Ela ficou muito aliviada de vê-lo concentrado, com cautela, nesses detalhes de imagem. Estava pensando como ela, finalmente. Para justificar a sorte que depois lhe permitiria ir para a Europa, disse aos pais que tinha vendido três retratos de cães por encomenda, com pagamento na entrega, para um comprador de fora da cidade que vira seus trabalhos na Anne Findlay quando passara as festas visitando a família. Grace só lamentou que suas mentiras fossem tão autodepreciativas. Ele precisava se aferrar a um pouco de sua arrogância para que passassem por aquilo.

Ele estava sendo igualmente cauteloso sobre a falsificação que ganhava forma no porão. Ela desejava que acelerasse um pouco o ritmo. Era quase maio — partiria em apenas seis semanas, e não queria que corressem com a troca. Precisavam escolher o dia com cuidado. Riley faria o passeio pela Wynne sozinho, como ela fizera, e assim que estivesse no andar de cima com a guia, Grace entraria atrás dele com sua grande bolsa contendo a pintura de Riley esticada sobre um chassi fino, o silencioso grampeador pneumático que usaria para prender a tela e uma faca para cortar o Bosschaert.

À noite, ela e Riley ficavam deitados na cama virados um para o outro, falando em voz baixa sobre a vida secreta que os aguardava. "Não acredito que estamos fazendo isto", diziam repetidamente, como se estivessem tendo um caso. As rosas cor-de-rosa opacas e as tulipas de pontas enferrujadas que brotavam no porão tinham começado a lhe parecer muito doces e belas, e Grace sentia mais potencial para a felicidade, ou para o alívio que decidira ser felicidade, do que sentira em muito tempo.

22

Três semanas antes do dia em que deveria deixar Garland para sempre, Grace estava passando o dia na biblioteca pública examinando números antigos da *Architectural Digest* e compilando uma lista de comerciantes europeus a partir dos anúncios. Riley fora jantar na casa dos pais.

A mãe ligara para ele para combinar, após deixar uma mensagem no telefone de Grace e não receber resposta. Quando Riley ligou, Grace disse que estava com uma dor de cabeça forte de tanto ler e não queria conversar com ninguém naquela noite, mas para por favor mandar um abraço para todo mundo.

— Você não vai lá há meses — Riley então se deu conta.

— Eu sei — Grace disse. — Não sei como isso aconteceu.

— Deveríamos ir semana que vem. Para o caso de demorar um pouco até os vermos novamente.

No momento se preocupava com o que estariam dizendo na casa dos Graham sem ela.

Riley enviou uma mensagem de texto às oito horas. "Você precisa estar fora quando eu chegar em casa", dizia a mensagem. "Encontro você no arboreto assim que puder, mas, por favor, me espere lá. Explico depois."

Seus medos subiram à tona: algo tinha dado terrivelmente errado. Os Graham estavam mandando prendê-la. Sua mãe dissera que Grace não merecia confiança, e então — o quê? Riley deixara escapar alguma coisa. O vídeo de Lana de seu colapso soluçante caíra na rede.

Ela ficou sentada no arboreto, tremendo. Ela e Riley costumavam ir lá à noite para diversão e devassidão. Suas coxas estavam frias e molhadas da profunda umidade dos bancos de concreto. Olhou para os perfis dos arbustos contra o céu até estar escuro demais para distinguir algo.

Riley chegou às dez. Ele a beijou e ela ficou aliviada. Qualquer que fosse a catástrofe, não era isso.

— Seus lábios estão congelados — disse.

— Estou aqui desde que a biblioteca fechou. O que é?

— Então, esta tarde contei a Greg que estava fora do plano. Realmente fora, totalmente fora. O plano é maluquice, ele é maluco de fazer isso, arriscado demais para nem tanto dinheiro, tudo isso. E, sabe, ele não gostou.

— Certo — Grace disse.

— Mas achei que estava resolvido, e desci para pintar no porão.

Ela engoliu em seco.

— E ele desceu mais ou menos uma hora depois para discutir comigo. Eu o ouvi chegar, e coloquei o tribunal na frente da pintura. Mas enquanto falava, ele olhava para a tinta.

— A tinta.

— A porra da tinta rosa na minha paleta. Ele viu, Grace. Ele viu a tinta, viu o tribunal, viu que estava totalmente seco, tirou-o da frente e viu a outra coisa.

— O que você disse a ele?

— Disse a ele? Eu não precisei dizer nada. Ele entendeu. Ele sabia que eu nunca tinha pintado tigelas de flores antes. E sabia que aquilo não parecia coisa minha. Simplesmente sabia.

— Exatamente o que você *disse* a ele?

— Ele *me* disse que eu estava copiando algo da Wynne House, e percebeu, adivinhou, que era ideia sua.

Greg. Ela queria sufocá-lo com sua própria húbris, simplesmente fazer uma bola com ela e enfiá-la garganta abaixo.

Riley engoliu em seco.

— Então eu disse que rompemos. Estamos rompendo.

— O quê?

— Ele disse que nunca confiou em você, que você fez lavagem cerebral em mim, e eu não podia simplesmente foder com todo mundo, e eu... Eu disse que a pintura era ideia minha, que estava trabalhando nela, mostrei a você, que surtou, tivemos uma grande briga, e já estávamos tendo muitos problemas mesmo, e isso apenas deixou claro que não éramos... Que você estava se mudando.

— Que merda, Riley? Por que você disse isso?

— Ele me pegou desprevenido. Eu disse a primeira coisa que...

— Isso foi a primeira coisa?

— Você nunca fez nada idiota quando encurralada? Olha, eu fodi tudo. Não deveria estar trabalhando com eles em casa. Deveria ter pensado em algo para dizer caso isso acontecesse. Mas vai ficar tudo bem, certo? Vamos simplesmente fingir que rompemos. São três semanas, Grace. Três semanas. Depois o resto de nossas vidas.

— Por que não podemos simplesmente trocar as pinturas agora e sumir daqui?

— Eu ainda não terminei. Meu Deus, não é um livro de colorir.

— Você é um péssimo mentiroso — disse, e então se deu conta de que ele poderia estar mentindo para ela. Nunca tinha feito isso antes, mas como saberia?

— É — Riley concordou. — Mas Greg acreditou em mim.

Grace não suportou perguntar aos pais se poderia voltar para casa, ou mesmo contar a eles. Ela se esgueirou para seu quarto de infância naquela noite para dormir:

— Riley e eu estamos passando por alguns problemas — contou à mãe na manhã seguinte, depois que ela levou a mão ao peito e gritou de susto com a visão de Grace saindo do banheiro. — Só algumas semanas, até eu ir para Praga.

No dia seguinte, voltou para pegar suas coisas. Riley estava na faculdade. Greg olhou de lado para ela, que jurou ter visto em seus olhos um triunfo perverso. Seu desgosto com Riley tornava mais fácil para ela interpretar seu papel de ex amarga.

A porta extra bateu em seus tornozelos quando empurrou sua grande mala com rodas pela porta da frente. Quase podia sentir os vizinhos olhando. Quando estava quase na esquina, a mala sacudindo nas grandes rachaduras da calçada, ouviu a porta bater novamente. Alls correu até ela.

— Nós rompemos — soltou. — Pergunte a ele — disse, e puxou a mala para a frente.

Riley ligou naquela noite, e ela não atendeu. Suas mensagens suplicavam que falasse com ele e prometiam que tudo ainda iria dar certo. Mas isso era impossível. Grace demolira todas as possibilidades, exceto aquela em que ela e Riley fugiam sozinhos, e no momento, ela e Riley não podiam fugir. Nunca poderia confiar que Greg manteria a pintura em segredo. Pensou no plano como o concebera, como o conceberam sozinhos, e como teria sido simples e fácil, e apenas deles. E então ele os repassara — duas vezes! — para os amigos, e estava arruinado, uma estupidez morta e suja que ela só tocaria com um trapo de limpeza. Eles podiam ficar com isso.

Ela nunca pensara em separação, mas ele obviamente sim. Por que mais teria sido a primeira coisa a passar pela sua cabeça?

No final do segundo dia, sua caixa de correio de voz estava cheia e ele não podia deixar mais recados. Apareceu na casa dos pais dela e esmurrou a porta, primeiramente exigindo, depois suplicando, e exigindo novamente. Ela ficou sentada na cadeira da escrivaninha com os braços cruzados e o deixou falar. A mãe bateu na porta e pediu que falassem baixo; os meninos estavam tentando dormir. Ela respondeu que tudo bem, Riley estava indo embora.

Começara a desprezar a aura arrogante dele. Era o caçula, acostumado ao perdão. Face à dúvida de Grace, não se reafirmou, foi superior, como se a concordância dela fosse algo que possuísse.

Os irmãos gêmeos de Grace, agora com dez anos, a viram com desconfiança, como uma prima em visita que pertencia ao ramo da família com religião diferente. Aiden acidentalmente chutou uma bola para dentro do seu quarto e a pegou como se a tivesse chutado para o jardim do vizinho e Grace fosse o doberman acorrentado. A mãe lhe ofereceu uma pilha de toalhas limpas com um sorriso apertado que parecia dizer que tinha previsto aquilo. A mãe de Grace provavelmente achava que Riley tinha dado um fora nela. Grace não sabia que podia se sentir tão lívida e tão murcha de derrota ao mesmo tempo.

Naquela tarde, após ter corrido e tomado banho, estava comendo iogurte sozinha na mesa da cozinha dos pais, fazendo as palavras cruzadas do jornal e vendo os cabelos molhados pingando nas tirinhas quando Alls chegou em seu velho Buick azul. O clima já estava quente o bastante para que as janelas estivessem abertas, e ela ouviu o som do motor funcionando em marcha lenta no meio-fio, e depois ser desligado.

Ele nunca estivera na casa dos seus pais. Ela o encontrou à porta da frente.

— Oi — ele disse. — Um minuto?

— Oi, tá.

Sua voz estava desafinada. Não queria deixá-lo entrar, mas ele ficou ali de pé, esperando. Ela recuou, ele entrou e ficou de pé com as mãos nos bolsos da frente.

— Como está? — ele perguntou, descontraído demais, e depois olhou para o chão. — Só quero saber como está, como vão as coisas, você sabe.

— É difícil — disse secamente. Ela o queria com todo o seu ser, das solas quentes e formigando dos pés até suas têmporas.

— Você vai ficar bem. Sei disso. Ele sabe disso.

— Como ele está? — perguntou.

— Depende de a quem você pergunta — respondeu. — Ele age como se tivesse renascido.

— Ah — ela reagiu, vagamente ferida.

— Digo isso no sentido lunático — acrescentou rapidamente. — É como um garoto excitado demais, agitado, não consegue desacelerar.

— Isso não parece com ele.

— Está em choque. Vai ter um colapso — disse Alls, mastigando o lábio e olhando para o arbusto no vaso à sua frente. — Por isso estou aqui, para conversar com você sobre essa besteira da Wynne.

Não havia ninguém em casa.

— Quer beber alguma coisa?

— Água.

Ela o levou à cozinha, empurrando para o lado a barraca que os gêmeos tinham montado no carpete para receber suas bolas de futebol quando chovia do lado de fora. Serviu um copo de água e se sentou diante do iogurte e do jornal.

— Vocês não iam realmente fazer isso — ele falou.

— Não — respondeu.

— Não achei que chegaria tão longe — ele disse, e por um momento Grace se esqueceu de que falava sobre a Wynne House. — Greg sempre faz a merda mais idiota em que consegue pensar, e todo mundo ri disso. Mas Riley normalmente é mais esperto.

Grace balançou a cabeça.

— Não sei o que está passando pela cabeça dele.

— Ele acha que isso vai funcionar. Acha que teve uma ideia perfeita. Roubar pesos de papel e vendê-los por milhões de dólares.

A bifurcação na estrada: se fazer de idiota ou não. Não achara que Alls a procuraria. Achara que ambos tinham escolhido Riley, seu bom raciocínio.

— Ele disse que seria um bom projeto para mim — contou. — Identificá-los, já que estava tão entediada. Achei que só estava tentando me tirar de cima dele.

— E então disse que vocês deveriam roubar o lugar? Os dois?

— Bem, no início achei que estava brincando. Todos achamos.

— Certo.

— Mas então a coisa da pintura — disse ela, balançando a cabeça. — Quero dizer, ele realmente está fazendo.

O relógio-cuco dos pais apitou.

— Um segundinho.

Grace entrou no banheiro e abriu a água. Colocou as mãos nos quadris. Só precisava se afastar dele por um momento e pensar. O peito parecia que ia explodir. Ele estava lá, na sua casa, sozinho com ela. Tinha de tirá-lo de lá. Ia prometer convencer Riley a desistir da falsificação, e seria naquela noite. Era a única coisa a fazer.

Ela saiu e se sentou na frente dele novamente.

— Ele acha que consegue se safar de tudo, só porque sempre conseguiu.

— É realmente por isso que você o deixou?

Grace engoliu em seco. Ele *queria* que tivesse deixado Riley?

— Faria alguma diferença? — ela perguntou. Olhou para ele, sentado na cadeira de carvalho Windsor grudenta, cotovelos nos joelhos. Ela limpou a condensação no copo de água, e limpou a mão na perna nua.

— O que está dizendo? — ele perguntou em voz baixa, olhando sua mão.

Ela viu então a mínima chance de que não o tivesse entendido, que pudesse estar tão arrasado quanto ela, que a desejasse tanto quanto o desejava.

— Pensei que você... Pensei...

Mas ela não queria dizer o que tinha pensado. Queria ter estado errada.

Grace sabia que já não podia ser ao mesmo tempo a boa menina e a menina má, mas estava cada vez menos segura de qual era qual, já fracassara em ser boa, e queria desesperadamente fracassar em ser boa novamente.

— Não posso ser o que ele precisa que eu seja — disse. — Ou não quero mais ser.

— Vocês vão voltar. Vai ver — disse. Não estava tentando consolá-la.

— O motivo pelo qual ele não deveria roubar a Wynne House é que não vale o risco. O dinheiro das antiguidades não irá durar mais que alguns anos, não dividido daquele modo. Tentei explicar, mas ele não fez as contas.

— Aposto que acha que vai conquistar você de volta ou algo assim. Ele pensa assim, você sabe.

— Eu sei.

Ainda não tinham ferido Riley, pensou. Ela e Alls eram apenas infelizes, solitários.

— O que não disse é que sua pintura falsa é uma ótima ideia, só que não há como ele conseguir — falou então. — Ele pinta muito bem, não tenho dúvida. Mas Greg vai ferrar tudo e os dois vão ser apanhados.

Ele anuiu, prestando atenção em um prato com migalhas que sobrara do café da manhã.

— O original está nos fundos, no escritório. Reemoldurado, fácil de cortar e enrolar. Posso garantir que ninguém olhou para aquela pintura desde o dia em que foi pendurada. Ninguém nunca teria notado, a não ser que contratassem um estudioso dos mestres holandeses para tirar a poeira. Mas Riley e Greg, juntos — ela disse e fez uma pausa. — Não sabem manter um segredo. Não como nós.

Alls tamborilou os dedos na mesa pelo que pareceu horas. Sabia o que ela queria dizer? Será que teria de dizer mais, pior, mais alto?

— Sempre soube que você não era o que eles achavam que era — disse, finalmente erguendo os olhos. — Mas acho que eu também não sabia.

O que queria dizer com *eles*? Não importava.

— Bem-vindo ao clube — ela disse.

— Ele confia em você, mesmo agora.

Ele se levantou.

Forçara a barra. Ele não a queria tanto quanto ela o queria. Tentou pensar em algo a dizer para desfazer, fazer parecer brincadeira.

Ele hesitou, de pé ao seu lado. Podia senti-lo, mas não se moveu.

— Não conte a ele... — ela começou.

Não contar a ele o quê? Não sabia como concluir.

Ele deixou a porta bater atrás. Ela escutou, mas não ouviu o motor do carro sendo ligado. Foi à janela e o viu sentado no carro, cabeça jogada para trás. Finalmente, o motor foi ligado e ele partiu.

Como estivera tão certa naquele momento que ele era seu? Ele a procurara como um amigo — de *Riley*. Achara que ele saberia como era uma pessoa errada, se escondendo por trás daqueles cabelos de boa moça que Kendall e Lana tinham descartado tão facilmente, sob todos aqueles suéteres em tons pastel com que a sra. Graham a vestira, mas estava errada. Ele achara que era uma pessoa boa que tinha cometido um erro medonho, do mesmo modo como ele era uma pessoa boa que tinha cometido um erro medonho. Mas agora sabia. Ela mesma contara.

23

Naquela noite, Riley suplicou que ela o encontrasse no parquinho.
— Gracie, minha pintura está *boa* — protestou. — Ninguém nunca irá adivinhar que *eu* fiz isso.

Olhou para ela como se prestes a gargalhar.

— Olha para mim, querida. Olha para mim — falou, apontando para seu rosto. Seus cachos eram iluminados pela lâmpada da rua atrás deles. — Ninguém, *ninguém*, no Tennessee vai um dia desconfiar que Riley Sullivan Graham faria algo assim.

Uma onda de náusea afogou a culpa dela por um momento. Ela queria matá-lo. Suplicou.

— Não. Simplesmente esqueça a coisa toda. Isso deveria ser uma brincadeira, certo? Uma brincadeira.

Ele tentou beijá-la e ela se afastou.

— O que é isso? Nós não rompemos. *Essa* é a brincadeira.

— Chega de brincadeiras.

— Você quer sair? Certo, você está fora! De qualquer modo você é sensível demais para isto. Você se preocupa demais.

— Riley — ela alertou.

— Você vai ver.

Alls ligou na manhã seguinte.

— Nós concordamos que nunca iríamos contar a ele, e vamos sustentar isso — ele disse.

Ela prendeu a respiração.

— Mas sei o que quero — continuou. — E não consigo evitar.

Ela deslizou pela parede até o chão.

— Sim — falou.

— Não podemos deixá-lo roubar a Wynne House. É suicídio.

— Sim — concordou. — Disse a ele que está fora?

— Ele não liga.

— Eu criei um monstro — falou.

— Como nós roubamos uma pintura?

Ela não esperara por isso. Ficou maravilhada com o *nós*, que soava então como uma palavra que nunca tinha ouvido antes.

— Nós... nós temos que substituí-la por outra. Poderíamos comprar uma falsa na internet, uma reprodução de alguma natureza-morta vagabunda com as mesmas cores, colocamos uma velha moldura em volta e as trocamos.

— Moleza — ele disse, desconfiado.

— Não é uma grande ideia. Além disso, ele ainda poderia tentar roubar o original se não soubesse. E então ficaria muito claro o que tínhamos feito.

— Então não podemos fazer.

— Não.

— Precisamos salvá-lo dele mesmo.

— Sim — disse, sem acreditar. — Quão perto ele está de terminar a pintura?

— Não sei dizer. Posso mandar uma foto para você.

— Sim. Mas ele vai me dizer quando ela estiver pronta. Não vai aguentar.

— Ah, vocês estão se falando?

— É como você pensou. Ele acha que esse é seu grande gesto.

— E então?

— Então você pega a pintura dele. Quando estiver na faculdade, provavelmente. E faz a visita. Assim que estiver no andar de cima, eu entro e faço a troca. Você vai ter que fazer perguntas no andar de cima para me dar tempo. Não podemos vender nos Estados Unidos. Isso seria idiota.

— Para onde a gente vai?

— Eu vou para Praga em duas semanas — ela contou.

— Eu também — ele disse.

Ela riu, um momento breve que assustou os dois.

— Não temos nenhum dinheiro — falou.

— Riley vai devolver seu dinheiro do aluguel — contou. — Chamou de "prioridade uno".

Com que facilidade começavam a debochar dele, a pessoa que estavam tão determinados a proteger.

Ele devolveu, e um pouco mais. Anne Findlay recebera um telefonema pedindo uma pintura não vendida.

— Com juros — ele disse, olhos brilhando.

Era como se a estivesse provocando com sua nova autonomia. O *nós* tinha sumido. Seu marido mostrava então com que facilidade podia agir sem suas contribuições. Riley parecia determinado a provar que podia fazer o que quisesse sem perdê-la. Mas provar a quem? Se Riley queria mostrar a Grace que a tinha sob o poder de seu amor, errara grosseiramente no cálculo. Grace tinha ido mais longe do que ela mesmo sabia.

— Você não é um criminoso — apelou. — Não vou deixar que faça isso. Vou disparar os alarmes dos carros do outro lado da rua. Vou fingir que estou tendo um ataque cardíaco nos degraus do escritório. Vou fazer uma ameaça de bomba. Não vou deixar você aqui assim.

— Assim como? — ele perguntou, mordendo sua orelha gentilmente.

— Maníaco. Delirante. *Assim*.

— Bem, quando eu a levar para Paris, não estarei mais assim. Estarei curado. Estarei curado e estarei rico.

Por um momento esperou que ele *fizesse* isso e fosse apanhado assim que tivesse partido. A família então não poderia salvá-lo. E Greg, bem... Ela desejava vê-lo lamentar *tudo*. Mas isso não era do seu interesse.

— Não vou fazer parte disto — disse com firmeza. — É perigoso, é errado e não vou estar associada a algo assim.

— Nós dois sabemos que isso não é verdade — falou.

A dificuldade surgiu quando, apenas dez dias antes de Grace supostamente partir rumo a Praga, Riley ainda não havia concluído a falsificação. Claro, ele não via pressa, já que acreditava que iria se encontrar com ela lá depois. Ele se vangloriou de suas camadas, suas sombras, suas pinceladas, a *luminescência*, até ela lançar um olhar de alerta.

— Não quero saber disso — falou.

— Estou quase terminando — contou. — Uma vergonha você não ver o produto concluído.

Se Riley não terminasse a pintura a tempo, ela e Alls estariam arruinados. Os dois tinham de trocar a pintura juntos, um no andar de cima, dando trabalho à guia, enquanto o outro fazia a troca.

Mas, Grace pensou, se Riley não terminasse a falsificação a tempo, ainda teriam de roubar o original. Para proteger Riley, de modo que não houvesse pintura para roubar. O roubo seria arruinado e ele ficaria seguro em sua vidinha de Garland, e ela e Alls iriam embora para sempre. Alls concordou. Conversaram repetidamente sobre salvar Riley de sua própria arrogância alegre, da lógica de filmes de roubos de Greg, de tentar recuperar Grace quando não podia mais ser conquistada. Ela não era um prêmio.

— Vou comprar a falsificação — disse a Alls. — Tenho certeza de que consigo encontrar alguma coisa bastante parecida.

Ele ficou de pé do outro lado do corredor, a menos de um metro entre eles. Não tinham ficado tão perto quanto aquilo desde Nova York. Alls telefonara com aquela condição: tinham feito algo terrível e planejavam algo pior, mas até terem terminado, estarem sozinhos e longe de Garland, longe de Riley, não poderia haver contato físico. Alls disse querer se aferrar a algum resto de... de...

— Honra? — Grace perguntou, incrédula. A dele era de um tipo *muito* relativo, *muito* negociado. Mas concordara, mais por temer perder o controle. Se tocasse a mão dele, perderia a cabeça. Grace tinha de se concentrar.

Ela sabia que não teria importado. Um menininho berrava pedindo uma Pepsi no corredor atrás deles, e Alls, tendo às costas reluzentes aspiradores de pó de plástico, parecia amarelado e insone sob as luzes fluorescentes, mas Grace não se sentia nada no controle.

— Só por alguns dias — concordou. — Até eu poder colocar a melhor.

A melhor significava *a falsificação de Riley*, o que nenhum deles gostava de dizer.

— Como você conseguiria isso sozinho?

— Tenho de fazer outra visita — ele disse.

Ela mordeu o lábio. Era uma jogada apressada, desajeitada e desesperada, exatamente o tipo de coisa que a deixara certa de que Riley não tinha nada de tentar fazer algo assim.

— Ou podemos simplesmente deixar lá. Ninguém irá notar, a não ser Riley.

— Não, temos de colocar a falsificação dele na Wynne House, para que não possa nos delatar, disse Alls, engolindo em seco.

Ela anuiu. Gostaria que não tivesse dito isso. Preferia a narrativa de que estavam protegendo Riley à de que ela e Alls estavam apenas garantindo sua fuga.

— Eu posso fazer isso — disse. — Posso ir à noite, abrir a fechadura.

Ela anuiu. Não estavam fazendo mais sentido. Queriam muito que desse certo.

Comprar uma pintura falsa era fácil. Havia toda uma indústria dedicada a imprimir imagens baratas sobre telas de qualquer tamanho e depois aplicar "pinceladas" claras por cima, absurdamente, para simular habilidade. O Bosschaert falso de Grace não era sequer um Bosschaert — a obra dele não era famosa nem divertida o bastante para ser pendurada acima de sofás —, mas um Willem van Aelst, que trabalhara mais ou menos na mesma época, mesmo lugar e no mesmo estilo. O *Buquê de flores* que ela comprou era idêntico em tamanho, similar em composição e paleta de cores. Preferiu não comprar as pinceladas falsas, que pareciam plástico amassado de embalagem e chamariam mais atenção do que a própria pintura já tinha chamado. Seu Van Aelst custou 149 dólares, mais entrega rápida, e chegou em cinco dias. Grace tirou a tela do plástico-bolha e prendeu a respiração. Realmente iam fazer aquilo.

Ela foi à Wynne House na manhã de terça com os cabelos bem puxados para trás, usando batom escuro e óculos. Pegou roupas no closet da mãe. Fez o passeio circunspecta, como se fosse uma historiadora séria. Dorothea, a velha guia que passeara com Grace pela primeira vez meses antes, não a reconheceu. Grace não estava encantadora; não era ela mesma.

Enquanto estavam no andar de cima, Alls entrou embaixo com o falso, que tinham cortado de seu chassi. Grace estimara que tinham de dez a doze minutos enquanto Grace e Dorothea estivessem em cima. Tinham concordado que se não fosse fácil tirar a pintura do chassi, ele sairia. Mas foi; foi *muito* fácil; ele soltou o fundo do chassi com a ponta de uma chave de fenda Leatherman, cortou a pintura em quatro talhos secos, e grampeou a falsificação no lugar. Enrolou a pintura, a colocou na mochila e caminhou para a casa da Orange Street. Quando Grace e Dorothea voltaram, tinha partido.

Quando Alls ligou naquela noite e contou que colocara a pintura acima dos painéis do teto rebaixado do seu quarto, Grace ficou tonta de alegria. Estava apaixonada e muito perto de conseguir manter isso para sempre. Alls não queria salvar o Ginny's Ice Cream, e quando descobriu que Grace não era exatamente o amorzinho de vestido florido que tentara ser, a amara mesmo assim. Ela se sentia recém-honesta e entusiasmada, como se estivesse nadando nua em um lago escuro à noite.

Grace pensou em levar a pintura para Praga, mas Alls discordou.

— Você convenceu o melhor amigo de seu ex-namorado a roubar uma pintura de dois milhões de dólares com você — disse. — Há um limite para o quanto você me acha idiota.

Não seu ex-namorado, mas seu atual marido. Não tinha contado. Ela também tinha limites.

Grace partiria para Praga três dias depois. Respirou fundo e tentou impedir que as pontas soltas de suas relações se emaranhassem, embora ela mesma estivesse se desfazendo. Tinha lido sobre homens que tinham famílias inteiras secretas em outros estados ou países. A distância era o segredo. Você não podia sustentar algo assim quando os dois homens com quem planejava futuro moravam na mesma casa. Pior que administrar essa duplicidade era dar conta das relações — plural — que estava tendo com cada um deles. Havia a relação que Riley achava que tinham, aquela que Alls achava que ela e Riley tinham, e a que ela e Riley realmente tinham, qualquer que fosse. E havia a que ela tinha descoberto com Alls, que era real.

Na noite anterior à sua partida, Riley apareceu com uma surpresa. Colocou na escrivaninha de criança de Grace, sob o quadro de avisos com todas as fotos de seus bailes.

— O que acha? — perguntou, orgulhoso.

A pintura parecia brilhar. Sem pensar, ela estendeu a mão para tocar, e Riley a agarrou.

— Meu Deus, ainda não está seco.

— Não faça isso, Riley. Você é um ótimo pintor. Não precisa fazer isso.

— Pintor — ele disse. — Sabe, você costumava dizer que eu era um bom artista.

— Se fizer isso, eu vou largar você. Falando sério.

— O cacete que vai. Simplesmente tente. Você não consegue — ele disse, ela se encolheu, e o rosto dele ganhou uma expressão de pena. — Não estou pedindo sua ajuda, só um pouco de fé em mim. Quando foi que decepcionei você?

Se dissesse a Riley que não o amava mais, ele certamente roubaria a Wynne House, só para mostrar que podia fazer isso, como um menininho tendo um chilique com uma faca de verdade. Esse Riley sempre estivera ali? O quanto dele ela tinha criado? Dizer a verdade o deixaria louco, disse a si mesma. Só iria desestabilizá-lo ainda mais.

Além disso, não queria que ele cancelasse sua passagem.

Alls a seguiria assim que conseguisse trocar as pinturas. Disse que era melhor que não partissem ao mesmo tempo.

— Deixar alguns dias de distância é a coisa mais gentil a fazer — falou, ligando para ela durante sua pausa para fumar na farmácia. — Assim ele pode escolher não juntar as pontas, e irá fazer isso. Você o conhece. Só vê o que quer ver.

— Você vai vir — pressionou. — Como posso saber que vai vir?

— Eu vou — ele disse. — Prometo.

Também foi o que Riley disse.

Se pelo menos tivesse acreditado! Em vez disso, sentiu uma semente de desconfiança que não conseguiu ignorar: que Greg ainda poderia de algum modo ferrar tudo ou que Riley poderia, até mesmo que Alls estava armando para ela.

Eram nove horas. Sabia que Riley estava com Greg àquela hora — tinha dito que iam à Target com um vago tom estranho e soturno — e que Alls estava trabalhando.

Grace pegou a mochila e foi à casa da Orange Street, entrando pela porta dos fundos. Subiu na cama de Alls para erguer a placa do teto e tirou a pintura. A tela era tão fina em suas mãos que poderia ser um jogo americano de vinil. Ela simplesmente não podia correr riscos.

Riley pegou emprestado o carro de Greg para levá-la ao aeroporto, confundindo a preocupação de Grace com outra coisa. Não sabia que nunca a veria novamente. Achava que a estava consolando, e isso era intolerável.

— Logo estarei lá — disse. — Logo mesmo!

— *Quão* logo? — perguntou.

— Você vai adorar. Prédios antigos, bebida barata, aquele poeta que você adora. Lugares de terror histórico! Por que está chorando?

— Não acredito que fez isso por mim.

— Bem, eu acredito. E me sinto quase insultado quando você fala isso.

— Por favor, não faça isso — ela disse. — Simplesmente esqueça.

— Fazer o quê?

— Roubar a Wynne House!

— Ah — ele disse. — Certo, não farei.

Ela sabia, claro, que não falara sério. Perdera o controle sobre ele. O que fizesse então seria por uma ideia dela. Por isso, ela não podia ser responsável.

Grace passou seu primeiro dia em Praga procurando, perdida e suada, um cabo coaxial para ligar seu computador. Os dormitórios da época comunista não tinham internet sem fio, e ela estava ansiosa para falar com Alls. Quando finalmente viu o rosto dele tremeluzindo na tela do laptop, achou que iria desmaiar de alívio. Ela tinha se trancado no pequeno toalete para ter privacidade, e estava sentada no vaso. O comprido cabo coaxial azul passava pela porta e chegava à sua escrivaninha.

— Você conseguiu — ele disse, quase tímido.

— Eu consegui.

Sua colega de quarto estava fazendo a mesma coisa do outro lado da porta, e por um momento Grace sentiu que eram iguais, apenas duas garotas apaixonadas e com saudade de casa conversando com os namorados pela internet.

Mas sua alegria de vê-lo durou pouco. Alls contou que o plano de Greg e Riley estava em andamento. Riley só tinha esperado que ela partisse.

— Espere, por que eles ainda vão pegar as antiguidades? — Grace perguntou quando Alls lhe contou. — Isso é maluquice, se ele tem a pintura.

— É, eu sei — Alls afirmou. Ele estava sentado em seu carro no estacionamento do Starbucks de Whitwell. Eles tinham Wi-Fi ali e ninguém de Garland o veria. — Acho que é Greg. Estou tentando acabar com a coisa toda, já que não posso exatamente falar para se concentrarem na pintura.

Greg tinha dito aos pais que iria passar alguns dias na casa de Norris Lake. Ficava a uma hora e dez minutos de distância. Iriam para lá de tarde e seriam vistos: comendo costeletas no Hale's, comprando cerveja e uísque na loja de bebidas, enchendo o tanque de combustível. Precisavam que Alls fosse com eles, Riley disse, mesmo que fosse fugir do resto. No final do dia estacionariam o carro de Greg na garagem ao lado do segundo carro, sem identificação e anônimo, que já esperava por eles.

No dia seguinte iriam juntos no segundo carro até o Walmart de Pitchfield, onde seu terceiro carro, também sem identificação e anônimo, esperava no estacionamento. Greg o estava trocando de Walmart a cada três ou quatro dias. Trocariam de carro e iriam para Garland, chegando lá às nove da manhã. Se não houvesse nenhum carro inesperado no estacionamento, Riley entraria para o passeio. Quando chegassem ao andar de cima, ele trancaria a guia na biblioteca sem janelas, e então encontraria com Greg e Alls — Riley estava certo de que Alls iria — embaixo.

— *Trancá-la?* — perguntou Grace, incrédula. — Ela é uma velha. Terá um ataque do coração.

Quando os meninos tivessem terminado, sairiam calmamente com suas sacolas até o carro. Voltariam juntos ao Walmart, onde trocariam novamente de veículo, transferindo suas sacolas do Walmart cheias de antiguidades confederadas, e retornariam à casa do lago. Passariam a noite ali, gritando sobre a água para incomodar os vizinhos. Na manhã seguinte, Riley seguiria para Nova York, deixando Greg no lago para manter as aparências. Em Nova York, ele se livraria de tudo ao longo da semana seguinte, usando uma lista de compradores que tinha feito.

— É minha lista — Grace disse a Alls, lamentando. — Eu fiz a porra da lista. Simplesmente venha. Simplesmente deixe a outra e venha. *Saia daí.*

— Eu o ouvi dizer que está quase seca. Precisam de mais tempo que isso para amarrar as pontas soltas. Comprei uma passagem para sábado, certo? Ele diz que será na próxima quinta-feira. Mas então a pintura dele terá sumido e não poderá fazer nada a respeito disso. A coisa inteira irá desmoronar e estarei com você.

O programa de estudos de verão em si era só uma desculpa para que garotos ricos tomassem cerveja mais barata que água e conseguissem créditos universitários. Grace foi às aulas sem saber por quê — para simular, supunha. Sua colega de quarto era uma estudante de comunicação chorosa de Connecticut, o tipo de garota que Kendall e Lana teriam comido viva. Ela se viu sentindo falta delas. Deus, o que estariam então pensando de Grace?

Após algumas tentativas, os outros estudantes desistiram de conversar com ela. Viam em suas reações que transmitia algo ao mesmo tempo assustado e assustador, como se estivesse contaminada. Não que isso importasse. O alojamento era só um lugar para ficar até Alls chegar. Mal podia imaginar. Quando começava — a visão dele, lá embaixo no saguão, ou a luz do sol através da janela sobre suas costas nuas —, tentava apagar a imagem, de repente supersticiosa. Esperou os três dias seguintes meio presente em uma espécie de purgatório ansioso, esperando por ele, esperando sua vida real começar. O ano anterior tinha sido apenas um sonho ruim.

Escrevia e-mails para Riley uma vez por dia. Ele não mencionava o plano, e ela não perguntava. Disse que sua câmera estava quebrada, para não ter de vê-lo, mas apesar disso fazia os movimentos. Agora que estava longe para sempre, podia se permitir ser novamente o que ele queria, só por mais alguns dias. Aprendera a falar a verdade, ou parte dela, à pessoa errada, de modo que sequer soava errada, apenas deslocada. Quando dizia a Riley que o amava, estava falando com Alls.

Quando via Alls na tela, um arrepio percorria seu corpo como água gelada, apertando e doendo. O universo lhe daria o que você quisesse se você torcesse seu braço com força suficiente.

Sabia que tinha que lhe contar que estava com a pintura. Isso não mudaria nada; não deveria, desde que contasse antes que ele subisse na cama para dar uma verificada superficial nas placas do teto e descobrisse. Se ela estivesse com a pintura, teria conferido todos os dias, provavelmente duas vezes por dia. A mãe dela provavelmente teria visto e achado que estava escondendo drogas ou algo assim. Alls estivera certo ao ficar com ela.

Ela precisava lhe contar naquela noite.

— Onde você está? — Grace perguntou naquela noite. O rosto dele flutuava borrado contra uma parede cinza. — Está em *casa*?

— Não tem ninguém aqui — ele disse. — Escuta, eles vão para o lago amanhã.

— Você disse...

— Os pais de Greg vão usar a cabana na data que tinha escolhido, então ele e Riley irão mais cedo — contou Alls, que trincara o maxilar e continuava olhando para a janela. — Ele assou a pintura para secar mais rápido. Estava no forno quando cheguei em casa.

— Merda. Merda, merda, merda.

— Acho que vou ter de invadir esta noite.

— Não — ela disse. — De jeito nenhum.

— Eu posso abrir a fechadura. É uma antiga, não deve ser tão difícil — falou, passando a mão pelos cabelos. — Não há mais como sair disto.

— Escuta, eu estou com o Bosschaert — disse. — Eu peguei. Corte a de Riley, jogue no lixo e venha.

Ela o observou absorvendo o que tinha dito. Viu o momento em que se revelou em seus olhos: choque, incredulidade.

— Desculpe — disse. — Eu estava preocupada demais com Greg...

A janela onde seu rosto estava ficou preta. E, claro, ele nunca foi à Europa.

No dia seguinte, Riley, Greg e Alls roubaram a Wynne House. Riley trancou Dorothea no quarto de cima para que eles pudessem saquear, nos aposentos, todos os pontinhos vermelhos de Grace. Depois o zelador, que a própria Grace sabia que não deveria estar lá naquele dia, entrou, os viu e caiu.

O plano desmoronou. Grace imaginou que Riley, despertando para a realidade do velho desabando e de si mesmo como aquele que o ferira, não iria para Nova York. Ele e Alls deixaram a casa do lago e retornaram à casa da Orange Street, onde quatro dias depois foram presos graças às informações de Greg. O zelador passou do hospital para casa, e os meninos foram para a prisão. Todas as antiguidades roubadas foram recuperadas no carro de Greg na casa do lago antes que os investigadores completassem a relação do que estava faltando.

Ninguém notou a pintura sumida. Grace observou e esperou a seis mil e quinhentos quilômetros de distância enquanto seu destino era contado em atualizações de duzentas palavras no *Albemarle Record*. Mas ninguém nunca disse seu nome.

VII
Paris

24

Estava escuro do lado de fora das janelas altas do ateliê. Grace ajudara Hanna a terminar de colocar a neve nos galhos das árvores de inverno, mas já tinham pousado as ferramentas.

— Onde está a pintura? — Hanna perguntou.

Grace deu de ombros, triste.

— Eu a vendi para um colecionador em Berlim. Um cara esquisito. Estava com medo demais de ir a um marchand ou a uma casa de leilão — com medo de não conseguir deixar meu nome de fora. E eu queria dinheiro vivo.

Em Praga, Grace não olhara para a pintura, que era do tamanho de um rolo de papel de presente e estava escondida, mesmo dela, na borda lateral de sua mala, até o julgamento ter sido encerrado, em agosto. Tentara fazer com que fosse invisível. Quando o programa de verão terminou, ela se mudou por dois dias para um hostel, onde seu laptop e um casaco de chuva foram roubados da bagagem, mas não a pintura enfiada sob o forro da mala. Voltou ao alojamento. A responsável concordou com um preço de 210 dólares por mês por um quarto simples no quarto andar. O quarto era do tamanho de um carro e não fora pintado em décadas, mas Grace acendeu a luz que zumbia no teto e se jogou no chão frio, aliviada de ficar sozinha.

Comprou um laptop usado e ficou com pouco dinheiro. Encontrou trabalho dando aulas particulares, de início com facilidade, depois menos. Fazia ovos cozidos no micro-ondas do saguão e inicialmente os comia com pão e picles, depois sem picles enquanto vasculhava registros de leilões europeus em busca de vendas de pinturas com documentos questionáveis ou não existentes. Eles eram fáceis de identificar; as "descobertas" que as pessoas faziam em barracões e sótãos. O laptop quebrou após três semanas, e ela passou para o laboratório de computação da faculdade. Seu cartão eletrônico ainda funcionava. Odiava usar aquelas máquinas, deixando nelas rastros dos seus planos, mas já não havia outra escolha.

Na segunda semana de setembro, após várias semanas de becos sem saída e dificuldades, ela rastreou o dono original de um Corot duvidoso e perguntou se colecionava Era de Ouro Holandesa. Ele lhe dera o número de telefone de uma mulher, Katrin, que por sua vez a encaminhara a Wyss.

Wyss dera uma data e um endereço na Berlim Oriental. Ela tinha vivido em Nova York, disse a si mesma — podia fazer aquilo. Arrumou o pouco que tinha e partiu, de ônibus. As pessoas tinham ideias românticas sobre os trens europeus, mas o ônibus era mais barato, e aquela viagem não era nada romântica. Ela já não *queria* vender a pintura, mas o que mais podia fazer?

Quando o ônibus deixou Grace em Schönefeld, ela queria muito ignorar as indicações e pegar um táxi. E se ela ferrasse tudo e perdesse o encontro? Mas só tinha o suficiente para uma noite em um hostel e uma passagem de ônibus de volta, com pouca margem de erro. Seguiu a multidão para fora da estação rodoviária rumo ao trem. Só teve de fazer uma baldeação, em Ostkreuz, e quando saltou na Alexanderplatz não conseguia acreditar que pelo menos aquela parte tinha sido fácil, que não estava perdida. Subiu a rua até encontrar um lugar que se identificava como um pub irlandês, e esperou lá até as quatro horas, quando saiu para descobrir como se conseguia um táxi em Berlim, e depois fez isso. Quando o motorista a deixou no endereço ela deu vinte euros e pediu que esperasse meia hora. Não sabia se ele faria isso, mas não havia ninguém por perto para ele pegar.

Nunca soube se encontrou Wyss ou não. Havia dois homens. Aquele de que Grace se lembraria seria o que esperava quando ela puxou a mala de rodinhas até o prédio, o último de concreto em uma fila apertada de prédios de concreto de dez andares da mesma cor do céu. Ele a encaminhara ao elevador, e ela notara a sujeira sob as gengivas. Ficou mais perto dela no elevador, e quando sorriu, ela ficou chocada de ver que não era sujeira sob as gengivas, mas sombras. As gengivas eram soltas, pendendo sobre os dentes.

Ele a levara a um escritório claro e vazio, grandes manchas de água no carpete, mas sem mesas e cadeiras. Ela desenrolara a pintura no chão, onde um segundo homem, corpulento e de óculos, a observara atentamente, mas apenas por alguns minutos. Perguntou onde havia conseguido. "Meu avô", ela respondera, sabendo que não importava. Ele dispensou o primeiro homem. Grace não entendeu o alemão. Quando o homem voltou, abriu a mala de Grace e esvaziou nela um saco de lixo de dinheiro.

— Quanto você conseguiu? — Hanna perguntou.

— Setecentos mil euros — disse Grace, e Hanna engasgou. — Talvez. Não tive tempo de contar. Ele mandou me seguir e, na manhã seguinte, ouvi uma chave na porta, achei que era a faxineira do hotel e gritei que não precisava de nada.

Sem pensar, ela esticou a mão para passar os dedos sobre o ponto áspero no alto da cabeça onde o cabelo ainda era pouco. Ela o usava penteado para trás, para disfarçar.

— Mas não era a faxineira — ela disse. Tentou rir, mas ainda não conseguia.

Ela não iria contar tudo a Hanna.

Grace decidira rapidamente não ir ao hostel. Já tinha sido roubada uma vez, e naquele momento tinha uma mala de rodinhas cheia de dinheiro vivo. Não tinha feito reservas, tendo de repente tido a superstição de dar azar à venda. Viver sem um laptop, especialmente viajando, era como voltar no tempo. Ela não sabia fazer *nada* sem um computador. Voltou para o táxi, e não tinha ideia de para onde ir. Havia uma revista de turismo dobrada na fenda do banco, e a quarta capa trazia um anúncio do Hotel Reiniger. Grace mostrou o anúncio ao motorista e disse para levá-la lá.

Ela tinha dinheiro suficiente para o táxi, mas teve de abrir a mala no saguão do hotel para pagar duas noites. A visão do dinheiro — não blocos arrumados, mas uma pilha bagunçada com elásticos sujos — a deixou nauseada. Aquelas pilhas sujas eram incriminadoras, mas ainda assim pareciam insubstanciais, como palha.

Ela planejara abrir uma conta corrente, mas a ideia já parecia impossível e cartunesca — aparecer com maços de dinheiro vivo, como a mulher de um traficante de cinema. Não podia levar o dinheiro a lugar algum, mas obviamente também não podia simplesmente ficar com ele. Ela empurrou a mala para baixo da cama e esperou até saber o que fazer. Desejou ter alguém com quem conversar. Desejou que Alls tivesse ido e, quando o arrependimento mostrou a cara para lembrá-la de *por que* não tinha ido, o empurrou para baixo o melhor que pôde.

Desejou poder ligar para a sra. Graham e pedir para ir para casa.

Durante as dezessete horas seguintes, Grace não deixou o quarto. Às seis da manhã ligou para o serviço de quarto e pediu uma orgulhosa especialidade alemã que soava como torrada francesa. Zapeou anestesiada pelas emissoras de TV, parando em uma apresentação do que pareciam ser quíntuplos em trajes de vinil de corpo inteiro. Era Eurovision, o concurso de canto internacional. Ela e os meninos costumavam ver clipes disso na internet, doidões e caindo na gargalhada.

Ela tinha conseguido o que queria, não era? Estava rica e longe de Garland. Mas era como uma daquelas fábulas dos três desejos: enganara a si mesma. Sim, estava sobre um edredom de plumas em um hotel de Berlim com espelhos dourados, mas em casa em Garland a sra. Graham desejava que Grace nunca tivesse conhecido seu filho. Alls provavelmente a queria morta.

Deu um pulo com a batida na porta.

— Serviço de quarto — disse uma voz de menina.

Grace soltou a corrente e a chamou para dentro, constrangida de estar sozinha naquele elegante quarto de hotel. A menina provavelmente tinha a idade de Grace, e ela desejou poder oferecer alguma explicação. Mas ficara rica, e meninas ricas podiam ir para hotéis sozinhas sem dar qualquer explicação.

— *Danke* — Grace disse. — Achava que não se dava gorjetas por serviço de quarto na Alemanha, mas não estava certa. Uma nota de cinquenta euros era a menor que tinha, troco do check-in, e a deu à garota, cujos olhos piscaram rapidamente, de surpresa. Quando a garota saiu, Grace pegou uma nota de cem euros e a colocou na gaveta da mesinha de cabeceira. Precisava pelo menos ter coragem bastante de conseguir trocá-la.

Estava comendo, faminta, mas surpresa de conseguir comer, quando ouviu outra batida na porta. Parou de mastigar e olhou para ter certeza de que recolocara a corrente da porta. Sim.

— Não, obrigada! — gritou, a voz inesperadamente calma. Tentou desajeitadamente o alemão. — *Nein! Nein, danke!*

O aviso de "não perturbe" deveria estar pendurado na maçaneta. Ela conferira quando a garota do serviço de quarto saíra.

Tirou o som da televisão e ficou escutando quem quer que fosse ir embora, se desculpar por perturbar alguém que não queria ser perturbado. Em vez disso, ouviu um rápido som deslizante, um clique suave. A passagem de um cartão magnético. E então a porta foi entreaberta.

— Por favor? — acusou, como uma mãe histérica para alguém furando a fila do caixa. — Pare! — gritou. — *Halt!*

Pulou da cama e correu para o canto do quarto, as costas na parede, o que não fazia nenhum sentido, mas quando você ouve um barulho assustador, você se afasta dele; não consegue evitar. Viu a pequena abertura, a corrente esticada, e então um alicate foi enfiado no espaço e cortou a corrente em duas.

O homem na porta era o mesmo que no dia anterior a levara ao elevador até Wyss. O homem com gengivas frouxas.

Isto não pode ser o fim, ela pensou. *Não assim.*

— Certo — ele disse, fechando a porta. — Dê para mim. Dê o dinheiro.

A voz dele era provocante, quase divertida.

— Não está comigo — disse enquanto ele ia em sua direção. — Não está.

Ela deveria ter ido até o telefone, se deu conta, não à janela.

— Ah? — ele reagiu, a boca se esticando. Parara pouco antes de seu corpo tocar o dela, e se erguia acima. Ela podia ver as sombras escuras onde seus dentes desapareciam. Anuiu para o café da manhã pela metade. — Como irá pagar seu *Kaiserschmarrn*?

Ela sabia que ele iria procurar primeiro sob a cama, talvez no closet, atrás das cortinas, na banheira.

— Isso não será como nos filmes — ele disse. — Não vou ficar perguntando repetidamente.

Soltou o cortador de aço na cama e agarrou os ombros de Grace, jogando-a na cama como se fosse um saco de roupa suja. Grace chutou furiosamente, mas suas pernas pareciam acertar o ar. Todo o seu conhecimento de defesa pessoal vinha da sra. Graham, que a ensinara a enfiar os polegares nas órbitas de um homem ou, em isso falhando, desferir uma joelhada na virilha, ou então morder com força, em qualquer lugar. Ela não podia fazer nenhuma dessas coisas. E deveria estar gritando. Ele enfiou o joelho em sua canela, a prendendo. Seu osso iria se partir. Depois abriu o cortador e o colocou sob o tendão de Aquiles.

— Se você fosse uma profissional, eu a cortaria aqui. Mas você não é uma profissional.

Ela então teria lhe dito onde o dinheiro estava, se conseguisse falar. Aquilo era aquele pesadelo no qual você precisa gritar e não consegue, sua voz travada no sono, e acordava com o som do seu próprio gemido fraco, pulmões arfando.

— Está tudo bem, *Liebchen* — ele disse. — Vou ajudá-la a crescer.

Ele se levantou e deu um puxão no tornozelo, a virando de barriga para baixo, e ela ouviu seu soluço de terror antes de sentir. Fechou os olhos. A cabeça foi puxada para trás. Ele agarrou seu rabo de cavalo. Os primeiros fios de cabelo a se partir foram os do lado de fora, que cresciam do rosto e atrás das orelhas. Mas enquanto ele torcia o rabo de cavalo no alicate de aço, ela sentiu que nem todos os fios iriam se partir, iriam se soltar, dentro do rabo de cavalo. Seu couro cabeludo estava cedendo. O estalo rascante de cabelos se partindo parou de repente e sua cabeça caiu para a frente, o rosto batendo no travesseiro.

Ele jogou o rabo de cavalo no travesseiro ao lado, e ela se sacudiu, soluçando. Depois procurou a mala. Ela podia ouvi-lo. As cortinas, banheiro, frigobar. Quando voltou e olhou sob a cama, riu.

Puxou a mala e lá estava o dinheiro, praticamente intocado, exatamente como ele colocara ali. Fechou o zíper e esticou o cabo.

— Certo, até logo — disse. — Aproveite o resto da viagem.

Grace ficou deitada chorando, com a garganta seca, com dor, até abrir os olhos e ver o sangue no travesseiro, a mancha se espalhando à medida que escorria do couro cabeludo. Levantou. No banheiro, abriu a água até que ficasse morna e, inspirando rapidamente, enfiou a cabeça sob a torneira da pia.

Ela arfou enquanto ardia, e piscou água dos olhos. O sangue escorria em rios por seus braços e pescoço. A pia estava rosada dele. A maioria do sangue parecia vir do alto da cabeça, onde ela não conseguia ver e não suportava tocar. Procurou um pó compacto no nécessaire e o segurou em ângulo, se virando do espelho da pia, aterrorizada com o que iria ver. Um pedaço de pele, talvez do tamanho de uma ficha de pôquer, havia sido arrancado junto com os cabelos.

Ela agarrou uma toalha de mão e, inicialmente com muito cuidado, secou o ferimento. Gritou de dor e apertou a toalha com mais força na cabeça. Sabia que iria desmaiar — já havia manchas escuras sempre que olhava —, e então sangraria até a morte. Apoiou o corpo na parede do banheiro e deslizou até o chão, as costas retas. Apertou as pernas sobre o armário da pia e empurrou até a cabeça estar apoiada na parede de azulejos, a toalha enrolada no meio.

Depois voltou ao quarto e pegou o rabo de cavalo pela ponta, tentando não olhar para as raízes. Enrolou o rabo de cavalo em papel higiênico, a maior parte do rolo, até não conseguir ver nenhuma parte, e o jogou na cesta de lixo.

O que restava de cabelo caía ao redor de seu rosto em cachos irregulares. Com as mãos tremendo, ela encontrou as tesouras, coisinhas pontudas para cutículas e fios soltos. Segurou as pontas irregulares dos cabelos suavemente e cortou o resto.

Hanna a observava.

— Fui um pouco agredida — Grace disse, dando de ombros. — Mas estou aqui.

— Meu Deus — falou Hanna.

— Eles ainda podem me delatar — Grace comentou. — Uma palavra, sabe? Tudo pode desmoronar.

— Já desmoronou.

Elas ergueram os olhos com o som da porta do ateliê. Jacqueline se assustou com a visão delas sentadas à mesa de trabalho.

— Por que vocês duas estão trabalhando até tão tarde? — perguntou. A voz era demasiadamente amistosa, enquanto se recuperava. — Não posso pagar hora extra por aquela coisa — disse, apontando com a cabeça para o centro de mesa.

— Nós sabemos — Grace respondeu. Hanna não disse nada.

Jacqueline parou à porta do escritório.

— Julie, um minuto.

Grace a seguiu.

Jacqueline deu um sorriso nervoso.

— Bom — falou, como se Grace tivesse respondido a uma pergunta.

Abriu a caixa de veludo preto diante dela para revelar outra joia: um anel de noivado eduardiano. Grace o achou bonito. Os engastes do anel estavam vazios ao redor do solitário central. Os quatro engastes estavam escurecidos pelo tempo. Jacqueline lhe deu um pacote de quatro pedras, lapidação esmeralda, provavelmente de seu saco de zirconitas.

— Faça aqui — Jacqueline disse.

— No seu escritório?

— Sim, agora.

Quando Grace foi pegar as ferramentas, Hanna fitava o centro de mesa, distraída.

Grace se sentou na cadeira de Jacqueline e pegou uma lupa. Viu as secas e brilhantes marcas de raspagem nos engastes onde alguém arrancara as pedras grosseiramente. Aninhou a primeira pedra em seu engaste quadrado, enquanto Jacqueline, sentada em uma caixa de arquivo, a observava. Grace ergueu os olhos e viu a boca apertada da chefe, uma borda branca ao redor dos lábios.

Grace colocou as primeiras duas pedras dos dois lados do solitário. Quando recostou e olhou para o anel sob a luz, quase riu de como parecia ruim. O solitário central era uma antiga lapidação cushion. Tinha um brilho suave e parecia quase amanteigado à luz. As zirconitas desleixadas de Jacqueline pareciam lantejoulas baratas perto dele.

Jacqueline mordia o lábio, e Grace esperou que dissesse isso, que o anel parecia ruim, que nunca iria passar, mas Jacqueline anuiu. Ela não via a diferença.

Grace colocou as duas pedras remanescentes, sentindo pena da dona do anel. Jacqueline ficara desleixada, fazendo aquelas substituições vagabundas que não tinha olhos para entender. Iria ser apanhada. Mas se Grace dissesse a Jacqueline que sabia, estaria fora dali em dez segundos.

E então o quê? Voltar a ser faxineira? Uma "professora de inglês"?

— É bom ter algo a que retornar — aquele homem lhe dissera três anos antes, fechando o zíper antes de pagá-la à porta. — Para quando os tempos forem ruins.

Grace se lembrou de pensar na época: o que ela não faria sem ninguém vendo? O que ela faria agora que não sabia mais quem era? Sua noção de eu virara vapor rapidamente. Para o que servia a bondade quando você estava totalmente só?

Grace devolveu o anel concluído a Jacqueline e saiu, fechando a porta atrás de si. Hanna tinha partido.

25

Nos dois dias seguintes, Grace e Hanna trabalharam no centro de mesa quase em silêncio. Grace colou neve de lã no chão de inverno. Hanna curvou as linhas de cabelo sob o gorro da nova pastora para corresponder à velha pastora. Elas só conversavam sobre os materiais nas suas mãos. Quando Hanna se levantou a cada dia para almoçar na rua, ficou claro que não queria a companhia de Grace.

No terceiro dia, Hanna pigarreou, assustando Grace, que estava arrematando o quadrante de outono com pilhas de folhas de papel pintadas.

— As quietas sempre surpreendem — Hanna começou. — Eu era a quarta em uma família de cinco filhas. Tudo estava sempre imundo, e todas olhávamos para nossa mãe e jurávamos que preferiríamos morrer a ter uma vida como a dela. Klaudia, a segunda mais velha, era aquela que cuidava dela quando ficava doente ou grávida, cuidava dos bebês, cozinhava. Nunca reclamou. Quando Klaudia tinha dezesseis anos, disse aos meus pais que iria partir no dia seguinte para a Áustria com um homem que fora à cidade enterrar a mãe. Era vinte anos mais velho; a conhecera na mercearia do nosso pai, trabalhando lá. Meus pais disseram que não, claro, e então Klaudia contou que estava grávida. Foi assim — disse Hanna, colocando a pastora em uma vara de metal e ajustando seus braços delicadamente. — Nunca mais a vimos.

Grace fez uma careta.

— Estava pensando nela porque, como você, Klaudia não gostava realmente do homem. Ficou grávida de propósito, para se livrar de nós e nunca mais poder voltar. Não sei o que ou quem ela achou que iria encontrar quando saiu.

— Eu o amava, Hanna. Era jovem e muito idiota, mas o amava.

— Não. Não acho que você saiba o que é amor, não do tipo que faz com que se esqueça de si mesma. Você sempre esteve interessada em *si*.

— Não queria que eles roubassem a Wynne House — disse Grace, sabendo como aquilo soava fraco. — Eu lhes disse para não fazer.

— Porque você queria a pintura. Que gentileza. Não acho que você lamente. Só está puta por não ter dado certo.

Grace cruzou os braços sobre o peito.

— É o modo como você continuou mentindo para eles... por tanto tempo! Minha ex fazia isso. Ela criava uma mentira e cuidava dela como se fosse uma planta em um vaso. Mas você nunca parou, não é? Provavelmente está mentindo para mim neste instante, mas nunca saberei, então que sentido faz especular? Não é como se eu pudesse um dia *confiar* em você.

Como ela poderia explicar a mentira para alguém que já não entendesse, completamente, na medula dos ossos? As mentiras cobravam juros acumulados. Você tentava consertar o que tinha quebrado antes de ser apanhado, fazendo pequenos pagamentos como se pudesse dar conta, só o suficiente para conter o peso daquilo tudo. Mas a mentira continua crescendo sem parar. Você nunca consegue quitar, não sem perder tudo. O custo era total.

— Você quer que eu a julgue, Julie. Você anseia por isso. Você não se julga com dureza suficiente, e sabe disso.

Quando Grace chegou a Paris, pensou em se confessar. A sra. Graham ia ao confessionário toda semana, e quando voltava sempre parecia menos perturbada, mais aliviada. E uma vez, quando o marido a provocara com isso, a sra. Graham tinha dito: "Eu não faço spa, querido, e padre Tilton tem um esquema de pague o quanto puder." Grace achara que seria bom confessar a um estranho, alguém obrigado profissionalmente a perdoar. Como vomitar, ou levar o lixo para fora.

— Ele poderia ter recomeçado a vida no ponto em que a deixara quando saiu — Grace falou. — Poderia ter finalmente a vida que queria.

Poderia pintar a Wynne House! As pessoas iriam adorar. Ele é tão *perdoado*, Hanna. Sempre foi. A prisão provavelmente teria sido boa para sua carreira — falou. Sua arte pareceria mais interessante mesmo que não tivesse mudado nada. — Agora ele sumiu e arruinou suas chances de fazer alguma coisa.

Ela se referia a Riley, claro. Não podia culpar Alls por fugir, mas Riley só estava ferindo a si mesmo.

Hanna a encarou boquiaberta.

— Você é *inacreditável*. A prisão foi *boa* para ele?

Grace empurrou a cadeira para trás.

— Tenho de ir ao banheiro.

Hanna lançou o pé sob a mesa e enganchou a perna da cadeira de Grace com o tornozelo, prendendo-a ali.

— Você não recomeça onde parou. Não pode. Você está mudado.

— Bem, ele poderia *mais* do que algumas pessoas...

— Deixe que lhe conte sobre como é a prisão — Hanna disse. — Já que você obviamente não sabe.

— Hanna — disse Grace, empurrando a mesa, tentando mover a cadeira, mas Hanna a tinha travado.

— Imagine um hospital. Agora apague metade das luzes e faça o resto zumbir, sem parar, como armadilhas de insetos. A seguir, vire todos os vidros de álcool e formol. Porque é assim que uma prisão cheira, o tempo todo.

Ela pegou uma garrafa de álcool antisséptico na sua cesta de suprimentos e derramou um fio fino para formar uma poça na mesa de Grace.

Grace pegou um trapo para limpar. Ela não conhecia a mulher com quem estava conversando naquele momento.

— Pare, Hanna. Soou diferente do que eu queria dizer.

— A prisão cheira assim porque você está sempre limpando, o dia inteiro, todo dia. Cheira a mijo e vômito, de qualquer modo, de três mil vasos abertos. Alguém está *sempre* cagando perto de você. E se seu garoto não usava drogas, agora ele usa. Porque você precisa fazer o tempo ir para algum lugar. O tempo perde todo sentido; um dia parece um ano, e um ano se torna um dia. Nos primeiros meses você só consegue pensar em o que as pessoas do lado de fora estão fazendo sem você. Do que estão rindo na TV, do que estão reclamando de seus dias. O que estão comendo. Quem está na cama com quem. E você pensa: por que *não* tentar heroína para facilitar a transição para absolutamente *nada*? O tétano o deixa uma semana na enfermaria, e eles têm revistas lá. Alguém está sempre observando você, se preparando para roubar você, cuspir em você. Os policiais, os outros em sua ala. As pessoas arrancarão seus olhos porque estão *entediadas*, porque o tédio o deixa *louco*. E sim, isso na Polônia. Mas isso também é em uma prisão *feminina*.

A porta do escritório de Jacqueline rangeu. O coração de Grace estava acelerado. Hanna nunca falara com ela assim. Abalada, Grace tentou de algum modo desfazer o que Hanna tinha dito, generalizar ou fingir que a raiva dela tinha sido sem foco, impessoal. Em vez disso, Grace só conseguia pensar em Alls, e a paciência dura e decidida de seu olhar, como se o tempo todo em que o conhecia, ele estivesse observando um relógio, esperando sua libertação.

A prisão teria destruído Riley. Esforçou-se para não pensar nisso, mas sabia. Ela o imaginou rindo de alguém, tão acostumado a ser gostado, e sendo socado na barriga. Ela o viu em breves repetições, desenhos se movendo ao passar das folhas, em que ele desabava como uma boia de piscina, uma vez depois da outra.

Hanna soltou o tornozelo e recostou.

— Você não os conhece mais. E aposto que eles absolutamente nunca *a* conheceram.

Jacqueline foi ruidosamente até a mesa delas.

— O que é isto? Álcool? Limpe isso, o cheiro é horrível. Julie, venha comigo.

O trabalho era outro anel, uma enorme esmeralda tendo dos dois lados diamantes em lapidação triangular do tamanho do canino de Grace.

Jacqueline olhou diretamente para ela e disse para substituir os diamantes por algo menos valioso. Alegou que o dono queria dar os diamantes à nova esposa do filho.

— Que sogra adorável — Grace comentou.

— Use moissanita. É mais quente — Jacqueline disse. Ela se apressou em abrir uma segunda caixa, e então parou, fechou a tampa novamente e apertou a mão ao redor. — Uma coisa de cada vez. Você terá de ir ao Fassi.

Grace só tinha ido a Fassi uma ou duas vezes antes, pegar cristal de rocha. Levara as peças para poder conferir as substitutas. "Apenas não seja roubada", Jacqueline dissera quando Grace saiu levando na bolsa um espelho de mão art déco com joias. Para uma ladra, Jacqueline tinha uma confiança medonha nos outros — ou talvez fosse apenas arrogante. Provavelmente achava que Grace não teria coragem de roubar dela.

— Teremos de medi-los aqui — Jacqueline disse. — Você obviamente não pode sair com isto.

Obviamente. Grace retornou à sua mesa para pegar régua e lupa. Talvez Jacqueline não confiasse nela tanto quanto achava. Quando voltou, Jacqueline estava ajoelhada, abrindo o cofre. Grace se sentou na cadeira da chefe e acendeu a luminária de mesa. Colocou o anel junto à régua. As pedras tinham nove milímetros de face e seis milímetros de profundidade na ponta. Ela examinou pela lupa, olhando o modo como cintilavam.

— Nove de lado, seis de profundidade.

Grace notou um ponto mínimo perto da beirada inferior de um dos diamantes. Uma inclusão. Aqueles diamantes de fato eram muito reais.

Jacqueline se curvou para trás de joelhos e esticou a palma da mão para pegar o anel. Recolocou as caixas no fundo do cofre e bateu a porta.

— Uma amiga minha desde que éramos adolescentes; o marido tem uma pequena joalheria — disse Jacqueline, fazendo uma pausa para franzir o cenho. — Monsieur teve um ataque cardíaco e ela está meio perdida, tentando se segurar enquanto ele se recupera. Eles ainda têm encomendas feitas antes do acidente. Têm filhos pequenos, então está tudo um caos.

Grace conhecia a armadilha de tentar explicar suas respostas antes de alguém fazer uma pergunta. Sorriu e anuiu.

— Você é uma boa amiga.

No ônibus, sacolejando na direção de Fassi em Montmartre, Grace se sentou ao lado de uma garota apenas poucos anos mais jovem que ela. Segurava a bolsa cinza no colo e equilibrava nela um livro. Estava lendo Huysmans, *Às avessas*. O exemplar era novo, páginas brilhantes e lisas, sem pontas amassadas nem lombadas quebradas de ler no metrô. As unhas dela eram ovais e lisas, sem esmalte e impressionantes em sua saúde rosada.

— Adoro esse livro — Grace disse, mal se dando conta de que falava.

— É para a escola — disse a garota, um francês duro de garganta fechada.

— Americana?

Ela ruborizou e deu um sorriso desanimado.

— Sim, desculpe, meu sotaque não é muito bom.

Grace balançou a cabeça.

— Não, é bom! Está estudando no exterior? Qual curso?

— Literatura da Belle Époque.

— Ah, está lendo *Bel-Ami*?

A garota anuiu vigorosamente.

— Adorei o romance! É muito escandaloso!

Grace quase riu. Ficar escandalizada com os gigolôs bigodudos dos anos 1880. Seu peito retorceu de remorso. A vida daquela garota era a vida que Grace teria tido — deveria ter tido — se não tivesse feito tantas coisas idiotas tentando conseguir isso. Ainda não era o ponto de Grace, mas ela se levantou para saltar.

— Aproveite a viagem — disse em inglês, sorrindo para a garota, cujos olhos se iluminaram com o sotaque americano de Grace. Grace a deliciara.

Ela abriu caminho diante de si e saltou apressada do ônibus.

Quanto tempo ainda tinha? Contar a Hanna a verdade — a *verdade*, nua e tentando respirar, clamando por atenção — deixara Grace exposta. Não importava a quem você contava: um segredo sempre buscava sua própria vida. Alguém iria encontrá-la, ou Jacqueline fecharia as portas, talvez fosse presa, ou então Grace. Ela precisava partir. Era hora de recomeçar de novo, dessa vez em algum lugar maior, ou mais difícil.

Quão diferente dela aquela garota tinha parecido. Aquelas unhas, como as de uma boneca viva.

Grace parou sob um toldo, junto a um carrossel de arame de postais em preto e branco, e esperou que a tontura passasse.

Fassi ficava a dois quarteirões. A insolência de Jacqueline, de mentir para ela de modo tão óbvio — poderia pelo menos ter tirado as pedras primeiro e dito a Grace que tinham caído. Seria alguma consideração, poupar à assistente migrante mal remunerada o fardo de saber.

Ela apertou a campainha do lado de fora do prédio de Fassi.

— Julie, Jacqueline Zanuso me mandou — gritou para superar a estática do velho interfone. Subiu as escadas até o terceiro andar e tomou o corredor de mármore rachado rumo à porta de Fassi.

Ele abriu apenas uma fresta da porta — sabia que devia segurar a maçaneta antes que se fechasse — e logo após retornou ao seu lugar atrás do vidro.

— *Vous-desirez?* — perguntou, o rosnado metade muco, metade ressentimento. — Vou almoçar logo.

Ela puxou as folhas amassadas. Ele foi até a comprida fila de catálogos de fichas e mapotecas que cobriam a parede dos fundos. Folheou fichas, retornando com três envelopes de papel pardo, todos em uso havia muitos anos, fita adesiva velha grudada nas beiradas. Grace colocou um tapete de veludo à sua frente e ambos pegaram uma lupa cada um.

— Quantos?

— Dois, combinando.

Ele murmurou enquanto selecionava e media os triângulos. Acharam facilmente um par do tamanho certo, mas Fassi descartou um após olhar pela lupa. Colocou de lado e passou o dedo grosso pela pilha, procurando outro.

— O que há de errado com aquele? — ela perguntou.

— Não é perfeito — disse, dando de ombros. Uma fitinha perto da base.

— Uma inclusão? Em moissanita?

Pegou a pedra. Ele estava certo. A agulha branca, como uma rachadura em gelo, era tão pequena que ela tinha de apertar os olhos para ver, mesmo com uma lupa.

Fassi colocou mais duas pedras com o primeiro triângulo.

— Você escolhe. Todas estas são boas.

Ela pagou com o cheque em branco que Jacqueline mandara, em nome de Fassi, e ele lhe deu o pacote de papel fechado, não maior que um biscoito.

Grace não sabia que moissanita tinha inclusões. Claro que tinha; moissanita era natural, com falhas como qualquer pedra preciosa.

Ela pegou sua anotação amassada novamente, fazendo uma cara azeda.

— Espere — disse, franzindo o cenho de aborrecimento. — Eu deveria levar dois pares. Quatro deles. Vou ter de levar aquele com a inclusão. E eu já lhe dei o cheque. Quanto custa a pedra ruim? — perguntou, procurando a carteira na bolsa.

— Ah, pode levar por dois dois cinco.

Ele a estava roubando.

— E dois cinco zero pelo outro. Eis quatro sete cinco — disse fazendo um bolo arrumado de notas no balcão. Seu aluguel. Ele ergueu as sobrancelhas.

— Melhor ela me reembolsar logo — Grace falou.

* * *

Era possível que Jacqueline tivesse notado a pequena inclusão no triângulo de diamante, mas Grace estava certa de que não o teria inspecionado com tanta atenção para registrar tamanho e forma exatos. Ainda assim, as palmas das suas mãos ficaram úmidas. A única coisa de que tinha certeza era a posição da falha. Mesmo que Jacqueline não tivesse examinado cuidadosamente a inclusão, o dono do anel poderia ter. Seria um mês de aluguel e nenhum lugar para onde ir caso fosse apanhada.

Não. Aquele anel não era propriedade de um gemólogo. Alguém tinha sido descuidado o bastante para confiar em Jacqueline, cujos dedos eram duros demais para consertar trabalhos delicados, mas grudentos o bastante para roubá-los. Mesmo para um joalheiro, uma inclusão não garantia uma verdadeira atenção investigativa, apenas para reduzir proporcionalmente o valor da pedra.

Quando Grace voltou ao ateliê, mostrou o par de triângulos perfeitos a Jacqueline, que os examinou junto ao anel e anuiu.

— Eu lhe darei o anel em um momento.

Grace voltou para sua mesa. Hanna estava lá, mordendo o lábio enquanto cortava as pontas soltas das curvas de arame. Grace tirou os triângulos imperfeitos da bolsa e começou a trabalhar neles com um pano úmido.

Jacqueline saiu com o anel e puxou uma cadeira. Ia se sentar ali e observar enquanto Grace removia os diamantes.

— Vou colocá-los imediatamente no cofre. Não podemos ter diamantes flutuando por aqui no meio das pilhas de serragem e pistolas de cola.

Não havia serragem. Não havia pistolas de cola. O ateliê delas era impecável.

— Claro — disse Grace, cuidadosamente colocando na mesa o pano, com os triângulos no fundo. Molhado, o pano ficou imóvel. — Não acho que será difícil remover.

O anel era velho, o ouro macio, e o cinzel de Grace afastou com facilidade as presilhas fracas dos engastes de joias. Ergueu um dos triângulos, depois o outro. Havia uma borda de gordura cinzenta no perímetro, décadas de sujeira, loção de mãos e células epiteliais descascadas.

— Vou dar uma limpada — falou.

Jacqueline olhou para os diamantes na palma da mão esquerda de Grace como se pudessem pular sozinhos. Grace pegou o pano de limpeza embrulhado com a mão direita e deixou as pedras caírem em uma dobra. Massageou uma através do tecido, depois outra, procurando as outras pedras, mais fundo no pano. Quando as encontrou, enfiou a mão naquela dobra e as pegou. Soltou os dois triângulos de moissanita na mão de Jacqueline que esperava, um deles apresentando uma pequena inclusão.

— Perfeito, obrigada — Jacqueline disse, se levantando. Voltou apressada para seu escritório, deixando Grace sozinha com os diamantes, incrédula.

— Ela agora a tem nas rédeas — Hanna disse.

Ela não tinha visto.

— Pare de fingir que não iria fazer se não tivesse mais para onde ir — Grace disse. — Eu não posso dizer não. Você quase terminou o centro de mesa, e não há mais nada.

Uma surpresa satisfeita cintilou nos olhos de Hanna.

— Eu só valho o que alguém me paga — Grace disse.

Hanna tinha quase terminado o centro de mesa, antes do que esperava, mas não fora interrompida por outros serviços. Grace sentiu uma inveja peculiar enquanto olhava para o centro de mesa. Queria algo bonito em que trabalhar, algo com substância, valor e história. Era impossível se aferrar a qualquer ideal no clima de então. Qual beleza havia a que aspirar?

* * *

Grace colocou o par de perfeitos triângulos de moissanita no anel, junto ao solitário. Olhou para as garras através da lupa. Estavam suavemente fechadas e apertando as pedras. Perfeito.

Levou o anel para Jacqueline, que descruzou as pernas e o admirou à luz da luminária de mesa.

— Não dá realmente para dizer — comentou Jacqueline. — Moissanita. Uma pena o nome ser tão feio.

Era certo roubar os diamantes, porque Jacqueline era ela mesma uma ladra e tinha usado Grace para ajudar no roubo. Não dera a Grace nenhuma escolha *que não* roubar. E o barato, o *barato* que corria por ela dos pés à cabeça, era elétrico, enchendo sua mente com uma efervescência de champanhe, fazendo seus cabelos se levantarem nas têmporas, fazendo-a esquecer, por um momento, tudo mais.

26

Prisioneiros sob condicional ainda desaparecidos

21 de agosto

Cy Helmers

O departamento penitenciário do Tennessee continua a procurar pelos dois condenados desaparecidos. Embora inicialmente se acreditasse que os homens tinham fugido juntos, agora acredita-se que os homens podem estar agindo ou viajando independentemente.

Riley Sullivan Graham, 23, foi visto pela última vez no sábado na Swiftway Dry Cleaning em Garland, onde estava empregado desde sua libertação do Complexo Correcional Federal de Lacombe.

Allston Javier Hughes, 23, teria desaparecido já na noite de quinta-feira de seu local de moradia, Jewett Road 441. Após Hughes ter faltado a um encontro marcado, seu agente de condicional entrou em contato com o pai de Hughes, seu empregador e conhecidos, incluindo Graham e sua família.

Graham e Hughes receberam condicional em 10 de agosto após cumprirem 36 meses pelo assalto à Josephus Wynne Historic Estate em junho de 2009.

O departamento penitenciário expediu mandatos de prisão para os dois homens.

Ela não sabia o que pensar daquilo.

Freindametz tinha saído, mas deixara a TV ligada. Um *game show* francês estalava e berrava de seu quarto, e Grace entrou para desligar. Desejou não estar sozinha em casa. Serviu um copo do uísque escocês que mantinha no canto mais fundo de uma prateleira alta acima do fogão e se sentou na escada.

Se tinham ido para lugares diferentes, estavam em busca de coisas diferentes. Alls finalmente iria recomeçar. Melhor ser um ninguém rumo a lugar nenhum que um condenado em Garland, cercado pelos Kimbrough e pessoas como eles.

Mas Grace não iria ficar sentada esperando que Riley a encontrasse. O que quer que desejasse dela, ele teria de encontrar em outro lugar. Ela se arrastou escada acima e colocou o copo suado na mesinha de cabeceira. Procurou na bolsa o envelope de papel pardo e desembrulhou os triângulos, colocando-os junto aos diamantes espalhados que já cintilavam ali na escrivaninha. Deus, como eles brilhavam, mesmo no escuro. Acendeu a luminária da mesa de cabeceira e ficou sentada ali na beirada de seu colchão de solteiro, olhando para as grandes pedras, como dois olhos brilhantes que olhavam para ela e tudo mais.

"Seu problema", Riley gritara durante uma de suas brigas, "é que você quer que todos a achem incrivelmente especial, mas *você* sequer se acha tão especial. Ninguém é!"

"Eu não sou especial", ela protestara. "Por favor, eu não acho *mesmo* isso."

"EXATAMENTE!", ele rugira.

Grace tomou sua bebida.

Ela só estivera procurando o máximo de amor, apenas isso. Como com tudo o que você achava ser escasso, você tinha de pegar para si sempre que encontrava.

Lachaille compraria os diamantes. Maxine Lachaille já a conhecia bem; poderia até ficar com eles por dinheiro, embora não por tanto quanto Grace conseguiria caso tivesse tempo de engastar em algo. Vender um diamante nu era quase impossível, mas Grace teria de tentar no dia seguinte, e deixar Paris depois. Não importava que Jacqueline conhecesse mme. Lachaille, desde que Grace partisse imediatamente. Isso era uma garantia de que realmente partiria, Grace decidiu.

Ela pegou sua mala e começou a enchê-la. Seus livros teriam de ficar. Apenas roupas. Tirou saias e vestidos dos cabides e jogou dentro. Compraria um bilhete de trem e começaria a se mover; isso era o principal. Escutou uma mulher do lado de fora tagarelando com seu bebê enquanto empurrava um carrinho ao longo da calçada irregular. Estava escuro. No apartamento do outro lado da rua, os adolescentes fumavam maconha e escutavam solos de bateria.

Por causa da bateria, ela não escutou as batidas de imediato. Mas quando os tambores se calaram, as batidas continuaram.

Alguém batia na porta da frente.

Ela olhou pela janela para a rua abaixo, mas não viu nenhum carro. Tentou ver pela lateral do toldo sobre a porta da frente, mas não conseguiu.

Riley. Ela sabia que aconteceria exatamente assim.

Grace sentou na cama e esperou — não sabia o quê. Se descesse e abrisse a porta, lá estaria ele, seu marido traído que nunca quebrava uma promessa.

As batidas pararam.

Grace parou ao lado da janela, olhando para fora de onde não podia ser vista. Ninguém.

Então ouviu a porta se abrir. A dobradiça rangeu, e o som ficou pairando. Sapatos. Lentos, se detendo, parando, olhando ao redor.

Depois na escada.

Podia ser Hanna, ou algum namorado descontente da filha de Freindametz, procurando por ela. Estava certa de que Freindametz não tinha um filho? Um marido? Um faz-tudo? Qualquer homem que não conhecesse. Os passos, embora macios, eram de um homem.

Na pequena escrivaninha, havia uma xícara com canetas, algumas tesouras, um abridor de cartas de prata. Ela pegou o abridor de cartas e o empunhou. Deveria ter se virado, mas estava com medo.

No corredor.

Ele pigarreou atrás dela, e ela soube, ela soube, ela soube.

— Grace — ele disse. — Há quanto tempo.

27

Alls estava mais alto do que Grace lembrava, e mais largo. O peito era fundo e aprumado, não curvado e vazio como costumava ser. Ela ainda não conseguia suportar olhar no seu rosto.

— É você — ele disse. — Eu sabia que a encontraria, mas ainda não consigo acreditar que fiz isso.

Grace recuou, mas atrás dela só havia uma parede. Alls fechou a porta.

Tomou a mão dela nas suas e olhou as unhas, as palmas quentes. Ela olhou seus dedos, os nós, o pulso, a manga da camisa. Ela não conseguia aguentar seu toque. Apertou o abridor de cartas na outra mão. Sabia que ele tinha visto.

Ele soltou a mão dela e sentou na cama.

— Você está exatamente igual — disse.

Ergueu os olhos para ela, impaciente. Grace se sentou ao seu lado, mais perto do travesseiro, espaço suficiente para outra pessoa entre os dois.

Ele pegou um cigarro e o ofereceu primeiro a ela. Grace balançou a cabeça e alisou a saia sobre as coxas. As dele já estavam espalhadas descuidadamente. Procurou um isqueiro no bolso do paletó. O peso em seu colchão estreito e com calombos mudou e seu corpo se inclinou para ele. Esticou a mão para se equilibrar, tentando não tocá-lo. Cruzou as pernas e puxou a bainha da saia, como uma colegial em uma entrevista para babá, e ele riu, embora ela não soubesse como exatamente ele estava rindo. Era um estranho.

— Você não achou que eu viria — ele disse.

— Não. Ou não sozinho.

Ela viu o esgar de surpresa em seu pescoço.

— Isto não é como achei que Paris seria — ele contou.

— Só é Paris no sentido municipal.

— Este quarto é muito parecido com o último quarto em que nos sentamos juntos — disse, dando um tapinha no cobertor do outro lado. — Cama pequena junto à parede. Uma janela para a rua. Mesinha, cadeirinha.

Grace se sentiu como Alice, já pequena ela mesma e encolhendo até ser uma migalha.

— Um quarto de alojamento — disse. — Você veio até aqui para morar em um maldito quarto de alojamento? Paralelepípedos, imagino — comentou, apontando com a cabeça para a janela.

Ele já tinha rugas ao redor dos olhos, como se tivesse passado anos apertando os olhos para o sol. Mas a tristeza que ela costumava ver ali tinha sumido. Não sabia o que via no lugar. Tinha imaginado aquele momento, cem variações do tema errado, durante anos, e naquele momento, Alls invadira sua casa e ela não achava que lhe cabia perguntar por quê.

— Como me encontrou? — ela perguntou.

— Com você é sempre *como*. Nunca por quê.

— Não posso perguntar isso a você. Não acho que eu queira saber.

Ele se levantou e foi à estante, se curvando para ver os títulos. Foi à escrivaninha e pegou um dos triângulos, rolando-o entre polegar e indicador.

— Ainda uma acumuladora — disse em voz baixa. Ele se virou para ela, que se encolheu.

— Acha que eu viajei tanto para *ferir* você?

— Desculpe, eu não...

— Você não me conhece mais. Saquei isso — disse, dando de ombros e anuindo para a escrivaninha, os diamantes soltos e as pilhas de livros sob o pôster do Petit Trianon pendurado acima da escrivaninha. — Será possível que você não tenha mudado? Que por mais diferente que eu esteja, você simplesmente tenha ficado sentada aqui em seu quartinho, mudando os cabelos mas continuando a mesma?

Ela balançou a cabeça.

— Não sou a mesma.

— O quê — ele reagiu, olhando novamente para os diamantes. — Você mesma roubou isso?

Mas roubar sozinha era uma verdadeira diferença, não era? Ela tinha crescido, embora torta. Ergueu os olhos para encontrar os dele.

— Roubei.

Ele ergueu as sobrancelhas.

— Sei o que você deve pensar de mim — ela começou.

— Você não consegue imaginar — retrucou.

— Onde está Riley?

— Não — cortou. — Não estou aceitando perguntas ainda.

— Por favor, me conte — ela suplicou. — Você não sabe o que eu...

— Eu não? — cortou, balançando a cabeça. Pegou o copo, e quando viu que estava vazio, pediu um. — Uísque *escocês?* — reagiu incrédulo. — Traidora.

— Em Roma como os romanos — ela disse, calma. — Quer uma xícara de chá?

Ela precisava tirá-lo do seu quarto. Ele a seguiu escada abaixo até a mesa da cozinha, onde serviu para ambos um dedo de uísque.

— Como foi seu dia? — ele perguntou, como se costumassem se sentar ali.

— Não dos melhores.

— Por quê, o que houve? Foi apanhada com a boca na botija?

— Meu Deus. O que é isso?

— Essa é uma expressão dele, não sua — devolveu, cruzando as pernas. — Achei que deveria ser assim. Fugiríamos juntos e viveríamos felizes para sempre, e no fim do dia tomaríamos um drinque e conversaríamos sobre ele. Só estou tentando. Vendo como poderia ter sido.

— A vida boa? Alls, você não sabe como lamento...

— Shhh. Você teve muito tempo para falar, e esse tempo passou — disse, depois fez uma pausa. — Onde está?

A pintura.

— Não está comigo. Eu a vendi, depois o dinheiro foi roubado de mim.

— Ninguém gosta de mentiras.

— Não estou mentindo — retrucou. — Fui rica durante dezesseis horas.

— Quanto conseguiu por ela?

— Setecentos mil euros. Pouco menos de um milhão de dólares.

Ele assoviou.

— Você disse que conseguiria dois milhões.

— Eu estava errada. Aceitar apenas dinheiro reduz o seu mercado.

— Bem, então acho que irei para casa — ele falou.

Ela não disse nada.

— Você poderia ter me dito — ele falou, e depois riu. — Poderia ter me dito muita coisa.

Ele puxou o copo pela mesa, olhando a trilha de condensação.

— O que você queria que eu tivesse dito?

— Que tinha se casado com ele. Que de fato ainda estavam juntos.

— Isso teria importado?

— Duvido. Eu tinha perdido a cabeça.

Ela não conseguia olhar muito nos olhos dele antes que seus próprios começassem a queimar. Continuava desviando os olhos, para trás dele, ou ao lado dele, mas ainda podia senti-los.

— Não consigo acreditar que realmente é você — ele falou.

Ela não estava certa de que realmente era. Tinha passado por transformações demais para saber. Tinha sido professora, prostituta, faxineira e Julie da Califórnia. Tinha sido roubada duas vezes e parcialmente escalpelada. Era então restauradora de antiguidades e ladra de joias em meio expediente. Engoliu em seco.

— Como me encontrou?

Ele então sorriu, mas ela não sabia o que o sorriso significava.

Respondeu que imaginara que ela tinha ficado na Europa. Sabia que não voltara para Garland depois da prisão. Imaginou que tinha vendido a pintura, ou que voltara para antiguidades, joias ou arte, ou era amásia de alguém.

— Muito obrigada — ela disse.

— O setor de beleza por lucros, imaginei. E em uma cidade grande: Londres, Paris, Tóquio. Provavelmente Paris. Quero dizer, você fala a língua.

— Você não veio para cá só porque eu estudei francês no secundário.

Ele a ignorou.

— Eu ia ficar trancado quase três anos, se fosse muito bonzinho e tivesse muita sorte — ele continuou, recostando na cadeira. — Acho que deveria falar devagar para ter certeza de que você tenha uma noção do tempo. Você entende o tipo de tempo de que estamos falando? Dias são apenas cascalho sob os pés. Tem alguma noção de sobre o que estou falando?

— Talvez — ela disse com cuidado. Sob o medo, ela sentia uma dor de desejo que sabia que não podia ser devolvido.

— E devo admitir que de início só queria encontrar você para ganhar. Eu queria assustar você — falou e engoliu em seco, duramente. — Eu não podia *acreditar* que tinha se casado com ele. Antes. Acho que agora eu saco — disse, e fez uma pausa. — Sabe, eu costumava imaginar como seria minha vida se fosse Riley. O tempo todo. Ele tinha tudo e todos que eu queria. Com menor frequência, e isso é patético, eu até toparia a vida de Greg. Mas nunca pensei em como seria ser você.

Grace enrubesceu.

— Nós queríamos a mesma coisa — disse.

— Eu sempre pensei em mim mesmo como a pior metade de Riley, se você era a melhor.

Ela deu um sorriso triste.

Ele se inclinou para a frente e as pernas da cadeira bateram no chão.

— Seja como for, centenas de revistas chegavam todo mês. A maioria uma merda, mas nós a *valorizávamos*. Um fragmento de papel do mundo exterior, uma propriedade pessoal que você não tem de guardar. Uma revista! E quando os caras já não as queriam mais, se estivessem em bom estado, não rasgadas ou cobertas de mijo e sei lá o quê, elas iam para a biblioteca. Passei *muito* tempo na biblioteca no último ano. Não tive direito a biblioteca até então.

Ele parecia excitado, como se estivesse prestes a explicar um truque com cartas.

— *Architectural Digest*, maio de 2011. Você viu?

— Não leio essa revista.

Ele ergueu uma sobrancelha.

— Você costumava.

— É Hollywood demais. Você lia isso na *prisão*?

Alls revirou os olhos.

— Desculpa. Quais revistas você considera adequadas a um condenado? Quais livros? Meu colega de cela escrevia poemas indecentes circulando letras isoladas em *Uma vida com propósitos*. Outro cara grudava cílios e pelos de sobrancelha na parede com o próprio cuspe, fazia pequenos desenhos com eles. Havia oitenta e três livros na biblioteca da prisão, e li todos eles. Eu lia qualquer coisa: *Rolling Stone*, *Maxim*, a porra da *Country Weekly*, todas as páginas. Mas acho que devemos todos agir como os condenados que somos, certo?

— Desculpe — pediu. — Falei sem pensar.

— Uma pilha grossa de *Architectural Digest* apareceu na biblioteca quando alguém foi solto e deixou para trás.

Ele olhou para ela, olhos fixos logo abaixo dos seus, no nariz, queixo ou pescoço. Estava desapontado, e ela queria explicar que tinha pensado neles o tempo todo. Pensara tanto neles que criara uma visão estreita e a ocupara com detalhes que no momento pareciam irrelevantes.

Ele sacou a carteira e tirou dela uma página gasta dobrada, branca nos vincos.

— Aqui — ele disse, abrindo.

"Americanos em Paris" era o título da matéria. "Emile Eustace e Heather Franks exibem a elegância da cultura americana em seu loft no Triangle d'Or." Um homem frágil de óculos com uma camisa preta ao estilo western estava de pé atrás de uma loura alta e uma poltrona Federal Bentwood. O texto era cercado por fotografias dos bens valiosos do casal: um porta-bengalas de ferro forjado. Um relógio alto Chippendale, uma canoa de casca de bétula que tinham instalado no alto da parede, e um bracelete de camafeus de cavalo. O bracelete de Grace.

Ela engasgou.

— Você pode tirar uma garota do Tennessee — Alls disse.

"*Bracelete de camafeus equestres, c. 1880*", dizia a legenda. "*Encontramos este tesouro em uma pequena joalheria em Saint Germain des Prés.*"

Mme. Lachaille só lhe dera quatrocentos por ele, a sovina.

Quão pouco importava que Grace tivesse se escondido, trocado de nome, mudado por dentro e por fora. A herança de família de Riley a delatara do outro lado do oceano.

— Também não pude acreditar. Achei que iria demorar *anos* — ele disse, e limpou uma poeira imaginária da foto com o polegar, algo que parecia ser um hábito. — Mas você estava na maldita biblioteca.

— Eu poderia ter me mudado — ela disse, a voz embargada. — Vendi aquela coisa há anos.

— É, eu sei. Quando saí, conferi com Cy para ter certeza.

— Cy? Helmers?

— Quantas pessoas você acha que leem o *Albemarle Record* fora do estado, quanto mais do país? Você deveria ter visto o mapa, Gracie. Ele carregou em dois minutos. Você é o ponto vermelho que nunca para de piscar.

Grace ficou sem fala. Claro. Ela passava seus dias acalentando os artefatos de séculos passados, mas não podia fugir do ano em que vivia.

— Só há oito pequenas joalherias no Saint alguma coisa. Levei minha foto e perguntei, mas pelo bracelete. Disse a ela que colecionava camafeus.

— Ela não *acreditou* nisso — Grace protestou.

— Foi você quem me disse que colecionadores são esquisitos arrogantes. Os chamou de "fetichistas de casa de bonecas", lembra? — falou, e deu de ombros. — Não é exatamente uma persona complexa.

— Não achei que você criava personas.

— Aprendi que vale a pena ser flexível.

— Ela lhe disse onde eu trabalhava — Grace falou. Ela saíra dos Estados Unidos e tornara Paris uma cidade tão pequena quanto Garland.

— Sim, *Julie*, ela disse. É fácil achar o que você quer, se você finge estar procurando outra coisa.

Greg dera a Riley e Alls dez mil dólares cada, em dinheiro, no momento da libertação — dinheiro culpado, dinheiro para recomeçar. Ele tinha ido trabalhar na loja de vinhos da mãe — nunca mais poderia se tornar um advogado — e poupara para a libertação dos amigos. Levara pacotes para Alls — livros pedidos, doces, meias melhores — todo mês. Greg, Alls disse, ficaria envergonhado pelo resto da vida. Tinha sido castrado por aquilo.

Alls deixou a cidade com seu recorte de revista. Conseguira os documentos de viagem necessários com a ajuda do amigo de um amigo que fizera na biblioteca da prisão.

— Lendo a *National Review* — acrescentou.

— Você tem um passaporte falso?

A identidade falsa dela era muito pobre em comparação.

— Não poderia ter saído sem isso, e agora não posso voltar.

— Por que você faria isso, violar a condicional? Arriscar *mais* tempo de cadeia?

— Não há nada para mim lá, Grace. Minha condicional implica morar com meu pai. Em Garland. Algumas pessoas podem fazer isso, eu não posso.

— Eu sei — disse em voz baixa. — Eu não pude.

Ele ficou em silêncio tempo demais, e ela se apressou para preencher o vazio.

— Quando chegou aqui?

— Há dois dias. Hoje eu a segui para casa, fui de bicicleta atrás do ônibus.

— E o que... o que planejava fazer quando me encontrasse?

A verdadeira pergunta, aquela que ela queria fazer, mas não suportava, fazia cócegas em sua garganta como uma tosse presa.

Ele deu de ombros.

— Dependeria de quem eu encontrasse.

Ele quis saber tudo o que ela fazia na Zanuso et Filles. Contou que restaurava antiguidades. A chefe lhe dava coisas quebradas e seu trabalho era desquebrá-las. Que tipo de coisas, ele perguntou. Todo tipo. Móveis, luminárias, porcelana, projetos artísticos antigos bizarros. Contou que preenchia buracos, derretia esmalte, juntava peças de porcelana quebrada, limpava sujeira de fendas invisíveis, encontrava duplicatas de seguradores, bases, dobradiças e puxadores quando os originais tinham se perdido...

— Você adora isso — ele disse.

— Sim — admitiu.

Ele olhou ao redor.

— Eles não pagam muito.

— Não é isso. Eu realmente gosto das coisas. Não tenho de conversar com os donos, o que provavelmente odiaria. Apenas faço consertos, e extraio prazer da beleza da própria coisa.

Tentou explicar como o trabalho — repetitivo, exigente, humilde, minucioso — parecia um serviço. Não às pessoas, mas aos objetos.

— Uma penitência — ele disse. — Você está fazendo penitência.

— De certa forma.

— Pelo que roubamos, e não de quem roubamos, e não a mim, não a Riley.

— Ninguém os obrigou a roubar a Wynne House — ela disse.

— Onde roubar diamantes se encaixa em seu sistema de crença?

— Minha chefe inescrupulosa me obrigou a roubar para ela, substituindo diamantes por falsificações.

— Então você está ficando com uma parcela. Isso é bonito.

Ele se alongou, virando as costas de um lado para outro. Enfiou a mão no bolso da calça e depois espalhou na mesa os triângulos e as pedrinhas dela. Ela não o vira pegá-las. Ele virou um triângulo para absorver a luz e estudou os pontos brilhantes que flutuavam no teto.

— Grace. Você sabe que me deve.

28

Então ela tinha aprendido sobre joias, ele falou. Não muito, ela protestou. Não sabia *sobre* joias, apenas a mecânica simples. Conserto de joias foi uma habilidade adquirida acidentalmente.

— Como você e as fechaduras — ela disse. — Você tinha ótimos motivos para abrir fechaduras.

— Ótimos — repetiu secamente. — Quase como se não pudéssemos evitar, o que aconteceu depois.

— Onde ele está? — ela suplicou.

Ele sorriu.

— Mostre seu ateliê. Gostaria de ver onde você trabalha.

— Não tenho a chave — mentiu.

Ele deu de ombros: uma pequena inconveniência.

Era mais de duas da manhã. Nada de metrô. Ele disse para chamar um táxi.

— Diga para ele nos pegar em seu ponto de ônibus e nos deixar em... qual o marco histórico mais perto de você?

Quando ele viu que ela não iria ajudá-lo, revirou os olhos.

— Eu tenho o endereço. Já estive lá. Apenas me poupe esse passo, certo?

— Sacré Coeur.

Eles caminharam para a Gallieni na névoa agradável da noite, sem passar por ninguém na rua a não ser um grupo de adolescentes que ouviram o inglês de Alls e começaram a fazer comentários picantes em tom de aprovação. Grace via que estavam excitados. Turistas nunca iam ao bairro deles.

— Mete na bunda dela esta noite, cara. Mete na orelha dela — disse o garoto. Não podia ter mais de dezoito. — Aposto que ela chupa bem.

— *Mange de la merde* — ela disse ao passar por eles.

No táxi, Alls tagarelou em voz alta sobre como estava animado de estar ali com ela, e como lamentava por terem de ficar naquele hostel vagabundo, mas se ela pelo menos pudesse deixar isso de lado por um segundo, veria que finalmente estavam na cidade mais romântica do mundo, seguindo para a *Sacrey Core* tarde da noite, e ela tinha levado a câmera, e querida, por favor, não faça bico, prometo que a trarei de volta em dez anos e faremos tudo em grande estilo. Grace estava muda de ansiedade, a cor sumida do rosto e com os lábios secos, mas quando o motorista deu uma espiada nela pelo retrovisor, sua palidez triste só reforçou a farsa de Alls.

A caminhada da catedral até a Zanuso era de pouco mais de um quilômetro.

Grace tinha tantas perguntas para Alls que temia fazer por causa de todas as perguntas que ele por sua vez poderia lhe fazer. A pequena, impossível esperança que sentira de que estivesse ali por ainda amá-la estava secando, uma goteira persistente de uma torneira finalmente bem fechada.

— Não sei o que você acha que posso lhe dar — disse. — Não tenho nada.

— E não é por isso que você está me levando ao seu trabalho? Porque quando você não tem nada a dar, tira de alguém?

— Você pode ficar com os diamantes — ela falou.

— Eu já estou com os diamantes — ele cortou. — Quanto você avalia que valem?

— Os pequenos não muito, talvez uns quatrocentos, cada. Mas os triângulos são especiais. Pelo menos cinco mil, cada, até dez. Euros. Estou longe de ser uma especialista, mas você pode pegar esses, tomar o Eurorail e vendê-los em Madri semana que vem por quinze mil dólares, provavelmente.

— Besteira — ele disse, e colocou as mãos nos bolsos. — Mas é isso o que você acha que valem três anos da minha vida na cadeia? Cinco mil dólares por ano?

— Não — ela disse em voz baixa. — Mas não vou ajudá-lo. Não vou roubar nada.

— Mais nada — ele corrigiu.

— Mais nada — suspirou.

— Se eu pelo menos acreditasse em você. Mas não a encontrei trabalhando em um orfanato, curando doentes e desfigurados. Vejo um grande potencial aqui.

Grace estava esgotada de medo, e no momento também exasperada.

— Simplesmente me diga o que quer de mim.

— Quero de você o que você queria de mim.

— Eu queria você — ela disse.

— Pouco demais, tarde demais.

Eles ficaram um minuto em silêncio, escutando o eco de seus passos na calçada. Grace pensava no que aconteceria caso corresse.

— Eu estava levando as sacolas do escritório para a sala de estar — ele disse finalmente. — Riley carregava as dele. A porta da frente se abriu, e o velho zelador ficou de pé ali.

Ela escutou.

— E Riley correu pra cima dele.

Aquilo não saíra nos jornais.

Quando Alls viu o zelador, seu primeiro pensamento foi se virar para esconder o rosto. E então viu Riley, no umbral atrás, o rosto monstruoso de medo, correr na direção do zelador segurando um suporte de lenha acima da cabeça. O zelador, agarrando o saco de lixo, caiu sobre a porta, batendo a cabeça no batente, e desabou no chão. O suporte de lenha voou pelo ar partindo da mão de Riley.

— Se aquele suporte tivesse acertado o homem, ele teria morrido imediatamente — Alls disse. — Mas ninguém viu Riley brandi-lo exceto eu e ele próprio. Nem mesmo o zelador. Ele sequer conseguiu apontar para Riley na fila de identificação.

Alls chamou Greg, que disparou pelo corredor com as sacolas e abriu a porta com um chute. Correu para o carro, pulando sobre o velho no chão. Riley se colocou acima do zelador, olhando para o seu rosto flácido até Alls gritar que era para se mexer. Foram até o Walmart e trocaram de carro, mas Riley estava um lixo. Ficou grudado na TV na casa do lago, certo de estarem perdendo detalhes cruciais, porque seu crime era apenas notícia regional em Lake Norris, não local. Ele não iria para Nova York, e não estava mesmo em condições. Tinha superestimado demais sua própria coragem.

— Quando você partiu com a pintura, me deixou com ele — Alls disse.

— Você poderia ter feito a troca naquela noite — ela disse. — Ou picado a cópia e deixado tudo para trás.

— E como eu poderia acreditar em você, hein? Você me fez cortar a pintura para você, fez Riley produzir uma cópia para você. Tenho certeza de que há um registro realmente fundo de coisas que você *não* fez.

— Eu queria que você viesse. Estava preocupada que mais alguma coisa desse errado...

— E deu.

Riley insistiu em voltar a Garland; disse que era menos suspeito ficar lá, como se tudo estivesse normal, embora ele mesmo não estivesse nada normal. O zelador não melhorou, e Riley começou a ameaçar se entregar. Ouvia as pessoas nos noticiários descrevendo os bandidos que tinham trancado uma frágil voluntária em um quarto sem ventilação e não conseguia acreditar que se referiam a *ele*. Não saiu de casa, e por três dias não tomou banho nem dormiu. Grudou na TV, e parecia estar rezando para ela, para que o zelador sobrevivesse, para que ele mesmo acordasse de um pesadelo.

— E você estava preocupado com a pintura — Grace disse. Ela repassara os cenários na cabeça milhares de vezes: eles descobriam que a pintura tinha sumido e atribuíam o primeiro crime aos responsáveis pelo segundo; ou Alls era descoberto, e então também ela.

— Não — ele disse. — Não isso.

— Não estava?

— Você estava muito concentrada na pintura — ele disse. — Nos dias antes de partir, como se não confiasse em mim com ela. E comecei a pensar em se realmente me queria — falou, depois parou e olhou para ela. — Eu realmente não tinha certeza. E então você a pegou.

Eu queria você, ela desejou poder dizer.

Eles tinham chegado à Zanuso.

— Fique em pé aqui — ele disse, e apontou com a cabeça para a parede de tijolos sob o toldo. — Vigie — mandou, indicando primeiro a rua, depois as janelas do prédio. Ele parecia confortável; sabia onde estava.

Não havia uma só alma à vista. Alls se ajoelhou. Quando moveu os pés, os sapatos não fizeram ruído de raspar no piso, como se estivesse descalço. Enfiou a mão nas costas sob a camisa e tirou uma bolsa de couro de dentro da cintura do jeans. Abriu o zíper silenciosamente e tirou um afastador e uma vareta metálicos. Enfiou a ponta mais curta do afastador na fechadura e depois deslizou a vareta ao lado. Ela não podia mais dizer que tinha a chave. Ele empurrou o afastador suavemente, virando no sentido horário, enquanto empurrava e puxava a vareta com a outra mão, sentindo o interior da fechadura. Franziu o cenho, e Grace olhou para os dois lados da rua, nervosa. Ainda silêncio. Alls tirou a vareta e o afastador da fechadura e guardou a vareta. Escolheu uma pequena ferramenta com gancho e, mudando de posição para ficar ainda mais perto da tranca, deslizou o gancho para dentro do buraco e começou a testar, baixando a maçaneta, depois puxando a vareta um pouco e empurrando para baixo novamente.

Ela percebeu algo dentro do prédio e tocou no seu ombro, mas ele já tinha ouvido. As ferramentas estavam fora de vista e ele de pé, a empurrando para a esquina. Tinham acabado de fazer a curva quando ela ouviu a porta abrir, um homem murmurando sozinho enquanto subia a calçada apressado na outra direção, a porta batendo atrás. Podia ouvir o coração de Alls batendo junto ao dela, ou talvez o pudesse sentir através das roupas e da pele dele.

Ele trabalhou na fechadura pelo que pareceu um tempo muito longo, mas quando Grace conferiu o relógio, apenas dez minutos tinham se passado. Ouviu um carro a provavelmente dois quarteirões, mas se aproximando. Alls tirou a vareta da fechadura e puxou o afastador rapidamente para cima. A tranca clicou. Virou a maçaneta e fez um gesto de cabeça para que entrasse.

Ela deixou que fechasse a porta atrás. Ele estava quase silencioso, e no escuro, tendo apenas seu vestido amarelo como iluminação, parecia impossível que não estivesse sozinha. Mas ouviu a voz dele atrás, sussurrando.

— Em frente.

Ela esticou a mão na direção da parede para se equilibrar, e a seguiu até a escada. Procurou o corrimão e desceu, um, dois, três, sentindo a curva na parede, e depois nos nove degraus até a base. E então havia outra porta, e outra fechadura.

Dessa vez, ele usou uma lanterna. Estava aberta em dois minutos.

Grace passara centenas de horas sozinha no ateliê tarde da noite, luzes fortes. Mas estava assustada demais para tocar no interruptor.

— Você sabe o que dizem — ele brincou, a voz opressiva no escuro. — A parte mais fraca de uma fechadura é a fenda.

Ela o sentiu no cômodo, se movendo silenciosamente. Ficou imóvel. Em um momento ele tinha ligado sua luminária de mesa.

Olhou para a mesa dela, as ferramentas organizadamente agrupadas por forma e função em potes de vidro, a pilha de tecidos dobrados.

— Você deveria abrir fechaduras — disse, mais para si mesmo que para ela. — Seria ótima nisso.

Caminhou até o centro de mesa tcheco.

— O que é esta terra de conto de fadas?

Ela respirou fundo.

— Você não pode levar isso. Nunca encontraria um comprador.

— Só perguntei que porra *é* essa. Além do mais, é grande como uma casa de cachorro.

Ela apresentou o centro de mesa a ele, os milharais de seda e as árvores com contas, as pastoras de musselina e os pêssegos de cera. Hanna tinha feito um belo trabalho.

— Os pêssegos são meus — contou. — E as bolotas, estas contas.

— E quanto às joias? Onde ficam?

— No escritório dela — disse Grace, olhando para a porta de Jacqueline.

Ela o seguiu para dentro.

— Aqui? — ele perguntou, abrindo a gaveta da mesa.

— Não, ali — ela disse, apontando para a pilha de revistas em frente ao cofre.

Ele inspirou rapidamente e flexionou as mãos.

— Você está brincando — ela falou.

— Vai tentar me impedir?

— Eu conseguiria?

— Não fiz muito isso. Pode demorar algum tempo.

Ele se deitou de barriga no chão, dobrou as pernas nos joelhos e ergueu os pés, os sapatos balançando. Não cabia no chão.

Grace observou por um tempo enquanto ele girava o dial de um lado para o outro.

— Está escutando? — ela perguntou.

— Não — respondeu. — Gostaria. Essas engrenagens são leves demais para estudar.

— Então o que está fazendo?

— Isso não é problema seu, lembra? Alguma dica da combinação? Data de nascimento, número de telefone, superstição bizarra?

— Não vou ajudá-lo — falou.

— É, saquei. Nunca faria isso.

Ele pediu um pedaço de papel e caneta, e Grace os pegou no material de sua mesa. Ele começou a tentar combinações e registrá-las. O que fazia parecia uma piada. Abrir um cofre não podia ser assim, e ele não podia acreditar que funcionaria.

— Você não pode tentar todas as combinações.

— Sabe, de certa forma você realmente parece diferente. Nenhuma hesitação. Para começar, não está tentando fazer todo mundo se apaixonar por você o tempo todo. Rindo e cobrindo a boca, contando historinhas sobre como é desajeitada. Mas ainda é uma sabe-tudo.

— Se eu fosse tão transparente... — ela começou, mas foi interrompida.

— Para responder à sua pergunta, não acho que precise tentar todos os números — disse, trincando os dentes em concentração. — O dial estava parado em treze, então podemos começar com esse como o último. E há alguma folga para aqueles com mãos trêmulas. Múltiplos de cinco devem resolver.

Ela não sabia o que fazer. Sentou na cadeira de Hanna e folheou suas anotações sobre o centro de mesa. *Vendredi, 24 août*, dizia a página de cima. O dia seguinte. *Nous ratisserons la pelouse e finirons la caisse*. Pentear o gramado e concluir a estrutura.

Ratisserons, finirons. *Nós* pentearemos, *nós* concluiremos. Hanna tinha aceitado sua ajuda mais plenamente do que Grace percebera.

Às cinco e meia, ele foi à sua mesa levando três folhas de papel com números.

— Vamos — ele disse. — Você precisa trocar de roupa.

— Eu não virei trabalhar — ela disse. Não tinha contado a ele que pretendia deixar Paris naquele dia. — Não se você roubou minha chefe.

— Sim, você virá — retrucou. — A não ser que queira que ela pense que você o fez.

— Meu Deus, você não aprendeu nada?

— Mais do que você, aparentemente. Mas não abri o cofre. Não ainda.

— Ainda? Acha que vou voltar aqui com você esta noite?

— Sim. Você vai se sentar ali como um querubim e me ver abrindo o cofre da sua chefe. Porque você não mudou nada, certo?

— Você acha que sinto prazer com isso — ela disse, incrédula.

— Eu sei que sente.

Eles pegaram o primeiro trem do dia para casa. Algumas vezes ela tinha ido trabalhar cedo assim, mas não conseguia se lembrar de ter voltado para casa tão tarde. Quando chegaram lá, Freindametz ainda estava fora, e Grace ficou aliviada. Ela não sabia o que estava acontecendo, mas pelo menos não tinha de explicar.

Quando Grace saiu do chuveiro, Alls estava dormindo na cama dela, sobre o cobertor, esticado de costas. Seus cabelos molhados deixavam água correr por seu peito enquanto o observava. Pegou silenciosamente uma saia e uma blusa no closet e as levou para trocar no banheiro.

Ele poderia ter sido dela, se tivesse feito certo. Mas aquele era um Alls de muito tempo antes. Ela não conhecia aquele absolutamente.

Quando Grace chegou ao trabalho, apenas duas horas e meia após ter saído, Hanna estava conferindo suas medidas para a embalagem de transporte. Grace não tinha um trabalho seu. Observou enquanto Hanna fazia uma série de marcas de conclusão no caderno. Sua visão estava distorcida de fadiga, todas as formas marcadas demais, e indistintas. Quando lembrou a si mesma de que Alls estava em casa, dormindo em sua cama, se viu duvidando que fosse verdade. Poderia ter sido uma alucinação — ele, o que iria lhe dizer. Poderia ter sido um sonho. Mas então, olhando para a mesa de Hanna, ela viu o caderno dela, a caligrafia familiar, e soube que tudo aquilo era muito real.

— Hanna — Grace sussurrou. — Ele está aqui. Alls está aqui.

— Este é um grande dia — Hanna disse, orgulhosa. — Últimas tarefas. Na segunda-feira irei enviar este circo.

Grace a encarou e Hanna piscou alegremente como se não tivesse ouvido.

— Ele invadiu minha casa noite passada — Grace disse.

Jacqueline saiu do escritório e chamou Grace com o dedo.

À sua mesa, Jacqueline tirou a tampa de uma caixa de papelão. Dentro dela havia um colar de pérolas enrolado.

— Está imundo — Jacqueline disse, o tirando.

Pendurados entre as pérolas estavam seis discos de ouro com impressões de círculos concêntricos, e no meio de cada disco, um cabochão de rubi, cada um como uma pastilha de açúcar derretida. Lembraram a Grace os biscoitos que Riley costumava levar para o lanche da escola, aqueles com uma bolha de recheio de cereja.

— Tire as pedras e substitua por algo semiprecioso — Jacqueline disse. — Tire apenas uma para comparar com Fassi e deixe o colar comigo.

Dessa vez, ela sequer ofereceu uma explicação.

À mesa, Grace retirou o primeiro cabochão de rubi de sua rosquinha de ouro.

— Precisa de algo de Fassi? — perguntou à Hanna, como se fosse comer um sanduíche. Mas Hanna não respondeu, nem mesmo um gesto de cabeça, um esgar, um sinal de reconhecimento. Era como se Grace não tivesse falado.

Em sua loja, Fassi apresentou rodonita, rodolitas, rubelitas, espinélio vermelho e rubis de laboratório. Ele e Grace ergueram cada pedra à luz. O rubi de laboratório era o mais próximo. A conta para os seis foi de apenas vinte e dois euros. Fassi os jogou em um saco como jujubas, sem sequer embalar.

— Hanna — chamou Grace, pouco antes das seis. — Por favor, converse comigo.

— É muito conveniente, não acha? — disse Hanna, que selava as beiradas do compensado com poliuretano.

— O quê? — Grace perguntou, assustada por ela ter finalmente respondido.

— Que você me conte a história que tinha escondido por anos, e agora me diga que ele está aqui? Um pouco preciso demais — disse, tamborilando com o lápis na mesa e resmungando. — Merda. Vou ter de vir amanhã.

— Por quê? E por isso eu lhe contei. Porque estava certa de que estavam vindo.

— O poliuretano tem que curar durante a noite, depois a cola tem que curar antes que eu aplique, e leva vinte e quatro horas para secar totalmente. Um cronograma confuso.

Desconfiança e desprezo — isso era tudo o que Hanna lhe daria. Tudo bem.

— Não pode fazer na segunda? — perguntou.

— Vou pegar um Biedermeier na segunda.

— Mesmo? Como isso aconteceu?

— Enquanto você estava no Fassi. Jacqueline diz que é uma beleza, uma *chaise longue*! Prometeram pés soltos e braços arranhados — disse, parecendo tão contente quanto estava distante. — Mal posso esperar.

A mão de Grace estava com cãibras. O sexto rubi se soltou, estalando na mesa.

— Estou lhe dizendo a verdade — disse, engastando o impostor no ouro. — Não tenho motivos para não fazer isso.

— Esse é realmente um problema para você, não é? Precisar de uma razão?

Hanna tirou as luvas de látex e as jogou no lixo.

Ela estava arrumando suas coisas rapidamente e Grace se apressou para acompanhá-la. Devolveu o colar e todas as peças a Jacqueline sem dizer uma palavra e subiu a escada correndo atrás de Hanna.

— Vejo você na segunda — disse Hanna com voz cantada no eco do vestíbulo. Abriu a porta da frente.

Alls estava esperando lá, apoiado no prédio e fumando um cigarro. Não olhou para Grace, lhe dando a chance de ignorá-lo na frente da colega de trabalho, mas Grace se deu conta disso um pouco tarde demais. Quando Hanna se virou para um aceno frio, o rosto de Grace já a traíra.

Hanna notou o homem de pé ali, o homem para o qual Grace tentava não olhar. Olhou de Alls para Grace, e de volta.

Alls deu um sorriso relaxado.

— Oi — disse a Hanna.

— Não acreditei em você — Hanna disse. Virou, se meteu entre pessoas que andavam devagar demais e correu pela calçada, os ombros rígidos por estar sendo observada.

— Você deveria dormir — sugeriu Alls. — Dormiu alguma coisa noite passada?

— Você sabe que não. Como poderia dormir?

O relaxamento e a intimidade com que estavam debatendo seu sono a irritaram. Ele fora lá para reivindicar a pintura ou qualquer dinheiro que tivesse conseguido com ela. Sabia disso. Ainda assim, o desejo coleava para cima, uma coluna de fumaça. O relaxamento dele era quase um deboche, embora a cada comentário casual e pensamento interrompido ele a lembrasse de como poderia ter sido.

Em casa, ela subiu para seu quarto e tirou os sapatos. Deitou na cama e o cheiro a assustou. Seus lençóis cheiravam a homem. Enfiou o rosto no travesseiro.

Ele a acordou à meia-noite.

— Hora de acordar, Gracie. Vamos nos atrasar para a festa.

Ela piscou. Ele estava acima, bloqueando a luz que vinha do corredor. Esticou a mão para acender a luz do teto.

— De volta ao trabalho.

Naquela noite, Alls encheu mais duas páginas com números. Grace se sentou no chão fora do escritório, mantendo os olhos abertos como orientada. Não estava preocupada com ele abrir o cofre, realmente não.

Ela iria embora de qualquer modo. Ele conseguiria o que queria, e seguiriam caminhos separados, novamente.

— Espero que não fique desapontado quando abrir — disse. — Há uma boa chance de não encontrar nada além de falsificações.

Ela pensou nos rubis de verdade que tinha sem qualquer esforço devolvido a Jacqueline naquela tarde. Ela sequer *pensara* em ficar com eles, se deu conta, orgulhosa.

— Estou quase certa disso.

— Bem, veremos — disse, sua voz vindo de detrás dela.

— Por que este cofre? Posso lhe mostrar uma dúzia de lugares mais promissores.

— Por que é a coisa mais perto que conheço do *seu* cofre. Você tem um cofre no banco do qual queira me falar?

— As coisas em minha mesa são tudo o que tenho.

— *Coisas* — ele disse. — Ruim para você, então.

— Há outras coisas que posso fazer. Às vezes conserto coisas para vender. Provavelmente ganhei oitocentos ou novecentos euros este ano dessa forma.

— Tinteiros — ele disse. — Projetos de fim de semana.

— Ajuda.

— Não posso acreditar que ainda não seja rica. Isso é o que realmente me surpreende. Estava certo de que você daria um jeito.

— Não sou qualificada para muita coisa, como você sabe.

— Veja, eu também sou autodidata. Não é nada do que se envergonhar. Um diploma universitário simplesmente não é para todos. Mas achei que você estaria com algum cretino, alguém realmente lamentável, como um banqueiro ou alguém sempre prestes a fazer um filme.

— Adorável — ela disse. — Esse realmente não é mais o meu barato.

— O que não é?

— Prender meu vagão em um astro. Acaba que não consigo me manter nos trilhos.

Ela o ouviu raspando a caneta no papel, gastando mais tinta.

— Quando descobriu que éramos casados?

— No dia seguinte ao roubo. Ele estava em péssimo estado, contando todos os seus segredos. Eu não tinha ideia de que você era tão nojenta, Gracie. Que você o tenha convencido a fazer a falsificação, que tinha sido quase um ultimato; quero dizer, *realmente* — disse, e suspirou dramaticamente, de um modo sarcástico.

Ela engoliu em seco.

— E quando você contou...

— Sobre nós? — ele perguntou.

— Sim.

— Nunca.

— Como?

— Eu nunca contei. Ele não sabe.

— Não sabe do *quê*?

— Qualquer coisa. Tudo. Não contei nada a ele.

— Mas o que aconteceu quando ele viu que a pintura não estava lá?

— Não viu. Eu fiz a troca. Tive de. E depois ele surtou tanto que não quis olhar nenhuma das coisas, não tocou nas sacolas. Eu cortei nossa falsificação da SkyMall em pedaços e joguei no vaso. Eu também não queria que ele soubesse, Gracie. Não depois de você ter me deixado encalhado. Você esquece disso.

— Não podia ser.

— Eu disse que tinha escondido a pintura na garagem de barcos — Alls continuou. — Todos concordamos que se algo acontecesse, não havia pintura, nunca tinha havido. Depois contei a Greg que a tinha destruído, e ele ficou aliviado. Já Riley nunca mais disse uma palavra sobre isso, nem mesmo a mim.

Mas Grace não estava pensando na pintura. Estava pensando no que Riley não sabia sobre ela. Ele devia ter sentido *algo* sobre Grace e Alls, mas nunca deu a entender, nem mesmo para Alls. Tinha todo esse orgulho. Era impossível pensar então que Riley não sabia, quando por tanto tempo ela tivera certeza de que sim. Que os pais dele também não sabiam. Seu coração se agitou.

— Não consigo acreditar que não contou a ele. Mesmo depois de terem sido presos.

— Por que faria isso? Para punir você? Para suplicar o perdão dele? Grace, ele continuava a falar sobre você o tempo todo. Como ficaria desapontada, como a deixara na mão, como sabia que você não sentia mais nada, mas que ele achava que podia tê-la de volta.

Estivera errada sobre tudo. Ela se perdera em tantas voltas, achando que Riley sabia de tudo o que tinha feito, que escancarara cada fraude. E então parecia pior ele não saber. Significara que se safara. Ela se fixara em muitos medos, mas aquele nunca tinha sido um deles. Grace se sentiu mais culpada do que em qualquer momento antes.

— Então ele ainda não sabe — disse, perplexa.

— O quê, quer voltar para ele? É isso? — ele reagiu, e ela o ouviu se levantar. — É o que está me dizendo?

— Não — ela respondeu. Ele estava de pé no umbral. — De modo algum. Só não consigo acreditar que esse tempo todo eu pensei... eu pensei que você iria...

— Eu estava apaixonado por você! Não entende isso? Você *algum dia* entendeu isso? Talvez pense que me enganou ou algo assim, me levou a fazer por você o que fiz. Bem, não foi isso — ele disse, e deslizou pelo batente até o chão.

"Eu fiz tudo o que fiz porque *amava* você. Eu me apaixonei por você aos dezesseis anos, tão idiota quanto todos sempre são, e não consegui deixar pra lá. Permaneci em Garland por *sua* causa. Eu costumava ler seus livros, sabia? Costumava circular pela casa quando você não estava e pegar os livros que você deixava abertos, e lia a página que tinha acabado de ler. Nunca sabia que porra estava acontecendo com você, mas aquilo parecia certo, de algum modo, já que nunca sabia que porra estava acontecendo com você. Lia essas páginas que tinha acabado de ler e tentava ter alguma noção de você, alguma pista. Não, não eram páginas dos seus pensamentos, mas era o mais perto que podia chegar, como se estivesse sentado atrás de você em um trem, vendo cada árvore um momento depois de você. Essa é uma forma idiota de tentar conhecer alguém, mas de que *outra* forma conhecer alguém que se recusa a ser conhecida?

"Quando você foi de Nova York para casa, achei que tinha voltado por *minha* causa. Eu me senti horrível com o que tínhamos feito, mas quando você voltou, iria abandoná-lo. Estava certo disso. Mas os olhares que você me lançou naquela primeira semana, Grace, que merda. Você ligou a porra dos seus holofotes tão brilhantes que eu não conseguia ver nada à minha frente."

Ele apertou os olhos, a observando atentamente.

— Eu meio espero que você faça isso agora, mas você não consegue mais, consegue?

— Não sei o que você quer dizer — ela falou, desejando que fosse verdade.

— Quando não quero que olhem para mim, eu olho para *baixo*, me fecho e me calo. Mas não você. Eu a observei fazer isso durante anos; no instante em que alguém chega perto demais, seu sensor de movimento dispara, e você *ri*, sorri, fica legal tão rápido e tão brilhante que elimina todas as sombras, todos os detalhes. Faz com que todos na sala olhem para você e não consigam ver porra nenhuma. Você voltou e me *cegou*. E me encantei novamente, apenas de pé ali piscando no escuro, porque não conseguia parar de olhar, tentando ver.

— Lamento muito — disse.

— Por quê? Eu sabia. Você não me enganou, Grace. Só enganei a mim mesmo.

— Eu amava você — ela disse.

— Isso não importa agora.

29

Quando voltaram a Bagnolet de manhã, Freindametz preparava chá na cozinha, ainda com a capa de chuva sobre o uniforme de enfermeira. Tinha acabado de voltar do hospital. Normalmente, tomava uma xícara de chá e ia dormir.

Ela devia estar exausta da noite de trabalho, pois demorou um momento para registrar a presença de um homem estranho em sua cozinha. Apertou a capa de chuva como se fosse um roupão e olhou feio para Grace.

— *Qui est-ce?* — perguntou. — *Qui est cet homme?*

— *C'est mon cousin, en visite* — Grace explicou. — David, esta é madame Freindametz, a dona do apartamento.

— *Bonjour* — disse em francês ruim, estendendo a mão.

— Onde ele vai dormir? — Freindametz perguntou.

— No meu quarto. Vou dormir no sofá.

— Um cavalheiro — bufou Freindametz, não acreditando em Grace nem por um momento. Mas pegou a caneca e se arrastou para seu quarto, e Grace encheu a chaleira.

Dormiram algumas horas, Freindametz em seu quarto, Alls no de Grace e Grace no sofá, como tinha prometido. Grace acordou ao meio-dia e fez café. Freindametz continuou dormindo, e Grace e Alls se sentaram em cantos opostos do sofá, tomando café, uma imagem de algo mais normal. Ela não sabia o que dizer. Alls folheava um dos livros de Grace, de tempos em tempos erguendo os olhos para perguntar a ela sobre *repoussé* ou *bas-relief*. Grace fingia ler também, mas não conseguia. Sentia como se estivesse em uma peça, e que a qualquer momento uma cortina se fecharia e ela fugiria, escapando por uma porta dos fundos para o beco atrás do teatro, aliviada e devastada de decepção.

Alls fechou o livro e perguntou o que ela iria fazer, como seria seu dia caso ele não estivesse ali. Soou amigável, mas dissimulado, um desempenho que a deixou constrangida com como desejava a coisa de verdade. Tudo bem, ela também podia fazer isso. Disse que provavelmente iria ao mercado e depois ver a exposição temporária do Musée des Arts Décoratifs. Naquele mês havia uma mostra de *trompe l'oeil* e pastiches.

Ele ficou encantado com como era tediosa, quão consistente em seus hábitos.

— E se eu realmente estivesse aqui apenas em visita?

— Como?

— Se você tivesse ido para a Europa para se encontrar, gostado daqui e ficado e nos deixado cuidando da vida em casa, e ninguém tivesse colocado os pés na Wynne House novamente. E então vim a Paris visitar minha velha amiga Grace.

Ele desdobrou seu mapa turístico novo e o abriu na mesinha de centro.

— Não consigo imaginar isso. Não consigo sequer começar a imaginar essa vida. — Grace disse, e se levantou. Ele estava do outro lado do sofá, mas parecia ocupar todo o espaço na sala. — Para nenhum de nós. Como você suporta?

— Não me peça para consolá-la, pois não farei isso.

— Nunca pediria.

— E se tivesse acontecido como deveria?

— Se você tivesse ido a Praga com uma natureza-morta enrolada e a tivéssemos vendido por milhões de dólares?

— E agora vivêssemos juntos em Paris, no quartinho vagabundo alugado lá em cima, pobres, com fome e sem dinheiro, mas tivéssemos realmente feito aquilo.

Ninguém poderia ter imaginado tal vida. Não havia um roteiro para ela. Não era como ter quinze anos e se imaginar em um vestido de noiva que parecia um lenço de papel amassado. Não era como ir a um leilão de arte e desejar poder se transformar em alguém confortável, em todos os sentidos da palavra, como as pessoas ao seu redor. Eles tinham planejado um roubo, e sonhos de roubos sempre terminam com fogos de artifício, brilho do triunfo, nenhuma confusão além da fumaça pairando acima do chão. Esse era o objetivo. Você nunca sonhava com discussões, choramingos, problemas bancários, bagagem roubada, sangrar de ferimentos na cabeça, o homem que você ama na prisão e ficar sem dinheiro. Você nunca tinha de lidar com sua própria ruína, o que quer tenha dado tão errado com seus circuitos que *aquilo*, aquele esquema com suas falsificações, seus mapas e comparações, cronogramas caprichados e confiança na audição ruim da velha Dorothea Franey, parecessem a melhor forma de sair da vida que você não suportava mais viver. Não, no sonho você só chegava até a venda, o quarto de hotel, a mala cheia de dinheiro e então o quê? *O quê?* Ela chegara até esse ponto sozinha, e então aprendera, de forma grotesca, que Greg não era o único idiota que confundia vida real e filmes.

— Também não consigo imaginar isso — disse a Alls.

— Bem, vamos fingir. Não ficarei satisfeito com seus diamantes, e não vou voltar para casa. Então vamos simplesmente passar um sábado juntos e fingir que somos quem queríamos ser — disse, se levantando. — Pode fazer isso?

Primeiro eles foram à mercearia, onde Grace escolheu, nervosa, algumas ameixas e Alls ficou maravilhado com a enorme opção de iogurtes. Mostrou a ele as coisas que tinham sido inacreditáveis quando havia acabado de chegar, os pequenos luxos que tornavam a vida ali mais preciosa, como se você pudesse encher sua cesta de compras com o suficiente para saciar a fome de uma vida inteira. Iogurte integral em potinhos de cerâmica azul, queijo com veios, confit de pato enlatado, manteiga embrulhada em papel-alumínio xadrez, ameixas e damascos. No caminho de volta, apontou para as varandas nos prédios pelos quais passavam e contou sobre a velha que saía de camisola vermelha para regar as plantas penduradas, sobre o garoto do terceiro andar que baixava cestas com coisas por cordas para crianças que esperavam em varandas abaixo, as portas de vidro deslizantes que tinham sido pintadas com listras roxas basicamente opacas.

Eles atravessaram o shopping em Gallieni, e ela o viu se maravilhar com como era escuro e banal, exatamente como ela um dia fizera, quão grosseiro e pobre. Notou a peculiar satisfação dele com quão decepcionante Paris podia ser. Eles poderiam estar no Albe-mall, em Pitchfield. Apontou para o Boulevard Périphérique e o homem que vendia incenso abaixo, o mesmo cheiro em qualquer país.

Quando Alls juntou as mãos no ônibus, olhando ao redor quase tímido, ela começou a relaxar, só um pouco. Ficou imaginando se ele queria provar algo, mostrar o que poderiam ter sido se ela simplesmente tivesse seguido o plano. Ele não sabia que já tinha feito isso.

Talvez esse falso conforto fosse outra forma de envergonhá-la. Mas iria tentar acreditar nisso, ou pelo menos parecer acreditar, apenas por um dia.

O almoço foi surreal, um encontro às cegas no qual eles conheciam o pior da outra pessoa, e pouco mais. Comeram galettes amanteigadas e tomaram Coca-Cola. Riram de um corvo perneta pulando na calçada, tenaz e acusador, grasnando para as pessoas que comiam nas mesas acima dele. A visão dos dentes de Alls quando riu a deixou quase nauseada. Quis pular sobre a mesa e beijá-los, beijar seus dentes, seus lábios e sob seu maxilar. Quis segurar a cabeça dele nas mãos e sentir seu peso pousada em seu colo. Quis tirar as casquinhas no canto dos seus olhos. Quis acertá-lo no peito para sentir o quão real ele era, como realmente estava *ali*.

Um homem na mesa ao lado discutia ao celular. Tirou os óculos de sol com a outra mão e os bateu na mesa para marcar as frases. O homem estava dizendo à pessoa ao telefone que sua oferta era muito baixa, que precisavam oferecer o dobro só para entrar na disputa. Desligou abruptamente e quase enfiou o celular na mesa. Passou a mão pelo rosto e então se levantou e entrou, provavelmente indo ao toalete. Alls pegou os óculos de sol do homem da mesa e os enfiou no bolso da calça. Não, disse Grace suavemente, quase um sussurro.

Ele ergueu os cantos dos lábios.

Porque estamos sendo bons hoje, ela queria dizer. *Porque estamos sendo o que deveríamos ser.*

Mas bons era o que nunca deveriam ser.

Ele deu de ombros, a desafiando a objetar mais.

E isso era como teria sido, realmente. Pobres e sem se falar, cometendo pequenos roubos em mesas na calçada, talvez empenhando óculos de sol caros para cobrir o almoço que tinham acabado de comer. Brigando sem conversar. Ela podia ver, agora.

— Era aqui que você queria ir? — ele perguntou quando passavam pelo Musée des Arts Décoratifs.

Ela balançou a cabeça.

— Você ficaria entediado.

Ele insistiu. Dentro, ela pagou e passaram pela mostra de *trompe l'oeil*, onde salas inteiras eram retratadas em tinta, lisas na parede, como se você pudesse entrar nelas. Um violino pendia de uma fita em uma pesada porta de madeira. *Você vê um violino em uma porta*, dizia a placa. *Não há violino, e não há porta*. Ela já tinha lido sobre a pintura. A redação da placa a impressionava como sendo particularmente francesa.

A preferida de Alls era uma pintura de uma pintura. A pintura interna era de Vênus, se erguendo nua do mar, em uma moldura decorada; a pintura externa era de um tecido branco jogado sobre a moldura para esconder sua nudez. O tecido branco parecia dez vezes mais real que a mulher atrás dele. Grace tentou não interpretar nada do apreço dele por isso.

Lembrou do relógio do avô que Riley desenhara com tinta indelével na parede da sala de estar na Orange Street.

— Você se lembra do relógio...

— É — ele disse.

Não havia mais nada a dizer depois daquilo e, após uma pobre demonstração de apreço pelas poucas peças restantes na parede, foram na direção da porta. Mas então Alls teve um vislumbre da placa para o quarto andar, a exposição itinerante da Van Cleef & Arpels. Ela viu o brilho reaparecer em seus olhos.

— Vai estar totalmente lotada de americanas velhas — alertou.

— Quero ver você vendo — ele disse, fazendo com que olhar para braceletes soasse algo sujo.

Grace estava certa. Na primeira sala, era difícil ver algo por conta das mulheres em cardigãs brilhantes curvadas sobre as vitrines. Na sala seguinte, as joias estavam expostas atrás de bolhas de vidro instaladas nas paredes, como em um aquário público, com um largo tanque redondo em um pedestal no centro. Ela e Alls se meteram no meio do círculo de pessoas.

Muitas das joias pareciam animais. Em um broche, uma cauda de pavão se abria em meia dúzia de penas isoladas, alinhadas em leque como madeleines. O pavão segurava uma gota de citrino no bico aberto; uma esmeralda esculpida em forma de pena se erguia de sua cabeça de ouro. As asas rendadas de um broche de borboleta de madeira eram gotas de ouro incrustadas. Um bracelete de ônix se tornava a cabeça esculpida de uma pantera de um lado e sua cauda do outro. A cauda era incrustada de guirlandas ovais de diamantes com esmeraldas lapidadas em almofadas com vincos. Mesmo as coisas feias a impressionavam; ela se sentia humilhada pelos detalhes. Sempre achara joias tediosas quando despidas de sentimento. As pedras brilhantes, as pequenas garras que as seguravam — as fórmulas pareciam tão simples e limitadas. Mas ali estava uma joia em forma de flor que parecia encharcada de vermelho: não havia engastes visíveis, nada de garras douradas reveladoras, apenas uma trama ondulada de cubos de rubi de uma ponta à outra.

Grace sentiu o conhecido toque da inveja. Aquelas peças estavam muito acima dela. Nunca tinha feito algo do zero. Ela podia montar a imagem, mas apenas se já estivesse desmontada em peças de quebra-cabeça.

Mostrou a Alls um anel de diamantes cercando um jorro de topázios e turmalinas rosa. Era uma ave-do-paraíso, as pontas afiadas das pétalas de gemas presas seguramente em encaixes de ouro em bisel.

Ele se curvou sobre a vitrine.

— Como se faz algo assim?

— Não sou joalheira — ela disse, dando de ombros. Aquelas peças tinham sido feitas por artesãos, especialistas em uma linha de montagem. — Não sei dançar, apenas sou conduzida.

— Vamos lá — ele pressionou. — Digamos que aquela pedra rosa se solte, o que você faria?

— Não soltaria. É bisel, está vendo? Você tem de abrir o bisel em toda a volta para tirar a pedra. Você forja um recipiente de metal para a pedra, faz a beirada alta demais e, assim que a pedra está instalada, você tem de limar as beiradas para que sobre apenas uma lâmina fina, e então empurra as beiradas para baixo, apertadas. Depois tem de polir até que fiquem lisos e brilhantes — disse, e balançou a cabeça. — Aqueles pequenos diamantes, o pavé, são presos com garras. Mas é como um quebra-cabeça. É difícil tirar só uma peça se todas as outras estão apertadas. Você tem que introduzir a ferramenta sob a pedra e empurrar.

Ela apontou para um broche de mosca com corpo de diamante amarelo e olhos de lápis-lazúli em bisel.

— Naquele, a pedra mais preciosa é a grande amarela, e não é presa com nada além de algumas garras.

As mulheres ao lado delas os encaravam. Alls a cutucou para seguir em frente.

— O que você quer de mim? — ela perguntou assim que estavam novamente na rua.

— Você vai me perguntar isso todo dia?

— Quantos dias faltam?

— Não sei. Estou cobrando uma dívida.
— O cofre de onde eu trabalho. Isso será suficiente?
— Não sei o que há nele.
— E você acha que simplesmente entrarei lá na manhã de segunda como se tudo estivesse bem?
— Estará para você. Poderá manter seu emprego.
— Como se ela não fosse saber — disse Grace em tom vazio. Teria de continuar indo trabalhar.
— Mas ela não vai saber, não é? O que vai fazer, chamar a polícia? Ela é uma vigarista. Você mesma disse.
— E você vai roubar mais alguém? Acha que não vão pegá-lo?
— Não acho que vão me identificar e deter, não.
— Para onde você vai?
— Você acha que é a única garota que trabalha em uma joalheria? Tenho de pensar a longo prazo.
— Você vai me largar quando tiver esvaziado — ela disse. — Então vai me deixar sozinha.
— Por que não faria isso?
Ela sabia que seria assim, então por que doía tanto? Não hoje, ela queria dizer. Hoje estamos fingindo.

Como era sábado à noite, Alls não queria abrir a fechadura antes de três da manhã. Levaria quantas noites fossem necessárias, disse. Que fossem quarenta. Não iria correr e se arriscar a um erro com o cofre, pulando um número.
Ele foi dormir às onze e colocou o despertador para duas.
— Sugiro que faça o mesmo — disse, se deitando na cama dela.
Ela não tinha o dom dele de sono racional. Ficou enrolada no sofá do andar de baixo e meio que assistiu a *Qui sera le meilleur ce soir?* na TV, brincando com os cachos do cabelo. Naquela noite, Christophe Dechavanne, o apresentador baixinho, apresentou uma série de crianças artistas disputando o prêmio em dinheiro. Um garoto de quinze anos fez

malabarismo com frutas tiradas de um carrinho de compras. Uma garota de doze se enrolou em uma corda que descia do teto para fazer acrobacias protossexuais, as costelas cintilando sob sua malha brilhante. Victoria Silvstedt, a sueca enorme e coelhinha aposentada que era assistente de Dechavanne, anuía e aplaudia igualmente toda apresentação. O malabarista ganhou.

Um dia, Hanna estaria cuidando de seu Biedermeier e Grace estaria extraindo diamantes de um broche de Mickey Mouse ou algo assim quando Jacqueline descobrisse o cofre vazio. Alls teria ido embora.

Hanna não acreditara nela.

Tinha se envolvido demais com Alls para pensar em Hanna até então. "Não acreditei em você", dissera ao ver Alls. Mas acreditaria. Quando Alls roubasse o cofre, Hanna pensaria que tinha sido Grace. Por que não?

Grace estava tomando um beaujolais barato em um pote de geleia quando ouviu a cama ranger e o som dos pés dele tocando o chão. Ele desceu calçado. Na cozinha, pegou uma maçã no escorredor de macarrão sobre o balcão e mordeu. Não parecia nada nervoso.

— Não quero ir — ela disse.

— Você não tem escolha.

— Não vejo que diferença faz. Você sabe o que quer e vai pegar ou não, e depois vai partir. Eu sou no máximo um estorvo.

— Foi o que você disse da última vez. Você nunca quer ajudar ninguém, Grace. Você quer toda ajuda. Mas você vai comigo, vai se sentar lá e observar.

30

Naquela noite, ele abriu a fechadura em menos de um minuto. Imediatamente deitou de barriga para baixo diante do cofre. Grace se sentou à sua mesa e deixou a cabeça cair nas mãos. Um estranho coquetel, medo com impaciência. Tamborilou um lápis sobre a mesa e olhou distraída para a mesa de Hanna à sua frente. A embalagem estava onde ela a deixara, em pedaços, suja mas desmontada.

Grace tocou de leve em um pedaço do aglomerado no sargento. Estava seco. O pote de epóxi que Hanna deixara também estava seco. Grace pegou o pote e sacudiu. Uma crosta dura se formara sobre o resto, que virara uma gosma densa. Era inutilizável. Hanna não devia ter voltado de dia.

Mas Hanna deveria ter voltado naquele dia. Tinha dito que faria isso. Não apenas dito, tinha preparado aquela cola. Hanna teria ido enrolada em casacos se tivesse pneumonia, usando muletas se tivesse quebrado um tornozelo. De início, Grace sequer reconheceu sua preocupação pelo que era. Algo tinha acontecido a Hanna.

Pegou o telefone e o largou novamente. Não podia ligar para Hanna sem lhe dizer por que achara que havia algo errado — que estava no ateliê às três da manhã. Não era inédito, mas ela não *chegaria* às três — isso era loucura — e, além do mais, Hanna tinha visto Alls. Teria de ligar de algum outro telefone. Grace foi apressada ao escritório de Jacqueline.

— Vou ter que sair um minuto.

Alls ergueu a mão e agarrou o pulso dela.

— O cacete que vai.

— Hanna não veio hoje. Acho que alguma coisa aconteceu a ela.

— Você não vai usar o telefone. Ela vai ter de esperar até segunda.

— Eu posso usar um telefone público. Mas não posso esperar. Isso não é a cara dela.

Ele olhou duro, sem dúvida pensando que tipo de golpe era aquele.

— Posso desligar, se ela atender. Só quero saber se está bem.

Balançou a cabeça.

— São quase quatro. Não vai atender.

— É minha única amiga.

Ele tirou um telefone dobrável do bolso da frente.

— Ainda não usei. Desligue assim que atender. Se ouvir você dizer uma palavra, o telefone vai para o chão.

Grace teclou o número de Hanna e caiu direto na caixa postal. Desligado.

— Eu quero ligar para os hospitais.

— De jeito nenhum.

— Não vou me identificar. Se estiver lá, eu desligo.

Alls olhou como se ela tivesse acabado de entrar nos primeiros estágios de demência, colocando os sapatos no forno ou tentando pôr a lata de lixo dentro do saco de lixo, mas não tentou detê-la. Ela ligou para o hospital mais próximo, e depois outro.

— *Je téléphone pour une patiente, Hanna Dunaj. Est-elle là?* — perguntou, e soletrou o nome de Hanna. — *Oui, je suis sa soeur.*

Alls lançou um olhar de alerta.

Ela se virou para a parede. Não havia nenhuma Hanna Dunaj, o homem disse. Grace desligou e ligou novamente para o telefone de Hanna. Desligado.

Começou a remexer no conteúdo da mesa da chefe, procurando uma lista de telefones de empregados e contatos de emergência, qualquer coisa. Encontrou dentro do livro-caixa de Jacqueline, na gaveta da esquerda, um pequeno caderno Moleskine. Na capa interna o nome de Amaury fora rabiscado primeiro. Os quatro nomes seguintes estavam riscados e raspados. Grace e Hanna estavam quase na base, separadas por mais rejeitados ou partidos, mas não havia outros números para nenhum deles, nada de contatos de emergência. Jacqueline nunca pedira um a Grace, mas talvez isso fosse outra coisa que todas tinham em comum. Grace sentiu um nó na garganta.

— Chega — disse Alls.

— Ela estava chateada quando o viu — Grace contou. — Achou que eu estava inventando você.

— Ela sabia quem eu era?

— Ela sabe de tudo — disse, sem pedir desculpas. — Eu contei a ela, é minha única amiga.

— Meu Deus, Grace, espero que algo *tenha* acontecido a ela. Você é maluca?

Eu não acreditei em você, Hanna tinha dito. Grace não conseguia tirar isso da cabeça. Por que Hanna não tinha acreditado nela? Porque tinha mentido antes, claro. Mas Hanna acreditara o bastante para ficar enojada com Grace, em vez de divertida ou chateada com os delírios de uma lunática inofensiva. No que não acreditara fora que Alls — ou alguém, provavelmente — iria aparecer.

Como você fez alguém amá-la assim? — Hanna tinha perguntado.

Nina, Grace se deu conta.

Com ela eu era impotente, Hanna tinha dito. *Nunca era o bastante.*

Tinha que ser. Grace ligou o computador. Havia lido sobre a vida passada de Hanna no *Copenhagen Post* semanas antes. Desta vez não procurou Hanna, mas Antonia Houbraken.

A polícia prendeu uma mulher à espreita do lado de fora da casa do jogador do FC Copenhagen Jakob Houbraken esta manhã. Antonia Houbraken contou que por volta de três e meia da manhã ouviu alguém batendo repetidamente na porta e tentando entrar na casa. Houbraken discutiu desde a janela do terceiro andar com a intrusa, uma mulher não identificada na casa dos trinta anos. A polícia deteve a intrusa. Houbraken não se feriu.

* * *

Hanna devia ter ido direto do trabalho, logo após tê-la visto com Alls. Ela não podia voltar para a Dinamarca, mas ao ver Alls, tinha corrido para Nina. Grace tentou entender.

Como você fez alguém amá-la assim?

Uma verdadeira mentirosa nunca se redime, Grace sabia. Uma verdadeira mentirosa apenas limpa uma área aqui e outra ali, apenas o suficiente para se redimir por alguns minutos, dias ou semanas a cada vez. Hanna, Grace via então, era uma verdadeira mentirosa. Tinha dividido Nina e Antonia em duas mulheres, uma que a amara, e uma que apenas a usara. Uma a ferira; a outra ela ferira. O coração de Grace doía pela amiga e o que devia ter achado ser amor. Mas quem era Grace para falar? Ela na verdade não conhecera realmente Hanna.

Entrou silenciosamente no escritório e se sentou à mesa de Jacqueline, vendo Alls virar o dial de um lado para outro. Estava quase no fim da segunda página daquela noite.

— Quer alguma coisa? Um copo de água?

— Não, estou bem.

Se Alls não fora detido por um oceano e a ameaça de mais tempo de cadeia, por que Hanna seria? O repentino e impossível surgimento de Alls devia ter parecido heroico a Hanna, devia tê-la ajudado a acreditar que Nina, no fundo do coração, queria que ela voltasse.

Alls fora buscar o que lhe era devido ou, na falta disso, de uma sensação de vingança, e talvez Hanna tivesse ido atrás de Nina pela mesma razão. Mas Grace então olhou para Alls abaixo e esperou, com silencioso desespero, que Hanna tivesse visto algo em sua repentina e destemida aparição que a própria Grace não ousara ver.

Ela se virou para a parede e começou a folhear o livro-caixa, tentando não olhar para ele. Amaury e Hanna recebiam o mesmo, dois mil e oitocentos euros por mês. Jacqueline pagava três mil a si mesma. Enfurecedor. Ela cobrara sessenta euros pelo bule de repolho da última vez que Grace o consertara. O trabalho na gaiola de pássaros tivera uma conta de seiscentos euros. Havia uma entrada para "Depósito centro de mesa", de dois mil. Ela virou a página, procurando os trabalhos de Amaury. Estivera ocupado antes de sair: no mês anterior, ele rendera mais de quatro mil euros em faturamento. Grace não se dera conta de que o trabalho dele era muito mais lucrativo que o seu, e ficou momentaneamente na defensiva. Mas as joias em que Grace tinha trabalhado não estavam no livro-caixa, não que isso a surpreendesse. Havia naquela página vários pequenos pagamentos a Hanna que ela não reconhecia, trinta euros em cinco oportunidades, talvez reembolsos por materiais ou algo assim. Mas Hanna só fora comprar material uma vez nos últimos tempos; encomendava tudo de que precisava. Grace olhou para as pequenas quantias. Todas da semana anterior. Eles não tinham feito nada exceto o centro de mesa e joias.

As datas: trinta euros duas vezes em 17 de agosto, trinta em 19, trinta em 23. Sempre que Grace concluía uma joia.

Será que Hanna estava ganhando comissão em cima dela? Ficando com uma parte enquanto Grace sobrevivia com mil por mês?

— Você está bem? — Alls perguntou.

— Ótima — ela respondeu. Fechou o livro-caixa e o colocou de volta na gaveta.

Quase podia ouvir a voz de Hanna, tão generosa que quase cantava. *Vou falar com Jacqueline*, tinha dito. *Vou garantir que saiba como você é valiosa.*

Grace ouviu um estalo suave. Alls tinha aberto o cofre.

Começou a calçar um par das luvas de algodão de Grace, pequenas demais para ele.

— Espere — ela disse.

— Não há nada que você possa fazer, Grace.

Tomou as mãos enluvadas nas suas e começou a tirar as luvas pelas pontas dos dedos. Colocou-as nas próprias mãos. Enluvadas, elas pareciam mais suas do que quando nuas.

— Eu quero fazer isso — disse. — Pessoalmente.

Ele se sentou. Grace enfiou a mão no cofre. A primeira caixa era o colar de pérolas e rubis, os rubis simplesmente na caixa com ele, como extras. A segunda caixa era um bracelete que nunca vira. A terceira, o anel, o bonito. Havia mais quatro caixas. Na última estava um broche, uma orquídea em esmalte com turmalinas rosas e verdes saindo do cálice. A coluna era encimada por uma pérola natural. Ela devolveu a tampa cuidadosamente.

— Não esta — ele disse.

Ele a estivera observando, sem interferir. Mas ficou cético. Achou que estava sendo sentimental.

— Pode ser algo único — falou. — Não vamos querer arrumar confusão com isso de novo.

Ela empilhou as caixas remanescentes no colo e as pegou como uma torre, uma mão abaixo, outra acima. Levantou e Alls a seguiu até sua mesa. Ele segurou a bolsa dela aberta, e ela aninhou a torre no fundo.

— Hanna foi presa na Dinamarca — contou. Ele não entendeu, não de imediato. — Ela mentiu para mim.

Eram cinco e dez. Voltaram ao escritório de Jacqueline. Ela fechou a porta do cofre com a ponta do dedo enluvado.

— Devo girar o dial?

— Fique à vontade.

Tudo em seu lugar. Ele vestiu o paletó.

— Só um minuto — ela disse. Dessa vez ele não objetou.

Ainda de luvas, retornou à sua mesa e juntou as melhores ferramentas para trabalhos pequenos que tinha em seu posto: pinças retas e curvas, seu conjunto de cinzéis, cortadores, dois alicates. Um conjunto de iniciante. Depois moveu as ferramentas de Hanna para o seu lado. Jacqueline nunca notaria a diferença.

Seus olhos pousaram no caderno de Hanna. *Lundi*, dizia no alto da página. *J'emballerai le cadeau et le livrerai!!!* Embrulhar o presente e enviar, entusiasmada. Grace arrumou o vestido de uma pastora, a bainha torta, e alisou os pequenos ramos de milho. As folhas verdes, curvadas para trás e para baixo sobre as espigas não deveriam ser tão irregulares e desiguais quanto na vida real. Colocou na bolsa o caderno de Hanna.

Jacqueline não chamaria a polícia mais do que um traficante o faria caso seu estoque fosse roubado. E Hanna já tinha sido presa; pouco importava do que alguém a acusasse agora.

Saltaram do táxi de volta pouco antes de amanhecer. A excitação permanecia com ela, o suspense mais poderoso a cada passo para longe do cofre de Jacqueline. Caminharam silenciosamente até a porta e subiram as escadas. Alls esperou junto à janela enquanto Grace trancava a porta do quarto. Tirou as caixas de papelão da bolsa e as abriu uma a uma, as colocando em uma fila sobre a escrivaninha.

Ela as tinha pegado com as próprias mãos. Sua consciência parecia resplandecentemente limpa. Sentia-se mesmo inteira. Ele a observara fazendo aquilo.

Dois eus, desmoronados.

Alls estivera quieto. Estava apoiado no peitoral da janela a observando, ela se deu conta, do modo como costumava fazer, sem olhar diretamente, como se pudesse desaparecer caso olhasse demais. Fez um gesto de mão acima das joias.

— Estas são para você — ela disse.

— Eu sei — respondeu. Ele se sentou na cama dela.

Um caminhão de entregas passou roncando na rua. Ela se sentou ao lado dele, a centímetros, mas parecia que havia uma parede de vidro no meio. Eram quase sete da manhã, e o sol nascente brilhava ao subir, banhando seu quarto de uma luz dourada aveludada.

— Vou sentir falta dela — disse a Alls. — Hanna provavelmente era minha única amiga.

— Você acabou de armar para ela — ele observou.

— Ela mesma armou para si — Grace retrucou. — E armou para mim primeiro.

— Um encontro paradisíaco — Alls comentou. — Primeiro amor.

Grace balançou a cabeça.

— Babaca — disse, e então, com sua nova coragem, perguntou: — Você acha que nunca o amei?

— Não sei — respondeu.

Ela o tinha amado — ainda amava, uma punição —, mas o seu era um amor misturado com metais mais duros. Não tinha sido suficiente fugir da casa dos Graham então; tinha querido jogar um fósforo no gramado ao partir. Não sentia transcendência, nenhuma generosidade. O amor deveria tornar você melhor, preencher todos os buraquinhos mesquinhos em seu ser. Em vez disso, tinha aberto novos.

— Você precisa de uma pessoa que o conheça — ela falou. — Apenas uma pessoa que você não possa enganar, mesmo quando engana a si mesmo.

— Uma não costumava ser o suficiente para você.

— Você não entende? — ela implorou. — Não era sobre Riley. Era *ela* — disse, e olhou para ele, esperando que entendesse.

Ele não a obrigou a dizer.

— Nós dois queríamos ser um deles — ele falou. — Mas você realmente conseguiu.

Ela balançou a cabeça.

— Não posso falar sobre isso. Tudo menos isso.

Ele respirou fundo.

— Bem, você nunca vai me enganar novamente.

A voz dele pareceu fazer o quarto vibrar. Ela sentiu o zumbido, o tremor nos dedos e nos dentes.

— Você gostou de enfiar a mão naquele cofre.

Ela queria apertá-lo entre suas coxas e não deixá-lo partir.

— Admita — ele falou.

— Eu gostei.

— Escute — ele disse, recostando. — Tenho que ir. Domingo é um bom dia para viajar.

Era como despertar sozinha quando não esperava por isso.

— Para onde você vai?

Ele pegou uma casquinha no antebraço.

— Provavelmente é melhor você não saber, certo?

Ela fitou a parede enquanto a luz a escalava, movendo estranhas sombras sem origem.

— Deveria dormir um pouco — ele recomendou.

— Não consigo — ela disse. O lado de dentro de suas coxas estava úmido, e ela sentiu o suor escorrer atrás dos joelhos.

— Não acredito que você veio para cá só para isso.

Ele riu, se com amargura ou arrependimento, ela não sabia dizer. Ele não a queria. Só queria dinheiro e uma nova vida, longe do lugar onde sempre tinha vivido e das pessoas que achavam conhecê-lo.

— Não desta vez — ele disse. — Eu não cometo mais *acidentes*.

Ela anuiu.

Ele lambeu os lábios.

— Você tem de dizer — falou, olhando para sua boca. — Vou fazer você me dizer o que quer.

Da vez anterior, não houvera luzes acesas, nenhuma palavra dita. Naquele momento, ela podia ver o suor no lábio superior dele, o sol na barba por fazer.

— Eu quero você — ela disse.

— Você me quer — ele falou, olhando para a parede acima da escrivaninha.

— Eu quero você — ela repetiu, e dessa vez se levantou, afastando os joelhos dele para ficar de pé no meio. Passou a mão em sua coxa gentilmente, na direção da virilha, sentiu que estava ficando duro e colocou as mãos ao redor de seu pescoço, os dedos correndo pelos fios curtos ali. Correu o polegar sobre seu lábio inferior, ainda segurando o queixo na mão. Ela o queria inteiro para si. As mãos dele estavam imóveis, ao lado do corpo na cama.

— Você não é inteligente — ela falou. — Você é muito, muito idiota se ainda me quer. Mas eu quero você agora, e o quis antes. E lamento muito, mas ainda quero o que quero.

Ela se curvou para raspar os lábios sobre sua têmpora úmida e depois sob o canto do maxilar. Iria tocá-lo em toda parte. Iria esgotá-lo. Ficou ali até sentir as mãos dele em sua cintura, objetivas e firmes, puxando-a para baixo.

Ela acordou aninhada a ele na cama, sua cama, o braço dele a segurando firme. Não tinha dormido junto a alguém em anos.
Ficou ali acordada e piscando por um longo tempo, seus corpos ficando suados onde se tocavam. Ela não queria despertá-lo. Sabia melhor que qualquer um que o cérebro noturno se permitia pensamentos que o cérebro diurno não era capaz.
Ele se moveu atrás e ela ficou imóvel, desejando que voltasse a dormir, mas ele tirou o braço. Grace viu sua sombra na parede, se esticando para cima, depois baixando novamente, voltando para ela.

Freindametz a olhou feio quando desceram. Saíram rápido de casa.
Caminharam até o cemitério e se deslocaram entre os trechos sombreados. Ela mostrou onde Delacroix estava enterrado, depois Jacques-Louis David, Jim Morrison, Oscar Wilde e Gertrude Stein. Cada túmulo tinha seu próprio grupo de peregrinos. Grace e Alls evitaram os turistas. Circulando entre os americanos e ouvindo seus sotaques, ela sentiu uma onda de ousadia, como se um indício de reconhecimento em seu rosto pudesse delatá-la àqueles estranhos. Ela e Alls seguiram em frente, se afastando das pessoas, e sentiu o calor de estar com ele, a corda invisível que os mantinha seguindo na mesma direção, a despeito das multidões de estranhos. Juntos, sozinhos.
Em certo momento ele tomou sua mão na dele, e ela ficou tão chocada com a sensação da pele que tropeçou para a frente, idiota de luxúria e descrença.
Nenhum dos dois falou sobre ele ir embora, e quando chegaram em casa e ele foi ao banheiro, ela pensou que era isso, iria arrumar suas coisas e partir para pegar o último trem de domingo. Mas não foi, em

vez disso, correu as mãos pela parte de trás de suas coxas, sob a saia. Pressionou o nariz no seu umbigo e deslizou os dedos sob a calcinha, gemendo ao ver como estava molhada. *Estava esperando por você, sabendo que nunca viria*, ela queria lhe dizer. Empurrou-o sobre o antigo colchão florido e disse não querer que ele partisse, não querer que partisse nunca, de todos os modos como sabia.

Você ainda não aprendeu nenhum outro modo de conseguir o que deseja, pensou, mas foi em frente. Tudo o que queria era ele, e tudo o que podia fazer era dar — mostrar o quanto o amava e esperar fazer com que em troca ele a desejasse pelo menos a metade.

Depois se sentaram à mesa, radiantes e profanos, e Grace lhe deu ameixas amarelas, torrada com manteiga e vinho. Alls não falou, nem ela. Não queria perturbar o frágil equilíbrio que o estava mantendo na cadeira à sua frente.

— Alguém irá fazer uma busca em sua casa — ele disse.

Ela fez uma linha de migalhas em seu prato.

— Ela não pode chamar a polícia.

— Então alguém diferente, alguém pior. Não será legal.

— Ela vai achar que foi Hanna.

— Não conheço sua chefe, não sei com que tipo de gente ela está, mas você não pode ficar aqui — falou, depois esfregando os olhos. — Achei que iria deixar sua vida em pedaços. Planejei isso. Mas não assim. Para onde você pode ir?

Ela deu de ombros, tentando engolir seu desalento.

— Qualquer lugar. Qualquer lugar onde já não tenha estado.

— Isto não é como achei que seria.

Ela esperou. Ainda não sabia o que ele queria dizer.

— Achei que você já teria resolvido tudo. Achei que estaria contando piadas de caipiras para europeus em jantares. Achei que seria uma alcoólatra bem-vestida. Achei que teria o que desejava, e então eu viria e tomaria de você — disse, dando uma risada triste. — Achei que você seria uma baixa não intencional, acompanhada de alguma vingança, no meu caminho para conseguir o que *eu* queria.

— O que você quer?

— O cacete que sei. Nunca soube.

— Eu sabia. Eu queria você.

— Gostaria de acreditar em você.

Não, ela ouvira errado. *Gostaria* de ter *acreditado em você*, ele tinha dito.

— Então — disse, para conferir.

Ele anuiu.

— Eu também — ela falou. — Você não destruiu nada. Eu já precisava sair daqui. Esta também não é a vida que eu queria, e acho que você agora sabe disso, certo?

Ele suspirou, quase imperceptivelmente, e ela sentiu uma abertura.

— Vamos juntos. Desta vez. Sei que você não pode me amar, não como antes. Posso trabalhar as joias, trocar as pedras, posso...

Ele balançava a cabeça.

— Nada de falsificações. Seríamos apanhados em uma semana.

— Preciosa por preciosa — ela disse, ele escutou. — Nada falso. Mas se você trocar ametistas por esmeraldas e colocar um diamante onde costumava haver um topázio, tudo ficaria bem com qualquer joalheiro. Poderíamos roubar e vender anos seguidos, e nada poderia ser rastreado, desde que eu mudasse o bastante. Eu poderia fazer isso. Eu seria boa.

Ele pousou a cabeça na mesa.

— Vamos vender os triângulos para começar. E comprar pedras para as peças do cofre. E então usaremos as pedras que eu tirar dessas nas seguintes. Não de uma vez, há tamanhos, formas e tudo mais a considerar, mas poderíamos negociar um pouco de cada vez, o máximo ou o mínimo que precisássemos. As pedras do bracelete A no colar B, para o broche C e então o anel D. Nada seria reconhecível desde que só usássemos joias de consumo de massa. Nada único. Ouro, platina. Iremos a toda parte. Conseguirei um emprego de garota de chapelaria quando ficássemos sem, ou faxineira, e você poderia se esgueirar e abrir os cofres deles. Há joias por toda parte — disse, ficando sem fôlego. — A colheita seria interminável.

— Você já esteve errada antes.
— Não estou errada desta vez.

Ele fechara os olhos com força, a apagando. Então, ergueu a cabeça.
— Onde Riley está? — ele perguntou.

Ela não conferira desde a chegada de Alls.

31

A matéria já tinha dois dias. AUTORIDADES DE NY ENCONTRAM CONDENADO QUE FUGIU DA CONDICIONAL — dizia a manchete.

Agentes de condicional dizem ter encontrado um homem de Garland que deixou o Tennessee sob condicional de uma sentença por roubo.

Um mandado de detenção foi expedido em 19 de agosto para Riley Sullivan Graham, de 23 anos, que abandonara o emprego no dia anterior. Graham foi preso por embriaguez e desordem em um bar no Queens, Nova York, na terça-feira. Ao ser detido, os agentes da Força Tarefa de Fugitivos ordenaram que ele retornasse ao Tennessee, onde se apresentará perante o tribunal para sua sentença.

Graham já tinha cumprido três anos pelo assalto à Josephus Wynne Historic Estate em Garland, em 2009.

Ele fora procurar por ela. Viu que Alls estava lendo a página repetidamente. Sentou na cama e cruzou os braços com força. Começou a sentir um nó na garganta.

Tudo o que tocava, ela pensou.

— Eu deveria ter dito a ele — Alls finalmente disse. — Deveria tê-lo feito odiar nós dois.

Grace fechou os olhos. Não conseguia olhar para ele.

— Para onde você achou que ele tinha ido?

— Achei que precisava recomeçar como outra pessoa, longe da família — disse, balançando a cabeça. — Não liguei para o que faria.

Ela afundou as palmas das mãos nos olhos.

— Ele estava procurando por mim. Eu sabia que iria.

— Achei que ele tinha superado você. Que eu era quem não tinha.

O ar entre eles era denso e humano. Ela se sentia drogada.

— Você não vê? Eu arruinei todo mundo. Uma maçã estragada. Isso nunca vai terminar — Grace disse.

— Quem é a porra da maçã? *Você* não vê? Este *é* o fim — ele disse, e tirou as mãos dela de cima dos olhos. — Temos de deixá-lo para trás. Ele tem quem cuide dele.

— Você não entende — ela falou. — Eu sou pobre. Quero dizer, sou pobre assim — disse, fitando a cozinha. — Mas sou pobre aqui — falou, batendo no peito com a palma da mão. — Eu sou um vácuo, sugando tudo o que posso

— Aceite — ele disse. — Dê o que você tem e eu dou a você o que tenho, e isso terá de ser o bastante para nós.

Eles precisavam de dinheiro para viajar. Alls tinha um pouco daquele dado por Greg, mas Grace queria entrar com sua parte. Jacqueline não lhe pagara o salário habitual na sexta-feira, e não sabia o que isso significava. Alls estivera esperando que houvesse algum dinheiro no cofre, mas só havia joias. Grace poderia ter dito que Jacqueline não tinha dinheiro.

Na manhã de segunda, ela vestiu seu melhor vestido branco justo, com um cardigã preto por cima, para ir trabalhar. Primeiro foi a Lachaille com os triângulos. Não precisava chegar ao trabalho às nove em ponto. Jacqueline sequer sabia que tinha uma chave — Grace fizera uma cópia daquela de Hanna sem pedir à chefe — e seria um momento ruim para Jacqueline se dar conta disso. Ela não chegaria antes de dez, e Amaury e Hanna tinham chaves para entrar antes, mas haviam partido. Grace chegaria lá cedo o suficiente para esperar pela chefe do lado de fora.

A grade de aço de Lachaille ainda estava baixada, a despeito do cartaz dizendo que abria às nove. Grace deu uma volta no quarteirão. Se Lachaille não abrisse logo, o dia estaria arruinado.

A grade subiu 19h20. Grace observava desde um café do outro lado da rua.

— Não compramos diamantes soltos — mme. Lachaille disse, balançando a cabeça. — Sem certificados? Não, não fazemos isso.

Grace abriu a página arrancada da *Architectural Digest* de Alls e apontou para seu bracelete.

— Quanto conseguiu por isto? Cinco vezes o que me pagou?

A mulher apertou os lábios escuros.

— Foi um preço justo.

Grace cruzou os braços e esperou.

— Eu vendi algumas coisas realmente bonitas para você. Não esperava estar sendo...

— Isto não é meu negócio. Eu vendo joias antigas. Isso precisa de joias antigas por trás. Você não vai conseguir um bom preço em lugar nenhum — falou, balançando a cabeça rapidamente. — Ponha umas roupas neles.

Grace esperava uma oferta baixa que o recorte de revista fosse melhorar; não esperara ser totalmente dispensada.

— Posso dar um telefonema por você — mme. Lachaille disse. Apenas isso.

— Por favor.

Mme. Lachaille folheou seu caderno de telefones, resmungando, e ergueu um dedo.

— Vou ter de perguntar ao meu marido. Um momento.

Grace não iria vender os triângulos naquele dia, um golpe precoce. Nunca tinha vendido joias em nenhum outro lugar, e não tinha tempo de tentar, não se ia chegar ao trabalho antes de Jacqueline, o que era necessário, pois sempre fazia isso, e aquele dia não poderia ser diferente em nada. Precisava estar lá quando Jacqueline descobrisse que tinha sido roubada, para que a acusação recaísse sobre Hanna. E para quem Lachaille ia mandá-la? Não tinha ideia. Não, era arriscado demais improvisar.

Mas Lachaille deixara o caderno de telefones aberto sobre o balcão de vidro, e sob ele, seu bloco de recibos com cópias. Ela sabia que sua interpretação de herdeira doidona no exterior poderia não funcionar em toda parte. Não tinha certificados, nenhum papel dando legitimidade. Seu encanto definitivamente tinha limites. Deslizou o bloco para a bolsa, e também pegou o caderno de telefones. Poderia ter de fazer novos amigos em breve.

Saiu rápida e silenciosamente, segurando os sinos pendurados na porta.

Na calçada, abriu o telefone de Alls. Ele ainda não ligara, mas era cedo. Tinha saído naquela manhã para comprar outro telefone, e dera a ela o seu. Disse que ligaria assim que o tivesse feito, para que pudesse telefonar quando Jacqueline descobrisse que o cofre havia sido esvaziado. "Simplesmente ligue para o número. Não vou atender", ele dissera. Eles precisavam estar prontos para partir caso Jacqueline ou seus superiores fossem atrás de Grace e seu apartamento, em vez de Hanna e o dela.

Grace temeu que o telefonema não fosse chegar e ela ficaria para trás com a boca na botija. Mas não podia fazer nada além de esperar e ver.

No trabalho, apertou a campainha como sempre fazia, executando os movimentos, mas esperando silêncio. Ninguém atendeu. Bom. Ela se apoiou na parede de alvenaria para esperar. Mas então o interfone chiou, zumbiu, e a porta da frente se abriu. Maldição.

A porta do ateliê estava encostada. Grace não gostou daquilo, nada daquilo. Empurrou a porta e viu Amaury ali de pé, olhos inchados e fazendo uma careta, como se tivesse sido flagrado fazendo algo.

— Meu Deus — ela falou. — Achei que você não iria voltar.

Balançou a cabeça lentamente, como se ele mesmo não conseguisse acreditar.

— Ainda assim, aqui estou eu novamente. Como vão as coisas?

— Bem. Devagar. Muito devagar — Grace respondeu. Soltou a bolsa em sua cadeira e coçou o tornozelo. — Hanna quase terminou o centro de mesa.

— Eu vi. Parece muito bom.

Ficaram de pé juntos, admirando. Grace esperara que o projeto demorasse muito mais, mas Hanna não trabalhara em mais nada. Grace soprou e viu as hastes de milho se agitarem. Ela e Amaury riram.

— Eu gosto do milho — ele disse. — E dos pêssegos, as pequenas depressões.

— Eu fiz isso — Grace contou, sabendo que ele sabia. Parecia que esculpira aquelas frutas havia séculos.

Grace apertou os olhos para o posto de Hanna.

— O que é?

Ela disse que ia terminar a embalagem no sábado. Preparou um pouco de cola antes de sair na sexta.

Ele franziu o cenho, mas não que se importasse. Grace foi inspecionar o trabalho não concluído de Hanna.

— E o que você está fazendo? — ele perguntou. — Mais joias?

— Só umas coisinhas, limpar e engastar. Esses ricos batem com as joias e as quebram. Acho que quando você tem muito tudo se torna menos precioso

Demais, ela pensou. Deveria ter dito metade daquilo.

Ele anuiu, distraído.

— É realmente estranho que Hanna não tenha vindo — Grace comentou. — Espero que esteja bem.

Jacqueline chegou às 10h20, parecendo ter passado o fim de semana bebendo em um barco.

— Hanna não está aqui — Grace começou. — E não terminou a embalagem.

— Bem, o que está esperando? Estarão aqui ao meio-dia!

O trabalho era abaixo do padrão para Hanna, mas Grace juntou rapidamente as últimas peças da embalagem com uma pistola de grampos e barbante. Deslizou cuidadosamente o centro de mesa para dentro da larga caixa de madeira com ajuda de Amaury. Era pesada, talvez treze quilos, e de quê? Lã, arame, contas de vidro e pedaços de pano.

Bateu na porta do escritório de Jacqueline.

— *Pardon* — disse. — Você vai nos pagar hoje?

— Sim. Esta tarde — a chefe respondeu, distraída.

— Porque meu aluguel está atrasado...

— Eu disse que hoje.

Grace chamou um táxi, e Amaury a ajudou a subir a escada com o centro de mesa. Recusaram a ajuda do motorista.

— Eu deveria ir com você — Amaury disse. — Para tirar a peça.

— Não é necessário — Grace recusou. — Mas eu deveria levar o carrinho. Pode esperar aqui?

Ela abriu o telefone na escada. Alls ainda não tinha ligado.

Grace deixou que o taxista a ajudasse a deslizar a caixa para o carrinho dobrável, e o empurrou para o saguão do prédio de piso de mármore do colecionador. Subiu no elevador de carga, a cabeça girando de nervoso. Ela iria exibir o centro de mesa e apresentá-lo, depois voltaria ao trabalho e ao espetáculo de horrores que se desenrolaria lá.

O colecionador, um homem que de outro modo parecia decepcionantemente mediano em uma camisa social branca engomada, usava abotoaduras de bússola, as setas girando indiscriminadas. Respirava fundo, como se tivesse o hábito de meditar, mas cruzava e descruzava os braços enquanto ela empurrava o carrinho pelo piso. Queria o centro de mesa em uma pequena sala de estar atrás da biblioteca; disse que expunha lá sua arte popular. O centro de mesa não era exatamente arte popular, mas talvez o homem se referisse à sua arte engraçada, ou toda a sua arte variada. Ela concordou, ouvindo sua respiração enquanto o seguia virando pelos corredores. As paredes eram abarrotadas de óleos e tapeçarias, principalmente cenas religiosas. Disse que precisaria de ajuda para tirá-lo do carrinho, e ele se curvou para murmurar em um interfone.

A sala era mobiliada em uma simplicidade bizarra, com uma cama de solteiro, uma mesa de jantar gasta com uma cadeira e uma carteira de criança. A colcha era gasta. Grace pensou em seu quarto no sótão na casa dos Graham e afastou a imagem rapidamente.

— Aqui — ele disse, apontando para a mesa.

— Aqui? — Grace repetiu. O homem havia sido passional demais em relação à restauração para fazer Grace jogá-la em uma mesa instável.

— É chumbada no chão — ele disse, chutando de leve uma perna da mesa.

Outro homem tinha aparecido, talvez um secretário, e os três deslizaram o centro de mesa para o móvel. O colecionador se sentou na cadeira e observou, com a mão sobre a boca.

— É como voltar no tempo — disse finalmente.

Grace não se dera conta de que estivera prendendo a respiração. Ele estava contente.

— Sim — ela disse.

— O trabalho de vocês é refinado — comentou.

— Obrigada.

Ele se levantou e recuou para a parede, nunca tirando os olhos do centro de mesa. Apertou um botão na parede, logo abaixo de um pequeno óleo grosseiro de uma dupla de bodes. Ela ouviu antes de ver: uma tampa de acrílico claro, uma caixa sem fundo, descia do teto em cabos de aço. O colecionador e seu secretário trocaram de lugar sem uma palavra, e o colecionador foi apressado até o centro de mesa. Fez gestos de mão para a tampa descer, parar, descer mais um pouco, como se ajudasse alguém a estacionar na rua. Pararam quando a tampa flutuou acima do topo das árvores, e esperaram até estar completamente imóvel no ar e terem certeza de que o centro de mesa estava perfeitamente posicionado abaixo dela. Então o secretário apertou o botão mais uma vez e a tampa se acomodou ao redor do centro de mesa com um baque suave.

O colecionador relaxou os ombros e bateu palmas.

— Eu adoro! — guinchou. Colocou as mãos nos quadris e se curvou sobre seu novo prêmio.

— Viu os pêssegos? — ela apontou para o pomar. — São meus preferidos.

Ele riu ao ver as marcas de mordidas.

— Como fez isso? Você deve ter mãos muito firmes. Não consigo sequer colocar uma linha na agulha.

Quando ela saiu, ele tentou dar a ela um cheque, como uma gorjeta, imaginou. Grace não podia aceitar cheques; não tinha como depositar.

— Não posso — recusou. — Não, por favor. Você pagou por nossos serviços. Esse foi o trato.

— Por favor, por favor — ele disse. — Você me fez muito feliz.

Tentou novamente dar o cheque. Grace viu que estava em nome de Hanna Dunaj. Jacqueline devia ter dito — ele poderia até ter trocado e-mails com ela, ou falado. Grace nunca tivera um contato tão íntimo com um cliente.

— Realmente não posso — disse.

O rosto dele mudou; estava acostumado a dar dinheiro às pessoas e acostumado a que o quisessem.

— Ah — disse com um sorriso fino. Tirou um bolo de notas do bolso e separou várias delas. Deu a ela o resto. — Você me deu muita alegria; não há como ser justamente recompensada por isso.

— Obrigada, o senhor é muito generoso. Gostaria de uma cópia das anotações? — perguntou a ele. — Poderia gostar de ler nossas anotações sobre a restauração.

Ele pareceu positivamente empolgado.

— Eu adoraria isso. Ah, mande todas as anotações, por favor.

* * *

Na calçada, ela olhou para o telefone. Ali, uma chamada não atendida. Pensou que iria desmaiar em uma onda de alívio; o número na tela era como uma mão se estendendo em sua direção.

Ela não podia ferrar tudo então.

Diante da Zanuso et Filles, ela apertou a campainha.

— Quem é?

Jacqueline nunca perguntava quem era. Grace soube que tinha aberto o cofre.

— Julie — ela respondeu, ao mesmo tempo ligando para Alls. Quando o telefone tocou duas vezes, ela desligou. Desceu apressada a escada, compensando as pernas bambas de ansiedade pousando os pés com força.

Jacqueline estava à porta, lábios secos e olhos arregalados. Chamou Grace para dentro e fechou a porta atrás.

— Fomos roubados — ela disse.

— Como? Quando?

— No fim de semana. O cofre está vazio.

— Meu Deus. O que havia nele?

Jacqueline passou as mãos pelos cabelos.

— Onde ela está? — cobrou. — Onde está Hanna?

Grace balançou a cabeça.

— Não sei.

— Sabe sim — disse Jacqueline por entre dentes trincados. — Vocês duas conversam o maldito dia inteiro. Diga onde ela está.

— Somos apenas colegas de trabalho — Grace disse sem firmeza. — Eu nem sei onde ela mora.

— *Ela* tem uma chave, e *ele* tem uma chave.

— Jacqui — alertou Amaury do outro lado da sala.

— Chamou a polícia? — Grace perguntou.

— Rá — reagiu Amaury.

— Temos de chamar a polícia — Grace disse, indo na direção do escritório de Jacqueline.

— Não! Eu já chamei a polícia. Já esteve aqui — falou e olhou para Amaury o ameaçando para que acreditasse, mas ele estava afundado à mesa, braços cruzados, olhando para o colo.

— Eu sabia que esse dia iria chegar — ele falou.

Jacqueline estava quase ofegante.

— Eu sabia que era uma ladra — ela falou.

— Tem certeza de que foi ela? — Grace perguntou. — Pode apenas estar doente.

Jacqueline revirou os olhos.

— Você não a conhece. Veja, as coisas dela também sumiram.

Amaury suspirou.

— Vá para casa — falou para Grace. — Não há nada a fazer.

— Eu preciso ser paga — Grace disse. — Você disse que me pagaria na sexta.

— Vá embora! — Jacqueline berrou. — Se quiser trabalhar novamente um dia, simplesmente vá embora.

Amaury grunhiu e se levantou. Grace o seguiu porta afora. Ela tinha na bolsa quase mil euros do colecionador. Enfiou a mão e sentiu as notas.

— O que ela vai fazer? — perguntou a Amaury do lado de fora do prédio.

Ele deu com os ombros macios e curvados.

— Você quer dizer o que *nós* vamos fazer — disse, olhando para ela cansado. O emprego acabou. Não precisa voltar — disse, dando a notícia gentilmente.

Ela lançou os braços ao redor dele e ele cambaleou para trás, surpreso. Deu tapinhas nas suas costas, inseguro e desconfortável.

O navio já estava mesmo afundando; ele sabia disso e ela também. Ela o soltou e enfiou cem euros no bolso da sua calça. Ele estava aturdido demais para notar.

— Acho que não o verei tão cedo — disse a ele.

— Não — confirmou.

* * *

Ela tinha quase mil no bolso, mas planejara terminar o dia com dez, e Alls não a esperava em mais cinco horas. Poderia ter ligado e dito que chegaria mais cedo; eles certamente consideraram a possibilidade de que Jacqueline fechasse a loja imediatamente. Mas Grace não vendera os triângulos, e embora o dinheiro em seu bolso fosse uma grata surpresa, não era nem de perto surpresa *suficiente*. Talvez afinal tivesse tempo de tentar novamente.

Ninguém lhe daria um bom preço por diamantes soltos. Grace tinha o anel de onde tirara os diamantes; poderia recolocá-los. Mas não era o que combinara com Alls; prometera a ele que podia colocar diamantes roubados dos Jones em joias roubadas dos Smith.

Grace foi ao terceiro *arrondissement* procurar brincos. Suas necessidades eram específicas, e sabia que poderia sair de mãos vazias. Precisava de um par de brincos de ouro de dezoito ou vinte e dois quilates com engastes simples de três presas e apenas pedras semipreciosas, para não ter de gastar dinheiro demais. Brincos assim não estavam na moda ali, ela teria mais sorte no Albe-mall.

As lojinhas não tinham nada para ela. Prometeu desistir após duas horas, mas não demorou isso tudo. Encontrou nas Galeries Lafayette por duzentos, ouro branco com águas-marinhas. Pagou em dinheiro e jogou o recibo na lata de lixo à saída. Trocar aquelas pedras em casa seria fácil para ela, brincadeira de criança. Estava empolgada: o plano não era exatamente esse, mas talvez fosse melhor. Iria mostrar a ele. Iria mostrar que precisava dela.

Alls não estava em casa. As caixas de joias tinham sumido da escrivaninha. Ele a deixara. Muito limpamente, sequer fizera bagunça. Grace apoiou as costas na parede.

A mala dele ainda estava lá.

Procurou nela, sua mente cintilando em uma dúzia de direções apavoradas. Nada de joias. Escancarou as gavetas, uma ladra em sua própria casa, procurando desesperadamente evidências de que ele não partira sem ela. E se tivesse? Ela meio que esperava isso, não?

A caixa de Mont. Ela a mostrara a ele na noite anterior, cada camada de verniz e cada dobradiça cuidada com carinho. Ela a escancarou. Procurou na fenda até as unhas tocarem metal. Estavam lá. Ele as escondera. Sim. Claro.

Quando Alls chegou uma hora depois, Grace tinha enfiado as hastes dos brincos na base de uma vela de cera simples que segurava de cabeça para baixo entre os joelhos. Estava sentada junto à janela, curvada. Teria de comprar outra luminária de mesa, novas lentes de aumento, já que agora era freelancer. Iria acabar precisando de um aparelho de solda portátil como o que tinha no trabalho. Mas naquele dia só tinha de abrir as garras e fechá-las ao redor de diamantes grandes como sementes de girassol. Ela se permitiu um suspiro de alívio quando o ouviu entrar.

Ele quis saber tudo o que acontecera até então. Contou em detalhes, mantendo os olhos no trabalho. Pareceu mais interessado no que fazia do que desapontado por não ter vendido os triângulos, e foi assim que ela soube. Sentiu como um avião pousando, finalmente em terreno seguro e firme.

Embrulhou as águas-marinhas em um lenço de papel.

— Vamos guardar isso. Podem ser úteis em algum momento.

Ficou de pé atrás dela enquanto fechava as últimas garras.

— Passe aquele pano — disse, tirando os brincos da cera. Os diamantes estavam quase nus, presos por pouco. Só uma mulher com mais dinheiro do que ela poderia um dia gastar usaria algo tão valioso e tão vulnerável.

— Coloque-os — ele disse.

Ela enfiou as hastes nas orelhas. Ele a seguiu até o banheiro, e olharam juntos para seu reflexo no espelho.

— Não parecem reais — ele disse. — São grandes demais para parecer reais.

— Diamantes só parecem reais se você já parece rico — ela retrucou.

Ele riu.

— Ainda podemos vender hoje — ela falou. — Eu posso. Venha comigo. Você verá.

Ele balançou a cabeça.

— Eles provavelmente são mais fáceis de esconder do que o dinheiro seria. Mais seguro para viajar.

Ele esticou a mão e pegou seu lóbulo da orelha entre os dedos, e ela se virou e o puxou mais para perto.

Alls a viu fazer as malas com curiosidade: outra Grace estava emergindo. Os cardigãs seriam deixados para trás com o Petit Trianon e seus livros. Quando ela enfiou as botas pretas na lateral da mala, ele se lembrou delas. Disse que tinha tirado uma foto naquele dia em Nova York, de Grace sorrindo na Union Square a caminho do leilão. Ela nunca vira a foto, mas podia imaginar. Aos dezoito anos, ela parecia saudável e caipira, uma criança da floresta não fosse pelo vestido de outra garota e as botas de salto agulha e tudo o que implicavam. Estava muito ansiosa para mudar.

Naquele momento, as botas combinavam perfeitamente com ela.

Quando anoiteceu, saltaram do ônibus em Gallieni. Ele estava com as malas, a pequena bolsa dele e sua mala de rodinhas maior. Atravessaram a rua até onde os ônibus de turismo esperavam, viajantes suados embarcando e desembarcando.

— Passagens? — pediu o motorista com barba por fazer, olhando a prancheta.

— Teremos de comprar agora — Alls disse, dando o dinheiro ao homem.

Ele fez um gesto de mão para que entrassem no ônibus, e se viraram para subir a escada.

— Não, não! — o homem chamou, e Grace se virou de repente alarmada.

— Você tem de colocar sua mala grande aqui — ele disse, apontando para sob o ônibus. — Só bolsas pequenas lá em cima.

Estendeu a mão, pronto para ajudá-la.

Ela olhou para Alls, mas já tinha entrado. Dentro da mala estavam a caixa Mont e todos os segredos que continha, suas ferramentas, metais preciosos e uma fortuna em gemas.

Grace sorriu e deixou o motorista pegar a alça.

— Obrigada — disse.

Alls encontrara dois lugares para eles perto dos fundos. Na frente, uma jovem mãe amamentava um bebê irritado. Três mochileiros, separados por quatro filas de assentos, debatiam o que tinham ouvido falar sobre os hostels de Madri. Alls segurou sua mão como se fossem um jovem casal qualquer viajando pela Europa com pouco dinheiro, olhando pelas janelas imundas, pensando nos cheiros das comidas das outras pessoas. O motorista ocupou seu lugar e o ônibus se afastou do meio-fio, onde uma pequena multidão de estranhos acenava em despedida.

Epílogo

Grace fez vinte e cinco anos na periferia de Bruxelas, na recepção de casamento de uma jovem belga rica de quem ficara amiga em um curso diurno de aquarela seis meses antes. No momento, havia trezentas pessoas lotando o terraço de tijolos da casa dos pais da garota, e quando o pai da noiva, um americano de cabelos grisalhos, ergueu a flute para brindar à felicidade da filha única, Alls ergueu a sua um centímetro mais alto por Grace. Eles festejariam o aniversário dela depois, sozinhos. A multidão aplaudiu o jovem casal e começou a se espalhar pelo jardim em grupos, garçons fluindo entre eles com bandejas de canapés. Alls pousou sua taça de champanhe em uma mesa com toalha branca e desapareceu dentro da casa em busca de um toalete. Grace pegou um tartelete de uma bandeja que passava.

— *Galette de pigeon* — disse o garçom.

Quando Alls saiu da casa trinta minutos depois, encontrou Grace conversando sobre arte bizantina com o tio de alguém, que gargalhava de suas piadas animadas sobre Justiniano. Grace deu a Alls uma garfada de sua salada de lagosta e limpou o molho do canto do lábio com o mindinho, e *l'oncle* se afastou, convocado pela esposa para conversar com um casal mais velho. Alls havia terminado no interior, e Grace podia dizer por seus gestos lânguidos e pela suavidade do antebraço em sua cintura que o serviço tinha sido fácil, mas ainda assim teriam de ficar durante o jantar, principalmente para encantar, mas também para cometer pequenas ofensas estratégicas que chegariam à noiva e sua família no dia seguinte e pelas semanas posteriores: uma piada grosseira contada em voz baixa durante o brinde choroso da mãe, uma comparação pouco generosa entre o noivo e seu irmão, alguns bocejos descobertos e posturas nada femininas. Tinham de eliminar qualquer amizade, para garantir uma saída fácil da vida de seus alvos. Ela havia muito desistira das opiniões gentis dos outros sobre si; tinha de esquecer isso com tanta facilidade quanto se esquecia de seus próprios nomes. Ofender alguém rapidamente, mesmo eficientemente, enquanto partia para sempre era muito mais gentil do que se afastar devagar, confundir e desapontar. Você não queria que sentissem sua falta. A raiva era simples, autossuficiente como um cacto. Você não podia olhar muito de perto, ou os espinhos furariam seus olhos.

As pessoas que haviam deixado para trás tinham sorte de se livrar deles. Grace e Alls não podiam se dar o luxo de esquecer ninguém. Ela sempre escutava o tique-taque. Apenas Jacqueline sumira sem deixar vestígio. Greg vendia propriedades compartilhadas na Flórida. Riley acabara não voltando para a cadeia, em vez disso, passara um ano em uma clínica psiquiátrica particular. Ao ser libertado, ele e Colin abriram uma sorveteria, como ele sempre quisera. Grace esperava que estivesse feliz. Escolhera acreditar que sim.

Mas não tinha se divorciado dela. Não precisaria de sua concordância caso não conseguisse encontrá-la, e ela havia muito cortara seu último laço com Garland, que afinal era apenas um endereço de e-mail. Os tribunais do Tennessee só pediriam a Riley que fizesse os gestos apropriados, o "esforço de boa-fé" de telefonar para velhos números, pedir à agência de correios um endereço de repasse. Então o *Record* publicaria um aviso legal, divórcio por publicação. Mas o *Record* não publicara tal coisa.

Ela não sabia por quê, e quando a questão a despertava à noite, ia ao banheiro, encarava o espelho e desligava as luzes, um feitiço doméstico para acreditar ter desaparecido.

O bolo de casamento belga era ao estilo americano, em andares e glaceado, decorado com lírios-do-vale em massa de açúcar, cada um não maior que um molar. Grace se curvou para admirar as bordas irregulares das pétalas. Miniaturas sempre lembravam a ela de Hanna, que trabalhava em uma moldurária de Varsóvia. O dono se chamava Dunaj; Grace supunha que Hanna conseguira um emprego com a família. Odiava imaginar Hanna emoldurando cartazes impressionistas e diplomas universitários, desperdiçando seu talento. Grace achava que seria muito boa decorando bolos de casamento. Também ela, se um dia tivesse de mudar.

Mas mesmo em seu sonho acordado de átimo de segundo, *decoradora de bolos* era outro figurino, um disfarce.

Depois do bolo, ela encontrou a noiva e o noivo e os parabenizou com encanto, flertando um pouco explicitamente com o noivo. A noiva não a convidaria novamente.

Naquela noite, Grace se esticou, grata, em sua cama macia de hotel, ainda com as roupas do casamento, e observou Alls se despir. Ele se vestia com cuidado, e organizadamente pendurou paletó, gravata, camisa e calça enquanto os tirava. Grace às vezes pensava que o paraíso, o que quer que fosse, seria uma pequena e poderosa felicidade se repetindo para sempre. Seu paraíso seria deitar em uma cama macia e ver Alls se despir.

Ele soltou as cinco tiras que prendiam os bolsos falsos às suas coxas. Quando jogou as bolsas na cama, o edredom se ergueu ao redor delas. Ajoelhou na cama e deslizou a mão pela fenda no vestido de Grace. O bolso coleava ao redor da face interna da coxa. Sempre que enfiava algo dentro, algo pequeno e pesado, se inclinava ligeiramente para a frente, para rir ou dar uma mordida, enquanto a pequena forma viajava pelo túnel estreito até a bolsa macia presa entre suas pernas. Ela e Alls já não colocavam nada em bolsos externos, por causa do problema do tinteiro: o peso fazia com que as roupas assentassem do modo errado. Alls recuperou o espólio dela e os jogou no edredom, puf-puf-puf.

Deitou ao lado dela, que se colocou de barriga para examinar seus presentes. Alls tirara do cofre um pesado bolo de joias contendo pelo menos vinte quilates de diamantes e uma série de outras pedras preciosas. Além disso, Grace pegara o alfinete de gravata de diamante russo de *l'oncle* e alguns porta-cartões unissex de ouro que ela sabia estar na caixa embrulhada em papel verde-floresta na pilha de presentes do quarto de hóspedes junto ao toalete feminino.

Ela abriu e fechou um dos porta-cartões, desfrutando o pesado estalo prazeroso.

— Isto é revoltante. De qualquer modo, a noiva teria odiado — ela disse.

Ele riu.

— Você é uma mentirosa.

— Bem, ela *deveria* odiar — disse, inclinando a cabeça na direção da sua e tocando seu nariz no dela. — Fico surpreso de não haver nenhum dinheiro. Ou barras de ouro, embora não pudéssemos levar. Eles pareciam pessoas de barras de ouro.

— Eles têm mais de um cofre — ele disse. — Inteligente.

— Então foi sorte minha que tenhamos pegado as joias.

Alls adorava abrir cofres, fuçar em fechaduras e bolsos. Não ligava para de quem ou como; ansiava pelo ato em si. Grace não, não especialmente. Grupos de trabalho e casamentos eram apenas um meio necessário para estocar suprimentos. O que a excitava era a transformação: um audacioso anel se tornava um broche modesto; um bracelete cravejado de peridotos verde-amarelados era reformado com diamantes roubados que faziam com que valesse 150 vezes mais, embora chamando muito menos atenção. Ninguém conseguia se lembrar de nada de seus diamantes além da cintilação. *Todos* eles cintilavam.

Também ela renascera em chocante ambiguidade.

Voltando as mãos para si mesma, Grace podia erguer e baixar as sobrancelhas, afinar os lábios em uma listra refinada ou expandi-los em distrações carnudas. Podia usar os cabelos sobre a testa, uma garota festeira descuidada e questionável, ou raspar a cabeça para ser a filha adotiva eternamente decepcionada de um diplomata estrangeiro. Isso era fácil. Podia passar fome algumas semanas para aprofundar as cavidades sob os malares e acima das clavículas, ou engordar com pão e queijo até inchar de novo para a fofura rosada de um bebê. Podia deixar a voz suspirada, torná-la baixa e macia como névoa, ou podia ser como Hanna, ângulos agudos e conhecimento impaciente. Quando tirava a maquiagem à noite, uma tela nua piscava de volta no espelho.

Quando você deixava de tentar ser uma pessoa perfeita, podia ser muitas. Grace fora uma dúzia de garotas nos três anos anteriores, todas elas graciosas.

Alls a colocou por cima dele e traçou um colar imaginário sobre seu peito.

— Gostaria que estivéssemos tendo um casamento com torradas de fígado? — provocou.

— Um casamento de tartelete de pombo?

— Você poderia descer a nave bem ali — ele disse. — Comece na porta do quarto e passe pela TV...

— Nós temos alianças. Várias para escolher.

Alls começou a cantar a marcha nupcial como se fosse a tuba de uma banda de metais e tivessem dito que a música era um grito de batalha. Grace imaginou criancinhas jogando pétalas de rosas e caiu na gargalhada, se sacudindo sobre o peito dele.

— Sabe que me casaria com você se pudesse — ela disse quando conseguiu parar.

— Quem precisa se casar? Somos mais que casados.

Eles rolaram de lado, nariz com nariz e joelho com joelho, e ela realmente sentiu. Aquela era a única vida para eles. Ali estava sua única âncora. Ela se arriscava por ele, e ele por ela. Ela pecara por ele, e ele pecara por ela. Na riqueza e na pobreza, na doença e na saúde, e todos os outros eram estranhos, alvos ou mentirosos. Aquela era a felicidade deles, e não a perderiam.

— Feliz aniversário, Gracie — Alls disse. — Eu te amo.

Mas aquilo era o menor. Ele conhecia o pior dela, e isso era melhor.

* * *

Em uma noite nublada cerca de duas semanas depois, Grace se sentou para trabalhar no chão diante da mesinha laminada rachada na frente da TV, a melhor característica do apartamento que ela e Alls tinham alugado em Odense. Achara um canal que passava filmes americanos, e começara a deixá-los de fundo enquanto trabalhava sozinha. Alls passara as seis noites anteriores fora em um serviço, e Grace ficava desconfortável sem ele. A vida que tinham escolhido era marcada por acasos, e a cada triunfo ela temia que tivesse finalmente feito a sorte pender contra eles. Sempre temia que Alls fosse apanhado, ou pior, até o momento em que o ouvia pigarrear na escada. Ele fazia isso, todas as vezes, só para deixá-la saber que estava sozinho, intacto, e que tinham superado mais um dia.

Três bonecas de moda Makeup Princess, as odiosas *modepoppen*, estavam no alto da televisão, sorrindo para ela de suas caixas de papelão. Grace colocara pouco mais de um centímetro de acetato de etila em duas tigelas e misturara em cada uma um fio de esmalte de unha brilhante, um magenta e um turquesa. Iria pintar com essa solução seus diamantes soltos e outras gemas claras, os transformando em falsificações plásticas espalhafatosas que usaria para decorar as faixas de cabeça de lamê e os colares plásticos das bonecas, que eram ideais para esconder joias à vista de todos. Poderia colar o diamante Hope em uma daquelas bonecas e ninguém o veria. Para o caso remoto de ela e Alls serem revistados na alfândega, sua poupança estaria segura naqueles brinquedos que ela supostamente comprara para suas sobrinhas em casa. Alls teria preferido prender as pedras com fita no revestimento das malas do que circular com brinquedos volumosos, mas Grace era melhor atriz quando não tinha nada a esconder. Então podia realmente *acreditar*.

Não haviam sido incomodados na alfândega até então, viajando pela UE sem barreiras nos anos anteriores, mas nunca tinham viajado com tanto. Assim que ele tivesse terminado o cofre no qual estava trabalhando, partiriam para Londres. Uma pena que não pudessem vender aquele lote na Antuérpia, mas nunca vendiam uma peça no mesmo país onde a tinham roubado, mesmo após Grace ter trocado todas as pedras. Eles ficariam em Londres apenas o tempo suficiente para vender. Não haviam decidido para onde ir em seguida. Alls estava cansado da Europa, e Grace queria uma pausa de joias, festas e rir das piadas de outras pessoas. Tinham avançado de modo tão preciso, tão objetivo — realmente dançando —, e nenhum dos dois podia imaginar como seria parar. "Não acha que ficaremos entediados?", ela perguntara, realmente falando sério. Aqueles momentos de dúvida silenciosos demais provavelmente eram iguais em qualquer tipo de casamento: *O quanto você realmente me ama, e que outra opção tem?* Mas ele dissera que queria ficar entediado, apenas o suficiente para dormir a noite toda.

Às vezes ela sentia falta de amar alguém que sabia que sempre a amaria mais.

Eles tinham no momento, no apartamento, três cofres de segunda mão, nenhum maior que um micro-ondas; Grace alterava as combinações periodicamente, para que Alls pudesse treinar velocidade. Pegou as pedras soltas e as espalhou em uma folha de papel-jornal. Começou a pincelar a primeira com rosa quente, prendendo-a com um palito enquanto deslocava o pincel sobre as facetas.

O comercial terminou e o filme voltou. As vozes foram reconhecidas imediatamente. Grace ergueu os olhos e viu uma mulher vestindo vison, meia-idade, apagando seu cigarro em um ovo frito. A sra. Graham adorava aquela parte, sibilando quando o cigarro atingia a gema.

Ah, não. Não aquilo. Não naquela noite.

Ladrão de casaca. Grace não pensara naquele filme em anos. Ela observou, ainda chocada, enquanto Grace Kelly entrava em cena em um vestido amarelo florido. Ajoelhou em um *recamier*, cruzou os braços dourados delicadamente sobre o encosto e se curvou, sorrindo e exultante. "Sabe, você talvez pareça um pouco com ela", dissera a sra. Graham, e Grace exultara com o elogio, embora não fosse tão dourada, seu maxilar tão orgulhosamente largo. Mas então se reconheceu no sorriso exultante, nos gestos de balé da outra Grace, aquela que quisera se tornar. Viu a outra Grace girar os ombros, inclinar o rosto para o sol, lançar sua voz metálica como moedas caindo em uma pilha. Grace adorara a arrogância falsamente franca daquela voz. A outra Grace era só superfícies, como se tivesse de algum modo se livrado de si mesma.

Ela lembrou de si mesma no espelho, experimentando o batom da sra. Graham quando menina. Crushed Rose, não era? Se pelo menos conseguisse rir. Em vez disso, a dor da saudade a invadiu rápido demais para que pudesse impedir. Pousou o pincel, o verniz já endurecido nas cerdas. Desejou que Alls estivesse em casa. Poderia lhe dizer que estava tendo um momento magnólia — um eufemismo para aquela angústia repentina —, e ele a teria ajudado a superar. Ele não era imune a essas dificuldades. Mas estava fora, sozinho, de barriga em algum piso frio, e ela só em casa.

Não acho que você saiba o que é o amor, Hanna tinha dito.

Grace desligou a TV e se sentou no apartamento silencioso cheio de odores. Abriu o computador e digitou *429 Heathcliff* na barra de buscas. *Garland, Tennessee*. Não se permitiu um momento para perceber o erro que estava cometendo. Precisava ver a casa, a porta da frente, a conífera em que tinham subido, o teto no qual costumavam se deitar. Primeiro foi o mapa, a seta verde idiota apontando para a localização de outra Grace, deixada para trás.

Mas abaixo do mapa havia uma fotografia, boa demais para ser de satélite.

Residências disponíveis na Imobiliária Poplar: 429 Heathcliff Ave.

Os Graham estavam vendendo a casa.

Ela clicou.

Maravilhosa casa familiar, começava o anúncio. Grace observou as fotografias, cada luminária e cada tapete um sinal de vida ilegível: a almofada bordada de girassóis, a caixa de torta com portas de lata perfuradas, a luminária de tripé de latão que compraram depois que os meninos tinham derrubado a terceira luminária em um ano. Na sala de jantar,

Grace a viu, um fantasma em renda branca com pescoço esguio, os cabelos castanho-claros em coque, as mãos escondidas por folhas escuras sedosas e flores brancas abertas. Grace não conseguia ver os detalhes na fotografia, mas os conhecia de cor.

Grace sabia o que era amor.

Foi apressada para banheiros e escada, tentando sair, mas então estava nos quartos, primeiro os dos irmãos, e depois o de Riley. Inicialmente, Grace não reconheceu o quarto dele — não havia mais a colcha azul listrada, o quadro de cortiça lotado com os remanescentes da infância. As paredes estavam pintadas de lilás-claro, a mobília era de vime branca. Um quarto de hóspedes. Mas ali estava um coelho de pelúcia na cama, orelhas compridas estendidas sobre o travesseiro. Depois reconheceu a luminária com cúpula de voil, a seguir sua velha manta, dobrada no encosto de uma cadeira de balanço branca. Clicou o resto dos quartos, todos iguais. Seu sótão não foi mostrado. Provavelmente era usado para estocagem. Grace não reconheceu aquele coelho na cama. Não era da sra. Graham.

Voltou à sala de jantar. Na parede com a sra. Graham, do outro lado da foto dos meninos na pilha de folhas, havia um retrato de família — novo, ou novo para ela.

Grace deu zoom até a fotografia tomar a tela, lamentavelmente borrada. Os Graham eram silhuetas ensombrecidas cujos detalhes ela não conseguia focar. Estavam de pé juntos, com água atrás. Um lago ou praia em algum lugar. Os quatro irmãos, mas ela não conseguia distinguir os rostos, e duas mulheres que Grace não reconheceu, uma com rabo de cavalo louro e camiseta branca, outra com cachos escuros. O sr. Graham e a sra. Graham estavam de pé no centro. Ela achou que era Riley de pé ao lado da mãe. Se pelo menos tivessem se alinhado melhor, ela identificaria os meninos pela altura. Grace se inclinou na direção da tela, desesperada para ver claramente, mas não conseguiu. Só conseguiu ver a menininha, um bebê gordo de vestido vermelho que a sra. Graham tinha nos braços.

Quem tivera um filho? A sra. Graham tinha cinquenta e quatro anos. Mas poderiam ter adotado. Grace ouviu o refrão como se Riley o cantasse para ela: *sempre quis uma filha*. Ou uma neta. Jim era o mais velho, e Nate tinha uma namorada séria, Ashley, mas seria ela? Quem eram aquelas mulheres? *Esposas?* De quem? Será que *Riley* poderia ser pai? De quem era o bebê que a sra. Graham estava segurando? Quem era ela? Grace fixou os olhos naquela menininha borrada, mas não soube dizer nada.

Grace se deu conta de que o quarto deveria ser para ela.

Não importava de quem era o bebê. A sra. Graham conseguira sua menina.

Grace pensara ter deixado um pedaço de si para trás naquela casa, uma garota anterior que assombrava o sótão deles, um fantasma doce e triste. Mas era ela a assombrada, e ali estava a prova. Todos os sinais dela tinham sumido, substituídos por alguém de verdade. Ela não ficara para trás. Não existia tal coisa. Você não podia se deixar. Não importava quão longe fosse, você sempre estava lá.

Alls ainda demoraria horas para chegar em casa. Grace respirou fundo, molhou uma bola de algodão em acetona e começou a limpar a tinta endurecida do pincel. Pegou um diamante de três quilates de lapidação quadrada com a pinça e o mergulhou na solução de tinta, azul profundo. As *modepoppen* fitavam por trás de suas janelas de plástico, olhos lisos fixos à frente. Grace tentou não olhar para a porta, esperando, enquanto cobria outra gema de plástico. Ela conhecia o amor. Conhecia todos os ângulos.

Agradecimentos

Para fazer minha pesquisa, dependi do trabalho de muitos outros: Erich Steingräber, Oppi Untracht, Janice Berkson, Stephen Maine, do trabalho de Todd Merrill sobre James Mont, e do artigo de Gregory Cerio sobre Mont na *The Magazine Antiques*. Diversos roubos reais são mencionados neste romance usando informações da imprensa. Estou em dívida para com a lenda russa do roubo de joias Sonya Mão de Ouro, que talvez tivesse achado Grace um pouco frouxa.

Obrigada primeiramente a Susan Golomb e Carole DeSanti; Krista Ingebretson, Soumeya Bendimerad, Christopher Russell, Kym Surridge, Clare Ferarro, Nancy Sheppard, Carolyn Cobeburn e todos da Viking. Ao Helen Zell Writers Program da Universidade de Michigan e aos muitos escritores que me apoiaram lá: Nick Delbanco, Michael Byers, Doug Trevor e especialmente Eileen Pollack, Peter Ho Davies e V.V. Ganeshananthan, incansável campeão. Ao Hopwood Program, que me deu gás quando eu mais precisava. Aos meus colegas estudantes: vamos fazer um brinde em um Skeeps vazio. Outros me estimularam mais do que sabem: Charlie Baxter, Julia Fierro, Valerie Laken e Jess Row.

Amor e obrigada aos amigos que passaram seus olhos penetrantes por estas páginas ao longo dos anos: Anna Brenner, Tessa Brown, Nania Lee, Anna Sheaffer, Maya West e gratidão extra (infinita!) a Katie Lennard. Obrigada a Sharon Pomerantz, Jeremiah Chamberlin, Aline Rogg e Molly Kleinman, cujas portas estiveram sempre abertas, e a Gina Balibrera. À minha família, que me fez assim, especialmente minha avó Joan, que assistia ao *Antiques Roadshow* sem fôlego. A cada um dos meus amigos: vocês são os corações mais sinceros, as mentes mais selvagens. Ao meu marido, todo um vale de amor.

Impressão e Acabamento:
LIS GRÁFICA E EDITORA LTDA.